범우비평판 한국문학 2-①

개화기 소설 편

숨쇠금 (외)

책임편집 양진오

 범우

국립중앙도서관 출판시도서목록(CIP)

송뢰금(외) / 육정수...[등]저 : 양진오 책임편집. --
파주 : 범우, 2004
    p. ;   cm. -- (범우비평판 한국문학 ; 2-1)

ISBN   89-954861-2-0 04810 : ₩10000
ISBN   89-954861-0-4(세트)

813.6-KDC4
895.733-DDC21   CIP2004001255

한민족 정신사의 복원
—범우비평판 한국문학을 펴내며

한국 근현대 문학은 100여 년에 걸쳐 시간의 지층을 두껍게 쌓아왔다. 이 퇴적층은 '역사'라는 이름으로 과거화 되면서도, '현재'라는 이름으로 끊임없이 재해석되고 있다. 세기가 바뀌면서 우리는 이제 과거에 대한 성찰을 통해 현재를 보다 냉철하게 평가하며 미래의 전망을 수립해야 될 전환기를 맞고 있다. 20세기 한국 근현대 문학을 총체적으로 정리하는 작업은 바로 21세기의 문학적 진로 모색을 위한 텃밭 고르기일뿐 결코 과거로의 문학적 회귀를 위함은 아니다.

20세기 한국 근현대 문학은 '근대성의 충격'에 대응했던 '민족정신의 힘'을 증언하고 있다. 한민족 반만년의 역사에서 20세기는 광학적인 속도감으로 전통사회가 해체되었던 시기였다. 이러한 문화적 격변과 전통적 가치체계의 변동양상을 20세기 한국 근현대 문학은 고스란히 증언하고 있다.

'범우비평판 한국문학'은 '민족 정신사의 복원'이라는 측면에서 망각된 것들을 애써 소환하는 힘겨운 작업을 자청하면서 출발했다. 따라서 '범우비평판 한국문학'은 그간 서구적 가치의 잣대로 외면 당한 채 매몰된 문인들과 작품들을 광범위하게 다시 복원시켰다. 이를 통해 언어 예술로서 문학이 민족 정신의 응결체이며, '정신의 위기'로 일컬어지는 민족사의 왜곡상을 성찰할 수 있는 전망대임을 확인하고자 한다.

'범우비평판 한국문학'은 이러한 취지를 잘 살릴 수 있도록 다음과 같은 편집 방향으로 기획되었다.

첫째, 문학의 개념을 민족 정신사의 총체적 반영으로 확대하였다. 지난 1세기 동안 한국 근현대 문학은 서구 기교주의와 출판상업주의의 영향으로 그 개념이 점점 왜소화되어 왔다. '범우비평판 한국문학'은 기존의 협의의 문학 개념에 따른 접근법을 과감히 탈피하여 정치·경제·사상까지 포괄함으로써 '20세기 문학·사상선집'의 형태로 기획되었다. 이를 위해 시·소설·희곡·평론뿐만 아니라, 수필·사상·기행문·실록 수기, 역사·담론·정치평론·아동문학·시나리오·가요·유행가까지 포함시켰다.

둘째, 소설·시 등 특정 장르 중심으로 편찬해 왔던 기존의 '문학전집' 편찬 관성을 과감히 탈피하여 작가 중심의 편집형태를 취했다. 작가별 고유 번호를 부여하여 해당 작가가 쓴 모든 장르의 글을 게재하며, 한 권 분량의 출판에 그치는 것이 아니라 작가별 시리즈 출판이 가능케 하였다. 특히 자료적 가치를 살려 그간 문학사에서 누락된 작품 및 최신 발굴작 등을 대폭 포함시킬 수 있도록 고려했다. 기획 과정에서 그간 한 번도 다뤄지지 않은 문인들을 다수 포함시켰으며, 지금까지 배제되어 왔던 문인들에 대해서는 전집발간을 계속 추진할 것이다. 이를 통해 20세기 모든 문학을 포괄하는 총자료집이 될 수 있도록 기획했다.

셋째, 학계의 대표적인 문학 연구자들을 책임 편집자로 위촉하여 이들 책임편집자가 작가·작품론을 집필함으로써 비평판 문학선집의 신뢰성을 확보했다. 전문 문학연구자의 작가·작품론에는 개별 작가의 정신세계를 보다 구체적으로 살펴볼 수 있는 한국 문학연구의 성과가 집약돼 있다. 세심하게 집필된 비평문은 작가의 생애·작품세계·문학사적 의의를 포함하고 있으며, 부록으로 검증된 작가연보·작품연구·기존 연구 목록까지 포함하고 있다.

넷째, 한국 문학연구에 혼선을 초래했던 판본 미확정 문제를 해결하기 위해 최선의 노력을 기울였다. 특히 일제 강점기 작품의 경우 현대어로 출판되는 과정에서 작품의 원형이 훼손된 경우가 너무나 많았다. 이번 기획은 작품의 원본에 입각한 판본 확정에 특별한 노력을 기울여 근현대 문학 정본으로서의 역할을 다했다.

신뢰성 있는 선집 출간을 위해 작품 선정 및 판본 확정은 해당 작가에 대한 연구 실적이 풍부한 권위있는 책임편집자가 맡고, 원본 입력 및 교열은 박사 과정급 이상의 전문연구자가 맡아 전문성과 책임성을 강화하였다. 또한 원문의 맛을 최대한 살리기 위해 엄밀한 대조 교열작업에서 맞춤법 이외에는 고치지 않는 것을 원칙으로 했다. 이번 한국문학 출판으로 일반 독자들과 연구자들은 정확한 판본에 입각한 텍스트를 읽을 수 있게 되리라고 확신한다.

'범우비평판 한국문학'은 근대 개화기부터 현대까지 전체를 망라하는 명실상부한 한국의 대표문학 전집 출간을 목표로 한다. 따라서 권수의 제한 없이 장기적이면서도 지속적으로 출간될 것이며, 이러한 출판 취지에 걸맞는 문인들이 새롭게 발굴되면 계속적으로 출판에 반영할 것이다. 작고 문인들의 유족과 문학 연구자들의 도움과 제보가 지속되기를 희망한다.

2004년 4월
범우비평판 한국문학 편집위원회

이 책에 실은 전 작품은 발표 당시의 신문과 잡지에 난 원전을 원본으로 삼았다. 그리고 최대한 오류를 줄이기 위해 이 책의 수록 작품들 중에서 이미 출간된 작품들은 보조 자료로 활용했다. 〈몽조〉의 경우 북한 문예출판사에서 출간된 《현대조선문학선집》 1편에 실린 〈몽조〉를 참고했다.

최대한 원전에 충실했으며 현대 독자들이 읽기 편하게 맞춤법과 띄어쓰기는 작품의 의미를 훼손하지 않는 범위 내에서 현대어 표기로 바꾸었다.

특히 이 책에 수록된 〈다정다한〉은 본래 발표 당시에는 완전한 한문으로 표기되어 있었으나 한문 해독이 어려운 독자들의 편의를 고려해 이 책에서는 최대한 현대어 표기로 고쳤다. 그리고 모든 작품에는 그 말의 의미가 모호하거나 어려운 부분들에 편저자가 주석을 달았다.

《송뢰금》은 발표 당시부터 미완성 소설이었기에 이 책에서도 미완성된 상태로 수록되어 있다.

개화기 소설 편 | 차례

발간사 · 3
일러두기 · 7

소설 —— 11

소경과 앉은뱅이 문답 · 13
거부오해 · 28
다정다한 · 35
몽조 · 48
경세종 · 85
요조오한 · 112
송뢰금 · 118
목단화 · 207

해설/개화기 소설, 그 낯설지만 매력적인 세계 —— 305
연구 논문 · 332

소설

소경과 앉은뱅이 문답
거부오해
다정다한
몽조夢潮
경세종警世鍾
요조오한
송뢰금
목단화

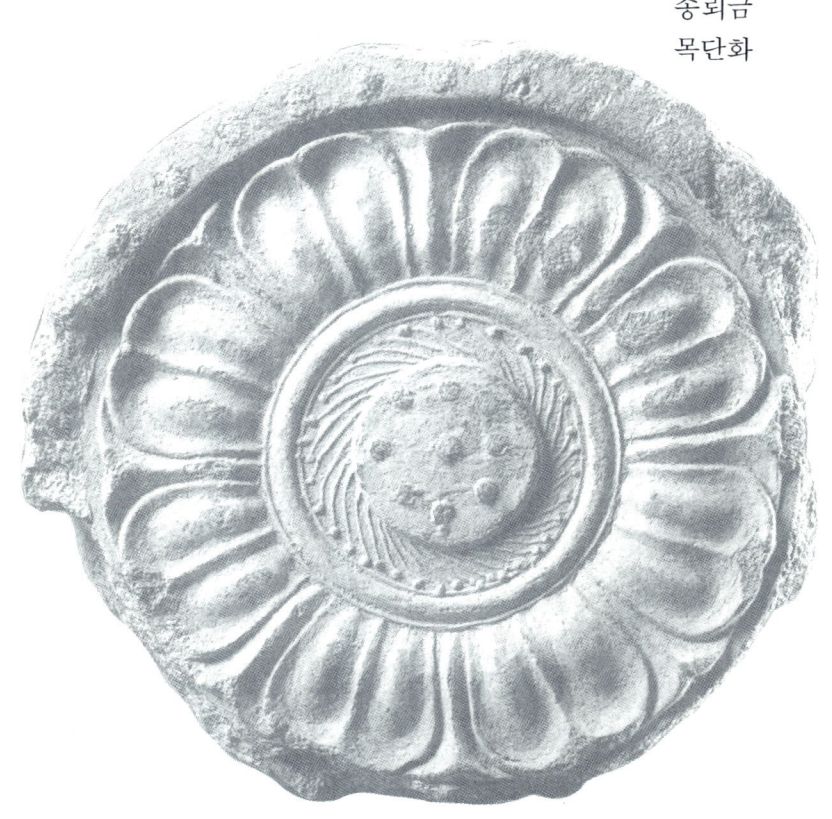

소경과 앉은뱅이 문답

작자 미상

일전에 어떠한 소경 하나가 막대를 두덕거리고 모처 망건 가게 앞으로 지나가는데, 그곳에서 망건 일하는 앉은뱅이가 그 소경을 불러 가로되,

"여보게, 그 동안 어찌하여 오래 만나지 못하였나?"

소경이 대답하되,

"자연 그렇게 되었네마는 그 동안 술이나 잘 먹었나?"

"여보게, 아무 말 말게. 말하면 기가 막히네. 술을 먹기는커녕 술 먹는 사람의 입도 구경 못 하였네. 전일에는 가로상에 술 먹고 주정하는 자도 많더니, 근일에는 별로 얻어 볼 수 없네. 아마 후주[1] 죄인으로 잡혀갈까 두려워함인지……."

"아니, 돈이 귀하여 그렇지. 신화 한 푼 얻어 보기는 하늘에 별따기요, 구화조차 구경할 수 없으니 어느 결에 술 먹을 수 있으며, 먹은들 취할 수 있겠나? 전에는 내가 문수[2] 소리를 지르고 돌아다니면 이집 저집에서 불러들여 하루 못 벌어도 삼사십 냥이더니, 근일에는 다리에 가래토시가 서도록 다녀도 삼사 푼을 구경치 못하니 참 살 수 없어."

"자네는 그렇지. 나도 이왕에는 망건을 세 개만 맡아도 매일 사오십

---

1) 술에 취해 정신없는 짓을 함.
2) 점쟁이에게 길흉을 묻는 것.

냥, 오륙십 냥을 벌어 고기도 사 먹고 술도 먹었더니, 근일 당하여는 돈도 귀할 뿐 아니라 머리 깎는 사람이 많아서 제가끔 망건을 팔아먹으려 드는 까닭에 생애 없어 죽겠네."

"그 말 말게. 자네나 나나 그만두고 우리보담 십 배는 잘 벌고 잘 쓰던 대상고들도 전문³을 닫친다, 도망을 한다 하니 돈은 참 귀한가보데."

"그렇지만 아무것도 아니 하고 전복⁴이나 입고 뒷짐이나 지고 남북촌 재상의 집으로만 돌아다니는 사람들은 무엇을 먹고 사는지, 우리 같아서는 돈 없으면 꼭 죽을네."

"이 사람, 그런 괴사의 말 하지 마소. 그 사람들이 공연히 다니는 줄 아나? 모두 곡절이 있어 다닌다네."

"그러면 협잡 속이지. 협잡도 한두 가지요, 하루 이틀이지 일 년 삼백 육십 일에 허구장천 무슨 협잡이 그리 많단 말인가? 필연 겉은 번번하나 속은 성에가 버석버석할 터인즉, 때문에 나올 때에 트림하고 가래침 곤두 올리는 것은 속담에 이른바 '냉수 마시고 이쑤시는' 모양이지."

"아닐세. 그런 협잡질하러 다니는 사람들은 배포와 경륜이 따로 있어, 어디든지 가면 남의 비위를 잘 맞추어 입을 열면 소진⁵의 구변이요, 꾀를 내면 진평⁶의 묘계가 있는 듯하여 기인편재⁷ 일등이요, 주사 참봉 시킨다고 기천 냥 기만 냥을 빼앗은 날은 도둑놈의 계집같이 먹성 좋게 잘 먹으며 조자룡이 헌 창 쓰듯 보기 좋게 잘 쓰고 지낸다네."

"그런 거야 근일에 마주사 전참봉도 그런 협잡배의 수단으로 된 것이지."

"이 사람, 실없는 말 작작하게. 속담에 상말로 '개가 돈이 많으면 멍첨지

---

3) 가게.
4) 조선 말기에 무관들이 입던 군복의 한 가지.
5) 중국 춘추전국시대의 논객으로 합종책을 써서 여섯 나라의 재상이 되고, 뒤에 제나라의 경이 되었으나 기원전 317년에 암살됨.
6) 중국 한나라 고조 때의 공신.
7) 사람을 속이고 재물을 빼앗음.

라' 한다는 말은 혹 있지마는 '마주사 전참봉' 이란 말은 금시초문일세."

"자네는 공연히 남보고 실없다 하지 말게. 자네는 눈이 멀어 보지는 못한다 하거니와, 소문조차 못 들었단 말인가?"

"자네 말한 바, 멍첨지는 짐승의 멍첨지요, 나의 말한 바, 마주사 전참봉은 사람의 마주사 전참봉이라. 일전 관보에 게재되었다네."

"이 사람, 자네는 다리가 병신이라 하되 돌아다니면서 소문은 빨리 듣네. 가위 '시골 앉은뱅이가 서울 조정 공론한다' 는 말이 자네께 꼭 맞혔고."

"참 이상한 일 세상에 많아. 지금 같이 전황[8]한 때에도 군수 주본이 된다 하면 사면에 돈 내왕하는 소리에 귀가 아프니, 이렇게 귀한 돈을 일이 냥도 아니요, 몇 만 냥 몇 천 냥을 돌려내는 것 보면 참 돈이 제갈량이라 하되 그 사람들도 제갈량이지."

"그러나저러나 큰일 났어. 관찰 군수를 조정에서 겉으로는 택차[9]하여 보낸다 하여도 그 사람이 그 사람 같으며, 이전에는 백성들이 선정 불망비를 세우더니, 지금은 악정 불망비가 서게 되었은즉, 사람마다 불망비 하나씩은 다 얻을 모양이지."

"참, 근래는 관찰 군수의 불망비는 거리거리에 많이 섰데? 선치를 하여도 비를 세우고 불치를 하여도 비를 세우며, 선정을 한 자도 원류[10], 악정을 한 자도 원류하니 그 셈판은 참 알 수 없어."

"그 무엇이 알 수 없나. 선정을 하든지 악정을 하든지 백성들이 잊지 못할 일은 한 가진즉, 이렇든 저렇든 불망비는 일반이요, 불치를 하든지 선치를 하든지 원류함은 이 사람이나 저 사람이나 일반인즉, 묵은 사람에게는 이왕 많이 먹혔은즉 다시 더 먹힐 것 없거니와, 새로 새사람 오게

---

8) 돈이 잘 돌지 않아서 매우 귀해지는 일.
9) 쓸만한 인재를 골라서 벼슬을 시킴.
10) 마을 사람들이 갈려 가는 벼슬아치의 유임을 상부에 청원하던 일.

되면 또 먹으려고 혀를 둘러 갖은 악정도 할 터이니 돈 몇 천 냥 빼앗기라면 죽을 고생도 한다네. 불치하는 자의 원류는 새로 오는 자를 두려워함이요, 선치하는 자의 원류는 참 애석하여 함인즉, 이래도 원류, 저래도 원류는 일반이지, 무엇이 알 수 없어!"

"벼슬인지 청올친[11]지 하게 되면 공명도 공명이거니와, 첫째는 충군애국이요, 둘째는 위부모처자할 경륜인데, 돈을 들이고 하겠으면 벼슬을 사는 것이라, 그 벼슬 사 가지고 들인 돈 빼려 하면 박탈민재[12] 아니고는 할 수 없으리니, 백성은 나라의 근본이라, 근본을 흔들면 나라가 위태한즉, 두국병민[13] 역적이오, 만구일담[14] 칭원소리 살아서도 죽은 모양이니 사람은 못 할 바라. 그런 말 하고 보면 가위 불가사문어타인일세."

"그런지 저런지 관찰 군수 노릇도 점점 재미없나 보데? 탐학으로 늙을 수단하고 싶지마는 사면에 걸리는 일 많아 못하나 보데? 그 중에도 조금 낫다 하는 자도 있지마는 언필칭 지방관리 탐학한다 하니 가위 일불살육통[15]일네."

"지방 관리더러만 잘못한다 할 것 아니지. 대관절 정부 대신네들이 돈을 받고 팔아먹는 까닭인즉, 정부대신이 시키는 것 아닌가? 가위 상탁하부정[16]일세. 관찰이니 군수이니 지방에 보내기는 첫째는 치민이오, 둘째는 봉세인데, 지금은 어떻게 된 심판인지 백성을 두드려 가며 돈 뺏어 먹는 것을 치민으로 아니 다스릴 치자는 두드릴 '치자'로 알고, 세납을 독봉하여 국고에는 상납치 않고 자기네 뱃속에 넣어 버리니 봉세라는 봉자는 삼킬 '봉' 자로 아는 모양이니, 당초에 글자를 잘못 배운 탓인지……."

---

11) 청올치. 칡덩굴의 속껍질.
12) 세력을 이용하여 백성의 제물을 탈취함.
13) 나라와 백성에게 해를 끼침.
14) 여러 사람의 의견이 일치함.
15) 한 가지 잘못으로 여러 가지가 잘못됨.
16) 윗사람의 몸가짐이나 마음가짐이 발라야 아랫 사람들의 행실도 바르게 됨.

"아닐세. 어려서부터 보고 들은 가장지학이지. 속담에 이른바 '새우는 대대 곱사등이오, 콩 심은 데 콩 나고, 팥 심은 데 팥 난다' 하니 그와 같이 청백한 집안에서 청백한 자손이 나고 탐학하던 집안에서 탐학하는 자손이 있나니, 그런 고로 효자문에서 충신이 난다 함이 어찌 글자를 잘못 배웠다 하리오."

"그도 그렇지마는 가장지학이라는 말은 용혹무괴[17]한 말이나, 대대 곱사등이라는 말은 과격의 말일세. 자네는 자식을 낳으면 앉은뱅이 낳고, 나는 눈먼 놈 낳겠나? 모두 저 되게 있지."

"그러게 말일세. 사람은 교육하기에 있나니, 교육을 잘못하면 불량배도 되고, 교육을 잘 하면 현인군자 될 지라. 그 교육의 관계가 어떻다 하겠는가."

"이 사람, 교육인지 무엇인지 짧은 해 길게 보내고 입에서 바람 들이며 쓸데없는 말 그만두고, 돈이나 얻거든 술이나 한잔 먹세."

"여보게, 이 사람. 자네는 커니와 오비가 삼척일세. 그전에는 아무리 구차하여도 주머니에 돈냥 떠날 날이 없더니, 지금은 매복[18] 한자리 못 하고 치성 한자리 못 맡아 참, 돈 귀하여 못 살겠네."

"이 사람, 딴소리 말게. 지금 판세를 가만히 보면 '개화'니 '문명'이니 한다고 머리는 잘들 깎았나보네만, 속에는 전판 완고의 구습이 가득하여 겉으로는 어찌 개명진취의 뜻이 있는 듯하나, 실상은 잠을 깨지 못하여 길게 다니는 자들이 말짱 코를 골고 다니니, 비유컨대, 고목나무 겉은 성하나 속은 좀이 먹어 들어가는 모양이라. 참 겉개화라 할 만하여 내 망건 생애만 조잔[19]하여 갈 뿐이오. 조금 별수는 없을 터인데 자네 복술에는 관계치 아니하리."

---

17) 혹시 그럴지라도 괴이할 것이 없음.
18) 돈을 받고 점을 쳐 줌.
19) 말라서 시들거나 지치거나 쇠잔함.

"남 화나는 말 하지 말게. 자네는 듣지도 못 하였나? 지금 경무청에서 무당과 판수를 엄금한다네. 무당은 사지백태가 멀쩡하여 아무래도 관계치 않거니와, 우리 눈깔 멀은 소경 놈은 아무것도 할 수 없고, 다만 배운 바 경 읽고 점치는 수밖에 없으니 내가 내 생각 하여도 꼭 죽었지, 다른 계책 없음네."

"여보게, 아무리 금한다 하되 꽤 고루 잘들만 하나 보네. 사람마다 잠을 깨어 정신이 있게 되면 경무청에서 아무리 경 읽고 굿 하라고 권하여도 아니할 터이지만, 혼몽중에 있는 사람들이야 아무리 금하기로서니 될 말인가. 나야 들은 말이지마는 자네 배운 생애는 없어져야 나라가 흥왕할 터일세."

"이 사람, 남의 말은 식은 죽 먹기 같이 잘 하네. 그렇게 말 하려면 자네 배운 생애는 무엇이 유조[20]한가? 나의 배운 바, 경문과 복술은 빈말이라도 축사나 하고 길흉이나 판단한다 하지만, 그 망건 갓은 무엇하나?"

"아닐세. 망건이라 하는 것은 예의지국의 관으로서 왕의 고풍이니 일조에 없지 못할 것이지."

"딱한 말 많이 하네. 자네 아까 하던 말은 어찌 개명의 의취가 있는 듯 하더니, 지금 말은 우부의 말일세. 참 단지기일[21]이요, 미지기이[22]로다.

그 망건의 폐단을 대강 이르리라. 사람의 머리는 가히 정신 든 주머니라 할 터인데, 그 정신 주머니를 잔뜩 졸라매어 혈맥이 자유활동을 못 하게 하니 사업에 유해무득이요, 사치하는 자는 고운 인모라 곱슬이라 하는 것으로 만들어 쓰고 보면, 그 망건의 체격 맞춰 갓과 의복이며 탕건까지 곱게 하니 경제상에 유해무득이요, 가난한 자는 구멍이 뚫어진 것을 깁지도 못하되 아니 쓸 수 없어 쓰고 보면, 추루[23]가 막심하여 속담에 이

20) 도움이 있음.
21) 단지 하나만 앎.
22) 둘은 모름.
23) 용모가 추하고 천함.

른바 '망건이 헤어지면 석숭이라도 가난하여 보인다' 하거니와 외모에도 유해무익이라. 그 허다한 폐단을 어찌 다 말하리오마는 이전에 명태조가 망건을 내어 우리나라 사람들을 쓰게 할 때에 사람의 머리에 짐승의 털을 붙이란다고 한사코 피하다가 기어이 씌웠는데, 그후 몇백 년 후의 사람에게 해롭다고 벗으라 한즉 또 벗기 싫다고 하였단 말 듣지 못하였나? 도시 사람의 습관이지 무슨 선왕의 제도를 존중이라 그렇던가? 그런 언짢은 것은 왕의 고풍이라 칭탁치 말고, 어진 정치와 아름다운 규모를 좀 선왕의 유풍이라고 숭상하였으면 부국개명 되련마는……."

"여보게, 그러면 자네 생애나 내 생애나 사람에게 유해무익 되기는 피차 일반인즉, 숙시숙비[24] 그만두고 나라에 유익하고 인민에게 유조한 것을 좀 하여보세."

"무슨 회사 같은 것 하나 조직하여 내 나라 물건으로 외국 돈 뺏어오며 상업을 발달하여, 돈을 많이 벌었으면 나라에 원납하여 국용[25]을 보태 가며, 학교를 설치하여 인민을 교육하며, 전문을 장만하여 부모를 봉양하며, 가옥을 넓게 지어 처자를 양육하면 장부의 행사가 쾌활치 못할손가."

"이 사람, 돈은 벌기 전에 할 것은 많이 있네. 가위 '노루 잡지 않고 골 묘감 먼저 마련한다' 는 말과 같도다. 무슨 재력으로 회사 설치하고, 무슨 근력으로 외국 돈 빼앗아 오나? 천하만사가 도시 돈 없는 연후사 제 아무리 생각만 있은들 우리 주변으로는 할 수 없네."

"그러면 그것도 못 하면 굶어 죽었지 별수 있나? 참 무전천지에 소영웅이란 말이 옳도다. 장사를 하자 하니 돈이 없어 못 하고, 모군[26]을 서자하니 다리가 짧아 못 하고, 훈학을 하자 하니 학문이 없어 못 하니 무엇을 한단 말인가? 뜻이 있으나, 소용이 없으니 한갓 애달플 뿐일세. 우리는

---

24) 누가 옳고 누가 그른지 가리기 어려움.
25) 나라의 비용.
26) 품팔이.

다 틀렸네. 우리 자식들이나 잘 길러 그 덕이나 볼 수밖에 없지."

"정신 서 푼어치 없는 말도 하네. 그 자식도 기르려면 먹이고 입혀야 하고, 덕을 보려 하면 잘 교육을 하여 성공을 시켜 놓고야 할 말이지. 당장 죽을 지경인데 무엇으로 양육하나? 공작이라 납거미 먹고 살까?"

"그래도 천불생무록지인[27]이라 하니 어떻게든지 먹고 살 터이오, 메밀도 세 모에서 굴러가다 쓰는 모가 있다 하니 매양 그러할까?"

"믿기는 매우 잘 믿네. 자네 경문이니 복술이니 배워가지고 돌아다니며 남을 속이던 행습으로 자네 마음까지 속나 보이. 남을 잘 속이는 놈은 저까지 잘 속인다더니 자네한테 두고 이른 말이로다. 남의 길흉화복 판단치 말고 자네 길흉 좀 물어보게."

"기막혀 말 한마디 할 수 없군. 속담에 '무당이 제 굿 못한다' 는 말 있지 않은가. 제 점은 못한다네."

"그러면 지금 시국에 이렇게 전황하여 사람마다 죽을 지경이니, 그 돈이 언제나 유통되겠나. 점 한 괘 쳐서 보게."

"아닐세. 점도 이치로 마련한 것은 세상만사가 모두 이치 밖의 일은 없는지라. 그 돈 유통되기를 생각하면 제가끔 눈을 부릅뜨고 없던 정신 깨어가며 무슨 사업이든지 하여, 내 돈도 주고 남의 돈도 뺏어 여기저기 행화하면 자연 융통되지, 아무것도 아니 하고 융통되기를 바라면 누가 그저 갖다 줄 터인가? 속담에 말로 '부뚜막의 소금도 집어넣어야 짜다' 하는 셈으로 무엇이든지 돈 생길 일을 하고 바라지, 겉물로는……."

"그렇지만 무슨 사업을 하려 해도 돈 구경을 해야 하지. 돈 없이 정신만 차리고 눈만 부릅뜨면 사업이 될 터인가? 이 세종로 판에 장사하던 사람도 못하는 것 보게. 그 사람들은 눈깔 감고 정신없이 누구에게 도둑맞아 그러한가? 도시 신·구화 교환에 행용하던 구화는 한곳으로 몰려 들어

---

27) 하늘이 녹 없는 사람을 내지 않는다는 뜻.

가고 신화는 나오지 아니하는 때문에 여수가 막혀 그러한 것이지."

"그는 그렇지. '물귀즉천이요, 물천즉귀' 라 하니 돈도 하, 너무 천하였으니 좀 귀하여야 유의유식[28] 건달패류 잠을 깨어 돈 귀한 줄 알고, 어떻게 하면 돈 벌 일도 생각할 터이니, 우리도 아무리 곤란하나 할 것 없이 내 손으로, 내 손으로 내 옷 찢은 줄로 알 것이오. 온 세상에 잠든 사람끼리는 일로 할 뿐이라. 수원수구[29] 한을 마소."

"여보게 참, 가로에 앉았으면 기막힌 소리 많이 듣겠네. 일전에는 어느 외국 사람들이 지나가며 말 하는데, '한국 사람들은 위협과 압제로 자란 사람인 고로 우리에게도 의례히 압제 받을 줄로 아는 터인즉, 우리들 그 사람들에게 위협과 압제를 아니 할 수 없고, 그 압제와 위협을 아니 하고 보면 아무 일도 아니 되고, 심지어 모군 하나 얻어 부릴 수 없을 터이라. 그런 고로 아까 아무데서 아무가 한국 사람에게 짐을 지어 가지고 와서 그 삯전을 내 마음대로 준즉, 그 삯꾼이 돈이 적다고 하지 않던가. 그리하여도 그 사람이 눈을 부릅뜨고 뺨을 때리려 하며 소리를 크게 지르니까, 그제야 물러서서 아무 말도 못 하고 가지 않던가. 그 셈으로 지어 정부대관까지라도 그렇게 교제를 하고 보면 참 외교의 수단이 있는 사람이 되고, 그런 경위를 알지 못하여 사람이 사람대접하는 동등 대우를 하게 되면 가위 외교 수단에 어두운 사람이 되나니, 진소위 입향순속[30]이라는 말이 옳다' 하며 서로 웃고 가는 것을 보니, 하나는 우리나라에 나온 지 오래되어 풍토선악과 인심세태를 짐작하는 자이요, 하나는 처음으로 나와 아직 우리나라 풍속을 모르는 자인가 보네. 몇 날 지내고 보면 그런 수단이 또한 능할 모양이니, 그 말로 볼진댄 우리가 우리말로 사람이라 하지, 저 외국 사람들은 사람으로 알지 않고, 다만 우마에게 의복 입혀

---

28) 하는 일 없이 놀면서 입고 먹음.
29) 누구를 원망하며 누구를 탓하랴.
30) 다른 지방에 가서는 그 지방의 풍속을 따름.

놓은 일개 동물로 아는 모양이니 어찌 통분치 아니하며, 그전에 우리나라 사람들이 외국을 지목하여 오랑캐니 무엇이니 하며 자칭 동방예의지국 사람이라 하던 것 생각하면, 참 가소롭지 아니한가.”

“그런 말 하지 말게. 보고 듣는 것이 도리어 병통일세. 우리나라 대관들의 소론이니 노론이니 하는 좋은 문벌 공연히 내집 사랑 구석에서나 자세하지, 외국 사람에게는 문벌 자세도 못하고 도리어 그 사람에게 의뢰하기를 도모하니, 그 처신을 논하면 대관이 소관만도 못하다네.”

“그 말 말게. 이 근래 각부 대신네들 출입시에 보겠으면 기구도 굉장하데. 순검 병정 옹위하고 일헌병 일순사가 좌우로 보호하여 추종이 벌떼 같으니, 그 영광이 어떠하며 그 위엄 어떠한가. 사람마다 못 하리라.”

“이 사람 명담이로다. 그네들의 부귀영총을 의논하면 수모수모 당세의 제일이라. 그 악명, 그 신세는 우리만도 못하도다. 화당금옥의 금의옥식은 만민의 고혈이요, 거마복중의 영광위엄은 나라의 난신이라.

자주권리 반점 없이 외국인을 의뢰하여 전국 이익 주워가며 황실 이권 빼앗아다 외국으로 돌려보내어, 강토는 점점 줄어가고 황권은 날로 미약하여 만민은 도탄이요, 도적은 봉기하니 국세의 위급함은 조석이 난보로다.

그 까닭 설명하면 지금 소위 각부 대신 매국하는 수단으로 만든 것이라. 무죄한 전국 인민 곡절 없이 남의 노예될 터이니 그 죄를 의논하면 한국에는 역신이요, 외국에는 충신이라. 죽기를 면할손가. 그런 고로 제 죄를 제가 알고 순검 병정 청득하여 주야로 보호하니 그 보호는 매양인가. 인군을 공동하여 나라를 팔아먹기도 사람마다 못 할 바라.”

“여보게, 참 이번에 또한 한일신조약이 성립되어 일본서 우리나라에 통감부를 설치하는데, 그 위치는 경복궁 안으로 된다 하니, 그 신조약은 무엇이며 통감부는 어찌하는 것인가? 자네는 똑똑하니까는 좀 들었으면…….”

"나도 자세히 알지 못하나 그 신조약은 우리나라 외교권을 걷어다가 일본 동경으로 이설한다 함이오. 그 통감부라는 것은 통감 있을 처소요, 통감은 외교권이나 기타 범백[31] 사위를 모두 감찰하는 관원의 벼슬 이름이라네."

"그러면 외교권이라는 것은 우리나라 외부와 각국 공사관에 교섭하던 권리 아닌가? 그 외교 권리가 일본으로 가고 보면 우리나라의 외부라, 각 항구감이라 하는 것은 무엇하나? 불공자파[32] 될 터이오, 각국 공사 여기 있어 무엇하나?"

"철환본국할 터이니, 참 그렇게 되고 보면 우리나라는 정말 독립국이 될 터이지."

"미친 사람의 말이로다. 나라는 그만두고 일 개인의 일로 말하겠으면, 가령, 김가의 집에서 잔치를 개설하고 각처 빈객을 모두 청하여다 놓고 그 주인이 능히 접대치 못하여 그 이웃집 사람 최가에게 부탁하면, 비록 그 집과 음식은 김가의 것이나 그 대접의 잘 하고 못 하기는 최가의 마음에 달렸나니, 그 빈객들이 무엇을 청하든지 치하를 하든지 하려면 필경 접대하는 최가에게 말할 터이니, 구태여 김가보고 말하잘 건 무엇인가?

그와 같이 우리나라 정부에서 외교 권리를 일본에 주고 보면, 열강제 국에서는 무슨 국제상 일에 대하여 대소를 불계[33] 하고 그 외교 권리 잡은 일본과 교섭할 터이니, 권리 없는 우리 정부와 의논할 도리 있나? 그러한 즉 세계 열강과 대등국이 못 되고 남의 나라 속국이나 다름없어, 내 일을 내가 못하고 남의 손 빌어 하니 무엇이 자주국이며 무엇이 독립국이라 하리오. 자주독립 헛말일세."

"여보게, 나는 남들이 독립 독립하기에 외국과 상관이 없이 홀로 지내

---

31) 갖가지의 모든 것.
32) 치지 아니하여도 스스로 깨짐.
33) 따지지 아니함.

는 것이 독립으로 알고 각 공사가 걷어 가면 독립이 되는 줄로 알았더니, 지금 자네 말 듣고 보니 내 일을 내가 하고 남에게 의뢰치 아니하는 것이 독립이로다.

그렇게 중한 권리를 무슨 주의로 남에게 준단 말인가?

근일에 정부회의를 자주 한다더니 그런 일 하였구면. 자네 아까 말에 병정 순검과 일순사 일헌병을 보호로 세우고 다니는 것이 영광이요, 위엄스럽다 하였지? 그 무엇이 영광인가?

나라를 사랑하고 백성을 무휼하며, 인재를 배양하여 교육을 발달하며, 농상공업 권면하여 재원을 융통하며, 내정을 밝게 하여 관리를 택용하며, 외교를 믿게 하여 인방을 친욕하면 개명진취 절로 되어 국부민강 할 터이니 누구를 부러워하며, 나라가 적다하나 지방이 삼천리오, 인민이 이천만이라, 무엇을 꺼릴손가. 그런 생각 던져두고 캄캄 어두운 그믐 칠야에 혼몽을 못 깨는지, 내 나라 팔아가며, 내 권리 주어가며 고식지계[34] 도모하여 인군에게 득죄하고 백성에게 적원[35]하여 일신성명 보존코자 외국인에게 보호를 요구하니, 죄상은 통한하고 정경은 참혹토다. 충애국군하였으면 내 나라 내 백성에 무엇을 고기[36]하며, 만인이 축원하되 어질고 착한 우리 상공 백수무강 송덕으로 유방백세[37]하련마는, 악하고 추한 물이 난신적자[38] 죄명으로 누치만년 하차하니 가련코 가통일세."

"여보게, 속담에 하기를 '남의 굿에 춤춘다'는 말은 있지만, 지금 일본이 남의 나라 일에 무슨 열심이 그리 있어 '충고'니 '권면'이니 하고 내외 정치를 모두 간섭하려 덤벙이니 무슨 까닭인지 몰라.

일전 제국신문에 떡타령이 참 명담이데. 그와 같이 지금 이렇게 밝은

---

34) 근본적인 해결책이 아닌 임시 변통의 계책.
35) 오래도록 쌓이고 쌓인 원한.
36) 뒷 일을 염려하고 꺼림.
37) 꽃다운 이름이 후세에 길이 전함.
38) 나라를 어지럽게 하는 신하와 어버이를 해치는 자식.

세상에 다른 나라 사람들은 눈을 크게 뜨고 세계 형편 보아 가며, 내 나라 내 인종에 유익하고 좋은 업적 제가끔 하려는데, 슬프다. 우리나라 사람들은 눈을 감고 잠을 자니 무엇을 아니 잃으며, 무엇을 아니 빼앗길까? 무슨 일 한다는 것 보겠으면 나라는 망하든지 도무지 불계하고 제 한 몸의 비기지욕*만 생각하여 사사이 낭패하니, 전국의 혈맥 되는 재정기관을 남에게 양여하여 정치인지 목둑인지 한다고 재정이 탕갈하여 일국 생명이 아사지경을 면치 못하게 되었으니, 생명이 다 죽으면 나라가 어찌 되며 나라가 없게 되면 정부는 있을손가. 통곡할 자 이것이오. 기타 광산이니 산림이니 어업이니 통신원이니 하는 전국에 큰 이익 되는 것은 사분오열하여 조각조각 떼어내어 외국인을 나누어 주고, 철도지이니 군용지단이니 하여 소중한 나라 강토를 위협에도 빼앗기며, 호의로도 주어가며, 각색으로 꾸며내는 허다 폐단은 사람에게 비유컨대, 만신창 주마창 각종의 악한 종기 시시로 발작하며, 상한 병기 부족이 날마다 침중하여 일이 년, 삼사 년에 시득부득 마르는 모양이니, 그런 병에도 어진 의원을 만나 좋은 약으로 먼저 기맥을 순케 하고 시후를 따라가며 재조를 가입하여 병근을 다스리면 일이 삭, 일이 년에 차차 완쾌되려니와, 만일 악한 의원을 만나 죽을 병 들었으니 편작⁴⁰이 난이라고 던져 버려두겠으면 어찌 살기를 바라리오.

지금 우리나라의 병듦이 일이 삭, 일이 년이 아닌즉, 그 병을 고치려면 또한 일이 년에 되지 못할 터이라. 어진 의원이 화제를 연구하여 침과 약을 적당하도록 쓰게 두면 중흥할 도리 없을손가.

목금 형편 보게 되면 양의는 하나도 없고, 만조정이 모두 용렬한 의원뿐이니 가위 장태식할 자이로다."

"여보게, 자네 말 지금 듣고 이왕 지낸일 생각하니 작년 일이 옛일인

---

39) 제 몸만을 이롭게 하려는 욕심.
40) 중국 전국시대의 명의.

즉, 금일이 명일에는 또한 옛날이라 할지로다. 정부대관은 하우불이[41]로 차치물론하고, 우리나라 지방이 비록 적다하나 삼천리에 이천만 생명 중에 유지지인과 강개지사가 아주 없진 아니하여 외국도 유람한다, 무슨 사회도 창설한다 하는데, 모두 발달이 못 되어 유명무실 하는 중에 오직 황성 제국신문사가 경비가 부족하되 동대서취로 근근이 지탱하여, '정계독립'과 '국가이해'와 '인심세태'를 논란하여 인민의 지식을 개도한다 하였더니, 그것도 국민의 복이 없어 황성신문사가 일조에 폐철이 되었은즉, 사람에게 비유컨대 두 눈과 같은지라. 눈 둘이 있을 때도 남과 같이 못 하였거든, 눈 하나를 빼고 보니 갑갑하고 애달픈 일 어떻다 말할손가."

"여보게, 그 말 말게. 나는 두 눈이 다 없어도 오십여 년을 살아 있네마는 신문을 하여 놓은들 잘들 보아줘야 하지, 보는 사람 없고 보면 휴지나 일반이요, 두 눈이 밝은 놈도 학문이 없고 보면 나와 같은 소경이오, 사지백태가 멀쩡하다나 자유활동 못하고 보면 자네와 같은 병신이라. 전국 인민 평론하면 등신은 아직 살아 세상에 있다나 마음은 벌써 죽어 황천에 갔다할지니, 가위 말하는 귀신이라 할만하고, 소위 완고라 수구라 하는 분네들은 문명세계를 말하게 되면 언필칭 그런 것 저런 것 다 없어도 국태민안 하였다 하여 좋은 말 듣지도 않고 좋은 것 보려고도 아니하니, 귀와 눈이 있다한들 무엇이 유조한가? 귀머거리 소경이라 할만하고, 소위 학자니 산림이니 하는 분네들은 공자왈, 맹자왈 하며 시문을 굳이 닫고, 산고곡 심유벽처에 초당을 지어 놓고 두 무릎을 꿇어앉아 자칭왈, 도학군자라 사문제자라 하여 별로 백 리 밖을 나가보지 못하고 무정세월을 허송하니, 가위 썩은 선비라 할만하여 앉은뱅이나 다름이 무엇인가? 허나 설폐하려며는 입이 아파 할 수 없어 대강 말일세."

---

41) 아주 어리석고 못난 사람의 기질은 변하지 아니함.

"여보게, 그런 말 하고, 듣고 보면 참 화증이 절로 나서 못 살겠네. 우리도 좀 좋은 방책 하여보세. 나는 눈이 있으나 다리가 부실하고, 자네는 다리가 성하나 눈이 없어 피차에 낭패되는 일이 많은즉, 우리도 일신단체되어 이전에 못 하던 일 하게 되면 그 아니 쾌할손가?"

"말인즉 대단히 감격한 말이나 우리 같은 병신들이 제 아무리 단체 된들 무엇을 한다 하리오. 가위 지이불행인즉, 가석할 뿐이로세."

"아닐세. 자네가 단체의 뜻을 모르는 말인가 보네. 자네가 나를 업고 보면 눈도 있고 다리도 있어 어디를 가지 못한다 하며, 무엇을 하지 못한다 하리오. 그렇게만 하고 보면 단체가 아니 되나?"

"그러면 자네는 업혀 다니게 되어 좋거니와, 나는 무슨 팔자로 내 몸도 내가 주체할 수 없는데 남을 또 업고 다닌단 말인가. 참 기막힌 말일세."
하며 희희창탄에 노래 일곡 부르면서 막대를 두르며 갔더라.

그 노래에 하였으되,

사천 년 오랜 나라 어이한들 망할손가.
오백 년 높은 종사 뉘라서 바라볼까.
서산에 지는 해는 다시 돌아 올라오고
동해로 가는 물은 궁진함이 없으리라.
현인군자가 어느 때에 없다 하며
난신적자가 매양 득의하단 말가.
흥망성쇠는 자고로 무상한즉
사람의 알 바 아니로다.
역산에 밭갈기와 위수변에 고기 낚기는
고인의 행적이니 우리도 오호에
배를 띄워 사풍세우에 불수귀하여 볼까!

— 《대한매일신보》(1905).

거부오해

작자 미상

　모처 병문[1]에서 여러 사람들이 모여 앉아 각기 소경사를 보고 들은 말을 서로 논란하는데, 그 중에 인력거꾼 하나가 가로되,

　"나는 아무리 생각하여도 알 수 없는 일이 한 가지 있어 모든 친구에게 묻나니, 내가 인력거로 생애하는 고로 남북촌 재상가도 많이 가서 보고, 각처 연회에나 연설하는 곳에도 더러 가서 들은즉, '정부조짚', '정부조짚' 하니 정부에서 조짚[2]은 하여 무엇에 쓰려는지……. 정부라는 말은 각 대신네들이 모여 나라일 의논하는 처소로 짐작하거니와, 그 조짚은 무슨 조짚인지 알 수 없네. 정부가 마소 치는 여각집[3]이 아닌즉, 말이나 소를 먹이려고 조짚을 구할 것도 아니요, 혹 시골서는 조짚으로 지붕이나 담 같은 것을 이기나 하거니와, 정부에서는 그런 소용도 아닐 터인즉, 아마 일본 감부에서 일인을 외군에 내려 보내어 각 현 각 동에 군중시급 소용이라 하고 말먹이 곡초를 분정하여 돈도 주지 아니한다고 하니, 정부에서 민폐를 생각하여 일본 군대에 보내려고 하는 일인지…….

　사람마다 '정부조짚'이 된다 하며, 혹 어떤 사람의 말은 '정부조짚이

---

1) 골목 어귀의 길가.
2) 조나 피 따위의 낟알을 떨어낸 짚.
3) 객줏집.

무엇인고! 그도 저도 다 틀렸다' 고 하니, 가만히 여러 사람의 말을 듣고 눈치로 생각하여 보면 '정부조짚' 이 된다 함은 정부에서 조짚을 구취⁴한다는 말이오 정부 조짚이 틀렸다 함은 여수히 구취가 되지 못하였다는 말로 알거니와, 그 조짚은 어디 쓸 소용인지 알 수 없어 갑갑히 지내노라."

하거늘, 그 말을 듣고 일좌가 박장대소하여 왈,

"이 무식한 놈아, '정부조짚' 이란 말도 있던가? '정부조직' 이라 하는 말이지. 조직이라 하는 말은 물론 무엇이든지 짠다는 말이니, '정부조직' 은 정부를 짠다는 말이다."

한데, 인력거꾼이 사례하여 왈,

"나는 밭에 심은 조짚으로만 생각하였은즉, 그는 무식한 탓이거니와 지금 그 말을 듣고야 확연히 깨달았도다. 한동안 일진회원⁵이 각 부처 대신의 집으로 돌아다니며 '사직상소를 하여라', '사직을 받아라' 하며 공갈이 막심하게 들입다 짠다더니, 그것이 정부를 짜노라고 하는 일이로군. 그만치 물이 못나게 들입다 짠즉, 소위 정부조직은 잘된 모양인데, 혹 어떤 사람의 말은 '정부조직이 무엇이야! 아무것도 안 된다!' 하니 어떻게 하는 말인가 이도 자세히 알 수 없는 일인즉 또한 갑갑하도다."

하거늘, 여러 사람이 더욱 대소하여 왈,

"우리가 도두 학식이 없어 이 병문에서 남의 삯짐이나 져 주고 구루마나 인력거나 교꾼질⁶을 하여, 혹 엽전 한 전 냥이 생기면 비지 안주와 사발 막걸리에 낙을 붙여 허다세월을 차일피일로 지내는 터인즉, 정부니 조직이니 알 것도 없고, 알 수도 없거니와 지금 그대의 말을 듣고 보면 가위 초상집 상제가 요절할 말이로다.

당초에 조직을 조짚으로 아는 것을 일껏 설명하여 주었더니 일향 조직

---

4) 한 데 모음.
5) 1904년 일본이 고문정치만으로 한국 정부를 간섭하는 것에 만족하지 않고 친일적 민의가 필요하다고 판단하여 조직한 단체이다.
6) 가마를 이르거나 그것을 메는 일.

이라는 두 글자의 뜻을 해석치 못하고, 한갓 여러 사람이 위협으로 남을 졸라 짠다는 의미로만 아니 실로 웃을 만한 일이로다.

그 조직이라는 말이 어찌 하였든지 짜기는 짠다는 말이 되고, 그것을 사물상으로 비유하여 말하게 되면 베실이나 무명실 같은 것으로 베나 무명 같은 것을 짠다 하려니와, 정부를 짠다 하게 되면 각 대신을 가리어 학문과 재능이 없는 자는 면관하고, 지식이 유여하여 능히 국사를 도울 만한 자로 의정 대신 이하 각부 대신의 직임을 맡겨 위로 황제폐하에 성충을 기우며, 아래로 제 관리를 통솔하여 정치와 법률을 받게 하며, 지방 관리를 택자하여 도탄에 든 생령을 무휼하고 구제하여 나라의 근본을 굳게 함이니, 그 심원한 계교와 중대한 책임을 어찌 입으로 다 말하리오.

그러한즉 '정부조직'이라는 말을 쉽게 하면 쉽다 하려니와 어렵게 알면 극히 어려운지라, 어찌 '정부조직'이 된다 하리오. 목금소견으로 보게 되면 오백 년을 또 지나도 될는지 알지 모를 일이니, 그대 말과 같이 그렇게 생각하는 것이 마땅하니 그대가 짐짓 모르고 하는 말인가, 알고도 모르는 체하고 웃노라 하는 말인지는 알 수 없으되, 어찌하였든 가히 웃을만한 일이로다."

인력거꾼이 또한 가가대소 왈,

"말을 나는 어디까지나 딴말만 하였거니와 '시정개산한다', '시정개산 된다' 하더니 참 시정개산은 작년 가을 이후로 착실한 시정개산이라." 하거늘, 곁에 있던 자가 물어 가로되,

"자네는 어떻게 하는 말인가? 시정개산이 어찌 되었다 하느뇨?"

인력거꾼 왈,

"시정이라 하는 말은 시정들이 전황하여 각처로 개산이[7]를 매여 다닌다는 말이 아닌가. 그로 미루어 보게 되면 소위 지식이 있다는 사람도 시

---

7) 농구의 일종.

정개산이 되어야 한다 하고, 일진회원이나 일본관인이라 하는 사람들도 시정개산을 시킬 목적이라고 권고를 한다, 충고를 한다 하니, 일본사람이나 일진회원 같은 자는 시정개산이를 만들려고 함이 용측무괴하거니와, 소위 우리나라 유지라 하는 분네들은 나랏일을 되도록 주의한다면서 시정이 개산이를 매어 돌아다니기를 바라는 모양이니 무엇이 쾌할 것이 있으며, 돈이 없어 상로가 조잔하면 무엇이 나라에 유익하건대 언필칭 시정개산이 되어야 한다고들 하는지, 급기 시정들이 그렇게 개산이를 매여 애를 써도 하나도 좋은 일 없으니 무엇이 잘 될지 모르겠네.

신구화 교환으로 돈이 귀하기가 극한에 이르러 시정들이 전문을 다친다, 출판을 당한다, 도망을 한다, 백성들은 굶어 죽겠다, 얼어 죽겠다 하며, 심지어 우리들의 여간 돈푼벌이도 아주 없어져서 곤란이 막심한데, 소위 정부대관이나 유지라 하는 분네들이 하나도 그런 짓을 급히 할 생각은 없고 지금까지도 시정개산이 되어야 한다 한즉, 이에서 또 어떻게 되나…… 시정들이 개산이를 매다 못하여 지쳐 죽어야 무슨 일이 잘 될는지…… 어리석은 내 소견으로 보면 시정개산을 만들지 말고 아무쪼록 시정들을 보호하여 상업이 흥왕케 하고 이익이 발달되도록 주의하면, 비단 그 시정과 상민들에게만 이익이 있을 뿐 아니라 정부에도 이익이 될 터이요, 전국 인민에게도 이익이 되어 나라 재정에 얼만큼 효력이 있을 터인데, 그는 생각지 않고 다만 신화 일 원에 구화 이 원 하는 것을 다행히 아는 모양인지…….

관리는 그 월급이 가령, 백 원이면 신화를 찾아 상노관에서 식량이라 포목이라 각색 물건을 무역하게 되면, 일 원을 구화 이 원으로 쓰는 재미에 시정은 개산이를 매던 부조직이라하고 시정개선이 되기를 바랄 말이지, 덮어 놓고 그네들을 그저 두고 정부를 조직한다 하면 무엇이 조직이라 할 터이며, 그네들이 정부 위에 앉아서 시정개선하겠다 하면 무엇이 개선될 터인가? 이말 저말 쓸데없고 일본서 통감이 건너온 후에야 무슨 결말이 난다 하니 한심코 답답한 일이다."

한데, 인력거꾼이 탄식하여 왈,

"나는 이때껏 이렇게 그 의미를 효득치 못하고 다만 음성사로 비스름하게 듣고 의견으로만 생각하였거니와, 아마 정부대신들도 나와 같이 무식하여 그 의미를 효해[8]치 못하는 모양인지, 일간에 일본서 통감이 건너온다 하니 알지 못케라, 정부 관리들이 글을 더 배우려 함인가?

우리나라에도 《통감》이 없을 것이 아니거늘, 하필 일본서 가져올 것이 무엇인가? 만일 우리나라에 만일 통감이 없게 되면 《사략》이라도 무방하고 《소학》《대학》《맹자》《중용》이 허다한데 그것저것 불계하고 일본 《통감》이 적당하단 말인가? 우리나라 사람들의 성질이 아무리 내 것은 흉하고 남의 것은 좋다 하여 일용백백이 모두 외국 것으로, 심지어 짚고 다니는 지팡이까지도 외국 것을 사거니와 그 《통감》이야 아무데 《통감》이면 관계할 것 있나? 소위 내 《천자》와 남의 《천자》가 다르다 하는 말이 거기 두고 이르는 말이로다."

하거늘, 좌중이 또한 박장대소 왈,

"이 사람, 되지 않은 말 작작하소. 듣기를 잘못하였나, 어찌 그리 오해하는 말이 많은고. 근번에 일본에서 건너온다는 통감은 서책 이름의 《통감》이 아니고 벼슬 이름의 통감이니 그 통감은 일본의 유명한 원로 후작 이등박문[9] 씨가 통감으로 건너왔다네. 그 통감의 직권을 말하자면 대단히 훌륭한가 본데, 이왕에 일본 신문상에도 통감의 운치를 논하였는데, 한국 풍속이 주임관 이상은 영감이라 하고, 책임관 이상은 대감이라 하고, 황제폐하는 상감이라 한즉, 지금 통감이라는 칭호가 극히 운치가 있고 재미스러운 말이라 하고 하였는데, 그런 말 듣고 가만히 헤아려 보면

---

8) 깨달아서 앎.
9) 러일전쟁 직후인 1905년 조선에 통감부가 설치되자 초대 통감으로 부임. 1909년 통감을 사임하고 추밀원 의장이 되어 만주 시찰을 겸하여 러시아 재무대신과 회담하기 위해 중국 하얼빈에 도착하였는데, 안중근에게 암살당한 인물.

통감이라는 통자는 거느릴 '통' 자요, 감이라는 감자는 볼 '감자' 이니 그 통감 두 글자를 합하여 말하게 되면 '도통 거느려 본다' 는 말 아닌가?

그렇게 미루어 보게 되면 통감이라는 칭호와 직권이 우리 한국에는 굉장한 칭호와 직권이 아닌가? 저 사람들은 운치도 있게 알만도 하고 재미스럽게 여길만도 하거니와 우리나라 일반 국민에게는 어찌 기막히고 한심한 일이 아니리오. 자네 말과 같이 서책 이름이 통감 같으면 무엇이 관계있다 하며 무엇이 원통하다 하겠는가? 한갓 우스울만한 일이로다."

인력거꾼이 듣기를 다하여 깊이 탄식하여 왈,

"속담에 '이른 말로 들으면 병이오, 안 들으면 약이라' 는 말이 옳도다. 나는 그렇게 굉장한 통감인 줄은 모르고 다만 공자왈, 맹자왈 하는 《통감》으로만 알았더니, 지금 자세히 알고 본즉, 비록 우둔한 마음이라도 가슴이 메어지는 듯, 피를 토할 듯하여 일단 병근이 될 듯하니 도리어 듣지 아니하였을 때만 같지 못하도다."

하고 인력거를 끌고 가며 자탄가를 노래하니 그 노래에 하였으되,

"산첩첩 수중중이라. 산이 높아 만 장이니, 그 산을 넘자 하면 사다리를 놓음만 못하도다. 만일에 사다리도 놓지 않고, 한 걸음도 걷지 않고, 다만 산이 높다 자탄하면 명일이 금일이요, 명년이 금년이라. 하월 하일에 그 산을 넘어간다 급할까!

산첩첩 수중중이라. 물이 깊어 천 척이니, 그 물을 건너려면 배를 준비함만 못하도다. 만일에 배를 준비치 않고, 사공도 부르지 않고, 다만 물이 깊다 자탄하면 하월 하일에 그 물을 건너간다 진언할까!

아마도 그 산, 그 물을 넘고 건너자 하면 사다리와 선척을 준비코자 미리미리 경영함이 제일 상책이라. 이도 저도 아니 하고 무정세월 허송하면 그 산, 그 물이 절로 절로 평지 되기 바랄손가!

슬프고 슬프도다! 우리나라 형편됨과 우리 동포 전정됨은 산첩첩 수중중에 우심타 하리로다. 바라고 바라노니 정부대관 유지인사 할 수 없다

자탄 말고, 사다리와 선척 등을 어서 바삐 준비하오. 우리는 무지 하등의
인류라 일러 무엇!"

— 《대한매일신보》(1905).

다정다한

백악춘사

1

시절은 대한 광무[1] 오년경인가. 흘러가는 가을비는 대지를 포용하여 나뭇가지 풀잎마다 누릇누릇 봉봉한 검은 구름에 씌었다 벗어졌다하고 떨어지는 태양은 황해 수평선에 걸려 온 하늘을 진홍으로 물들인 듯 하고, 순풍에 돛을 달고 제물포로 돌아가는 어부의 노래, 울굴굴 밀려오는 조수 소리, 떴다 잠겼다 펄펄 날아드는 백구소리, 자연의 오묘한 즐거움을 합주하는 듯. 이때 한 사람이 가벼운 차림으로 말에 올라타고 한 아이를 수행하여 인천항 유현으로 내려오니, 나이는 약 사십에 용모가 빼어나고 풍채가 비범하나, 오랜 세월 객지풍상에 고초를 경험한인지 인세풍파에 고됨을 맛보았는지, 안색이 초췌 청백하고 턱뼈가 약간 높으니 일종의 신비스런 근심을 머금은 듯하더라.

2

이 사람의 종적을 깊이 살펴 경성 계동에 사는 삼성선생이라. 선생은

---

1) 조선 고종 때 사용한 연호(1897~1907).

원래 품성이 탁월하고 지기가 넓고 컸는데, 청년 당시에 항상 생각하기를 '어떻게 하면 남자로 태어나 용렬하고 속된 사내가 되지 않고 세상에 다시없는 큰일을 일으켜 한 시대의 이목을 크게 놀라게 하며 먼 미래에도 길이 남을만한 뛰어난 이름을 전할 것인가!'

하여 가업을 포기하고 신법 기술을 공부하기 위해, 인정 풍토를 연구하기 위해 팔도강산을 널리 돌아다니고 명산대천과 명승도회를 차례로 방문하며 소위 이인도승과 기사술객을 일일이 방문하니 이인도승이 별다른 사람이 아니요, 기사술객이 허명에 불과하다는 것을 깨닫고 마음이 편치 못해 본래대로 돌아오게 되어 이후에 일절 탁한 세상의 명예와 이익을 따르는 마음을 끊고 고금의 학문과 외국의 신지식을 겉으로 드러나지 않게 몰래 공부하면서 지루한 세상을 파하더니 물 흐르듯 가는 세월, 머리 위에 서리가 내리려고 한다. 건양 원년이 되어 천운과 국운이 커지고 새롭게 되어 경무국장의 영예로운 직을 임명받는다.

이때에 독립협회로 일변한 만민공동회가 정동에서 부상군의 대타격을 받고 재차 용산혈전에 실패를 당하게 되어, 내외인심이 끓어오르고 크고 작은 각 학교 학도는 일시에 동맹휴학하며, 각 상점은 철시하여 맹렬하게 일어나 만국일창으로 민회에 가세하니, 이때에 민회는 본진을 종로에 두고 풍찬노숙으로 낮밤 가리지 않고 한편으로 회원을 보내 연설케 하여 인심을 고동하며…….

당국에서는 백방수단으로 민회를 해산코자 하되, 민회에서는 당국의 일처리에 날마다 분개하여 인민과 당국 간에 번번이 부딪히는 사건이 날마다 심하게 일어나니 이때 성안의 광경은 괴상하게 생긴 구름이 참담히 돌아다니고 살기가 등등하여, 어느 한 순간에 피바린내를 풍기는 바람과 구름이 활극을 연출할 듯하더라. 어느 날 밤 경무국장에게 기별이 급하게 내려오되, 즉각 순검 기백 인를 함께 데리고 가 민회를 도륙하라 하거늘, 선생이 골몰하게 생각하다가 거부하며 말하기를

"이 명령은 결코 받아들일 수 없다."

하니, 필야 당국에서 국장을 불러들이는 상황에 이르더라. 선생이 정부에 들어가 어찌하여 잔학무도의 정부명령을 도저히 집행치 못하겠는지 그 연유를 도도히 항변하고 나와 버리니,

이때에 경무청 내 여러 순검은 이와 같은 비밀스런 기별을 탐문하고 눈물을 흘리며 서로 의논하되,

"민회 회원은 즉 우리들의 부형 친척이라. 이들을 마구 죽임은 우리들의 부형 친척을 죽이는 것이니, 어찌 하늘과 사람의 도리로 능히 행할 바리오. 만일 국장께서 상부의 명령을 항거치 못하여 이와 같은 부도의 참사를 무리하게 수행코자 하면, 우리는 일제히 순검을 내어놓고 동맹퇴출하자."

고 결의하던 중에, 선생의 항변출래함을 듣고 여러 순검이 선생의 탁견에 감격하여 울며 칭송했다. 이 이후로는 선생에게 신복하는 마음이 더욱 두텁더라. 선생이 경무국장을 임명받은 이래, 기년 간에 이와 같이 뭇사람의 의견을 물리치며 무리의 비방을 마음 쓰지 않고 제 한몸을 국가에 바치며 성실한 노력을 공사에 다하여, 일평생 가슴속의 깊은 뜻을 만분지일이라도 단행하는 기회가 유코자 하였더니, 오호라 하늘이 불쌍히 여기지 않아 일들이 많아지니, 혼자서는 일을 이루기 어려움이요, 외바퀴가 굴러가기 어렵더라. 선생의 고상한 사상과 강직 공평한 일 처리가 공사 간에 떳떳해 반점이라도 비난을 받을 것이 없으나, 무리들 의혹의 초점이 되고 뭇사람의 적이 되어 지위를 보유치 못하고, 목포 경무관으로 이직되는 상황에 이르매, 선생이 꿋꿋하게 응낙 후에 유람 겸 도임차로 바로 그늘 옷을 신속하게 갈아입고 길을 떠나 배편을 기다리러 인천항으로 내려옴이라.

3

　선생이 목포 경무관으로 부임한 지 며칠 후에, 하루는 한 일꾼의 고소를 들게 된즉, 그 일꾼이 일하는 기관에서 일꾼의 패장[2]되는 사람이 그 일꾼을 육십 번 치는 태형에 처하여 거의 죽게 되었다 하거늘, 순검을 곧 보내어 그 패장을 잡아 문초하기를,

　"관헌이 있거늘, 네가 무슨 명색으로 인민을 사형에 처하여 죽음에 이르게 하였단 말이냐?"

　패장, "소인이 소인의 뜻으로 한 것이 아니오라, 역군 중에 불법한 자가 있으면 그때그때 처벌하라고 감리사또께오서 허락하신 조문에 비추어 태형에 처한 것이옵니다."

　선생, "감리사또께서 어찌 그와 같은 조문을 허락하였단 말이냐?"

　패장, "네, 과연 감리사또께서 조문을 허하셨습니다."

　선생, "그러면 그 조문을 가져오너라."

　패장을 구류 후에 조문을 보니, 그 조목 중에 일꾼 중 불법자가 있거든 그때그때 벌하되, 만약 중한 죄를 범하는 자는 이십 번 치는 태형에 처함을 받게 된다는 조건이 있더라. 다시 패장을 다시 문초하기를,

　"이놈 들어라. 이 조목 중에 중죄를 범한 자는 이십 번 치는 태형에 처하라 하였지, 어디 육십에 처하라는 법이 있단 말이냐?"

　패장, "과연 그 일꾼이 중대한 죄를 범하였사옵기에 그 율문에 의지하와 이십 번 치는 태형을 세 번 처형하였습니다."

　선생이 그 패장의 답을 듣고 나서 탄식하며 말하기를,

　"이와 같은 관헌과 행정이 법의 명령을 부패케 하며 인민을 가혹케 하는 원인이라."

---

2) 관청이나 일터에서 일꾼을 거느리는 사람.

하고, 즉시 감리사또와 교섭하여 그 조문을 그날로 없애고, 선생이 다수 일꾼을 일제 소집 후에 타이르며 말하기를,

"오늘부터 이 조문은 이미 파기되었으니, 너희들은 다시 패장들의 불법한 태형을 받지 않을 뿐만 아니라, 만일 패장들 중에 예전의 구습을 고치지 않고 불법행위를 감행하는 자가 있거든 즉시 나에게 고소하라."

하고, 여러 해 동안 완고하게 사리에 어둡고 협잡한 패장무리의 먹이노릇을 면할 수 없었던 일꾼들을 자유로 해방하니, 가련한 어리석은 일꾼들이 기뻐 뛰면서 만세를 제창하며 태평을 구가하는 모습은 미국 남북전쟁 후에 자유해방한 흑인노예의 그것과 흡사하겠더라. 또 선생은 자애심이 많고 동정이 깊으므로, 자기의 월급을 모두 나누어 불쌍한 부하를 구제하며, 그 이후 어느 경축절에 또 십 금을 순검청에 내려 보내 일차 잔치를 베풀매, 순검들이 기뻐하는 칭송이 어찌 비할 바 있으리오. 이 때에 순검들이 경축연회를 열고 선생의 깊은 은혜를 감사하여 축배를 바치더라. 이 때에 선생이 상석에 앉아 창문 틈으로 잠깐 본즉, 한 사람이 삶은 돼지를 큰 그릇에 담아가지고 남북으로 순회하다가 약 한 시간 후에야 주과와 함께 술자리에 내이거늘 선생이 마음속으로 생각하되

'필시 어리석은 인민들이 또 귀신이나 신당 따위를 숭배함이로다.'

하고 잔치를 끝내고 모두 돌아간 후에 한 순검을 몰래 불러 물어보기를,

"일전에 잔치할 때에 내가 잠깐 보니, 삶은 돼지를 가지고 이곳저곳 순회하니 어떤 이유인고?"

순검, "네, 이 곳 저 산 아래에 수백 년 동안 모시는 신당이 있사옵는데 대단히 영검하고 엄하와, 관민간에 무슨 음식이 생기면 반드시 먼저 그 신당에 공헌하는 규례가 있사옵니다,"

하거늘, 선생이 허허 크게 웃으며 말하기를,

"죽음과 삶의 세계가 서로 다르고 신과 사람은 그 지위가 서로 다르거늘 신과 사람이 함께 사는 것은 너무 편치 못한 일이다."

하고 즉시 순검 몇을 불러,

"그 신당을 처치하라."

한즉, 순검들이 크게 놀라 전율하며 말하기를,

"그 신당은 수백 년 동안 이름이 널리 알려진 영검한 신령이라. 만일 인간이 사소한 죄를 범하면 신의 벌이 이 땅에 이르게 되옵니다."

하거늘, 선생이 크게 호통 치며 말하기를,

"신의 벌은 내가 당하리라."

하고, 즉시 일꾼과 순검을 데리고 그 신당을 불태워 없애니 인민이 크게 놀라 서로 말하기를 "이번에 경무관 영감은 천주교인이 아니면 야소교인이라"고 소문이 크게 퍼지더라. 선생이 도임한 이래 불과 몇 개월 만에 부하를 억압하지 않고 구습을 일소청신하고 인민보호의 결과를 날로 얻더니, 안타깝다 목포 인민의 불운인지 시대 조류의 반목인지, 전에 볼 수 없었던 이 좋은 경무관이 하루아침에 직무를 그만두게 되었다고…….

4

선생이 목포 경무관으로 면직 상경하니, 가세는 청빈여세하나 현명한 부인 강씨와 장남 유봉이 팔세와 차남 하봉이 사세와 선생의 화기애애한 가정에서 일절 정치계에 발자취를 끊고 세상의 근심을 잊고, 오로지 아동교육과 동포개발로써 남은 인생의 천직을 다하고자 하여, 동내 모모 유지인사와 서로 의논하여 소학교를 신축설립하기로 결정하고, 소학 아동을 일제히 불러,

"학교를 지을 주춧돌을 각자 구해 오라."

하니, 아동들이 서로 앞서 귀가하여 각자의 주춧돌을 빼어 오며, 혹 불미한 것을 가져오는 아동은 서로 재촉하여 빠른 시일 내에 땅을 정하고 신축에 착수하니, 전일 풍운 생활시에는 도저히 몽상할 수 없었던 재미가

있더라. 선생이 하루는 이른 아침에 일어나 담배를 피워 물고 느리게 산책하며 소학교를 지을 땅으로 올라가니, 남산 북악에 자옥하게 잠긴 안개가 만상의 비밀을 포장하고, 네거리 너른 길에 물지게 장수의 물 긷는 소리만 짜걱짜걱. 한 골목에 다다르니, 한 사람 허리를 구부리며,

"안녕히 주무셨겠지요?"

선생이 뜻밖에 바라보니, 전일 경무국장으로 있을 시에 알고 지내던 별순검이라.

선생, "하, 어떻게 여기 왔나?"

별순검, "아니올시다. 이 집은 누가 주인이 되어 신축하는 것이옵니까?"

선생, "이 집은 온 동내 사람이 합동하여 짓는 소학교다."

별순, "지금 경위총관께서 영감을 좀 오시라고 하였습니다."

하며 문서를 보여주거늘, 바라보니 즉 체포장이라. 선생이 의아하며 좌우간 집으로 돌아오니, 이 골목에서 또 나오면서, "안녕히 주무셨겠지요?", 저 골목에서도 또 나오면서, "안녕히 주무셨겠지요?"하며, 이 골목 저 골목에서 불일 듯 나오는 별순[3] 팔구 명이 지키고 있으니, 필시 새벽부터 줄을 버리고 선생의 거동을 경계하던 모양이더라. 선생이 집에 돌아와 의관을 정착 후에 조찬을 먹고 나아가니, 수다 별순이 선생을 좌우전후로 옹위하고 나는 듯이 경무청 문내에 들어가니, 대죄인을 포박하였다고 수군수군하는 소리 사면에서 들리더라. 선생은 까닭을 알지 못하고 인도하는 대로 옥간에 들어가니, 한 청년이 달려와 엎드려 말하거늘,

"영감께서 어찌하여 또 이곳에 들어오시옵니까?"

하고 아주 마음아파하며 울음을 삼키거늘 자세히 바라보니 이 청년은 즉 사오 년 전에 선생이 국장으로 있을 시에 수하에 친히 부리던 사환이라. 이 사환은 청내의 크고 작은 소식을 듣고 있으므로 선생의 피착됨을 들

---

3) 특별한 목적을 가지고 이곳저곳을 돌아다님.

고 이렇게 크게 슬퍼하니, 선생의 중죄를 나쁘게 봄이라. 한편으로 착고를 채우고 간수를 엄히 하여 하루아침에 더러움을 극하고 어두운 뇌옥 중에 자유를 잃은 몸이 되니, 오호라 흑운이 참담하고 앞길이 아득하다, 선생의 운명!

5

선생은 지금까지도 어떠한 죄명으로 옥중에 투입됨인지 알 길이 만무하여, 가슴이 답답하고 심회가 분울한 중에, 창문 틈으로 저 건너편을 바라보니 건너편 옥간에도 이방 저방 죄인이 충만한 중에, 모모 오륙 인의 동지단이 그 동안에 투입되었는지 또한 선생과 동일한 모양으로 고초를 신음하더라. 피차간 일언상정도 화교치 못하고 눈만 꺼벅꺼벅 서로 바라보며 일신의 운을 하늘에 맡기고 다못[4] 천일의 복명하기만 주야로 기다리더니, 하루는 중죄인 문초령이 추상 같이 내리자, 건너편으로 한 사람씩 잡아내어 수 시간을 문초 후에 다시 옥간으로 내리우니, 이 사건이 전체 어떠한 사건인지, 범죄 사실이 어떤 명목인지, 목전에 다가오는 대의옥이 무엇인고? 선생의 타는 마음 실로 측량키 어렵구나. 이윽고 선생의 순서가 돌아와서, 여러 순검에게 옹위하고 제단에 나아가는 양과 같이 문초장에 들어가니, 순검 나졸이 좌우에 벌여 서고, "형구를 들여라", "바로 아려라" 하는 호령은 청천의 벽력이 떨어지듯, 난데없는 일본협회 사건이며, 또 근래 신축하는 학교를 어떻게 추사하였던지 가사건축사건이니 백방으로 신문하나, 선생은 원래 반점의 죄실도 없는지라 생각하면 우습고도 분하며 분하고도 가련하여, 바른 사실대로 즉시 알리고 나머지 물음에는 일절 입을 열지 않으니, 당일 백방으로 문초한 결과 필야 요령

---

4) 다만.

을 얻지 못하고 다시 옥으로 내려간지라. 선생이 옥에 내려와 육십 일을 지내도록 일차 신문이 다시 없더니, 그 후에 중죄인을 다 감옥서로 옮기라는 엄령이 일하[5] 내려오니, 이날부터는 이 중죄단이 일변 감옥서의 손님이 되었다오. 차편부터는 어데 생전 지옥 이야기를 하여 봅시다.

6

선생이 감옥서에 내려오니 이 때는 여름철 뜨거운 나날이라. 도야지 우리 같은 적은 방에 죄인은 충만하고 역한 냄새는 분분하여 코를 만지며, 이곳저곳에서 신음하는 소리, 상심 탄읍하는 경광, 똑바로 보기 어렵고 다시 듣지 못하겠더라. 선생은 원래 연약한 신체에 무겁고 무거운 착고를 이기지 못하여 길고 긴 날에 앉았다 누웠다 장래를 깊이 생각하며 길고 긴 밤에 단꿈을 꾸지 못하고 허리가 끊어지는 듯 끊임없이 탄식하며 말하기를,

"허허, 사람이 스스로 경험치 못하면 모든 일이 이렇구나. 내 전일 경무국장으로 재임시에 수백의 불행한 자를 이렇게 악형에 처하였던고! 허다한 원한을 세상에 쌓았도다!"

아주 짧은 시간이 지난 후에 사상이 또 일변하면 노기가 등등하여 몹시 분노하며 말하기를,

"무죄한 사람을 어찌 악형에 처하는고! 한번 내 손에 권리만 돌아오면……."

여차히 일시간 중에도 사상이 천만으로 변천하여 감격이 커서 통곡하며 울고 분노가 커서 아프게 꾸짖다가,

"아이구 허리야."

---

5) 명령이나 분부 따위가 한 번 떨어짐.

신음하며 누울 때에, 어떠한 일인이 전편에 앉고 눕는 대로 착고를 들어 선생의 고통을 친절히 위문하는 이 있거늘, 선생이 놀라 일어나 친절한 동정과 불안한 마음으로 백배 감사 후에, 선편의 성명과 또 입옥한 죄명을 물은즉, 선편이 탁신하며 말하기를,

"저는 본시 평양인으로 미국 갔다 온 죄로 이 곳에 들어온 지 오늘로 삼 년이온데, 금차 영감 등 기인의 입옥한 것은 확실히 무죄한 것을 알고 있사옵고, 또 영감께서 노체에 중형을 이기지 못하여 신음함을 바라보려 하니, 가슴속에 품은 회포가 불평하고 정감이 간절하여 영감께서 조금이라도 안면을 득할까 하여 착고를 드렸습니다."

이같이 친밀한 정애로 한 달, 두 달, 일 년을 지냈더니, 아아! 이 미국 갔다 온 불쌍한 죄인은 철천의 원을 씻지 못하고 그 오는 여름철에 불행 유역에 병에 걸려 어두운 옥 중에서 영원히 불귀의 혼이 되었소.

7

이와 같이 옥중생활로 일 년을 지낸 후에, 이 유지단은 옥관의 후의로 오륙 인을 일실에 회합하고 신체를 자유로 운동케 하니, 천조의 무거운 짐을 벗어놓고 자유로운 몸이 된 듯. 이후로는 항상 오륙 인이 단좌하여 고담 소화와 신문 등으로 무료한 세월을 보내며, 혹 재미있는 책자를 구하면 옥중의 소일물이 될까 하였더니, 하루는 동시옥중에서 징역하는 모 지사의 인연으로 야소교 책 기백 부를 들여왔단 말을 듣고, 심심하던 차에 소설 보는 일체로 혹 세상 근심을 잊을까하여, 친근한 부탁으로 《천로 역정》 한 권을 구해오니, 이는 영인 번연약한이가 눈이 먼 여식을 데리고 십이 년간 옥중에서 고생하며 저작한 것이라. 선생이 같은 형편에 동정의 눈물을 참지 못하여 주야를 가리지 않고 꾸준하게 읽으니, 은연중에 일종 쾌미를 점점 깨닫고, 또 전 문장의 뜻을 통하여 반점이라도 사람을

원망하는 기색이 없으며, 항상 자기의 운명을 자위자락하는 정신이 도저 범상한 인사의 생각할 바 아니러라. 선생이 의아하게 여기며 생각하되

'저도 사람이요 나도 사람이거늘, 저는 어떤 사상과 어떤 정신이 있기에 어떻게 덧없는 세상의 고락을 차갑게 봄인고? 다못 들은즉 저는 야소교 믿는다 하니, 실로 야소교 중에 어떤 능력이 있단 말인가?

이에 동지 몇몇이 마음을 결단하고 신구약 몇 권을 구하여, 주야를 가리지 않고 점차로 읽으니, 그중에 천고난해의 진리가 포장하고, 일종 난언의 쾌미를 감득하겠더라. 몇 달을 열심히 공구하여 근근 독필하니, 심면이 널리 열려 일종 활로를 새로이 얻은 듯. 상의 후에 일시 야소 믿기를 확정하고, 한편으로는 각기 본제에 연락해 야소 믿기를 간권하며, 한편으로는 성경연구 외에 여념이 없더라. 선생이 하루는 한 책자를 구하여 일 편의 기재한 바를 보니, 미국 동부지방에 한 가난한 가족이 있어서 특별한 방법이 없으면 도저히 전가족의 생계를 유지할 여망이 없음을 알고, 그 가장이 부인에게 위로하며 말하기를,

"내가 들은즉 서부지방 낙기산 아래에 황금이 많이 난다하니, 내 그 곳에 가서 금을 많이 채집한 후에 연락하거든, 부인은 저 어린 애자를 데리고 오게 되면 우리 집의 살아갈 계책이 아닌가."

하고, 그 가장이 곧 그날 출발해, 낙기산에 도착하여 천신만고를 참고, 몇 년 동안 주야로 노동하여, 과연 기허의 황금을 채집 후에 본가에 연락한즉, 부인이 그 가장의 성공을 듣고 크게 기뻐해 즉시 얼른 옷을 갈아입고, 어린 애자를 데리고 배편으로 그 가장을 찾아가는 길에, 뜻밖에 배에서 화재가 일어나매 도저히 전 인원을 다 구제치 못할 상황에 이른지라. 배에 탄 손님들이 의논하고,

"일가족 중에서 한 사람씩 뽑아 작은 배로 구출하자."

하니, 이때에 그 부인은 도저히 모자 양인의 생명을 다 구득할 길이 전혀 없음을 보고 부인이 하나님께 기도하며 선원들에게 애원 간청하고 그 애

자의 손을 잡고 울며 영별사 주어 왈,

"나는 오늘 이 바다에서 불행한 귀신이 되나니, 너는 부디부디 조심하여 아버지께 가서 내 말을 전하고, 아버지 모시고 부디 잘 살아라."

이 말을 마치고 작은 배로 떠나자 인류의 죄를 대속하여 십자가상에 이슬로 소거한 야소와 같이, 이 애자의 생명을 대표한 자비다정의 애모는 뜨겁디 뜨거운 사나운 불의 포로가 되어 천길만길 깊은 용궁으로……

선생이 다 읽은 후에 정감이 통절하여 아무런 말이 없고 뜨거운 눈물이 내리니, 갑작스럽게 문외로 청지기가 들어오며,

"두 어린 손님이 영감을 방문하였나이다."

하거늘, 선생이 들어오기를 허락하매 두 어린 아이가 문을 열고 들어와 선생과 만나니 선생의 두 사랑스런 자식이라. 전편에 들른즉 그 동안 가세가 재물을 다 써 남은 게 없어 땔나무와 양식을 살 길 없어 배고픔과 추위가 막심하다더니, 이제 과연 두 사랑스런 자식이 어떻게 겨울날 추운 하늘 밑에서 남루한 단의를 입고 수일간 음식을 굶어 기골이 매우 말라 형상을 접견하니, 인정도리에 그 부친의 가슴이 과연 어찌할꼬? 장남 유봉이 울며 하는 말이,

"어머니께서 이렇게 말씀하셔요. '우리는 다 죄를 많이 지은 사람이라. 여하한 벌을 받아 죽을 때가 되더라도 조금도 원망할 곳이 없거니와, 이 죄 없는 두 어린 것은 어떻게 하면 살리우겠습니까,하고 너의 아버지께 여쭈어라' 하셔요."

유봉이가 이 말을 마치고 어린 마음에도 감이 극하여 목을 놓고 우는 소리, 부친은 가족의 가련한 정세와 두 사랑스런 자식의 결백한 전언을 듣고, 가슴이 막히고 비감이 솟아올라 한마디를 발할 용기가 다시 없고, 더운 눈물만 두 소매를 적시며 훌쩍이면서 우니, 좌중에서 이 광경을 참관하던 사오 인도 정감이 상극하여 일장이 홀연 대성통곡하니, 옥에 있는 사람이 이 말을 듣고 슬퍼하지 않는 자 없더라. 한바탕 운 후에 선생

이 유봉의 손을 잡고 눈물을 씻어주며 일러 말하기를,

"네가 집에 돌아가서 어머니께 이렇게 여쭈어라. '하느님이 우리 사람을 내실 때에 어찌 굶어죽게 하실 이치가 있겠습니까. 야소 잘 믿으시고 안심하여 지내시면, 자연 사는 도리가 있습니다.'"

이 이후로는 이 일원 중 야소를 신의하는 마음이 날로 두터워, 옥중에서 기도 찬미하며 세월을 보내더니, 사람의 일이라는 것은 궁해지면 반드시 변화가 있고 고생 끝에 즐거움이 오도다. 하늘이 맑게 겐 대낮에 무죄 방면하는 몸이 되어, 삼 년 만에 옥문을 나가고, 세상에 나와서도 이 뜻을 모은 일행들은 옥중서약을 불변하고, 하나님의 뜻을 받들어 사회사업과 공공자선 등 사업을 한 마음으로 경영하는데, 선생은 지금도 한 몸을 구세에 맡겨 전도사업에 열심 종사합니다. 아멘.

— 《태극학보》(1907).

몽조

반아 槃阿

　세상이 꿈인지, 꿈이 세상인지, 세상인지 꿈인지, 꿈과 세상을 도무지 알기 어려운 일이로다. 장안대로 너른 길에 가는 사람, 오는 사람, 가고 오는 사람이 모두 다 일 없이 가고 오는 일은 없건마는, 북악산 높은 묏부리에 어두컴컴하게 모여 넘어오는 검은 구름은 장대 같은 소낙비를 몰아오는 듯하고, 남산 잠두봉 머리로부터 천지를 뒤집어 오는 듯한 우레 소리는 죄 없는 사람으로도 죄 있는 듯하게 하며, 삼각산 상상봉 북편으로 넘어가는 번갯불은 섬섬한데, 북창문 반쯤 열고 전라도 세주렴[1] 그림자 속에 손에 걸리지 아니하고 마음에 없는 바늘과 자를 들고 무엇을 생각하는 듯 근심이 있는 듯, 사랑하는 물건을 잃어버린 듯 무엇을 찾는 듯, 여러 가지 마음이 가슴에서 물레바퀴 구루마 바퀴 모양으로 소리는 없지마는 '으르렁 뚜루루' 하루 열두시 한시 육십분 일분 육십 초간에 시시때때로 구르고 헤어지고 뭉치고 퍼지어 간신히 진정코자 하나, 내 마음이라도 마음대로 진정치 못하고 이따금 조는 것과 같이 깜빡하여, 알지 못하는 동안에 떨어진 바늘과 자를 다시 거두어 들고 다시 앉았다가 벌떡 일어서서, 안방도 열어보고, 건넌방도 열어보고, 또다시 마당을 향

1) 가는 구슬 줄로 만든 발.

하여 내다보다가, 가만히 몸을 돌리어 봉창 앞으로 가까이 앉으면서 땅이 꺼지는 듯이 한숨을 지고 내어다보니, 그 동안에 소낙비는 그치고 몰려가는 구름송이 뭉게뭉게 북악산 북편 서편으로 전쟁 패한 군사가 십이 산지포와 속사포에 물러가는 듯이 엎드러지며 곱드러지며 순식간에 다 넘어가더니, 뒤이어 푸른 하늘이 다시 나고 저녁 날빛이 산 위에 반쯤 걸렸는데, 세상의 괴로움을 알지 못하고 스스로 즐겨하는 매미는 뒷마당 어린 버드나무에서 매암매암.

"엄마 맘마 엄마 맘마 엄마 어서 와."

하는 소리에 깜짝 놀라 돌아보고,

"저녁, 저녁이 벌써 다 되었나? 오빠는 어디 갔니? 오빠 불러라. 증남아, 증남아."

"지금 여기 있었어요. 쉰네더러 웬 백통 한 푼을 주고, 갈 사이 없다고 해도 자꾸 참외를 사오라지 아니하겠어요. 네, 지금 여기 있었어요."

"증남아, 증남아. 증남이는 없거든 우리나 얼른 먹고 치자."

하는 두어 마디 말에 한없는 생각이 목에 목메어서 밥도 넘어가지 아니하고 혼자 생각으로 '아무리 어리고 철없는 어린아이지마는 참외를 사오라고, 참외를 사달라고? 학교는 쉬지마는 복습 한 자 아니하고 앞뒤로 뛰어다니면서 저것을 제 아버지도 없이 내가 혼자 어찌하나!' 하고 밥을 시작하여 두어 술이 지나지 아니하여,

"상 가져가거라."

하고, 어두워 오는 짧은 여름밤에 벽에 걸린 자명종은 여덟 시를 뎅뎅 치지마는 불 켜란 말도 없고, 불 켜란 말이 없는 것이 아니라 다른 생각이 간절하여 잊어버리고, 다시 북악산이 앞에 닿는 듯 하는 북창을 향하여 앉아서 캄캄한 하늘과 산을 바라볼 뿐이더라.

이 북창을 향하여 조는 듯 근심하는 듯, 어두워 오는 하늘, 캄캄하여 오는 높은 산을 바라보고 앉아있는 부인은 나이가 서른대여섯쯤 된 아직

늙지도 아니하고 젊다고도 할 수 없는 갸름한 얼굴, 강파래한 체격, 얼굴 빛은 검다고 하기도 어렵고 또 과연 희다고 하기도 어려운 육색, 어찌 보면 재미있고 간절하고 주밀하고 자세하기도 하고, 또 어찌 보면 맺고 끊는 듯하고 쌀쌀한 듯하고 꼭한 듯하나, 그 가운데를 들어 말할진대, 어떻든지 영리하고 똑똑하고 얌전한 한 부인이요, 의복과 맨드리²는 과히 추하지 아니한 곤베 치마저고리에 머리는 참먹 갈아 부은 듯 한결 같고 잔머리 층 없고, 물굽이 분 듯한 검은 머리를 되는대로 둘둘 뭉쳐 흰 댕기에 흑각비녀를 꽂은 한 부인이더라.

"어머니, 어머니. 대문간에 누가 왔소……. 박주사라고 합디다."

"증남아, 다시 나가 물어봐라. 누구를 찾나 물어봐라."

"아버지를……."

"아버지……?"

하고, 증남이가 들어와서 아버지라 하는 말을 듣고 눈이 캄캄하고 가슴을 찌르는 듯한 생각이 가슴 속에 물 끓는 듯하여 혼잣말로,

"돌아간 아버지를 누가 찾노?"

하며 다시 새로운 생각이 변하여 눈물이 되어 바늘 꽂힌 옷깃에 떨어지는 눈물을 다시 돌려 생각하되,

'내가 이렇게 눈물 내어 어린 자식에게 뵈는 것이 도리어 어린 사내자식을 교육하는 도리가 아니라!'

하여, 증남이 보지 못하는 동안에 눈물을 씻고 기운을 가다듬고 정신을 차리어서 증남이를 불러 이르되,

"증남아, 문간에 다시 나가서 아버지는 지지난달에 돌아가시고, 집에는 아무도 없고 어머니 혼자 있다고 여쭤라. 또 무슨 일로 오셨는지 여쭤봐라."

---

2) 옷을 입고 매만진 맵시.

"……"

"어머니, 아버지하고 대단히 친한 친구라고 우리 아버지 편지를 가지고 왔다고, 이 편지를 줍디다."

하고 철년지에 조그마하게 봉한 호패만한 편지 일 봉을 드리거늘, 얼른 보니 겉봉에 '증남 어머니 보시압' 하는 여덟 글자가 완연히 증남 아버지 지금 당장 쓴 것 같이 먹 흔적이 마르지 아니하여 죽었던 사람이 다시 살아온 듯, 대문간으로 들어오는 듯, 편지를 떼어 보기는 고사하고 대문간만 바라보고 벙벙히 앉았다가 깜짝 놀라 정신을 가다듬어 그 편지를 뜯어보니,

증남 어머니 보시오.

옥 속에서 여러 해포를 지내는 동안에 부인에게 근심과 걱정을 날로 더하게 한 일은 이제에 이르러 생각하니 도무지 흘러가는 물거품과 사라지는 봄눈과 같이 되었도다. 일찍이 바다 밖에 놀아 우리나라가 청국에 속방이 되어 기반을 벗지 못하고 세계에 병신구실함을 분히 여겨, 동양에 먼저 열린 이웃 나라와 서로 손을 이끌고 세계 여러 나라 틈에 들어가 한가지 반열에 참여하기 위하여, 정치를 개혁하여 국가의 기초를 튼튼히 하고 태서[3] 신세계의 문명을 들이어 안민동포 형제의 지식 정도를 넓히고자 하였더니, 세상에 좋은 일은 마가 많다 함과 같이 하늘의 이치와 사람의 일이 어그러짐이 많아 일은 이루지 못하고, 도리어 한갓 죄의 이름만 쓰고 옥 속에서 여러 해를 지내는 동안에 이루 말하기 어려운 형벌과 이루 말하기 어려운 고생을 다 지내다가, 밝는 날은 사형의 집행을 당하여 다시 이 세상에 있을 수 없는 황천객이 되겠으니, 슬프다. 사람의 죽는 일은 언제라 죽지 아니함을 기약하리오마는, 뜻있고 이루지 못할 뿐 아니라 도리어 죄의 이름을 쓰고 돌아

---

3) 서양.

가니 진실로 어여쁘다. 이 사람의 일이로다. 다행히 이 사람이 살아있어 일을 이루고 공이 서서 천하가 태평하거든 부인은 외교관의 부인이 되고, 이 사람은 외교관이 되어 법국⁴ 파리성이나 영국 런던이나 미국 워싱턴에 전권대사로 대사관에 태극기를 높이 달고, 부인의 민활한 도움을 의지하여 나라의 빛을 세계에 날리고자 하였더니, 부인은 외교관의 부인이 되지 못하고, 뜻있는 사람은 뜻을 이루지 못하니 하늘이 망케 하심인지, 사람의 꾀함이 부족함인지, 용용한 한강물은 낮과 밤으로 흘러 다하지 아니하고, 낙락한 남산솔은 해마다 푸르러 쇠하지 아니하는도다. 다행히 부인은 몸을 사랑하고 증남이를 돌아보아 집일을 더욱 가다듬고 교육을 힘써 행하여, 황천에 돌아간 이 사람으로도 혼이 평안하게 하기를 바라압. 이 편지를 전하는 박주사는 이 사람과 뜻을 같이하는 사람이니 집안에 어려운 일이 있거든 백사를 의논하시압.

감옥소 제 삼 간, 밤중 촛불 아래서 그만 총총 그치압.

한대흥

읽기를 마치고 정신이 혼절하여 그대로 엎어져 기색⁵하다.
"엄마아아아……."
"어머니이이이……."
"아씨이이이……."

세상이 꿈인지, 꿈이 세상인지, 세상에 슬픈 일도 많고 악착한 일도 많지마는 이 한대흥 씨의 죽은 일과 그 부인의 당한 일같이 악착하고 불쌍하고 가엾은 일은 다시 없으리로다.

한대흥 씨는 일찍이 해외에 놀아 신문명 공기를 마시고, 나라에 돌아

---

4) 프랑스.
5) 충격으로 호흡이 멎음.

와서 아무쪼록 되도록 힘자라는 대로 죽도록 자기의 먹은 뜻을 이루고자 하여 열심으로 사회를 개하고 정치를 개혁코자 하여 움막살이 초가집은 밥 먹고 드사는 주막으로 알고, 시골 서울로 다니면서 밤낮 없이 열심하던 공로는 조금도 없고 도리어 역적이니 대역이니 하는 대죄명을 썼다. 집에 들면 말 위에서 겅정겅정 뛰놀다가 마당으로 뛰어나오면서,

"아빠아, 아버지이."

하고 손을 잡고 좌우에 매달리면서 어리광하던 어린 딸과 자식을 다 버리고, 온종일 밖에 나가서 듣는 일 보는 일이 무비상심 촉성[6]하는 일을 좋은 마음으로 접대하고 설명하다가, 피곤한 몸을 간신히 가지고 집에 들어오면 화로 위에 찌개 놓고 뒤주 위에 상 보아 두었다가 얼른 나와 맞으면서,

"시장하시지요?"

하고 옷갓 받아 의장에 걸고 듣기 싫고 상심될만한 말은 다 피하고, 듣기 좋고 말하기 좋은 말로만 만날 위로하면서 "많이 잡수시오"하고 나를 위로하고 나를 위하여 근심하고 걱정하고 조심하는 늙지도 젊지도 아니한 부인을 버리고, 이 세상을 버리고 싶어 버리는 것도 아니요, 억지로 목숨을 끊기어 세상을 버리는 한대흥 씨의 일이며 어린 딸과 자식이 앞에 있어서,

"아빠 어터 갔소?"

"아버지 언제나 오시오?"

하는 어린아이들의 말이 날과 밤마다 귀에 듣기 싫고 가슴에 못 박아 하루도 열두 시로 자처하고 싶고, 물에라도 몸을 던져 이 세상을 버리고 싶고, 대뜰 석축에라도 머리를 쾅쾅 부딪쳐 죽고 싶은 생각, 살고 싶지 아니한 몸을 간신히 동작하여 앞뜰 뒷마당을 시름없이 거닐 때에, 암새 수

---

6) 재촉하여 빨리 이루어지게 함.

새가 지붕 마루터기에서 "재재재재"하고 둘이 서로 엉클어져 한 몸이 되어 희롱하다가 마당에 떨어져서 헤어져 가는 모양이며, 다 무너진 화계[7] 앞에 며칠 못 갈 쇠잔한 꽃이 천명이 다함을 알지 못하고 제 모양을 자랑하는 듯이 피어 있는 형상이며, 이 세상에 봄과 겨울이 있음을 알지 못하고 다만 여름을 당철이라 하여 "쓰르람 매암 매암 쓰르람"하는 모양, 모두 다 보기 싫고 듣기 싫어 또다시 몸을 돌이켜 사랑에 나아가니 더더욱 있던 모양, 자던 모양, 책 보던 모양, 안으로 들어오던 모양, 옷 입고 출입하던 모양, 모두 다 마음을 상하고 창자를 끊어 억지로 철 아닌 서리 맞은 풀잎 모양으로 이 세상을 지내고자 하는 부인이, 의외의 남편의 영결서를 받아보고 기절혼절하여 졸도하는 형상이야 진실로 세상이 꿈인지, 꿈이 세상인지 알기 어려운 일이더라.

　"아씨이, 아씨 물 잡수시오!"
하고 검둥어멈은 아씨의 다리와 팔을 주무르고,
　"어머니이, 어머니이!"
하고 증남이는 어찌한 일인지 까닭을 알지 못하고 제 어머니를 쩔래쩔래 흔들고, 간난이는,
　"엄마, 엄마아!"
하는 소리에, 문간에 섰던 박주사가 무슨 까닭인지 심상치 아니한 일이 있는 줄 짐작하고,
　"이리 오너라, 이리 오너라."
불러 묻고자 하나, 사람은 나오지 아니하고 궁금하여 혼자 생각에 곧 들어가서 무슨 일인지 보고 싶으나, 한대흥 군이 살아 있을 때에는 심심하여도 찾아오고, 일이 있어도 찾아와서 시계가 새로 한 시를 칠 때에 간

---

7) 화단.

일도 있고, 또 어느 때는 자고 간 일도 있지마는, 한 번도 보지 못한 부인을 들어가 보기도 어렵고, 심상치 아니한 일이 있음을 알고 그저 가기도 어려워서 머뭇머뭇 주저주저 하다가 다시 돌려 생각하되, 그저 가는 것은 인정이 아니요, 차마 발길이 돌아서지 아니하여 얼른 중문간에 들어서서 보니, 안마루 한가운데 한 사람을 뉘어 놓고 세 사람이 어찌할 줄을 알지 못하여 황황하거늘, 주머니에 있는 사향수아반 두 개를 얼른 내어 입에 갈아 넣고 깨어나기를 기다린다.

"……."

이윽고 정부인이 정신을 차려 일어나다. 정신을 차리어 일어나 보니, 천지가 아득하고 팔다리에 뭉어리 돌 달린 듯하고 머릿골은 도려낸 듯한데, 간신히 일어나서 안방으로 들어간다.

박주사는 부인이 깨어남을 보고 자기가 있으면 도리어 편편치 아니할까 하여 하인을 불러,

"일간 또 오마."

하고 가다.

이 박주사는 주인 한대흥 군과 한 가지 이웃하여 머리 땋고 다홍저고리 입고, 가램질하고 돌팔매질하고 둘이 서로 걷고 틀고 글방에 다닐 때부터 다른 글방 동무들보다 의가 좋아 선생님이,

"저 애 둘은 쌍둥이 같지."

하는 평이 있도록 의가 좋다가, 한대흥 군은 일찍이 외국에 놀아 십 년을 가까이 같이 있지는 못하였으나, 한대흥 군이 나라에 돌아옴으로부터는 축일상종하여 일이 있으나 없으나 하루가 멀다 하더니, 까닭 없는 일에 여러 해를 옥 속에서 지내다가 참혹히 이 세상을 버릴 때에,

"나는 죽더라도 내 집일은 자네에게 부탁하노라."

하던 말이 이제 오히려 귀에 새겨 있는데, 오늘날 또 이 형상을 보고 한없는 회포와 정이 가슴에 사무쳐서 차마 돌아서지 아니하는 발길을 돌리

어 고개를 숙이고 땅만 보고 돌아서는 것이다.

전회前回에서 한대흥이라 하는 사람이 옥 속에서 영결서를 삼경 촛불 아래에서, 몸은 비록 자유를 잃어버리고 옥에 매여서 날이 밝으면 한 몸이 둘이 되어 목과 몸이 서로 나뉠 경우에 있지마는, 마음은 하늘을 쓰고 도래질이라도 할 기상이 있다 하던 한대흥 씨는 유림사회에 이름이 제일류에 있는 김학자의 수제자로, 또한 이름이 김학자 만큼은 세상에 널리 들리지 못하였으나 아는 사람은 오히려 범절이 김학자에 지지 아니한다 하던 한학자의 둘째 아들이라. 어렸을 때부터 항상 글 읽기를 좋아하여 나이 열다섯이 지나지 아니하여, 경학으로 말하면 《사서삼경》이며, 과문[8]으로 말하면 아직 육문이 다 능하다 할 수는 없지마는 시와 부는 남의 손 빌지 아니하고 자작자필할 만큼 문력으로, 일찍 큰 뜻이 있어 동으로 일본 나라에 놀아 정치학을 졸업하고 여러 해만에 본국에 돌아와서 다만 나라를 붙들기로 주의하고 다니다가, 일가의 권함과 친구의 권함을 어기지 못하여 이 정부인과 합근식[9]을 행하여 무릇 열네 해 동안에 부부가 화락하고 금실이 자별하여 아홉 살 먹은 아들과 네 살 먹은 딸을 두었더라.

정부인은 나이 여덟 살 때에 어머니를 이별하여 벌써 이십여 년이라. 이십여 년 전 어머니의 얼굴 모양은 희미하여 이마가 어떻든지 넉넉히 생각은 아니 나지마는, 항상 웃는 낯으로 자기를 대하던 일과 돌아가실 때에 자기를 불러 앞에 앉히시고 여러 해 병드신 끝에 파리하고 파리하신 손을 들어 내 손을 넌지시 쥐시고,

"아가, 내가 암만하여도 죽을까 보다. 내가 죽으면 어찌하나. 계모라도 들어와서 너를……. 아가, 무슨 일이 있든지 다 참고 참아라. 참을 인자가 셋이면 살인도 면한다더라 아가."

---

8) 문과 과거에서 시험을 보이던 여러가지 문체.
9) 신랑 신부가 잔을 주고받는 일로, 전통 혼례식을 일컫는다.

하고 눈물을 흘리면서,

"아가, 내가 없어도 나를 알겠니?"

하고 언니(오라버니댁)가 빗겨 준 검은 머리를 쓰다듬어 주시던 일이 엊그저께 같건마는, 그 후에 계모가 들어온 뒤로부터 가풍이 일변하여 아주머니네 집(전 어머니 형님댁)에 가서 놀다가, 해가 저물어 컴컴하여도 하인도 아니 보내 주고, 아침 저녁 끼니때에 한편 구석에 된장찌개 한 그릇에 밥상도 아니 받쳐 주고, 마루구석 한편에다 아무렇게 밀어주는 밥을 먹고, 조금하면 자막대기, 걸핏하면 주먹질을 당하면서 날마다 시시때때로 돌아가신 어머니 생각하고 자라다가, 주단 받은 이후에는,

"색시가 왜 그러냐? 이상해라, 고약해라, 그만하면 넉넉하지. 저고리가 네 잎인데 봉지에 떡을 해서 무얼하나. 이 무서운 세상에."

하는 혼인을 전 어머니 말씀을 마음에 새기어 참고 참아 남더러 말한 일은 없지마는,

"시집이야 가면 이런 일이 또 있으리."

하고 울며불며 한대흥 씨의 집으로 시집온 부인이라.

덧없고 정 없는 세월은 흐르는 물결같이 시각을 머무르지 아니하여 여름날 짧은 밤은 다 지나고, 가을바람이 뜰 앞 나무에 들어옴에 쉬었던 학교는 다시 시작하고 가을옷 다듬이 소리는 여기저기서 일어난다.

날빛은 서녘 하늘에 기울어져 사람 그림자는 한없이 길게 뵈고, 바람 잎은 부는 대로 나무는 춤을 추며, 집집마다 바람을 따라 일어나는 저녁 연기는 나뭇잎과 섞여서 흩어지며, 학교로부터 돌아가는 학도의 점심 밥그릇 흔드는 소리는 문간 골목 돌아가는 모퉁이에서 천지를 뒤집더니 대문 소리 벼락같이 나고 증남이가 쑥 들어서면서,

"어머니, 학교에서 여기까지 달음박질했소. 어구 숨차. 이것 보오. 이것을 흔들고 들어왔소."

"왜 그렇게 달음박질들을 했니? 달음박질하지 마라, 넘어지면 다친다.

그래 오늘은 무슨 공부했니?"

"오늘은 《소학》 배우고, 글씨 쓰고, 하나 둘 배우고, 오늘 또 누가 와서 연설이라던가 무언지 손으로 책상을 두드리면서 얼굴이 붉으락푸르락하면서 한참 이야기했다오."

"누가……?"

"누구라던가? 맨 먼저 무어라고 하던데……. 옳지, 옳지. 요전에 어머니가 기절했을 때에 약 주고 가던 이야."

"응, 그러면 너의 아버지 편지 가지고 왔던 박주사가 아니냐?"

증남이는 제가 기막히던 때의 일을 생각하여 말하고, 정부인은 자기가 기막히던 때의 일을 생각하여 말한다.

"그래, 연설은 뭐라고 하더냐?"

"연설이오……. 응, 사람사람이 다 세상에 사는 것이 목적이 있답디다."

"그래, 무슨 목적?"

"목적이 세 가지가 있다고. 제 몸 위하는 목적, 제 집 위하는 목적, 또 하나는 뭐라던가? 옳지, 옳지. 제 나라를 위하는 목적이랍디다. 그런데 그 중에도 나라를 위하는 목적이 제일 크다고 합디다. 집이 없으면 솥이나 부등갱이[10]나 부지팡이나 무엇이든지 있어도 집이 없으면 둘 데가 없고, 또 뭐라던가? 오오, 좋은 화류삼층장이나 의거리나 찬장 뒤주 같은 암만 좋은 세간이 있어도 둘 데가 없다고. 그러니까 집이 있어야 세간도 잘 둘 수가 있고 몸도 편히 잘 자고 먹고 할 수가 있다고. 그와 같이 나라는 집이라고. 이게 있어야 세간 같은 이런 집도 둘 수가 있고 옷도 둘 수가 있다고. 나라는 집이랍디다. 그러니 우리더러 공부를 잘 하라고 합디다. 세상에 이 일로 해서 죽은 사람도 많다고 합디다."

---

10) 아궁이의 불을 담아내어 옮길 때 부삽 대신 쓰는 도구.

증남이의 옳기는 말을 듣고 증남 아버지가 항상 하던 말을 들은 것 같아,

"증남아, 네 아버지가 그렇게 돌아가셨단다. 네 아버지가……."

"어머니, 배고파. 저녁 다 되었소?"

하는 차에 문간에 웬 사람이,

"이리 오너라, 이리 오너라."

증남이가 대문간에 나아가서 보고 들어오더니,

"어머니, 어머니. 아까 학교에 와서 연설하던 이요. 박주사요."

"그래, 뭐라고 하더냐?"

"'증남이냐, 잘 있었니? 어머니도 안녕하시냐? 그리고 이것이 무엇인지 이것을 줍디다.'"

하고 종이에 둘둘 싼 무슨 봉지 하나를 준다.

증남 어머니가 이것을 받아들고 당장 펴보려고 하는데, 검둥어멈은 또 그 전에 아씨가 기절하시던 편지나 아닐까 하여,

"그것이 무엇이오? 또 편지가 아니오니까?"

"아니다. 편지는 아닌가 보다. 으메, 돈이다. 하나, 둘, 셋, 넷, 다섯……. 열 장일세. 열 장이면 이것이 얼만가? 이게 웬 돈이냐. 증남아, 증남아. 그 어른 가셨니? '이것이 웬 돈입니까' 하고 갖다 드려라."

증남이가 대문간에 나갔다가 들어와서,

"어머니 문간에 아무도 없습디다. 그 어른 벌써 갔나봅니다."

"그러나 이것이 웬 돈인지 모르지마는 얼만지 알고나 두자. 이게 열 장이면 얼만가? 한 장이 스물댓 냥. 스물댓 냥이 열이면 이백쉰 냥인가? 어떻든지 두자. 훗날 또 그이가 오거든 주자."

하고 그 돈을 다시 싸서 둔다.

본래 이 한대흥 씨의 집은 학자의 집안이라. 가풍이 엄숙하여 다만 학업을 힘쓸 뿐이요, 쌓아 온 재산은 있지 아니하여 아침밥 저녁죽에 겨우겨우 지내던 집안이라. 부모는 일찍이 여의고 단칸살이 살림살이에 주인

이 살아 있더라도 생계가 곤란할 터이거든, 하물며 한대흥 씨는 참혹히 이 세상을 버리고 정부인 혼잣몸이 아들 하나, 딸 하나를 데리고 혼자 살림 여러 달에 여간 있던 돈푼 싼 물건은 하루 하나 둘, 다달이 예닐곱씩 다 팔아 없어지고, 그 동안에 반찬 가게 외상이며 나무값, 쌀값, 여기저기 몇 백 냥을 어찌 갚을 도리가 없어서 병술이나 콩나물이나 색실이나 성적분[11] 장사라도 시작하련마는, 이것도 또한 밑천이 없고, 하릴없어 안바느질 한가지로 겨우겨우 아침밥 저녁죽이라도 부지하여 지내더니, 요즈음은 바느질 일도 변변치 아니하고 범백[12] 물가는 한 푼짜리가 서 푼 하고 서 푼짜리가 다섯 여섯 닢이 지나가는 중에 증남이는 날마다,

"어머니, 오늘 종이 사겠소, 돈 주오. 오늘 붓 사겠소, 돈 주오. 오늘은 추렴이오. 다른 애들은 새 책을 가졌던데, 나도 새 책 사 주. 신발이 다 떨어졌소. 귀봉이는 제 아버지가 왜신 사 주었습디. 나도 그 왜신 하나 사 주오."

하는 소리에 시름없이,

"네가 아버지 있니? 귀봉이는 제 아버지가 있으니까 그렇지."

"그럼 어머니가 사 주오……. 어서 어서."

세상에 하고 싶은 일이 많지마는 안부모가 자식이 해달라는 것 같이 해주고 싶은 일은 없고, 세상에 뼈아픈 일이 많지마는 철냥이 없어 자식을 잘 갖추어 옷 해줄 수 없고 다달이 강미[13] 달라고 말할 때에 즉시 줄 수 없고, "신발 사 주오", "추렴 내오" 할 때에 마음과 같이 해줄 수 없고, 아침저녁 끼니때에 자식의 배고파하는 얼굴 보는 것 같이 뼈아프고 속 쓰린 일은 또다시 없으리로다.

바깥부모가 살아있어 둘이 서로 걱정하며 할 수 없는 일은 오히려 또한

11) 성적은 혼인날 신부가 얼굴에 분을 바르고 연지를 찍는 일. 성적분은 그때 바르는 분.
12) 모든 사물.
13) 글방 선생에게 보수로 주는 곡식.

견딜만하거니와 남편은 먼저 가고 부인 혼자 남아있어 걱정, 바깥 살아 있을 때엔 친치도 아니하고 알지도 못하던 사람이 가끔 자주 찾아와서 이런 말 저런 말 가까운 듯이, 친한 듯이 하더니, 바깥남편이 한번 돌아간 이후로는 친하고 가깝던 사람도 자연히 멀어지고 성겨지어 이렇다고 돌아서서 의논할 곳도 없고, 저렇다고 돌아서서 부탁할 곳도 바이 없어 이를 장차 어찌하리. 내 몸 하나뿐이면 또 오히려 관계치 아니하련만, 생각다 생각하여 요전에 받은 돈을 결단코 쓰고 싶지 않지마는 두었던 곳을 찾아내어 펴 보고 펴 보다가, '조금 쓰고 채워 놓지. 긴 밤을 짧게 알고 며칠 밤 바느질로 새어 보지' 하고 그 박주사의 주던 돈을 펴보지만 어떻게 쓰는지, 어떻게 바꾸는지 알 수 없어,

"검둥어멈, 검둥어멈. 이것을 한 장을 쓰려면 어떻게 쓰나?"

"무엇입니까? 네에, 그것은 왜돈이에요. 그 왜돈은 조선돈하고 바꾸어야지요."

"으응, 이걸 바꾸는 데가 있나? 그럼 바꿔 와."

하고 두어 장을 내어주니 검둥어멈이,

"네에, 그럼 이것 좀 보아 주십시오."

하고 화로 위에 쑤던 풀을 풀막대째 꽂아 놓고 발딱 일어서서 밖으로 향하여 나아가다.

"……."

이윽고 검둥어멈이 들어오면서,

"아씨, 돈은 다 잘 바꿔 왔어요. 그런데요, 요 앞에서 가게 장사를 만났어요. 어디 갔다 오느냐고요."

"그래?"

"뭐라고 할 수가 있습니까? 돈 바꿔 가지고 온다고 했지요. 처음에는 그러더니 쉰네 손에 돈 가진 걸 보고 자꾸 달라고 억지로 예순 냥 가져갔어요. 또 도련님이 길에서 돈 열 냥 가져가셨어요."

"그래, 돈을 얼마에 바꿨니? 그래 남은 것이 얼마냐? 이 원수의 것아!"

"가게는 열댓 냥이래요. 모두 여든 냥 받았어요. 여기 열 냥 있어요."
하고 열 냥을 내놓는다.

정부인이 기가 막혀 검둥어멈을 나무라려 하나 남에게 외상을 지고 번연히 돈을 가지고 오면서 외상 달라 하더라도 주지 말라고, 또 준 것이 잘못 되었다고 나무라기 어려워서 나무라고는 싶었지만 검둥어멈을 나무랄 수 없고, 그 노여움을 모두 중남이에게로 옮기어 검둥어멈 나무라고 싶은 말과 중남이를 걱정하고 두들겨주고 싶은 마음이 가슴에서 우레 번갯불 모양으로 두근두근하여 마당에서 일하던 것을 다 접어 밀어놓고 마루로 올라간다.

다른 집 젊은 여편네들 같고 보면 금세 그 자리에서 검둥어멈더러 이년이니 저년이니, 심부름을 잘 했느니 못 했느니, 나거라 들거라 별 악증의 소리를 다 할 것이오, 곧 중남이를 천지를 뒤집고 동네가 떠들게 찾아놓고, 머리채를 휘어잡고 눈에 뵈고 손에 걸치는 대로 아무거나 빨래망치나 싸리비나 되는대로 움켜들고 "이 자식, 이 망할 자식! 돈은 검둥어멈한테 갖다가 무엇을 하였느냐!"하고, 애고고 우지끈하는 야단이 나련마는, 이 정부인은 항상 자식을 기르는 법이 그렇지가 아니하여 아이들의 장난하고 자라오는 기운을 꺾는 법이 없고, 또 조그마한 일은 다 지내보고 이따금 가다가 좀 크게 잘못하는 일이 있더라도, "그러하지 마라, 그리하면 하등 사람이 되나니라"하는 두어 말에 그칠 뿐이러니, 이번에는 할 수 없고 참을 수 없어 불현듯이 항상 하지 아니하던 매를 들고 중남이를 잡아 두드리고 싶은, 불같이 치미는 마음을 억지로 참고 좋은 낯으로 중남이를 불러 앞에 앉히고 순한 말로,

"이애, 중남아. 너 아까 검둥어멈더러 돈 열 냥을 달래다가 무얼 하였니? 그 돈이 무슨 돈인지, 무엇을 하려고 바꿔 온 돈인지 아니? 이애, 중남아. 내가 평생에 자세히 알지 못하는 돈을 쓰는 사람이 아니다. 너는

철없이 '이것 해 주우, 저것 해 주' 하고 집안에 양식은 없고 할 수 없어, 그 돈을 바꿔다가 네 강미도 물어주고, 양식도 팔고 여러 가지 하자는 돈을 네가 무슨 급히 할 일이 있어서, 검둥어멈이 집으로 가지고 오거든 집에 와서 날더러 달라고 하더라도 내가 생각해서 부득이 쓸 일이 있으면 아니 줄 것이 아닌데, 중간에서 무엇을 하려고 가져갔니? 이 철없는 아이야. 내가 자식을 위하여 하는 일을 무엇을 아끼랴. 이 철없는 아이야!"

하면서 눈물이 비 오듯 하다가 다시 눈물을 씻고,

"증남아, 이것 보아라. 증남아, 이것 보아라."

하고 일어서서 높이 얹힌 검은 함을 내려놓고, 박주사가 갖다 전하던 증남 아버지의 편지를 내놓는다.

편지를 내어놓고 처연한 모양으로 소리를 나직이 하면서,

"이애 증남아, 너의 아버지가 어떻게 돌아가셨는지 네가 아느냐? 너는 나이가 어려서 철은 없지마는 어려서 들은 말은 잊지 아니한단다.

지금 나이가 서른이 넘었다마는 외가 할머니가 그때에 내가 겨우 여덟 살 먹은 어린아이를, 돌아가실 때에 앞에다 앉히시고 이르시던 말씀이 지금도 뼈에 새기어 하나도 잊어버리지 않고 생각이 난다. 이 편지는 웬 편진지, 지금 나는 어떻게 사는지 네가 아느냐?

동지섣달 추운 밤에 꼭두가 세 뼘이나 되는 별순검이 마당에 들어와서 네 아버지를 어서 가자고 나오라고 할 때에, 네가 자는 얼굴을 불빛 속으로 들여다보면서, '증남이 잘 잔다. 어서 자라서 나는 어찌될지 모르지만 나라에 충성해라. 집안에 시조되라' 하면서 나가던 일을 아무리 어리지만 생각지 못하느냐?

그때 가서 다시 오지 못하였구나. 이 편지는 박주사가 가져온 편지를 네가 받아들여오지 않았느냐. 이 편지를 받아보고 내 모양이 어떻더냐? 이것 보아라.

'나는 죽지마는 다행히 부인은 몸을 사랑하고 증남이를 돌아보아 집일

을 더욱 가다듬고 교육을 더욱 힘써 행하여, 황천에 돌아간 이 사람으로
도 혼이 평안하게 하기를 바라노라' 하신 이 네 아버지 말씀을……."
하는 때에 눈물이 더욱 앞을 가리어 손으로 방바닥을 두세 번 두드리고,

　"네가 어찌 그리 모르느냐? 날더러 증남이를 돌아보아 집일을 더욱 가
다듬고 교육을 힘써 행해 달라고 한 것이 여편네 혼잣몸이 재물 없이 맘
대로는 할 수 없고, 너조차 이 모양이니 이를 장차 어찌하잔 말이냐! 내
마음은 아무쪼록 네 아버지 뜻을 이어 날을 새고 밤을 새서 바느질 품팔
이를 하더라도 너를 길러 남부럽지 아니한 사람을 만들어 놓고, 만일 내
가 죽어 저승에 가서라도 네 아버지의 뜻을 얼만큼이라도 위로하자 하였
더니, 네 아버지의 말마따나 좋은 일은 마가 많아 그러하냐, 내가 너를
교훈하는 도리가 잘못돼서 그러하냐?

　돈 열 냥은 무얼 했니? 네가 불가불 쓸 일 있고 내 수중에 돈이 있어 네
가 달라 하면, 네게 드는 돈 열 냥을 손에 쥐고 부르르 떨면서 아니 줄 네
에미냐? 네 에미가 그러하고 네 마음이 이렇거든 오늘날 이 자리에서 너
하고 나하고 둘이 죽어, 이 세상에 돌아가신 네 아버지의 낯이나 깎이지
아니하게 하자꾸나……. 증남아아! 회심해라! 그리 마라. 개심해라! 철
알아라. 네가 어떠한 자식이냐? 네 아버지가 어떠한 아버지냐? 그리 마
라. 그리 마라!"
하는 소리에 사람은 그만두고 풀과 나무가 빛을 고치어 다시 푸르르고
날빛을 위하여 빛이 없다.

　사람이 목석이 아니어든 이 부인의 이 말을 듣고 누가 감동치 아니하리
오. 증남이도 아무리 어리고 철은 없지마는 이 어머니의 마디마다 눈물
이요, 절절이 유한되는 이 말의 참뜻을 알고 새겨들어 제 어머니의 속이
당장에 말한 효험이 있고 시원하게 하지는 못하나, 다만 제 어머니가 심
상치 아니하게 노하여 억지로 눙치고[14] 천연하게 말하다가 눈물 내며,

---

14) 좋은 말로 마음을 풀어 누그러지게 하다.

"네 에미가 그러하고 네 마음이 그렇거든 너하고 나하고 둘이 죽자!" 하는 말에 감동하여,

"어머니, 잘못했습니다. 다시는 그리 아니하오리다. 잘못했습니다. 어머니이!"

하고 제 어머니 무릎에 엎드린다.

정부인이 분한 차에 목이 메어 이런 말 저런 말을 하였으나, 마음대로 하여 주지도 못하는 자식을 너무 나무란 것이 도리어 마음이 뉘우쳐져서 엎드린 증남의 손을 잡고,

"증남아, 네가 그렇지만 아니하면 내가 너더러 무슨 말을 하리. 아서라 증남아, 사나이는 울지 아니한단다. 증남아 울지 마라. 일어서라. 밥 먹으러 가자. 증남아, 어서 어서."

하고 증남이의 손을 이끌고 마루로 나아가서,

"밥 먹어라, 밥 먹어라. 어서 어서."

하는 증남 어머니 가슴속에 본래도 증남이를 미워하지는 않지마는 잠깐 동안 분하던 마음이 봄눈은 고사하고 오뉴월 우박같이 다 사라져 없어지고, 또다시 전과 같이 웃는 낯과 사랑하는 눈으로 이따금 웃으면서,

"너만 그렇지 아니하면 내가 너더러 무슨 말을 하리. 중난하고 끔찍하고 대견해서 위하기만 할 뿐이지."

하는 말이 정이 뚝뚝 듣고 사랑이 흘러가는 듯하다.

가는 세월은 때를 머물지 아니하여 가을이 깊고 바람이 높아, 가는 기러기, 떨어지는 잎새, 달 밝은 밤에 알지 못하는 창틀에서 벌레 소리는 적적하고, 바람을 따라 움직이는 나뭇잎은 동편 마당에서 흔들흔들 하는데, 담 사이 이웃집 마당에서는 아이들이 뛰놀면서 계집아이들 목소리로,

달두 달두 바맑다.

미영천두 바알다.
쪽구실네 저구리
으능나무 길소매
상단이 겉옥구름
부전이 안옥구름

하는 노랫소리가 바람을 따라 담을 넘어오고 또 이따금 이따금,

"어머니이, 조금 있으면 송편 주지?"

하는 소리에 춥도 덥도 아니한 팔월 한가을을 만나 떠들썩 흥성흥성한데, 담 한 겹 사이를 두고 이 집은 적적하고 막막하여 어린 딸자식은 안방에서 잠이 들어 코를 골고, 증남이는 안마루 한편에서 조그마한 불을 놓고 산술이니 지리니 하는 책을 여기저기 벌여놓고 읽기도 하고 쓰기도 하며 엎드렸고, 정부인은 아이들의 겨울옷을 꿰매고 등잔불은 깜박깜박 하는데, 사방은 고요하고 하늘은 만 리러라.

정부인이 일하면서 이 소리를 들은 체 만 체하고 앉았다가, 공부하는 증남이의 얼굴도 보고 안방에서 잠자는 간난이의 얼굴도 보다가 가만히 혼자 생각으로,

'우리도 올 봄에 그렇게 갖다 모신 뒤에 누가 한번 가서 보지도 못하고 어떻게나 되었는지, 떡이나 하고 주과포나 차려가지고 증남이나 데리고 갔다 오렴마는, 허지만 이런 줄은 다 알겠지? 없는 것을 억지로 빚을 낸다든지, 빚을 낼 수 있으나 무리로 무엇을 차려가지고 가면 도리어 걱정할 걸. 무엇을 차리지는 못하지마는 일 년에 한 번 오는 이 팔월 추석에 어찌 돈 아니든 몸이라도 갔다 오지 아니하리. 벌써 가을이로구나.'

하고 혼자 생각으로 이러저리 생각하다가 공부하는 증남이를 향하여,

"증남아, 내일이 벌써 팔월 추석이로구나. 너 내일 나하고 아버지 산소에 가련? 학교는 쉬지? 내일 아침 일찍 해 먹고 나하고 둘이 천천히 갔다

오자. 간난이¹는 남촌 아주머니나 좀 오시라고 해서 계시라고 하고 우리
는 산소에 갔다 오자."

　이 정부인이 산소라 이르는 산소는 증남 아버지의 산소를 이름이라.
지나간 봄에 증남 아버지가 옥 속에서 그 참혹한 일을 당한 후에, 시체를
찾아다가 시구문 밖으로 나아가서 동소문 밖 삼각산 동편 소귀 근처 양
지쪽 산모퉁이에 한 자리를 얻어 대강 어떻게 그럭저럭 장사를 지낼 때
에, 일가친척 친한 친구 가까운 사람들이 쉬쉬 잠깐잠깐 다녀간 사람
은 많지마는 그 이후로는 나가보는 사람도 과히 없고, 여름 동안 그 장마
에 분상¹⁵이 어떻게 되었는지, 떼¹⁶가 뿌리나 붙여 사는지, 제절¹⁷이나 무너
지지 아니하였는지 항상 근심되고 조심되고 염려되어 한 번이나 '나가보
자, 나가보자' 하지만, 원수의 살림살이에 몸을 헤어날 수가 없어 마음에
항상 꺼림칙한 것을 이날저날 지내다가 팔월 추석이 벌써 와서 동넷집
아이들의 떠드는 소리, 송편 빚고 지껄이는 소리에 깜짝 놀라 산소에 가
고 싶은 마음이 더더욱 간절하게 일어난다.

　"검둥어멈, 검둥어멈. 으응 이리 와. 내일 일찍 일어나서 남촌댁에 가
서 그댁 마님께 전갈 여쭙고 내 말로 식전에 일찍이 좀 부디 건너오십소
서 여쭤라. 왜 그러느냐고 하시거든 내일 산소에 가신다고 집 좀 보아 주
십소서 하시더라고 여쭤라."

　"증남아, 우리도 일찍 자고 일찍 일어나자."

　"어멈두 일찍 나가 자지."

하면서 여기저기 벌여있던 화로와 대야를 치워놓고 증남이를 데리고 안
방으로 들어간다.

　…………

---

15) 무덤 위.
16) 흙을 붙여서 뿌리째 떠낸 잔디.
17) 산소 앞에 마련된 평평하고 널찍한 부분.

"증남아, 어디로 가니? 박석고개로 동소문으로 나가서 문네미 가서 물으면 안다더라. 여기가 어디냐?"

"여기요? 여기가 통안이래요."

"옳다. 통안이면 이리 가면 동소문이라더라. 이리만 자꾸 가자. 증남아, 알지 못하는 길을 아는 체하고 가지 말고 물어 가거라아. 무슨 일이든지 묻는 것이 좋으니라. 증남아, 저것 보아라. 오늘도 저렇게 짐을 지고 다니는 사람이 있구나. 저 사람들이 오늘 왜 짐을 지고 싶으랴. 먹고 사는 생애에 어찌할 수가 없어서 그렇지. 우리는 그래도 짐 지지 아니하고 저 사람들보다는 좀 편한 셈이다.

그렇지만 걱정 없고 재미있기는 저 사람들이 재미가 있고 걱정이 없지. 어서 좀 빨리빨리 가자. 이렇게 가서는 오늘 아마 갔다 오지 못할까 보다."

"무얼, 어머니 아직 해가 이르니까 넉넉히 갔다 와요."

하고 증남이와 증남 어머니가 동대문 안으로부터 동소문을 향하고 박석고개를 넘어간다.

집안이 이전 같고 좋게 가는 길이면 교군 타고 하인 세우고 기구 있게 가련마는, 집안도 그렇지 못하고 설사 집안은 할 수가 있다고 하더라도 교군 타고 하인 세우고 갈 마음은 없는 정부인이 증남이를 데리고 앞도 서고 뒤도 서서 시름없이 나아갈 때에, 낙산성 위에 참치[18]한 소나무는 아침 날빛을 띠어 더욱 푸르르고 송동 어귀에 성긴 버드나무는 서녁 바람을 따라 나부끼는도다.

"증남아, 어서 가자. 그까진 돌을 그리 주어 무얼 하니?"

하고 가는 때에 두 패 지은 장독교에 흑의 입은 구종이 앞뒤로 늘어서고 오는 사람 가는 사람더러,

---

18) 참치부제參差不齊의 준말. 길고 짧거나 들쭉날쭉하여 같지 않음.

"에라 끼놈, 게 들었거라 쉬이……."

하고 가는 양반 누군지는 알 수 없지마는 이 초췌한 행색이 스스로 부끄러워 한편에 비켜섰다가, 그 양반이 지나간 후에 가는 사람 오는 사람의 옮기는 말이,

"경무사또가 동소문 밖 산소에 가시는군. 그 양반이 경무사 한 뒤에 사람 퍽 죽였지."

하는 소리가 귀에 거쳐 혼자 생각으로,

'증남 아버지도 저놈의 손에 돌아갔나 보다.'

마음이 새삼스레 좋지 아니하여,

"증남아, 장난 말고 어서 가자."

하는데, 증남이는 이런 곳을 오래간만에 나온 것이 되어 날빛이 청량하고 일기가 신선함에 길가에 풀 난 것과 개울에 동글동글한 바둑돌이 다 구경스럽고 재미있어, 혼자 앞서 멀리 떨어지기도 하고 또 뒤떨어져 장난하기도 한다.

팔월 한가을 추석 명일은 농사하는 시골 사람이 가장 좋아하고 가장 즐겨하는 명일이라. 당장 집안에는 묶어놓고 쌓아놓은 것은 없지마는 문 앞 들 산비탈에 고무래[19]로 밀어놓은 듯한 오곡 백곡이 마음에 든든하고 대견하여, 없던 흥이 절로 나고 얼굴에 기꺼운 빛이 나타나서 늙은이, 젊은이, 사나이, 여편네 모두 다 떨어진 낡은 옷이라도 구정물 내어 새로 입고, 어른은 아이의 손을 이끌고, 아이는 어른의 손을 따라 산소에 가는 모양이며, 둘씩 셋씩 둘씩 셋씩 서로 들에서 풀매 던져 아람[20] 줍고, 산에 올라 머루 따고 다래 따고 아가위 줍는 모양, 사람 사람이 다 추흥이 도도하되, 이 어린 증남이를 데리고 가다 앉고, 가다 쉬고, 잔디 있고 그늘진 곳에 이르러서는 한심하고 시름없고 울고 싶어, 가는 길이 바이 붓지

---

19) 밭의 흙을 고르거나 아궁이의 재를 긁어모으는 데에 쓰는 기구.
20) 충분히 익은 밤.

아니하여 아침 이슬 첫 날빛이 새벽에 떠난 길이 정중하여 사람의 그림자가 짧아 보이지 아니할 때에 비로소 문네미에 다다랐다.

그럭저럭 물어보아 문네미에는 왔지마는 방향을 알 수 없어,

"증남아, 또 좀 물어 보아라. 올봄에 여기 와서 장사지낸 한대홍 씨의 산소가 어딘가 물어보아라, 증남아."

증남이가 이 어머니의 말을 들어 그 주막거리에 섰는 사람을 향하여,

"여보, 여보. 여기 이 근처에 올봄에 장사지낸 한 대자 홍자 되는 어른의 산소가 어디요?"

그 사람이 이 말을 듣고 그 옆에 섰던 사람더러,

"그런 일 있나?"

하고 물어 보더니 증남이를 향하여,

"이애, 그렇게 찾아 알겠니?"

하고 다른 사람을 향하여 무슨 말인지 하면서 모르는 체한다.

증남이와 증남 어머니가 간신히 여기까지 와서 물어 알까 하였더니 물어봄에 기가 막혀 어찌하면 좋을까 하다가, 그래도 다시 한번 물어보는 것이 좋을까 하여 증남이를 불러 다른 이더러 또 한번 물어 보아라 하니, 증남이가 한 서너 발자국 더 나아가서 상투 반드르르하게 왼편에 뉘어 짜고 불통망건 풀대님²¹에 오른손에 곰방대 들고 서 있는 사람을 향하여,

"여보, 이 근처에 올봄에 장사지낸 한 대자 홍자 되는 어른의 산소가 어디요?"

하니, 그 사람이 얼굴을 이상히 하고 증남이더러,

"별 제미…… 이애, 너 서울어멈자식이라 입쌀은 대단히 보들보들하구나. 여봅시오…… 말솜씨 얌전하다. 어떤 어른이 그렇게 가르치던? 무어야?"

---

21) 바지나 고의를 입고서 대님을 매지 아니하고 그대로 터놓음.

하는 어조가 자래로 듣지 못하던 말이라,

　정부인이 가슴이 울렁울렁하고 이상하여 증남이더러,

　"증남아, 그만두고 어서 가자, 어서 가자."

하면서 삼각산 편으로 뚫린 왼편 쪽 지름길로 나갈 때에, 활 두어 바탕 되는 앞길로부터 갓두루마기에 우산 받치고 무엇을 생각하는 듯이 웬 사람이 이곳저곳 돌아보며 천천히 나온다.

　정부인이 이 멀리 오는 사람을 보고 또 지금 주막거리에서 증남이더러 말하던 사람과 같은 사람이나 아닌가 하여 증남이를 불러,

　"길 물어보지 말아라."

하고 밭골창 한편으로 비켜서고자 할 때에, 증남이가 밝은 눈으로 얼른 보고,

　"어머니, 박주사가 저기 오오."

　"으— 응, 박주사가……?"

하는 차에, 그 멀리 오던 박주사는 먼발치로 증남 어머니 정부인이 그 아들 증남이를 꾀리고 산소에 나오는 줄 짐작하고 발자취를 자주 옮겨 와서 소리를 순히 하여,

　"증남아, 증남아. 어디 가느냐?"

하니 증남이가 이 말을 듣고 아버지를 만난 듯, 아저씨를 만난 듯하여 반갑고 기꺼운 낯으로,

　"어디 갔다 오세요?"

　"오냐, 너 어디 가느냐?"

　"아버지 산소에 가요……. 네…… 어머니두요오. 그런데 아버지 산소를 몰라서 이 주막에 와서 암만 물어도 알 수가 없어서 저기 가서나 물어보려고 이리 오는 길이어요. 박주사 어른께서는 아버지 산소를 아십니까? 아시거든 좀 가르쳐 주십시오. 아주 알 수가 없어요. 어디에요?"

　박주사가 이 말을 듣고 측은하고 애달파서,

"오냐, 내가 안다. 내가 지금 너희 아버지의 산소에 갔다 오는 길이다. 오냐, 가르쳐 준다뿐이랴. 나하고 같이 가자. 여기서 멀지 않다. 내가 앞서서 멀찌감치 천천히 갈 터이니, 어머니 뫼시고 천천히 오너라."
하고 앞에 서서 천천히 간다.

오늘날 이곳에서 만난 박주사는 구의[22]를 생각하고 팔월 명일을 당함에 누가 간절히 산소에라도 나아가서 돌아볼 사람이 없음을 생각하고, 아침밥을 재촉하여 먹고 동소문 밖 한대흥 씨의 산소에 나아가서 우산을 접어 짚고 산소 앞에 창연히 저립[23]하여, 가는 구름 떨어지는 나무에 옛을 생각하는 마음이 더욱 새로워서 이리저리 배회하다가, 돌아갈 길을 생각하고 돌아오면서 혼자 생각으로,

'내가 이 사람의 아들을 아무쪼록 잘 교육하여 이 사람의 부탁을 저버리지 아니하리라. 증남의 나이가 열 살이 지나거든 외국에 유학시켜 이십 세기의 세계적인 인물을 만들어서 놓으리라!'
하고 속으로 생각하고 오는 길에 이 증남이를 만나 다시 돌아서서 길을 인도하고 가는 길이라.

이윽고 박주사가 가기를 멈추고 증남이를 불러 이르되,
"증남아, 네 아버지의 산소가 저기다. 너무 오래 지체하지 마라. 아, 해가 벌써 낮이 훨씬 지났구나. 어머니께도 그렇게 여쭈어라. 나는 좀 저마을에 들어갔다가 나오마."
하고 박주사는 그 마을로 들어가고, 증남이와 증남 어머니가 그 가리키던 산소에 나아가서 분상 앞에 털썩 앉으면서 치맛자락으로 얼굴을 가리우고 잔디 위에 엎드린다.

사람의 속이 답답하고 갑갑할 때에는 통사정할만한 사람을 만나 그 사

---

22) 예전에 가깝게 지냈던 정분.
23) 우두커니 섬.

람이 그렇게 만들어 준 것은 아니지만, 생각하는 마음, 하고 싶은 말을 속이지 아니하고 말하는 것이 얼마큼 마음을 위로하고, 기막히고 가슴이 벗겨지는 듯한 때에는 남 보지 아니하는 곳에 가서 잔디잎이라도 쥐어뜯고 한바탕 우는 것이 가슴에 뭉친 것을 얼마큼 풀건마는, 이 정부인의 오늘 길은 그렇지 못하여 마음에 맺힌 것을 풀기는 고사하고 층일층 더할 뿐이로다.

삼십 리 먼 길을 해가 낮이 지나도록 왔지마는 속마음 한마디를 풀어 본 일이 없고, 또 산소에 이르러서도 한없이 울고 싶은 마음을 박주사가 먼저 아니하게 있는 까닭에 마음대로 속이 시원하게 울기도 어려워서, 저절로 나오는 눈물을 금하지는 않지마는 목을 놓고 시원하게 소리 내어 울기는 어려워서 치마에 받은 눈물을 잔디에 뿌리면서,

"증남아, 아버지 산소에 절해라. 이게 무슨 짓이냐, 뻣뻣이 서서……."
하고 무덤 속의 남편을 사모하고 옆에 있는 아들을 교훈할 때에, 그 박주사가 들어가던 마을로부터 한 여편네가 채광우리에 무엇을 담아 이고 산소를 향하여 와서 그 채광우리를 내려놓고,

"점심 잡수우……. 네에, 서울 사는 박주사가 와서 말씀해서 해온 게요. 얼른 잡수시고 들어가시지 아니하면 어둡겠다고 합디다."

"글쎄, 어둡겠다. 어떻게 두어 술 먹고 가자. 증남아, 어서 이리 오너라."
하여 숟가락을 들어 대강 요기하고 일어서서 그 밥 가지고 온 사람은 보내고, 분상 앞에 다시 나아가 들어간다고 고하는 듯이, 잘 있으라고 작별하는 듯이 한참 동안 앉았다가 일어서서 증남이더러 "어서 가자, 늦었구나" 할 때에, 저 앞길에 박주사는 벌써 나와 서서 내려오기를 기다려서,

"증남아, 천천히 오너라. 내 멀찍이 앞서 가마."
하고 앞을 서서 가는데, 증남이와 증남 어머니는 그 길을 따라 다가간다.

동소문 밖 산소에 다녀온 뒤로 또한 생각이 가슴속에 맺혀 산소 모양이

자나 깨나 눈에 역력하여, 앉는 곳이 항상 산소 앞에 앉은 것같이 소나무 그림자와 물 흐르는 소리가 눈에 있고 귀에 끊어지지 아니하여, 전날보다 더더욱 시름없이 손에 걸리지 아니하는 바늘을 들고 남의 남정의 겨울옷을 가끔가끔 벙벙하게 앉았다가 한 솔기 호아놓고, 또 중히 견디기 어려운 때에는 하던 일을 밀쳐놓고 뒷마당에 나아가서 정신없이 무너진 화계[24] 앞을 향하여 앉았다가 다시 나와서 일을 잡아 시작하여, 쓰고 매웁고 살고 싶지 아니하고 하루가 백 년 같은 이 세월을 지날 때에 '증남이가 어서 자라 사람이 되기까지 내가 어떻든지 살아야지!' 하고 아침부터 저녁을 보내고 초생부터 그믐을 지내어 간다.

"검둥어멈, 누구신지 올라오시라고 여쭈어라."

"누구신지 올라오시우."

하고 일을 밀쳐놓는다.

이 새로 온 손님은 나이가 갓 마흔이 자칫 넘은 듯한 곱게 늙은 여편네라. 헐고 낡은 치마를 쓰고 검정물 들인 솜둔 조바위[25]를 희동그랗게 쓰고, 무엇인지 참빗장수의 빗주머니 같은 것을 메고 태연히 들어와서 양지쪽 마루끝에 걸터앉으면서,

"네에, 나는 정동교회에서 왔소. 집안도 깨끗하고 조용하오. 저 애는 누구요? …… 네에 …… 학교에 다니나요? 사랑에서는 어디 가셨나요? …… 으응 …… 쯧쯧쯧쯧."

하고 혀를 차고 이마에 주름을 세우고 눈살을 찌푸리면서 다시 말을 계속하여,

"아아멘. 하느님을 믿으시오. 하느님에게 잘 구하는 사람은 복을 얻는 법이오. 하느님에게 몸을 바치시오. 몸을 바치면 죄를 다 사하여 주시는 법이오. 하느님을 믿으시오."

---

24) 화단.
25) 여자가 쓰는 방한모.

하는 소리를 듣고 정부인이 속으로 생각하되,

'내가 전생에 죄를 많이 지어 죄가 있어 그러한가? 전생 후생은 불도에서 중이 말하는 것인데 야소교에서도 죄를 말하나? 내가 이생에서 죄지은 일이 무엇인가? 죄 있다고 하는 말에 내가 잘못하여 증남 아버지가 아마 돌아갔나 보다. 그것이 아마 죈가 보다.'

하여 얼마큼 마음에 생각하여 별로이 그 말을 대답도 아니하고 앉았는데, 그 마누라는 자기 말만 끝을 이어,

"세상은 모두 마귀 세상이오. 사람이 마귀 시험에 들면 할 수 없는 것이오. 주인 부인이 마귀의 꾀임에 들었소. 틈틈이 이 책을 좀 보시오."

하고 조그마한 책 한 권을 내어준다.

이 조그마한 책은 《성경》 속의 《누가복음》이라 하는 책이라. 이 책을 내어주고 간절히 말하면서,

"좀더 앉았다가 가면 좋으련만 또 다른 데를 가 볼 터이니까 오래 있을 수가 없소. 내 일간 또 오리다. 그 동안 이 책을 많이 보시오. 주일이 되거든 교회당에도 오시오. 언제 한번 나하고 같이 갑시다."

하고 일어서서 나가면서,

"또 오리다."

하고 나간 뒤에, 검둥어멈이 마루위에 올라와서,

"아씨, 그게 뭐예요? 천주학 책이에요? 그런 사람이 다니면서 그런 말로 사람을 꾀인데요. 저 아랫네 동촌 근처에서도 그런 사람이 몇 번 드나들더니, 그 집이 온통 천주학에 반해서 천주학쟁이가 되었던데요."

"그렇지 않단다. 이전에 나리마님 계실 때에 나리마님도 일상 말씀하시던 바라네."

"아니에요. 그렇지 않아요. 그 천주학에 미치면 조상의 제사도 지내지 않고 별 이상한 일이 다 많데요."

"그 쓸데없는 소리 말게. 듣기 싫어."

하고 검둥어멈의 잔소리를 끊고, 다시 검둥어멈더러,

"공연히 쓸데없이 누구 오면 말깃다는 것이 버릇이야? 그리 그러지 말
라고 해도. 어서 나가 할 일이나 하면 좋지."

하고 검둥어멈의 말깃다는 버릇을 꾸짖는다.

검둥어멈은 일상 높이 보고, 어렵게 보고, 무섭게 보고, 고맙게 생각하
는 아씨의 말인 고로 다시 이렇다고 저렇다고 말 한마디 못 하고 혼자 생
각으로,

'일상 그렇지 아니하시던 아씨가 오늘은 이상도 하시다. 천주학쟁이는
사람 호리는 약을 가지고 다닌다던 말이 있더니, 아마 그 마누라가 약을
가졌나 보다.'

하고 다시 생각하기를,

'내가 아씨를 뫼시고 지내다가 아씨가 이런 일 당하시는 것을 보고 그
저 이럴 수가 없다.'

하여 곧 아씨 앞으로 나아가면서,

"아씨, 천주학쟁이는 사람을 혹하게 하는 약을 가졌데요. 그 천주학쟁
이가 다시 오거든 말씀도 마시고 가까이 하시지 마옵소서. 아랫네 쇤네
아는 집에도 그런 사람이 몇 번 드나들더니, 그 집이 온통 천주학에 미쳤
어요. 정말이어요. 쇤네가 봤어요."

검둥어멈은 이러한 말을 실로 정부인을 위하여 열심으로 하되, 정부인
은 이 말을 들은 체 만 체하고 듣기 싫은 말로,

"그러니 어쩌란 말이야? 그렇다고 오는 사람을 모르는 체하고 돌아앉
아서 일만 하란 말인가? 사람이 그렇게야 할 수 있나. 공연히 알지 못하
는 사람들은 천주학쟁이니 무엇이니 별소리를 다하지마는 그런 것이 아
니란다. 나는 그 속을 깊이 알지 못하는 까닭에 말할 수는 없지마는 다
세상일을 내가 자세히 안 후에 말하는 것이 옳지, 자세히도 알지도 못하
고 저러니 이러니 말하는 것은 일이 아니야."

하고 주책없고 까닭 모르는 검둥어멈을 그렇지 아니한 이치로 설명하여 준다.

"어머니, 어머니, 추워. 방으로 들어갑시다."

하는 간난이 말을 드디어,

"춥기는 무엇이 그리 추우냐."

하다가 다시 들려 생각하여,

"추워? 춥거든 들어가자."

하고 손목을 이끌고 안방으로 들어가서,

"춥거든 아랫목으로 가거라."

하고 자기는 윗목에 앉아 해어진 버선짝과 늘어 있는 자막대기, 퇴침, 목침 여러 가지를 다 제 곳에 찾아놓고, 밀어두었던 중남이의 솜두루마기를 다시 이끌어 들고 앞섶에 꽂혀 있던 바늘을 빼어 뜨다 남은 시치미를 뜬다.

이 일을 잡고 시치미를 뜨지마는 생각은 엊그저께 다녀온 동소문 밖 산소에도 있고, 일전에 와서 전도하던 마누라의 말도 생각이 나서, 하던 바느질을 그치고 이따금 생각하다가 정신없이 앉았을 때에, 간난이가 아랫목에서 횃대에 걸린 헌 치마를 내려 들쓰고 정정정정 뛰노는 치맛자락에 얼굴을 부딪쳐서 깜짝 놀라 돌아보고,

"이애, 이게 무슨 장난이냐!"

하고 정신을 차려 다시 들어 바늘을 바로잡고 다시 일을 시작한다.

"에에, 이 댁은 일상 이렇게 조용해. 주인 부인 계신지?"

하고 엊그저께 왔던 정동 전도 마누라가 들어옴에 검둥어멈이 '이 마누라가 왜 또 으나?' 하고 혼자 생각에 어떻게 쫓아 보내는 것이 좋을까 하여 내달으며,

"오늘은 아씨가 아니 계세요."

하는 말을 전도 마누라는 듣고 안방 뒤 창문을 마루끝에서 열어보고, 검둥어멈을 돌아다보며,

"그 마누라는 공연히 그랴."

하고 마루끝에 걸터앉는다. 정부인이 문 여는 소리를 듣고 깜짝 놀라 돌아다보고,

"어서 오시오. 왜 그러시오?…… 네에, 그 어멈이 공연히 그러지요. 노하지 마시고 들어오시오."

하고 반가이 맞으니 그 전도 마누라가 그것저것 상관 아니하고,

"그 동안에 요전 그 책을 많이 보셨소?"

"네에, 좀 보는 것처럼 했지요만 일이 바빠서 많이 보지 못하였어요."

"그래도 틈틈이 그 책을 많이 보시오. 많이 보아야 차차 아시지요. 세상에 사람이 어떻게 살고, 무슨 힘으로 사는지 아시오? 주인부인같이 점점 기운을 떨어뜨리고 세상을 재미없이 생각하면 살 수 없는 것이오. 세상에 사람이라 하는 것은 믿는 것과 바라는 것과 사랑하는 것이 없으면 살 수 없는 것이오. 믿는 곳이 없으면 힘이 생기지 아니하고 무슨 일을 하더라도 이룰 수 없소. 믿고 보면 무슨 일이든지 이룰 수 있소. 세상을 싫어하고 힘없는 것은 도무지 다 믿음이 없는 까닭에 생기는 것이오. 믿고 보면 사랑도 있고 바라는 마음도 생기는 것이오. 하느님은 지극히 착하시고 못하실 일이 없는 권능을 가지신 대주재신 고로, 어떠한 사람이든지 회개하고 하느님을 믿는 마음으로 나아가면 물에 빠졌던 사람 건지시는 것같이 얼른 손을 주시면서, 어서 빨리 올라오너라 하시고서 이 세상의 마귀 시험 속으로부터 구하여 주시는 하느님이오. 우리가 누구든지 회개하고 믿고 하느님 앞으로 나아가면 이 은택을 입을 수 있소. 생각하여 보십시오. 믿음이 아니고 무슨 일을 할 수 있나 생각하여 보옵시다. 가령 남을 찾아간다 하더라도 그 사람이 번연히 집에 없는 줄 알면 누가 그 사람을 찾아가겠소? 저런 바느질로 말하더라도 저렇게 암만 꿰매어

도 번연히 옷이 되지 아니한 줄을 알면 누가 바느질을 하겠소? 이런 조그마한 일도 모두 다 될 줄을 마음에 믿는 까닭으로 하려 하는 마음이 생기고 하는 힘이 생기는 것이오. 시골에서 농사하는 사람으로 말하더라도 봄에 곡식을 심어 여름에 김을 매어 가을에 열매 열어 곡식이 되는 것을 믿는 까닭에, 그 더운 날과 비 오는 날을 헤아리지 아니하고 날마다 땀 흘리고 괴로움을 잊어버리고 농사하는 힘이 생기는 것이오. 이 사람이 만일 믿는 것이 없으면 결단코 농사할 수 없소."

그 전도 마누라가 이렇게 한참 동안 말하다가 목에 침이 없어서,

"에구 목말라. 물 한 그릇 먹었음."

하고 하던 말을 다시 계속하여,

"그리스도께서는 천한 사람으로 하여금 귀하게 하시고, 없는 사람으로 하여금 있게 하시고, 빈한한 사람으로 하여금 부하게 하시는 능력을 가지신 어른이시오. 재물의 욕심과 마음에 숨은 것과 나를 위하는 마음을 버리고 나를 따라서 믿고 구하면 이룸이 있으리라 하셨고, 살기를 구하는 사람은 죽는 일이 생기고, 죽기를 구하는 사람은 사는 일이 생기는 법이라 하셨으니, 우리가 암만 부하기를 구하고, 귀하기를 구하고, 근심 없기를 구하고, 몸 성하기를 구할지라도 이는 도리어 이와 상반하는 결과가 생길 뿐이오. 회개하고 믿고 나아가 구하면 자연히 이룰 수 있는 것이오. 생각하여 보시오. 자식에 대한 부모의 마음은 다아 마찬가지오. 여러 자식 속에 부모에게 순종치 아니하고 부모의 뜻을 거스르는 자식이 있어서, 그 자식은 아무리 부모를 부모로 알지 아니하고 그 부모를 멀리하려 할지라도 부모의 마음이야 그 자식과 같다 하겠소? …… 네에, 그렇게 말이지요. 언제든지 그 자식이 회개하고 착한 마음으로 그 부모 앞에 나타나면 내 자식 아니라고 등을 밀어 내쫓겠소? ……. 그렇지요……. 그렇게는 할 수 없지요. 그와 같이 우리는 다아 하느님의 아들이요 딸이라, 우리가 회개하고 믿는 마음으로 우리 구세주 앞으로 나아가면 손목을 얼

른 잡으시고 어서 오너라, 어디 갔더냐, 네가 어이 그리 나를 멀리하려 하느냐 하시고 잘 인도하여 주실 터이오. 이렇게 믿고 보면 바라는 일이 있을 것이오. 바라는 일이 있으면 그것을 달하기 위하여 사랑하는 마음이 생길 것이오. 사랑을 멀리하고 교만함을 숭상하는 자는 망하는 법이오. 나라를 주관하는 사람이 교만하면 그 나라가 망하는 법이오, 집안을 주관하는 사람이 교만하면 그 집안이 망할 것이오. 마음을 교만하게 먹는 자는 그 몸이 망하는 법이오. 교만하고 게으르고 욕심내고 흉악한 일하는 것이, 다 이 믿는 마음과 사랑하는 마음과 정말 바라는 마음이 없는 곳으로부터 생기는 것이오. 교만이라 하는 것은 일백 악한 것의 근본이요, 새암구녁²⁶이오. 교만하고 사랑이 없는 까닭으로 나라도 망하고 집도 망하고 몸도 망하는 것이오. 이러한 것을 다 버리고 회개하고 믿고 하느님에게 구하오면 무슨 일이든지 얻지 못할 일이 없을 터이오. 누가 사랑이라 하는 것을 모르겠소마는 사랑에 여러 가지가 있소. 첩 두는 사람이 첩을 사랑하는 마음도 있고, 술 먹는 사람이 술을 사랑하는 마음도 있고, 여러 가지 사랑이 있지마는 이것은 다 사사로운 사랑이오. 공변된 사랑은 도리어 이러한 사랑은 사랑하지 아니하고 그밖에 널리 사랑하는 것이오. 이것이 정말 사랑이오."

하고 입에 침이 없이 떠다놓은 물그릇을 들어 마신다.

목마른 차에 물 한 대접을 반나마 다 마시고 하는 말을 다시 계속하여,

"여보오, 세상을 그렇게 근심하고 걱정하고 속 끓이고 어찌 사오? 그것이 다 쓸데없는 일이오. 이것은 하느님의 능력 속에 있는 것을 사람이 걱정하여 무슨 효험이 있소? 생각하여 보시오. 사람의 하는 일은 다아 하느님이 만들어 주신 것을 가지고야 할 수 있는 것이오. 사람의 재주가 암만 좋다 하더라도 꽃을 만들어 향내 나게 할 수 있소? 사람을 만들어 영혼

---

26) 시샘구멍.

있게 할 수 있소? 이것은 다 할 수 없는 일이오. 저 영국의 서울 런던이라 하는 곳에 한 늙은 믿는 사람이 있어 항상 얼굴에 기꺼운 빛이 있을 뿐이요, 근심하고 슬퍼하는 빛이 없거늘, 그 나라의 한 황족이 고이히 여겨 그 노인더러 물어 가로되, '나는 황실의 지친으로 부귀의 남부러운 일이 없건마는 항상 근심하는 빛이 있거늘, 그대는 나이 늙고 가난하고 문벌이 남만 같지 못하거늘 항상 얼굴에 기꺼운 빛이 끊이지 아니함은 어쩜이오?' 한데, 그 노인이 대답하여 가로되, '전하는 황실의 지친이요, 나는 하느님의 친자이오니 전하는 황실을 믿으시고 나는 하느님을 믿는 까닭으로, 세상을 믿는 사람은 근심이 있고 하늘을 믿는 사람은 근심이 없는 법이라. 전하도 하느님을 믿고 회개하고 나아가시면 근심이 없으리다' 하였으니 누구든지 하느님을 믿는 사람은 근심이 없을 것이오. 가난한 것을 걱정 마시오. 가난하다고 굶어 죽는 법이 없소. 꽃과 풀을 보시오. 별로이 움직이지 아니하더라도 제 자랄 것은 다 자라는 법이오. 나라가 암만 작다하여도 그 지방을 부지할만한 재물은 거기 있는 법이오. 집안이 암만 가난하다 하더라도 온 식구가 일하고 보면 굶는 법은 없소. 사람이 암만 못생겼다 하더라도 손발을 움직이면 얼굴에 채색이 오르는 법이 없소. 무엇을 걱정할 것이 있소? 하느님을 믿고 회개하고 일하고 보면 이에 이르러 족한 것이오. 하느님은 세상 사람을 다 한결 같이 보시는 것이오. 마치 말하고 보면 집안 속 여러 사람 속에 자실하고 부지런하고 정성스러운 사람은, 그 주인이 친히 하고 믿고 맡기어 광문 열쇠를 내어주고 의심하지 아니하는 법이오. 하느님은 이 세상에 모든 물건과 사람을 맡아 다스리시는 대주재시오. 누구든지 진실한 마음으로 믿고 회개하고 나아가면 하느님의 열쇠를 받아 맡을 수 있소. 집에 기르던 양이 그 집을 나갔다가 다시 돌아오면 그 집주인이 그 양을 어떻게 생각하겠소? 아마 전보다 더더욱 사랑할 것이오. 그와 같이 이 세상 사람도 하느님을 멀리 하다가 회개하고 참된 마음으로 믿고 나아가면 더더욱 사랑할 것이오.

전날보다 배나 더더욱 사랑할 것이오. 믿으시오. 믿고 보옵시다."
하고 전도하는 말이 대통에 물 흐르는 것 같고 소반에 구슬 구르는 것 같다.

이 전도 마누라의 목에 침이 없어 전도하는 말을, 증남 어머니는 가다가 어떤 말은 재미있기도 하고 또 어떤 말은 자기의 당한 경우와 속에 있는 생각을 뺏어 말하는 것 같아, 그렇지 아니하여도 가슴속에 모닥불 담아 분 듯한 타는 생각과 고목나무에 속이 썩는 듯한 썩는 마음이, 저절로 춘하추동 사시절이 바뀌 돌아옴을 따라 어떻다고 말할 수 없는 이 사람에게, 천연한 하늘 이치를 반복설화하여 물 흘러가는 듯이 모두 다 뼈에 사무치고 가슴에 새겨들어 더더욱 정신없이 말하는 입만 쳐다보고 벙벙히 앉았을 뿐일러라.

이윽고 정부인이 전도 마누라더러 힘없는 어조와 기신[27] 없는 모양으로 천연히,

"하느님을 믿으면 내 속에 이 뭉친 생각이 다 풀어지고 근심이 없겠소? 믿다뿐이겠소. 아마 내가 다 죄가 많아 바깥남정도 돌아갔지요……. 어떻게 회개하나……. 잘 믿고 구하면 돌아갔던 사람이라도 다시 살아 올 수가 있겠소? …… 네에……. 그러면 믿다뿐이겠소. 이내 몸이 부서져서 콩가루 세모래가 되더라도 믿다뿐이겠소……. 네……. 이내 머리를 베어 신을 삼아 신고라도 가다뿐이겠소. 에구구, 어찌하면 회개하나? 하느님 마옵소서!"
하고 빛이사 붉지는 않지만, 주홍 같은 피눈물이 눈에서 펑펑 솟는다.

옆에 있어 무슨 까닭인지 알지도 못하고 놀던 간난이는 무슨 일인지 알지는 못하지만, 제 어머니의 우는 것을 보고 달려들어 제 어머니를 붙들고 그 전도 마누라를 향하여 손을 둘러매며,

---

27) 기력과 정신.

"오빠더러 이를래."

한다. 그 전도 마누라가 하, 어이없이 혼자 생각에 '설움 많은 사람에게 대하여 너무 과격한 감동을 시켰나?' 하여 더더욱 부드러운 말로,

"여보, 인제 그만 우시오. 이것이 다 회개하는 것이오. 그만 우시오."

하고 그 부인의 열이 조금 꺼지는 것을 보고 일어서며,

"나는 가오, 내 또 오리다. 생각을 널리 먹고 기운을 차리시오. 전에 드린 그 책을 틈틈이 많이 보시오."

하고 그만 나간다.

세상의 풍조를 불어오는 대로 동으로 불면 동으로 구부러지고 서로 불면 서로 구부러져, 물결쳐 오는 대로 바람 불어오는 대로, 수양버드나무같이 물 위에 떠 있는 나뭇잎새같이 되는대로, 모지는 일과 목적 있고 주지 있는 일은 아무쪼록 되도록 살살 피하면서, 날 찾거든 나 없다고 눈 가리고 등 꼬부리고 이도령 어사 출도할 제 운봉 영장의 체격으로, 무슨 일이든지 있을 때에 죽어가는 형용이라도 그려 피하는 사람은 이 세상에 으뜸가는 제일류의 행복가가 되어, 드나 나나 부귀가 쌍전하여 집안에 들고 보면, 저물은 어떻든지 살살살 남의 눈을 기구라도 해마다 계량할 만한 논밭전지는 물길 좋고 가져오기 편한 곳에 장만하여 놓고, 첩 두고 줄통 빼고 큰 체하고 배 문지르고 크게 트림하며 집에 나고 보면, 사린교 장독교에 외임 아니면 내직으로 장대 같은 긴 담뱃대 멱사리²⁸ 같은 큰 쌈지와 요강망태 갖추어서, 전후좌우에 오륙 인이 지나는 하인을 거느리고 교자 속에 앉은 것이 나무로 만들어 놓은 목상같이 꾸부려 꼿꼿하게 앉아, 힘없어 들을 수 없는 것 같은 손을 들어 득득연한 모양으로 수염을 어루만지면서, 이 세상에 날만한 사람은 또다시 없으려니 하는 행복가가

28) 짚으로 촘촘히 결어서 만든 곡식을 담는 그릇.

되고, 그 다음 행복가는 시비선악 구별 없이 미친 체하고 떡고리짝에 엎드려지는 격으로, 예도 덥적 제도 덥적 물덩벙 술덩벙 크나 적으나 굵으나 가느나 나에게 이되는 일만 있고 보면, 그 사람은 상전으로 알고 네네 하지마는 그 사람에게 이익 되는 일을 다 가져온 이후에는 간다 보아라, 후, 불어대고 또다시 다른 곳에 가서 이와 같은 일을 다시 경영하여, 어떻든지 남은 죽든지 살든지 나만 좋으면 그만이지 하는 방법으로 재물 모으고 지위 얻은 사람이 이 세상에 제이류의 행복가가 되어, 재물을 자룡이 헌 창 쓰듯 기생 떼어 첩치가에 양궐련 뾰죽발로 득득연 분주하여, 이 세상의 영웅호걸은 나밖에 또 없거니 하여 다 각각 권모술수가 있어 이 세상의 풍조로 더불어, 이리저리 기우는 대로 바람 부는 대로 물결치는 대로 같이 놀아 득득연한 행복가를 이르지마는, 이 세상에 제일 흠모할 만하고 불쌍하고 가엾은 사람은, 뜻이 있어 이러한 제일류 제이류의 사람과 같지 아니하여, 자기의 잡은 생각을 이루기 위하여 이 세상의 이러한 풍조를 거슬러 노는 사람이라. 이 사람만 공연히 불행한 지경에 빠질 뿐 아니라 그 사람에게 딸려있던 사람도 다 그 사람과 같은 지경에 빠지는도다. 같은 지경에만 빠질 뿐일까? 또 한층 더 불쌍한 지경에 빠지는도다. 이 한대흥 씨의 집은 실로 이 지경을 당하고 실로 이 지경에 빠진 집이로다.

— 《황성신문》(1907).

경세종

김필수

1장 유산객들이 서로 만남

산천이 수려하고 의관이 찬란한 마을에서 생장한 한 사람이 있는데, 마음이 교만하고 성품이 패려하여 한 치도 못 되는 자기 것은 수천 자 되는 줄 알고, 수천 자 되는 남의 것은 한 치도 못 되는 줄 아는 자더라. 그러나 호화자제라, 춘흥을 이기지 못하여 하루는 금사오죽[1] 일곱 마디 긴 설대를 동래 부산 오동수복[2] 쌍희자[3] 백통대[4]에 맞춰 반만 입에 가로 물고 시절 찾아 은옥색 여의사[5] 귀 쌈지[6]에 자줏빛 술 향끈을 맵시 있게 꿰었고나. 소털 같은 성천초[7]를 옆 다락에서 한 근 집어내어 안개물로 뿜어 촉촉이 축여 넣서[8] 왼손 무명지에 걸어 들고 바늘 뺀 한산세저,[9] 십이승[10] 새

---

1) 반죽斑竹의 하나. 줄기가 가늘고 마디가 툭 불거졌으며 작은 점이 박혀 있다.
2) 백통으로 만든 그릇에 검붉은 구리로 '수壽'나 '복福'자를 박은 것.
3) 그림이나 자수 등에서 쓰는 '희囍'의 형상.
4) 대통과 물부리를 백통으로 만든 담뱃대.
5) 중국에서 나는 비단의 하나. 방승매듭과 같은 무늬가 있다.
6) 네모나게 만들어 아가리를 접으면 양쪽 볼이 귀가 지게 된 찰쌈지.
7) 평안남도 성천 지방에서 나는 담배.
8) '넣어서'의 오기로 보임.
9) 한산 세모시.
10) 올이 가늘고 고운 세모시.

두루마기, 곤장 같은 옷고름을 빗장고름으로 잡아매고 안성 편자[11] 석성 뒤[12] 김제 당[13] 서울 앞[14] 별마침 인모망건,[15] 적대모[16] 관자[17]에 주심박이 쥐꼬리 당줄거리 반을 달아 쓰고 불호박[18] 품잠에다 반 모제비 상투 은고달 진주 동곳[19] 반만 물려 꽂고 세통량[20] 음양립[21]을 비뚜름하게 숙여 쓰고 화대모[22] 외점박이 자수경을 영흥주 노랑수건으로 닦아 쓰고, 왼 면발 버선에 중산치 미투리[23]를 뒤축 풀어 반쯤 엎어 신고 갈지자걸음으로 이리저리 일기적 뒤뚱뒤뚱 걷는 모양 거위걸음 본받았네. 뒷동산 음수 속으로 들어가서 방초로 자리삼고 털퍼덕 주저앉아 건너 산을 바라보고 두 손으로 무르팍 장단을 치며 양양자득하여 시조 한 장 하는데,

"적설이 다 진토록 봄소식을 몰랐더니 귀흥득의 천공활이요, 와류생심 수동요라. 동자야, 새 술 걸러라, 새 봄 맞게."

구성없는 목소리로 저 혼자 하고 나서 잘하였다 스스로 자랑하고 열 빠진 사람같이 우두커니 앉아서 담배를 펄석펄석 피는 연기 건너 동리 사람들은 바라보고 오늘 누가 저 산골짜기에서 화전불을 놓는가 하겠더라. 이때에 뒤웅박[24] 차고 바람 잡으러 다니는 자들이 이 산줄기 저 산맥을 손가락으로 지점하며 벙어리 냉가슴 앓듯 저희끼리 중얼중얼 하는 말이, "여기는 아쉰 대로 한 장 붙일 수 있느니 없느니"하니, 이 사람들

---

11) 망건 편자. 망건의 아랫부분.
12) 망건의 뒷부분.
13) 망건의 윗부분.
14) 망건의 앞부분.
15) 사람의 머리털로 앞을 뜬 망건.
16) 빛깔이 검붉고 광택이 있는 대모갑玳瑁甲.
17) 망건에 달아 당줄을 꿰는 작은 단추 모양의 고리.
18) 빛깔이 매우 붉은 장식용 호박.
19) 상투를 튼 뒤에 그것이 다시 풀어지지 아니하도록 꽂는 물건.
20) 경상남도 통영에서 만든 갓.
21) 말총으로 모자를 만들고 모시나 명주실로 양태를 싼 갓. 육품 이상의 당하관이 썼다.
22) 누런 바탕에 검은 점이 약간 박히고 투명하게 생긴 대모의 껍질.
23) 삼·노 따위로 삼은 신.
24) 쪼개지 않고 꼭지 근처에 구멍만 뚫어 속을 파낸 바가지.

은 풍수²⁵들이더라. 양반자리 지남철 닭의 멀더구니²⁶를 칠승 무명으로 지은 두루주머니²⁷에 넣고 두어 번 접어서 청울치²⁸ 노로 끈을 꿰어 게다가 또 한 번 모양을 내네그려. 왼편 고두리뼈²⁹에다 척 늘어지게 찼더라. 그 풍수들이 저 골짜기 수풀 속 방초 밭에 앉은 사람을 건너다보니 부가자제로 보이는지라 저희 생각에, '옳다, 오늘이야 부엉이 집 하나 만났다. 저 사람과 한 번 수작이나 잘하여 그의 친산면례³⁰만 꼭 시켰으면 금년 봄 살아나기는 염려 없겠다' 하고 심독희자부하여 좌우고면³¹하며 어정어정 걸어가서 그 옆에 앉으면서 저 혼잣말로,

"휘, 숨차고. 그러면 그렇지, 도처 명당이로고! 아까 시조 소리가 들리더니 노형이 하셨나보구려?"

"네, 그러하였소. 어디서 오시는 친구들이시오?"

"네, 우리는 답산 다니는 사람들이오."

하고 엇구수하게 수작을 건네며 산이니 지리니 무엇이니 무엇이니 한참 이야기가 장황할 제 눈 멀거니 뜨고 꿀 먹은 벙어리가 되었어.

2장 금수 곤충들이 친목회를 열음

풍편에 무슨 소리가 들리는데 육칠월 석양판에 소나기 들어오는 것도 같고, 육해군이 구비한 나라에서 마병들이 말을 타고 교련장으로 달려가는 발자취 소리도 같고, 동지섣달 적설 중에 더벅머리 초동들이 양지 짝에서 왕대 갈기로 나무 긁는 소리도 같더라. 이 사람들이 이야기를 뚝 그

---

25) 지관.
26) 모이주머니.
27) 허리에 차는 작은 주머니.
28) 칡덩굴의 속껍질. 노나 베 등의 재료로 쓰임.
29) 넓적다리뼈의 머리빼기.
30) 부모의 산소를 옮겨 장사를 다시 지내는 것.
31) 이쪽저쪽을 돌아봄.

치고 한편을 넘성히 보니 밀밀한 창송은 대부의 기상을 띠어있고, 잔잔한 간수는 거문고를 화답할 만하고 우거진 녹음은 제물장막을 드리운 듯하고 난만한 꽃들은 스스로 웃는 모양으로 환영하는 것 같은데, 금수와 곤충들이 꾸역꾸역 모여들더라. 이날은 금수 곤충들이 친목하기 위하여 원유회를 배설한 것인데, 그 원인은 광대한 천지간에 조물주에게 지음을 받기는 일반이나, 대소와 강약이 부동하여 서로 해를 받으니 친목하는 뜻을 잃어버리고 항상 구수 간으로 지내는 고로 그곳에 회집하고 화목하는 연회를 열었더라. 제제창창[32]하게 모여든 금수 곤충들을 역력히 다 헤아릴 수 없거니와 대강 둘러보니 호랑이와 양과 사슴과 원숭이와 다람쥐와 나귀와 캥거루와 고슴도치와 박쥐와 까마귀와 황계와 공작과 올빼미와 제비와 개미와 나비와 자벌레 등물等物이더라. 임원들을 살펴보니, 연회 회장에 양이요, 접빈 위원에 원숭이요, 다과 위원에 다람쥐며, 시간 위원에 황계더라. 좌석 절차를 보니, 온유 겸손함을 주장하는 양회장은 남으로 향하여 상좌에 앉았고, 남 하는 대로만 하는 접빈 위원 원숭이는 들어가는 문에 섰고, 다과 위원 다람쥐는 숙수간[33]에서 다과를 마련하더라. 접빈 위원 원숭이는 본래 흉내를 잘 내는 자라, 청첩을 받아들고 들어오는 사슴은 뛰기를 잘 하는 자라, 껍신껍신 뛰어 들어오니 원숭이가 사슴의 뛰는 대로 저도 뛴다. 더욱 한 가지 창피한 것은 볼기짝이 감홍로[34] 한 병 다 먹은 얼굴같이 검붉은데, 수음 사이로 비치는 태양빛에 검붉은 빛이 드러나니 좀 무례한 듯 하더라. 길짐승들은 좌석 동편에 차례로 정좌하고, 나는 새들은 좌석 서편에 정좌하고, 곤충은 북향으로 정좌하였는데, 시간 위원 황계가 회장의 왼편에서 두 날개를 화닥닥 치고 목을 길게 빼어 꼬끼오 오정을 보하더라.

---

32) 정숙하고 질서가 정연함.
33) 잔치 때 음식을 만드는 곳.
34) 지치 뿌리를 꽂고 꿀을 넣어서 만든 평양 특산의 붉은 소주.

3장 양회장의 취지와 설명

  온순한 태도로 일어선 양회장의 모양을 보니, 과연 친목하는 연회의 회장이 될 만한 것은 눈빛같이 희고 윤택한 털이 전체를 덮었는데 굽실굽실하기는 벽인종의 머리털 같고, 덕윤신[35]이라 하더니 덕이 있는 모양이요, 아래턱에는 풀고얄 같은 수염이 드리웠는데, 로마교 신부 노릇도 족히 할러라. 체격은 대강 이러한데 낮은 목소리와 흔연한 안색으로 좌우를 둘러보면서 하는 말이,

  "우리가 모인 뜻은 여러 회원들도 이미 짐작하실 듯하나 두어 말로 설명하오니 그대로 들어주시기를 바라나이다. 우리들이 이같이 괴로운 지위에 있어서 몇 만 년을 내려오도록 불목[36]한 것이 우리들의 본성은 조금도 아니올시다. 역사를 상고하여 볼지라도 태초에 하나님께서 엿새 동안 천지와 바다와 만물을 권능의 말씀 한마디로 지어내실 때에, 사람을 먼저 지으신 것이 아니라 금수 곤충을 다 지어내시고 우리를 다스릴 자 하나를 조성하셨는데, 그는 곧 아담과 이브라. 아담을 명하사 그 앞에 우리들을 오게 하시고 아담의 생각대로 이름을 지어서 그때부터 우리들의 이름이 각각 다 시작이 되어 화평한 세대로 이어서 내려올 뿐 아니라, 생육의 번성케 하는 복까지 허락하신지라. 땅 위에 충만하게 되었더니, 슬프다 저 아담이 자유하다가 하나님의 명령을 거스르고 선악수 실과를 따먹고 하나님께 범죄하므로 아담이 낙원에서 쫓김을 당하고 온 땅까지 저주를 받은 것이 우리들의 탓이 아니오, 다만 인종의 시조된 아담의 죄로 인하여 우리까지 이같이 되었으니 성문에 불이 나매 화가 그 못 고기에게 미쳤다 하는 말이 우리들에게 당한 일이 아니오니까. 생각할수록 더욱 원통한 것은 저 인류들이 지금이라도 저의 손으로 만들어 놓은 귀가 있

---

35) 사람이 덕이 있으면 그 인격이 저절로 남의 눈에 드러나 보임.
36) 서로 사이가 좋지 아니함.

어도 듣지 못하고, 입이 있어도 말도 못하며, 눈이 있어도 보지 못하고, 손이 있어도 만지지 못하며, 발이 있어도 천동[37]치 못하는 부처니 밀역이니 하는 등물에게 수만 냥 재산을 들여서 불공이니 치성이니 하지 말고, 저희를 내시고 기르시며 천지의 도수를 정하사 춘하추동 사시와 연대를 작정하시고 우로지택[38]을 나리사, 오곡백과를 먹게 하시는 하나님께만 경배하고, 그 외아들 예수를 믿고 죄를 회개하였으면 천하가 한집이 되고 억조가 한식구가 되어 화평한 복락을 영원무궁토록 누릴 것이니, 그리하면 우리까지 화평한 세대가 될 것이올시다. 그런 고로 예수 강생 전 칠백사십 년대에 이사야[39]라 하는 선지자에게 하나님께서 묵시로 가르치시기를,

'그때에 이리가 어린 양으로 더불어 거하고, 표범이 어린 염소로 더불어 누울 것이요, 송아지와 어린 사자와 살진 짐승이 다 함께 있으리니, 어린아이라도 끌리라. 소와 곰이 함께 먹고 그 새끼가 함께 엎드리고, 사자가 소처럼 풀을 먹고, 젖 먹는 어린아이가 독사의 구멍에서 장난하고, 젖 뗀 어린아이가 독사의 굴에 손을 넣으리라.'

하셨건마는, 인류들은 갈수록 악을 짓는 고로 시편에 가르치기를,

'목구멍은 열린 무덤 같고, 그 혀로는 속임을 베풀며, 그 입술은 독사의 독이 있고, 그 입에는 저주와 악담이 가득하고, 그 발은 사람의 피 흘리는데 빠른지라. 멸망함과 고생이 그 길에 있어 평안한 길을 알지 못하고 저의 눈앞에 하나님을 두려워함이 없는지라.'

하신 말씀이 곧 이 세대를 가리킨 것이오니, 어찌 절통치 아니하리오. 또 더욱 섭섭한 것은 저 소위 이치를 안다고 하며 하나님을 공경한다는 자들의 일을 잠깐 말로 하자면, 입으로는 예수를 부르고 행실로는 마귀를 따라가는 도다. 하나님께서 천지만물을 엿새 동안에 지어내시고 이레 되

---

37) 움직여서 옮김.
38) 왕의 넓고 큰 은혜.
39) 기원전 8세기 무렵에 활동한 이스라엘의 예언자.

는 날은 평안히 쉬시고 그날로 복되고 거룩한 날로 지키기를 기억하라 하셨는데, 엿새 동안에는 시간을 아끼고 부지런히 일하여 육신의 생명을 보존하고 이레 되는 날에는 믿은 남녀노소들이 한곳에 모여서 찬미하고 기도하고 성경 말씀으로 연설함을 듣고 마음과 뜻과 힘을 다하여 지킬 것인데, 엿새 동안에는 허탄한 이야기와 낮잠이나 자고 담배나 먹는 중에서 세월을 다 보내다가, 이레 되는 날에는 마지못하여 회당에 가기는 갈지라도 꾸벅꾸벅 졸지 아니하면, 집에 돌아와서는 늦부지런이 나서 은근히 일하노라고 주일을 온전히 지키지 아니하니, 어찌 온전한 복을 받을 수 있으리오. 혹 어떤 자의 말은 생애에 구간하여 한 달의 네 날씩을 똑똑 지킬 수 없다하나, 가량으로 말하면 생각하여 볼 만도다.

북아메리카에 합중국이 있는데, 그 나라는 서력 일천칠백칠십육 년 칠월 사일에 독립국이 되었는데, 한 달에 네 날씩, 일 년에 오십이 일은 임금부터 백성까지 전국이 세상일은 쉬고 하나님께 예배하나니, 지금 개국한지 일백삼십이 년쯤 되매 일 년에 오십이 일씩 계산하면 육천팔백육십사 일을 전혀 논 것 같으되, 그 나라 부강은 귀 있는 자들은 들었을 것이오. 아세아 동반구에 대한이라는 나라는 그 전은 그만두고, 개국한지 오백십칠 년으로만 계산하여도 이만육천팔백팔십사 일을 하나님의 날까지 빼앗아 일하여, 어찌되었든지 눈 있는 자들은 볼 것이로다. 또 어떤 자의 말하는 것은 예수교에 입참한지 십 년이 되었으나 아무 효험 하나 못 보았다 하니, 서양 속담에 말하기를, '말을 물가에 끌고 갈 수는 있어도 억지로 물 먹게 할 수는 없다' 하니 이 말이 격언이로다. 진실로 제가 하고자 하는 자에게 복을 주시는 하나님이신 줄을 깨닫지 못하는 도다. 아직 믿지 아니하는 자들의 하나님을 거역하는 것보다 믿는다 하는 자들의 하나님을 순복치 아니하는 죄가 더 크다 하셨도다. 자, 생각하여 봅시다. 이 세상 이렇게 된 것이 불신자로만 인함이 아니요, 소위 신자들의 진실한 믿음이 없는 연고로 재앙이 있을 줄을 우리가 알 것이오니, 그런즉 우리들의 해 받는 것을 저 사람들에게 송사할 수도 없고, 하나님께 송사할 수도 없사오니, 어찌하든지 지금부터 아무쪼록 우리들이 각각 화목하는 의무를 지켜서 저 인류들이 도리어 부끄럽게 여기기를 바라고 오늘날 이같이 모였사오니, 수고를 돌아보지 아니하시고 참석하신 회원은 이러한 사상을 주의하시기를 간절히 바라나이다."

하고 규칙 방망이를 상에 놓으매, 시간 위원이 새로 한 시 점심시간을 보하더라.

4장 연회석의 차서

양회장이 다과 위원인 다람쥐에게 명하여 다과를 진공[40]하라 하니 다람쥐가 진공할 새 개암, 호두, 밤, 상수리, 밀, 보리, 귀리 등속을 내어오는데 석간수 흐르는 시냇가 반석 위에 벌여놓고 참석한 회원들이 둘러앉은 후에 양회장이 잠깐 설명하기를,

"저 인류들은 음식을 먹을 때에 마치 돼지가 실과나무 밑을 지나다가 떨어진 과실이 있으면 그냥 집어먹고 그 나무는 쳐다도 보지 않고 가는 것같이 그냥 함부로 먹기만 하나니, 우리는 이같이 아름다운 실과를 이런 기회에 모여 먹을 때에 이 식물을 내신 하나님께 잠깐 감사하고 먹는 것이 떳떳한 일이오니 잠시 머리를 숙이고 기도합시다."

하고 양회장이 인도하는데,

"천지에 대주재 되신 하나님이여, 감사하옵나이다. 오늘 이 같은 아름다운 실과를 서로 친목하는 마음으로 먹게 도와주셨사오니 만만 감사하오나이다. 이 잔치를 먹고 항상 화평한 뜻으로 하나님의 뭇 자녀들 나타나는 날까지 친목하여 지내게 도와주시옵소서. 우리를 지으신 하나님의

---

40) 공물을 갖다 바침.

외아들 예수의 이름으로 기도하옵나이다. 아멘."

하고 먹기를 시작할 때에, 호랑이는 본래 고기 아니면 먹지 아니하는 자라, 물레 같은 갈기 머리를 흔들고 등잔 같은 눈방울을 굴려본즉 육종이라는 것은 모기 다리도 하나 없는지라, 천둥 같은 목소리로 하는 말이,

"인류들이 항다반[41]하는 말이, 노자는 비육불포[42]라 하더니 오늘 내가 그 문자를 빌려 쓸 수밖에 없도다. 여러분도 아시는 바어니와 나는 어려서부터 고기 아니면 몇 날을 굶을지언정 다른 것은 먹지 아니하던 장위라 졸지에 이 실과는 먹지 못하겠삽나이다. 이제 생각하여보니, 만일 친목회가 조직이 되오면 먼저 굶어 죽을 놈은 나 하나뿐이로군. 속담에 '돼지는 저더러 물어보아도 물 끓여라 한다' 더니 이 말이 내게 응하였구나, 허허."

도로 한탄하는 소리에 좌중이 다 졸연 변색하는 모양인지라, 양회장이 흔연한 안색으로 능쳐서[43] 하는 말이,

"호선생이여, 어찌 그렇지 아니하오리까. 행실의 습관도 졸지에 고치기 어렵거든, 하물며 장위의 습관이리오. 그러나 호선생을 청첩할 때에 육종을 마련하려 하였더니 곰곰 생각하여 본즉, 금수 곤충이 친목하는 연회에 뉘 고기를 쓰오리까? 만일 육종을 쓸 지경이면 골육상식[44]하는 것이 되겠기로 육종은 폐지하고 다만 실과로만 연수를 예비하였사오니, 안심하시고 잡수실 수 있는 대로 잡수시기를 바라나이다."

하고 다과 위원더러 냉수 한 잔 가져오라 하여 밀과 보리와 귀리를 타서 양회장이 친히 호선생 앞에 놓으면서,

"이런대로 한잔 잡수시면 보기에는 별맛 없을 듯하오나 장위에는 평안

---

41) 항상 있는 차와 밥이라는 뜻으로 항상 있어 이상하거나 신통한 것이 없음을 이르는 말.
42) 고기를 먹지 아니하면 배가 부르지 아니함.
43) 좋은 말로 마음을 풀어 누그러지게 하다.
44) 가까운 혈족끼리 서로 해치고 죽임.

할 것이올시다. 고기는 씹노라고 이도 아프고 웅키노라고 발톱도 빠지기 쉽고 잘못 먹으면 체증나기도 쉬우나, 이것은 먹기도 편리하고 소화도 잘 될 것이오니, 청컨대 잡수소서."

하니, 호선생이 듣고 생각다 못하여 밀, 보리 탄 냉수 한 잔에 비위가 열린 것이 아니라, 양회장의 말을 엇구수하게 여긴지라 받아서 한숨에 훌쩍 마시고 옆으로 비쓱 드러누우면서 혼잣말로,

"이따가 저 건너 골짜기에 가서 가재라도 좀 잡아먹고 가야 견디겠다."

하더라. 저같은 호랑이가 일개 양회장에게 감복되는 것을 보니 온유가 강포함을 감화시키는 능력이 있는 줄을 깨닫겠더라. 각각 차례로 실과를 내어오니 식성대로 주워 먹는데, 나귀는 보리를 좋아하는지라 한 입을 덥석 물고 관자놀이가 들락날락 오두득오두득 씹는 모양, 양회장 생각에는 소리 없이 먹으면 좋을 줄 아는 눈치요, 황계는 씹는 소리는 없으나 입부리로 찍어먹는 소리가 나고, 다람쥐와 원숭이와 양회장은 각기 식성대로 먹는데, 씹는 소리도 없고 오래도록 씹는 것을 보니 위생학을 공부한 것 같더라. 양회장이 하는 말이,

"썩어진 선배의 말에 식불언이라 하였으나 그 뜻을 생각한즉 탐식쟁이의 말이로다. 만일 먹을 때에 말을 하면 속히 먹고 많이 먹을 수 없을까 하여 염려하고 한 말이나, 참 무식한 자의 우둔한 말이로다. 무엇을 먹을 제 이야기도 하며 천천히 먹으면 재미도 있을 뿐더러 위생에도 유익한 것이니, 우리가 목침돌림[45]으로 이야기나 하나씩 하면서 먹는 것이 친목하는 뜻에 합당할 듯 하오이다."

하니,

---

45) 여럿이 모인 자리에서 목침을 돌려 차례가 된 사람이 옛이야기나 노래를 하는 놀이.

제1차 사슴

　"우리 족속이 심산궁곡 중에서 생장하여 세상의 영욕을 불고[46]하고 다만 산중 재미로 자생자락 하는 고로, 시속에 은사라 하는 자들이 우리의 자취를 부러워하여 미록[47]으로 친구한다 하오나, 우리가 어찌 그 동류 되기야 허락하리오. 그러나 단장덕귀로 음풍영월하는 오세객[48]들이 글로 쓰기를, '간호창태에 순자록'이라 하였으니, 그 뜻은 간수집 푸른 이끼에 새끼 사슴을 기른다 하였으니, 그것은 근사한 말 같도다. 유로바[49] 왕공자제들이 사냥을 나가서 어린 사슴을 생금하면 사랑하는 마음으로 저의 집에 길들이매 본성이 산닭과 들따오기와는 같지 아니한 고로 안연이 친숙하여지면 아'들과도 같이 놀기도 하느니, 그리하는 뜻은 다름 아니올시다. 여러분들도 아시는 바어니와 우리 족속이 다리가 긴 고로 뛰는 데는 일등상급은 다 우리 것이지요. 그러나 혹 어린 사슴이 힘이 약할 때에 사로잡혔으되 근골이 장성할 때에는 한 걸음만 솟아 뛰고 두 걸음만 건너 뛰면 백운청산 고향으로 염려 없이 돌아갈 것이로되, 거기서 누추한 식음을 받아먹고 있는 것은 첫째는 남을 살해치 아니하고 양육한 은혜를 저버리지 아니함이요, 둘째는 우리 같은 짐승이라도 길들이면 그대로 순복하는 것을 보고 인류의 종자들이 어려서부터 부모와 스승의 교훈을 받아서 자식된 도리와 국민된 의무를 지킬까 하건마는, 할 수 없는 것은 저 인종이로다. 그 부모가 겨울에는 두터운 의복이며 여름에는 얇은 의복을 입어보지 못하고 여간 박토와 전재를 모아 놓으면, 그 자식은 다니면서 자룡이 헌 창 쓰듯 어젯밤 어느 정자에서 화투에 몇 만 냥이요, 오늘 점심 어느 자락에서 만찬회로 몇 백 원이며, 그뿐인가, 건달패들을 사랑구석에 주야장천 두고 의복음식을 전당하여 주니 육칠월 늦장마에 물 퍼내

46) 돌아보지 아니함.
47) 고라니와 사슴.
48) 세상을 업신 여기고 자기의 주장으로 도도히 살면서 돌아다니던 사람.
49) 유럽.

어 버리듯 하는 재물이건마는, 어느 학교의 경비가 군졸하여 혹 보조나 할까 하고 비진사정하여 청구하면 코대답도 아니 하고 돌려세우고 하는 말이, 별 미친놈도 보았고, 이 세상이 어떠한 세상이라고 누구더러 보조하라나. 그 놈이 요사이 밥 지어먹을 것이 없는 것이지 하며 도로 욕설만 하는 자가 열에 몇이나 아니 될는지요."

제2차 원숭이

원숭이 욱상으로 아래턱은 기름한데 눈을 깜작깜작하면서 하는 말이, "나는 말이 녹처사와 같이는 유리하게 말할 수 없사오나, 그대로 소경력사를 말하겠삽나이다. 연전 이맘때에 일기가 화창하거늘 저 건너 층암 절벽상에 나앉아서 전신에 소양증[50]이 있는 고로 무슨 물 것이 있는가 하고 살펴보더니, 고양이 두 마리가 고기 한 덩이를 물고 와서 청원하기를 둘이 똑같이 먹게 하여달라 하거늘, 그 기색을 보니 뉘 집 찬장 속에서 도적하여 올시 분명한지라, 이불가독식인 고로 저울에 다는 체하고 이모 저모 다 베어 먹고 고양이는 호령하여 보냈더니, 이 소문이 세상에 퍼져서 불의한 법관들을 가리켜 말하기를, 원숭이의 고기 재판하듯 한다 하니 참 우스워요. 내가 그 고기 먹은 것이 무리한 듯 하되 도적질하여온 것인 고로 그리한 것이요, 또 더 생각할 지경이면 그 임자를 찾아서 돌려보내는 것이 당연하오나, 그까지 미쳤으면 누가 지금까지 원숭이라는 이름을 가지고 이런 회석에 참예하였으리오. 옛적 서양 한 말에, '원숭이가 화하여 사람이 되었다' 하였으나 원숭이가 화하여 사람이 되었는지, 사람이 점점 못되어 원숭이가 되었는지 그 말은 기필할 것이 아니요, 세상에 재판하는 별장정이 이러하도다. 가령 원고는 지빈무의한 과부로 지극히 원통한 일이요, 피고는 위세력자로 열 눈으로 보는 바요, 열 손가락으로 가리키는 옳지 못한 일이건마는 유세력한 피고의 허물은 불쌍하고 애매

---

50) 몸 안에 열이 많거나 피가 부족하여서 피부가 가려운 병증.

한 과부 원고에게로 돌아가니, 피고의 그 무엇이 재판관 가방 속으로 들어가서 원굴[5]한 자는 낙송하고 유죄한 자는 득송하니 그 어찌 공평타 하리오. 속담에 이르기를 '한 지어미가 원통함을 품으면 오월에 서리가 내린다' 하였거든, 하물며 국민의 태반이면 그 어찌 상서가 될 수 있으리오. 그런 고로 이사야가 가로되, '저 무리의 송사할 때에 무죄한 자를 죄인으로 만들고 성문에서 판단한 자에게 올무를 놓고 헛된 것으로 의인을 그릇되게 한다' 하였으니, 이 말씀이 우리 보는 세대의 사진을 보이셨도다."

제3차 까마귀

"여러분 보시기에 내 전체가 검으니 혹 반물집[52]고용인인가, 아프리카 흑인종인가 아시오리다마는 나는 까마귀올시다. 세상에 지각없는 어린아이들이 우리를 보고 말하기를, 까마귀는 검으니 속도 검으렷다 하나, 겉은 비록 검을지언정 속조차 검으오리까. 옛적 이스라엘 왕 아합 때에 엘리야[53]는 선지자라 하나님께서 명하사, 그릿 시냇가에 숨어있게 하시고 삼 년 유월을 비를 내리지 아니할 동안에 하나님께서 우리 무리에게 명하사 엘리야에게 식물을 진공하라 하시므로, 아침과 저녁으로 떡과 고기를 물어다가 진공하였으되 추호라도 떼어먹지 아니 하였삽나이다. 그러나 이 세상의 인심을 보니 혹 흉년을 당하여 백성들이 기황을 이기지 못하면, 임금께서는 그 백성을 적자같이 사랑하사 병침[54]이 불안하시고 휼금[55]을 하사하실 지경이면, 저 궁휼한 마음 없는 자들이 그때는 제가 그 기황 든 백성이 되려다가 양심의 책망도 받을 뿐 외에 공사에 반포된 일

---

51) 까닭없이 죄를 뒤집어써서 억울하고 원망스러움.
52) 옷이나 피륙 다위에 반물을 들여 주는 집.
53) 이스라엘 왕국 초기의 예언자로 아합왕의 우상 숭배와 유대교 탄압에 맞서 싸운 인물.
54) 임금이 침소에 듦. 또는 그런 시각.
55) 정부에서 이재민을 구제하기 위하여 지급하는 돈.

인 고로 색책으로 나눠줄지라도, 그 역 알음알이나 있는 자에게는 얼마 돌아가고 목불식정 준준한 우맹들에게는 그도 저도 피천대푼[56] 맛보지 못하고 다만 좋은 소식만 듣고 바라다가 기진하는 자가 오히려 우리 까마귀 수효보다 많다 합디다. 그러면 어찌 거죽만 흽스름하다고 우리 몸 검은 것으로 마음까지 검다 하리오. 참으로 이런 말을 들으면 작년 팔월에 먹었던 오례송편[57]이 나와요. 그러나 우리의 몸 검은 것으로 저의 마음 검은 것을 징계하려 하나이다."

제4차 제비

검은 머리 붉은 턱에 아리따운 태도와 아양스런 목소리로 하는 말이 가늘게,

"나는 제비올시다. 비금 중에 형체는 비록 작은 족속일망정 청렴한 것과 신의 있는 것으로 본래 칭찬을 듣는 새로소이다. 청렴한 것으로는 근래에 호남 선비 하나가 우리를 두고 영물할 때에 글 짓기를, '심지세계무공토深知世界無空土하여 백성가중기일가百姓家中寄一家' 라 하였으니, 그 뜻은 깊이 세계에 빈 흙이 없는 줄 알고 백성의 집 가운데 한 집을 붙였다 함이니 그것은 청렴함을 가르침이요, 신의 있는 것은 우리가 엄동이 되면 심산궁곡 고목 틈에 들어가서 자는 것처럼 있어 과동하고 춘삼월이 되면 깨어나서 인간으로 돌아오는 고로, 야리미[58]가 말씀하시기를, '공중의 학은 왕래하는 기약을 알고 반구와 제비와 기러기는 다 절후를 지키고 때를 알고 돌아오되, 오직 내 백성은 하나님의 법도를 알지 못한다' 하였사오니, 우리가 이같은 미물이로되 하나님께서 우리들로 하여금 이 세상에서 염치도 없이 제 법대로만 살고자 하는 자들을 경성[59]코자 하옵나이다."

---

56) 아주 적은 돈.
57) 올벼(철이 이르게 익는 벼)의 쌀로 만든 송편.
58) 예레미야. B.C.7세기경, 유다왕국 말기 때 활동한 예언가.
59) 정신을 차려 그릇된 행동을 하지 않도록 타일러 깨우침.

제5차 올빼미

　머리털이 헤부수수한 자가 앉아서 넙죽넙죽 하는 말이,

　"나는 올빼미올시다. 세상 사람이 말하기를 밤눈은 밝고 낮에는 못 보는 올빼미라 하나, 내가 진실로 낮에 보지 못하면 어찌 이곳에 올 수가 있으리오. 낮에는 출입을 잘 하지 아니하고 밤이면 먹을 것을 찾으러 다니는 것은 한 까닭이 있삽나이다. 이런 말씀을 하면 혹 방자스럽다 하실 듯 하오나 심중소회[60]를 다 아니할 수 없는 고로 설명이외다. 이 회원이 낮이면 여러 무리들의 지저귀는 소리가 마음에 합당치 못하여 나무 그늘 속에서 가만히 쉬다가, 밤이면 고요할 때를 타서 나가 먹을 것을 예비하나이다. 또는 이 말씀을 들으시면 밤에 다닌다 하니 혹 도적놈으로 아실 듯 하오나 실상은 큰 도둑놈들은 백주대로상에 나온답디다. 내가 요사이 저 건너 뵈는 우무지렁나무 속에 낮이면 똑 앉아서 쉬며 생각하여보니, 나는 내 뜻이나 있어 밤 되기를 기다리건마는, 제 눈 가지고 저 먹을 것과 저 살 곳도 보지 못하고 완고이니 수구이니 하는 자들이 실로 답답해요. 이 세계를 비교하여 보면 몇 백 년 전에 유로바나 아메리카나 다 캄캄한 밤과 같이 문명치 못하고 그때에 아세아는 낮과 같이 문명한 빛이 있더니, 지금은 유로바와 아메리카는 광명한 낮이 되고 먼저 문명하던 아세아는 도리어 광명한 빛이 있으나 보지도 못하고, 천황씨는 목덕으로 왕하고 이십삼 년이라 초명진 대부위사조적한건이라 하며 자기들 하는 말이, 우리 시조 아무 씨는 명현이지 하는 자들의 생각에 언제나 다시 엽전이나 당백[61] 시절이라도 한 번 볼꼬하니 과연 청맹과니[62]로다. 미국 켄터키 굴속에 못이 있는데 물고기가 있어 눈이 있어도 보지 못하는지라. 이

---

60) 마음 속의 생각.
61) 조선 시대에 경복궁 중건으로 인한 재정적 궁핍을 해결하기 위하여 대원군이 만든 화폐. 법정 가치는 상평통보의 백비였지만 실제 가치는 이에 크게 미치지 못하여 화폐 가치의 폭락을 가져왔고 고종 4년인 1867년에 폐지되었다.
62) 눈이 멀쩡하나 앞을 보지 못하는 눈.

학사가 연구하기를 눈은 있으나 태양을 보지 못하고 생장한 연고라 하더니 참 그래요. 조그마한 등불세상에 지내다가 태양이 중천에 떠올라와 온 세상이 다 활짝 밝았으니 별안간에 빛이 너무 많아져서 보지를 못하는지요. 선진하던 황인종이 후진자 백인종에게 백년지경이나 뒤진 것은 그 까닭이 하나 있나이다. 비유컨대 농사하는 자가 해마다 새 기계로 하여야 할 것인데 밭은 묵어서 풀뿌리 가시덤불은 겹겹이 진황지에 묵은 쟁기 묵은 보습으로 갈고자 하니 어찌 될 수 있으리오. 아무 나라이든지 문명하고 아니한 것은 종교와 교육에 큰 상관이 있는데 남자 칠 세에는 겨우 입학하는 것이 천지현황이요, 천고일월명이요, 지후초목생이라 하니, 이것이 도리어 끝 부러진 묵은 보습으로 묵은 밭 가는 것만 못할 것이올시다. 종교의 교육력이라 하는 것은 연약한 마음을 건강케 배양하고, 부패한 성질을 새롭게 소성하고, 우졸한 사상을 활발케 운동하는 것인 고로, 백인종들이 종교의 힘으로 교육하여 저렇듯 강성한 것이올시다마는 문명의 열매되는 각종 기계와 물건은 취하여 가지나 문명의 근본된 그 종교는 알아볼 생각도 없는 고로 눈이 있어도 마땅히 볼 것을 보지 못하게 되었으니, 일향 저 모양으로 지내면 백인종의 노예 되기는 우리가 눈 깜짝할 동안 될 것인 줄 확실히 아나이다."

제6차 고슴도치

모양이 팔구월 밤송이가 왕퉁이[63]에 쏘여서 벌어진 것 같은 편으로 무슨 소리가 나오는데,

"나는 고슴도치올시다. 우리 족속이 사람에게는 이따금 해를 당하나 다른 데는 해를 당하는 일이 별로 없는 것은 호신지책이 넉넉한 연고올시다. 만일 어느 짐승이나 독수리나 해하고자 할 때에 몸을 곱숭그려서

---

63) '말벌' 의 경기 방언 또는 옛말.

밤송이같이 하고 비탈로 한 번 뒹굴면 나무 잎사귀와 검불이 나의 털끝에 저절로 꿰는 고로, 첫째는 찾을 수가 없고, 둘째는 만일 찾더라도 입으로 물자 하니 가시가 찌르고 발로 움키자 하니 역시 가시로다. 진소위 불공자파[64]라. 그런 고로 무난히 피화하나이다. 나는 까닭이나 있어 구부리건마는 저 인류들은 추위를 견디지 못하면 고슴도치 구부리듯 한다 하고, 아비가 그 자식의 악은 알지 못한다 하여 고슴도치도 제 새끼는 함함[65]하다고 한다 하나, 하나님께서는 외모를 보시지 아니하시나이다. 외모는 왜밀기름[66] 뒤바른 것같이 함칠하여 핥다 놓친 것 같으나 속마음에는 우리 털보다 더 찌르는 가시 같은 것이 돋쳤으며, 또는 우리가 외밭에 가면 입으로 외꼭지를 벌려놓고 한번 뒹굴면 외가 몸에 꿰여오는 고로 저 빚진 자들이 비유로 하는 말이, '고슴도치 외 따지듯 한다' 하나 우리가 외 따지는 것은 한정이나 있고 힘에 알맞게 하지마는, 한 푼 출처 없는 건달들이 빚은 더끔더끔 쓰기만 하면 무엇으로 갚으려 하는지 참 애석한 일이올시다."

제7차 박쥐

박쥐가 하는 말이,

"나는 금수 사이의 중보자올시다. 세상 사람들이 흔히 하는 말이 간사한 자는 박쥐라 하나 우리의 본성을 알지 못하고 하는 말이올시다. 짐승 총중에 가면 짐승 노릇하고 새 총중에 가면 새 노릇 하는 것은 새와 짐승 두 사이에 증립당이 되자는 목적이올시다. 내가 《중용》이라 하는 책을 한 번 열람한즉, '군자는 중용이라 하고 불편불의무과불급지위중不偏不依無過不及之爲中'이라 하였으니, 그 뜻은 편벽되지도 않고, 의지치도 않고,

---

64) 스스로 깨짐.
65) 보드랍고 윤기 가 있음.
66) 향료를 섞어서 만든 밀기름.

지나침도 없고, 미치지 못함도 없는 것을 가운데라 하였으니, 그런 고로 이 주의를 세우자함이요, 또는 내가 스스로 된 것이 아니라 하나님께서 처음부터 나를 조성하신 것인 고로 천품을 변치 아니하고 준행하는 것이요, 자작으로 하는 것이 아니올시다. 그렇건마는 저 사람들은 저편이 승하면 그편에 가서 알진알진, 이편이 승하면 이편으로 와서 소근소근하니 저것이 참 소인배의 태도요, 간세배의 행색이 아니고 무엇인지요. 우리는 짐승 편에 가든지 새 편에 가든지 서로 화합하기를 위주하노라고 짐승도 되고 새도 되어 일신양력하여 화목하건마는 저 인류들은 이편에 오면 저편을 이간하고, 저편으로 가면 이편을 참소하여 양편에 다 화의만 끊어놓을 뿐만 아니라, 나중에는 제 몸까지 화를 면치 못하게 되오니 이것이 자작 일이 아니오니까."

제8차 공작

"나는 앵무새와 과결간 되는 공작새올시다. 앵무새와 같이 오려 하였더니 앵무새는 요사이 평안도 운산 금광에 통편으로 가노라고 오지 못하옵고 위임장까지 맡아가지고 나 혼자 참석이 되었삽나이다. 우리 족속이 세계에 희귀한 고로 흔히 말하기를 귀조라 칭하나이다. 그리하는 것은 이 세상이 외모를 숭상하는 연고올시다. 본래 다른 새보다 오색이 아름답게 된 고로 사람들이 부러워서 하는 말이, 호사하는 공작새 되기를 원한다 하오나 나는 사치하고자 하는 마음이 있어 이렇게 찬란한 것이 아니요, 다만 하나님께서 그 무궁하신 신성을 나타내시려고 나를 특별히 이같이 아름답게 조성하신 것이오나, 세상에서 흔들비쭉하고 돌아다니는 자들의 의복 사치를 보면 말할 수 없는 구절이 간혹 있습니다. 궁사극치가 자격에 벗어나고 분수에 지나치면 어찌 향복이 되리오. 한이 있는 재물을 한이 없이 쓰자면 그 결과는 위태하고 곤고한 것뿐일 줄 아나이다. 어찌 의복으로 누추한 행실을 덮을 수 있으리오."

제9차 나비

두 날개를 마주 붙이는 태도가 오뉴월 삼복 중에 부잣집 상노들이 좌우에 벌려 서서 사십시 합죽선을 체격 맞춰 부치는 것같이 흔드적흔드적하면서 하는 말이,

"저는 화원에서 생장한 나비올시다. 화림 중으로 왕래할 때에 꽃을 보고 날아가서 그 위에 앉자하니 날개를 자주 흔들 수밖에 없는지라. 보기에 춤추는 것 같은 고로, 저 음부들이 백가지 교태로 장부를 호리려고 춤을 추면 나비춤이라 하니 듣기에 창피한 말이올시다. 나는 이곳에서 저곳으로 날아갈 때에 날개를 흔드는 것은 날아가는 힘을 얻자는 것이요, 또 꽃의 웅예와 자예가 있는데 그 화분을 내가 취할 때에 화분이 자예 속으로 들어가서 열매를 맺게 하는 것이니, 그 이치를 생각하면 내가 꽃의 중매가 되고. 그 화분을 내가 먹는 것은 그 삶을 받아먹게 하나님께서 마련하신 것이요, 조금치도 교태를 보이고 불의한 것을 먹고자 하는 뜻은 결단코 없는 것인데, 슬프다 이 음란한 시대여, 이팔청춘 고운 여자들이 스스로 음부가 되어 주야장천 하는 생각, 부가자제들이 허랑방탕이 되기를 기다리며 오늘은 어느 부자의 청년을 호려볼꼬, 내일에는 어느 놀이에 가서 여러 장부들의 눈을 맞춰볼꼬, 다만 이런 마음뿐이요, 여자의 직분은 돌아보지 아니하다가 가련한 북망산천에 주인 없는 한 무덤 되니, 어제 아침 피었던 한 송이 꽃이 오늘 저녁에 시려 떨어짐 같도다. 그 어찌 한심치 아니하며, 또 청년의 남자들은 음부와 짝을 지어 남화류 북단풍에 세월을 보내다가 기혈이 재산과 함께 말라 가서 필경에는 젊은 처자는 청춘의 과부가 되고 늙은 부모는 백발로 통곡을 하게 하니, 우리 금수 곤충들이라도 다 눈물을 흘릴 만하도다. 그러므로 옛적 솔로몬[67]이라 하는 임금의 말씀이 "창녀로 인하여 사람이 다만 한 덩이 떡만 남아있고

---

67) 사울과 다윗을 이어 이스라엘의 3대 왕이 된다. 지혜로운 왕이었으나 남유다와 북이스라엘이 분열되는 원인을 남기기도 하였다.

또 음란한 계집이 귀한 생명을 사냥하나니, 사람이 불을 품에 품으면 어찌 그 옷이 타지 아니하며, 사람이 숯불을 밟으면 어찌 그 발이 데지 아니하겠느냐'하였습니다. 참 옳은 말씀이외다."

제10차 개미

모인 중에 제일 작은 벌레 하나가 말하는데, 허리는 구미 각국 여인을 모본하였는지 끊어질 것같이 잘룩하여 간들간들한 것이 엎드려 말하되,

"저는 개미올시다. 우리 족속은 흙 속에 굴을 파고 거처하며 여름 한철에 부지런히 먹을 것을 저축하여 융동의 염려를 하지 않는 고로 항상 한가한 시간이 넉넉지 못하오나 오늘 귀한 청첩을 입사와 잠깐 참석이 되었나이다. 오다가 하마터면 저의 가는 허리를 보존치 못할 우스운 일을 보았습니다. 어떠한 자 수삼 인이 모여앉아 하는 말이,

"여보게, 작년에는 뉘 집 전장방매하는데 거간하고, 어느 군수 중립서서 은근히 남모르게 부자 부럽지 않게 지냈더니, 지어 금년 하여서는 그런 자리가 하나도 걸리지 아니하니 딱한 일이야. 무슨 생애를 하자니 본래 배운 졸업도 없고 아무리 생각하여도 백계무책이니, 어찌하면 좋을는지 자네들은 무슨 좋은 도리가 있거든 혼자만 살짝살짝 하지 말고 같이 좀 살아보세."

그리하고 수작이 장황하니, 그 사람들 눈에 《잠언》⁽⁶⁸⁾이라 하는 책을 보였으면 우리들에게 와서 좋은 방책을 깨닫도록 할 것이지요. 그 책에 말씀하기를,

"게으른 자여, 개미에게로 가서 그 하는 것을 보고 지혜 있는 자가 되라. 개미는 두령도 없고, 유사도 없고, 임금도 없으되, 먹을 것을 여름 동안에 예비하고 추수할 때에 양식을 모으느니라. 게으른 자여, 네가 어느

---

(68) 고대부터 이스라엘인들 사이에서 전해오던 교훈과 격언을 수록한 책.

때까지 누워 자며, 어느 때에 잠을 깨어 일어나겠느냐. 얼마 동안 자며 얼마 동안 졸다가 또 손을 모으고 얼마 동안 자는도다. 그런즉 네 빈궁이 강도같이 이르고, 네 곤핍이 군사같이 이르리라"하였나이다. 저 수고 하지 아니하고 재물을 얻고자 하는 자여, 불한당이라 하는 것이 무슨 뜻인지 아는지요? 땀내지 아니하는 무리라 하는 뜻이니, 그것은 곧 수고하지 아니하고 얻고자하는 것을 가리킨 것이 아니뇨!"
하면서 고개를 까딱까딱 하더라.

제11차 자벌레

한 벌레가 구부렸던 몸을 펴고 하는 말이,

"나는 곤충 중에 자벌레라 하는 벌레올시다. 이 세대는 만물을 다 측량하는 때인 고로 나의 시대라고 할 만하지요. 내가 앞으로 나갈 때면 반드시 먼저 전신을 구부리는 것은 무슨 굴할 일이 있어 그런 것이 아니오라, 나의 굽히는 것이 장차 펼 장본이올시다. 그러나 이 세상 사람들은 굽힐 때는 짐짓 굽혔다가 펼 기회에는 용맹과 힘을 다하여 펼 것인데 굽힐 시기에 굽히지 아니하고자 하다가 장차 펼 기회까지 잃어버리는 자가 태반이오니 어찌 곤충의 지혜를 따르리오. 그럼으로 나의 굴신은 진보의 방침이요, 측량의 모범이올시다. 무릇 산천과 토지는 측량치 아니하고 다만 종잇장만 가지고 있으면 마치 떡의 원체는 공중에 두고 그림만 가지고 있는 것 같도다. 그러한 산천 토지가 어디뇨. 지구상을 돌아보니 동양 중앙에 있는 반도국 하나이라. 폭원을 말하자면 남북이 삼천 리요, 동서가 육백 리며, 지경을 말하면 북에는 만주와 아시아, 아라사[69]요, 동에는 일본이며 서에는 황해요, 남에는 일본해와 황해가 합한 곳이며, 지방은 사면 십 리 되는 방면이 구천오백이요, 인구는 일천오백만이 되오며, 국

---

69) 러시아.

재는 일 년에 부세 받는 돈이 칠백오십만 원이요, 지형을 말하자면 산이 많고 들이 적으나 토지가 꿀과 소젖같이 기름지며, 산에 삼림은 많지 못하나 그 가운데 이상하게 된 것은 허탄한 말에 미혹되어 조부모의 백골을 묻어놓고 십리청룡이니 오리백호이니 정하였으나, 실상 생각하여보면 조상의 백골로 타인의 산판 빼앗는 기계를 삼았도다. 그러나 그 산판 면적이 얼마인지 알지 못하며 전토로 말하면 뉘 집 전장이니 할지라도 다만 몇 석지기라 하는 말뿐이니 어찌 완전한 자기 전토라고 할 수 있으리오. 그러므로 근래에 측량학교를 설립하고 가르치나 삼 년만에 어찌 될 수 있으리오. 설혹 된다 할지라도 내 떡 내가 그린 것만 못할 것이 아니뇨. 그런즉 그 일에 대하여 한 방침이 있을 듯 하도다. 가령 육개월이면 속성으로 졸업을 넉넉히 할 수 있으나 육개월 경비 육백 원만 전토 있는 자들이 각각 내어 모아놓고, 자기의 자서제질이며 다른 가합한 청년 자제를 모집하고 교사를 고빙하여 가르쳤으면 다만 자기 전토만 보존할 뿐 아니라 국가에 공익을 얻을 것인데, 꿈을 꾸고 있는 모양들이오니 이것이 참 구부리고 펴지 못할 장본인 줄 아노라."
하더라.

제12차 나귀

나귀가 코를 실룩실룩하며 하늘을 쳐다보고 싱긋싱긋 웃으면서 하는 말이,

"내가 참 우스운 이야기 하나 하오리다. 유로바 서남편에 시바나[70]라 하는 나라가 있는데, 그 나라 속담 하나가 이러합디다. 이 세상 동물들의 나이를 조물주가 당초에 평균으로 삼십 년을 마련하였더니, 하루는 나귀가 가서 송사하기를, 나는 몇 해를 살라 하시옵나이까? 조물주가 가라사

---

70) 스페인.

대 삼십 년을 살아라 하시니, 나귀가 대답하기를 너무 많다 하매 이십 년을 감하고 또 그 다음에 개가 가서 송사하니, 너도 삼십 년을 살라 하신데, 개가 대답하기를 너무 많다 하니 또 이십 년을 감하시고 또 원숭이가 가서 송사하니 가라사대 너도 삼십 년을 살라 하시니, 너무 많다 하니 이십 년을 감하시고 그 다음에 사람이 가서 송사한 뒤, 너는 구십 년을 살아라. 나귀의 나이 이십 년과 개의 나이 이십 년과 원숭이의 나이 이십 년과 사람의 본 나이 삼십 년을 합하니 구십 년이 되었다 하더라. 그런즉 저 사람들을 구십 년이나 이 세상에 두시는 것은 조물주의 뜻이 있는 것인데, 그 이유는 모르고 팔구십 년 동안 아무 사업도 없이 있다가 죽으니 참 가련하도다. 어느 나라 속담에 '짐승 죽듯 하지 말라' 하였나니, 그 뜻은 아무것도 한 것 없이 먹기만 하고 있다가 죽는 자를 가리킨 것이올시다. 그런즉 구십 년 동안에 각각 할 직분이 있나니, 삼십 년 동안에는 사람의 직분 하는 것은 청년을 아껴서 공부하여 무슨 사업을 이루어 놓고, 삼십부터 오십까지는 나귀의 직분을 하는 것은 우리가 항상 무엇을 등에다 지고 다니는 것같이 다른 사람을 유익하게 부지런히 도와주다가, 오십부터 칠십까지는 개의 직분을 하는 것은 집에 있는 물건이나 지키면서 자손들이나 가르치다가, 칠십부터 구십까지는 원숭이 직분을 하는 것은 그때는 늙고 다른 총명이 없는 고로 원숭이의 흉내 내듯 다른 사람이 자면 자고, 먹으면 먹고, 입으면 입고, 웃으면 웃고, 울면 울다가 세상을 떠나면 그것이 참 만물 중에 가장 귀하다 하는 사람이 되었던 목적을 가리킨 말이라."

하니, 좌중이 한 번 웃음보가 터졌더라.

제13차 캥거루

캥거루는 오스트레일리아에서 나는 쥐의 이름이니 크기가 여우 같고 가슴에 큰 주머니가 있는 고로 '대서'라고도 칭하는데, 참석이 되었다가

이야기를 하는데,

"하나님께서 만물을 창조하실 때에 특별히 우리 족속에게 새끼를 사랑하는 성품만 주실 뿐 아니라, 새끼를 보호하는 기계까지 조성하여 주셨나이다."

하고 가슴에 양복 조끼주머니같이 된 것을 열더니 새끼 둘을 내어놓고 하는 말이,

"제 새끼 사랑하기는 생명과 각 혼 있는 동물이야 누가 없으리오. 그러나 특별히 우리 족속에게는 사랑치 아니하려 하여도 아니할 수 없는 까닭이 이러하외다."

하고 설명하는데,

"우리가 새끼를 낳아서 제 자유로 능히 지낼 때까지는 항상 주머니 속에 넣고 다니다가 조용한 곳을 당하여 내어놓고 먹을 것을 찾다가, 만일 사냥꾼의 위태한 종적이 있으면 급히 소리하여 집어 주머니에 넣고 달아나서 그 화를 면하여 새끼의 생명을 보존케 하다가, 만일 새끼가 사로잡힐 지경을 당하면 나도 그 화를 함께 받고 피치 아니하나이다. 어찌 새끼가 죽을 땅에 있는데 그 어미된 자가 구구히 살기를 도모하리오. 우리들의 새끼 사랑하는 마음이 대강 이러한 짐승이올시다. 슬프다 사람이야 어찌 자식 사랑하는 마음이 금수 곤충만 못하오리까마는, 인간 풍설을 들은즉 길가에나 수풀 속이나 성 모퉁이 후미진 곳이나 남의 집 개구멍에 어린아이를 내어버리는 악습이 종종 있다 하니 과연인지 한 번 질문할 만한 일이오. 진실로 그러할 것 같으면 그 어미된 여인이 자식 사랑하는 마음이 없어 그러하뇨? 결단코 아니라! 어찌 자식 사랑하는 정이 없으리오마는 그 자식을 기를 경위가 되지 못함으로 자식을 버리는 악습은 행하였을망정 자식을 사랑하는 양심은 어쩌지 못하였으리로다. 대저 그리된 형편을 생각하여 본즉 흔히 음간하는 계집들과 사부가 청상들에게서 난 것이 분명하도다. 어떠한 남녀는 자식을 낳지 못하여 평생에 한탄

하는 일도 있는데, 천만금으로도 능히 얻을 수 없는 자식을 낳아서 버릴 자가 있으리오. 가령 해산 후에 제 어미가 곧 불행하여 죽었을지라도 그 아비가 품에 안고 다니면서 젖을 얻어 먹여 기르려 할 것이요, 유복자를 낳더라도 더욱 귀히 여기고 기를 것인데, 저같이 버린 것을 미루어 생각하니 아비는 있으나 그 아비를 누구라고 가르쳐 줄 수 없는 자식을 나았으니, 어찌 떳떳이 기를 순들 있으리오. 그 연고가 분명하도다. 오호, 통재라! 죄악의 세상이여! 색남음녀들의 장차 받을 형벌이야 예수 공로 아니면 어찌 면할 수 있으며, 저 사부가 청상들의 정상들을 생각하니 가련하도다. 대한국 성묘조 때에 개가 후 자손은 큰 벼슬을 주지 아니한다고 전장에 반포한 고로 벼슬에는 욕심이요, 인륜에는 불고하는 자들이 제 집에 청년 과수를 깊고 깊은 도장 속에 두고 청춘을 눈물과 한숨 속에 늙히고자 하니, 법으로만 그 개가 길을 막았지 어찌 그 정욕까지 막을 수 있으리오. 그러므로 저 같은 악습이 종종 나서 국민의 분자를 감손할 뿐만 아니라 인륜의 패괴한 사상이 드러나게 하니 어찌 우리 금수 곤충 보기가 도로 부끄럽지 아니하오리까?"

하고 두 새끼를 주머니에 도로 집어넣더라.

제14차 호랑이

먹을 고기가 없어 밀, 보리 탄 밀수 한 잔 마시고 우두커니 비켜 앉아 여러 이야기를 듣더니, 호선생이 나도 이야기할 문제 하나를 생각하였노라 하고 이야기를 하는데,

"우리 족속들이 힘이 강한 고로 위엄이 있는 종류오나 간혹 탐욕을 이기지 못하여 죽는 자가 많소이다. 들은즉 남아메리카에 부레실국[71]이 있는데, 그 나라는 산이 적고 들이 많은 중에 일천오백 리 되는 아마존이라 하는 강이 있고 그 강가에 큰 수풀이 있는데, 그 수풀 가운데 나뭇잎이

---

71) 브라질.

부레풀같이 끈끈하고 크기가 종잇장과 같은지라, 사람들이 우리를 사로 잡으려면 그 잎사귀를 많이 펴놓고 한가운데 강아지를 놓아두면 그 소리를 듣고 탐욕 많은 우리 호랑이가 입에 춤이 흘러서 견디지 못하여 들어가서 먹고자 하다가, 그 잎사귀가 다리와 발에 붙는지라, 제 몸이 불편함으로 분을 내어 뛰는 대로 점점 붙어 온몸이 도무지 잎사귀 덩이가 되어 움직이지도 못하고 보고 듣지도 못할 때에 사람들이 쫓아와서 몽둥이나 창으로 잡는다 하오니, 그 죽는 까닭이 두 가지로 인함이올시다. 첫째는 탐욕이요, 둘째는 분냄이로다. 무릇 동물이라 하는 것이 탐하는 마음은 없을 수 없으나 탐할 것을 탐할 것인데, 설사 탐욕으로 위험한 데 짐짓 들어갈지라도 해를 당할 지경이면 마음을 고쳐서 길을 돌이킬 것인데, 도리어 분을 내면 더욱 해가 속하게 이르는 것이라. 그러므로 이 세상에 정욕으로 탐하는 자는 브레실국 호랑이 죽듯 한다 하나니, 우리는 죽을지라도 저 인류들에게 교훈거리가 되지마는 저 인류들은 죽든지 살든지 우리들에게 교훈거리가 될만한 것이 하나도 없습니다."
하더라.

이같은 이야기 가운데서 연희가 다 되고 시간이 다 되매, 폐회 동의 재청이 연하여 폐회케 하더라.

5장 폐회

다과를 폐하고 수음 아래서 각각 편리한대로 눕는 자는 눕고 기는 자는 기고 앉는 자는 앉기도 하며 뛰기도 하더니 어언간 석양이 산에 걸린지라 양회장이 다시 접빈 위원에게 명령하여 여러 무리를 다 모으게 하고 잠깐 설명하는데,

"천지창조 이래로 금수 곤충들이 친목하는 연회라고는 오늘 우리가 창설이오니 감사하오이다. 오늘 하루를 빌어가지고 이곳에서 이같이 유쾌히 놀뿐만 아니라, 친목할 마음을 각각 배양케 된 것이 더욱 찬양할 것이

올시다. 지금 폐회하기로 동의재청이 되었으니 폐회하고 기념하기 위하여 일체 촬영하옵시다."
하고 곧 폐회하더라.

6장 촬영

양회장이 사진사 원숭이에게 명령하여 순서대로 촬영을 준비하라 하니, 사진사가 방향을 보아 기계를 설비하고 회장 이하 회원 일동을 일자로 세우고 속사로 사진을 박아 회원 수대로 종이에 옮겨 놓으니, 양회장이 설명하되,

"오늘 성회의 기념으로 사진 한 장씩 드리옵나이다. 지금 일세[72]도 진할 뿐 외에 각 귀하시는 정로가 가깝지 못하옵기에 곧 작별할 수밖에 없삽나이다. 섭섭한 정회는 피차일반이오나 천하대세를 생각하온즉 합한 지가 오래면 반드시 나누이는 것이요, 나누인 지가 오래면 반드시 합하는 것이오니, 청컨대 명년 춘삼월로 다시 기회하고 우리가 지금 각각 흩어져 동서남북으로 갈지라도 마음은 연합하여서 항상 친목할 목적을 잊지 말고 서로 권견하시기를 간절히 바라나이다."
하고 일제히 작별가를 하는데, 찬미 상제복의 근원 천하만물 모두 칭송하고 아멘 하더니, 다 헤어져 가더라.

한편에 숨어 앉았던 저 사람들의 귀가 열렸는지…….

— 《광학서포》(1908).

---

72) 날씨의 방언.

요조오한

몽몽夢夢

    이층 위 남향한 '요조오한' 이 함영호의 침방, 객실, 식당, 서재를 겸한 방이라. 장방형 책상 위에는 산술교과서와 수신교과서와 중등외국지지 등 중학교에 쓰는 일과책을 꽂은 책가가 있는데, 그 옆으로는 동떨어진 대륙문사의 소설이나 시집 등의 역본이 면적 좁은게 한이라고 늘어 쌓였고, 신구간의 순문예잡지도 두세 종 놓였으며, 학교에 매고 다니는 책보는 열십자로 매인 채 그 밑에 버렸으며, 벽에는 노역복을 입은 고리키와 바른손으로 볼을 버틴 투르게네프의 소조[1]가 걸렸더라.

    저녁밥을 갓 먹은 뒤라 식후 사십 분 이내에는 공부를 사색함이 좋지 않다는 섭생법을 지키는 버릇이 있으므로, 명색만 있는 난간을 가로타고 앉았더니, 한 눈 가진 오십가량 된 여인이 권연공장[2]의 제복을 입고, 바닥만 남은 게다를 다악다악 끌면서 몇 집 건너 있는 길모퉁이로 돌아가더니, 어디서 달려왔는지 거지 다 된 대여섯 살 된 두 아이가 맨발로 달려들어,

    "오까, 오맘마구레."

---

1) 자그마한 사진이나 초상화.
2) 궐련 공장.

하고 울고 부는 모양을 보고 여러 가지로 생각이 나는 모양이라. 이때,

"영호 있소?"

하고 서슴지 않고 들어오는 사람이 있어 "낙성일별사천리洛城一別四千里에 미지근황未知近況이 하여何如"[3]를 호기 있게 지르니, 바야흐로 이리저리 어지러워진 생각에 공연히 혼자 고생하던 영호가 급한 빗소리에 익은 잠을 깨우듯,

"이게 누구요, 이게 웬 일이야!"

하면서 얼른 일어나 손 붙들어 환영하는 정을 표하고 방으로 들어와 대좌하니, 이는 신경질에 겸하여 거만이 잔뜩 찬 영호가 대특별로 그를 대접함이라.

"그래, 나는 저가 이제요, 이제가 저로 그대로 지내거니와 채군은 어떻나 하고 물을 것 없는 일이나 장[4] 궁겁게 지내었기로 묻는 말이오."

"그저 그렇지. 우리란 사람이 어디를 가면 별수 있나."

"그런 맛없는 대답 말고 오래간만에 만났을 뿐 아니라, 군자고향래君自故鄕來하니 응지고향사應知故鄕事라,[5] 도대체 본국형편이나 좀 들려주구려. 그리하다가 한 가지 베개를 하여 피차 묵었던 이야기나 다 합시다 그려."

무슨 일인지 모르나 전례 없이 그가 온 것을 몹시 좋아하고, 또 속으로는 한번 만났으면 한 지가 오랜 것이 거의 얼굴에 나타났더라.

이 '채'란 사람은 나이로 말하면 '함' 보담 한 살 아래가 되나 그러나 일본 건너온 것으로 말하든지, 본국 돌아간 것으로 말하든지, 격렬한 시대 신조 어린 몸이 뜨며 잠기며 고생한 것으로 말하든지, '호시'니 '스미레'니 사회의 본상이니 인생의 진의니 하여 남모르는 중 현실과 이상의 교섭과 사실과 상징의 형식 등으로 애쓴 것으로 말하든지, 나의 반대로

---

3) 서울에서 자네와 헤어져 사천리를 떠나 왔는데, 요즘 근황이 어떤한가?
4) '가장'의 탈자이거나, 오래됨을 뜻하는 한자 '장長'.
5) 친구가 고향에서 왔으니, 응당 고향의 일을 알아야 한다.

한두 살 앞선 것이 있으나 별로 친구 사귐을 일삼지 아니하는 그는, 내지에서나 외방에서나 장 혼자 번뇌하고 또 스스로 해결하여 망단의 더러움을 할대로 하고 고독의 슬픔을 맛볼 대로 맛보더니, 우연한 기회로 얼만큼 같은 취미를 가진 함을 보고서 서로 본능이 감응하여, 오래지 아니한 동안에 슬그머니 아애이모[6]하는 사이가 되었더라.

그런데 함의 사상으로 말하면 무엇으로 보든지 매우 단순하나, 채는 그 지나온 경로나 휘모리[7]가 진 범위나 다 비교적 복잡할 뿐 아니라, 그 성격에 큰 차별이 있으되, 큰 사막이나 넓은 해양에서 전전하거나 표류하는 외로운 사람은, 아인[8]이 일인을 보아도 진심으로 반가워 서로 의지하려하고, 법인[9]이 보인[10]을 보아도 진심으로 기뻐서 피차 안위하는 것처럼, 망망한 이해의 노기등등한 사조에 각각 자자하게 떠있는 처지가 되는지라, 이것저것 헤아릴 틈 없이 둘의 마음과 마음이 사랑의 실로 연하였더라.

그리하여 함은 목흑[11]에 거하고 채는 천주[12]에 거할 때에도, 일주일에 양차 이상 만나지 아니하는 일이 없이 가깝게 상종하더니, 채는 그 성격의 당연히 도달할 지점에 이르러 여러 번 번민하고 여러 가지로 사려한 끝에, 무한한 감개와 무한한 원통을 품고 이럴 듯한 친구까지 이별하여, 지난해 여름에 시대의 희생이 될 양으로 총총히 본국으로 돌아가 한구석에 숨어있어 음신[13]까지 묘연하더니, 일 년 반이나 된 오늘에 몽상치도 아니하는 중 돌연히 찾아왔으니, 함이 그다지 반겨함도 까닭 없음은 아니라. 그러나 함의 이때 심리적 상태로 말하면, 다만 오래 보지 못하다가 만난

---

6) 我愛爾慕 : 나를 사랑하고 너를 사모함.
7) 문맥상 '휘몰이'가 맞을 것 같음.
8) 러시아인.
9) 프랑스인.
10) 프러시아인.
11) 일본 동경의 한 구. 메구로.
12) 일본 동경의 한 구. 센주.
13) 먼 데서 전하는 소식.

것이 좋아서 그리하는 것만 아니러라.

"나도 그리하자고 오기는 왔소마는 그리 급할 것도 없고, 본국 있을 때에는 노형을 만나거든 이런 일도 이야기하고 저런 일도 이야기하리라하여 속에 쌓아둔 것이 또한 적지 아니하더니, 딱 대면하고 본즉 어디로 다 도망하였는지 하나 생각나는 것이 없소 그려. 그래, 노형은 금년시험에 영예가 높습다 그려."

어느 틈 시켰는지 방문이 열리면서 분을 더덕더덕 바른 하비[14]의 얼굴과 작반하여 '아마모노'[15] 첩칠과 다기가 들어온다.

"참 거룩한 영예를 얻었는걸. 이거나 먹으며 이야기 합시다……. 학교에는 일주일에 잘 하여야 이삼 일 가고……. 오늘도 모처럼 학교에를 갔더니 선생에게 꾸중도 잘 들은걸."

채는 죽은 자식이 나이를 먹지 아니하는 셈으로 그 동안 일년유여에 얼굴 한 번, 편지 한 장 접한 적이 없음으로 함이 어떻게 변한 것을 생각지 못한다.

"그래, 어디가 편치 못하시오?"

"편치 못하다면 크게 편치 못하고, 편하다면 또한 편하오……. 지금도 톨스토이를 애독하오?"

말이 별안간 이상스러운 방면으로 빠지는 것을 보고 그 얼굴을 본즉, 흔적 없이 시대적 번뇌가 가득한 듯한지라, 채의 생각에 한옆으로는 '이 사람도 이 고생을 자취[16]하는구나. 무정한 하나님이 이 약한 자를 또 그 흉악한 그물에 걸리게 하셨구나' 하는 동정이 무럭무럭 일어나고, 한옆으로는 '네가 바야흐로 어린아이를 면免하려 하는구나. 그러나 좀처럼 노력하여 가지고는 병나기 쉬운 걸' 하여 만모[17]하는 듯한, 공려貢慮하는 듯

---

14) 하녀.
15) 일본의 생과자
16) 자초.
17) 거만한 태도로 업신여김.

한 마음이 생기는데,

"관구觀舊란 어려워, 경험이란 무서워."

란 함의 말을 듣고 비로소 과연 그런 줄을 확실히 알고 남다르게 자기를 맞은 의미와 학교책보는 풀지도 아니한 채로 던져놓고, 이상한 책자가 책상을 점령하고 이상한 그림이 벽간에 걸린 소이를 깨달아, 무엇을 잃은 듯도 하고 무엇을 얻은 듯도 하여, 자연히 단술에 취취[18]하였던 자기의 과정을 돌아다본다.

이야기가 잠시 그치다.

하현 지난 달이 희미한 빛을 휘장친 유리창 밖으로서 들여보낸다.

입에 들어가는 '모찌(찹쌀떡)'가 제정신으로 들어가는지 아닌지 모르는 듯한데, 채의 손은 연방 첩칠로 왔다 갔다 하기는 한다.

얼마 있다가 채의 번뇌 회구담이 나오고 함의 사상 경향담이 나와, 여러 가지 학생계에서 별로 쓰지 아니하는 서투른 문예상 문자가 두 사람의 입술에서 떨어지는데, 얼어가는 물과 풀려가는 얼음이 하나는 올라가기 위하여, 하나는 내려가기 위하여 빙점에서 서로 만났으나, 그러나 양변의 귀는 각기 대수에게로 기울어졌더라.

마지막에 함은 가장 열심으로,

"개성의 발휘는 지금 나의 희망욕구의 전체인데, 이 생각은 언제까지도 변함이 없을 것 같소."

하고 채는 허무주의로써 사회주의로 돌아오던 말, 자연주의로써 도덕주의로 돌아오던 말과 밑 문예상으로서는 사실주의를 맹신하던 일이 꿈같다 하고, 로맨틱 사상에도 취할 것과 일리가 있는 것과 주의 그것이 매우 우스우나 그러나 아직까지 무엇이든지 사람이 객기를 가져야하겠단 말을 다한 뒤에,

---

18) '취醉'의 강조.

"이것저것 다 쓸데 있소. 술이란 것이 장취불성[19]은 못하는 것이고, 또 말하면 실지를 따르지 못하기에 이상이란 말이 존재하는 것이지마는, 번연히 이런 줄을 알고 있다가도 참으로 실세간에 접촉할 때에는 한량없는 애감이 새삼스럽게 납디다."

하면서 무슨 의미가 있는 듯 포켓에 손을 집어넣으면서 일어나, "시대의 희생!"이란 소리를 여러 번 노래조로 부르더라.

열한 시를 치다. 하비가 자리를 펴고 가다.

불 끄고 누운 뒤에도 두 사람의 이야기는 끊이지 아니하는데, 본국형편에 관하여는 여러 번 물으나 채의 대답은 오직 '적자포복입정赤子匍匐入井'[20]의 한마디뿐이요, 그대로, "그저 견인하여, 견인하여야 하오. 우리는 천생이 연애와 사상과 사위의 자유공권을 박탈 당하였습네. 그 중 사상으로 말하면 겉으로 드러나지 아니하니깐 얼만큼 자유가 있을까!"하더라.

때때, 야순[21]하는 경목警木소리가 캄캄한 속으로서 들린다.

이튿날 아침 늦게 일어난 채는 조반이나 먹고 가라 하여도,

"아니, 늦었어."

하고, 세 살 먹은 어린아이를 가르치는 듯한 말로,

"학교에 잘 다니고 선생 꾸지람 듣지 말도록 하시오. 무슨 일이고 자연이지 부자연은 없습니다."

하면서 총망히 가니, 함은 새 고민 하나를 더하는 동시에, '자비하는 자여! 구안하는 자여!' 하는 생각이 채의 등을 향하여 나감을 금치 못하더라.

— 《대한흥학보》(1909).

---

19) 늘 술에 취해 있어 깨어나지 못함.
20) 어린 아이가 우물 안으로 기어들어간다.
21) 야간 순찰을 위해 돌아다님.

송뢰금

육정수陸定洙

제1장

백두산白頭山이 외외巍巍하고

한강수漢江水가 깊었으니

삼천리三千里 신성지神聖地에

영웅종출英雄鍾出이 아닌가

두어라 만단정회萬端情懷는 너로 위로[1]

고왕금래[2]에 바뀌지 아니하는 세월은 철을 찾아 돌아오니 금풍[3]은 처음으로 일어나 나뭇잎은 누릇누릇 명사십리 우흐로 느지시 돋는 한편, 이지러진 스무날 달은 가을기운을 띠어 원산항구 건너 마을 두남리 김주사 집 안 사창[4]에 반쯤 비쳐 창간에 가을을 재촉하는 버러지와 섞여 추화를 자아내는 듯 촛불을 도도으고, 한 손에 소설책을 반이 될락말락히 보다

---

1) 백두산이 매우 높고/ 한강물이 깊었으니/ 삼천리 신성한 땅에/ 영웅이 많이 나오는 게 아닌가/ 두어라 온
   갖 정과 회포는 너로 위로.
2) 옛날과 지금.
3) 가을바람.
4) 비단으로 바른 창.

가 옆에 꽂인가 사람인가 의심날만하고 줄 보면 십사오 세가 될 듯 말 듯 한 여아에 촌재⁵를 가르치다가 한 땀 두 땀 떠 나가는데 재미가 들어 정신 없이 내려다 보다가,

"어머니, 책 아니 보셔요?"

하는 소리에,

"왜, 보지― 하, 재미스러워……."

하고 다시 책을 들어 두세 장 넘기다가 원산항구에 들어와 닻 주느라고 기적소리가 뚜― 하는데, 그 소리에 고개를 반쯤 들어 원산을 내다볼 듯이 기웃이 브다가 보던 책장에 손가락으로 눌러 표하고 시름없이 혼잣 말로,

"윤선⁶이 자주 들어오니 원산항구도 차차 성양⁷이 되겠군. 항구는 되거니와 내게는……."

하는 사람은 김주사의 부인이더라.

(여아) "에그―, 어머니는 또 그러시네."

하더니 바느질 그릇을 비켜놓고 옆에 놓인 담뱃대에 담배를 부치어 앞으로 가까이 다가앉으며 부인께 드리면서 무릎 위에 손을 얹고 시계를 쳐다보며 웃는 얼굴로 위로를 하는데,

(여아) "어머니, 벌써 열 시로구려. 졸리시지 아니해요? 어머니, 평양성 중에 지내시던 말씀이나 하셔요."

(부인) "……."

(여아) "왜 아무 말씀도 아니 하시오. 나도 일본이나 한번 가 보았으면……."

(부인) "벌써 그럭저럭 준 일 년이 되었구나. 다른 사람의 집에는 편지

---

5) 바느질하는 재주나 솜씨.
6) 화륜선.
7) 모양이나 형식을 갖춤.

가 온다더라마는 우리집에는 편지도 아니오는구나. 아마 일 년이 되도록 소식이 없을 적에는 무슨 연고가 계신 것 같다. 검동어멈 말처럼 화륜선[8]이 물고개 넘다가 복선[9]이 되었나보다."

(여아) "어머니는 그런 말씀 마셔요. 설마 어떨라고요."

(부인) "그놈들은 가더니 다시 오지도 아니하는구나. 엊그저께 네 외조부께서 가 보시니깐 웬 얼근[10] 놈 혼자 있어 집을 지키는 고로 '언제 문을 다시 여느냐?' 하시니깐 '쉬 됩니다.' 하더란다."

(여아) "쉬되면 무엇합니까?"

(부인) "하기야 무얼 해! 하, 갑갑하니깐 말이지."

(여아) "그만두고 주무시오."

(부인) "오냐, 먼저 한봉이 깨나 보고 자거라. 내 잠깐 거닐다 들어오마."

중천에 높이 뜬 달은 벌써 서편으로 기울어져 오동나무 가지에 그림자가 뜰에 내리고, 찬이슬은 앞집 양철 채양 흠치름하게 방울져 떨어질 듯하고, 문전에 쇠한 버들은 우중충하게 서 있는데, 장천[11]에 끽 소리에 나는 것은 남으로 가는 두세 마리 기러기라. 찬바람은 수루[12]를 일어나게 하는데, 동에서 번쩍 떨어지는 별똥을 쳐다보다가 또 엿치[13]보이는 은하수 물 그림을 보며 혼잣말로,

"상말과 같이 칠월칠석 오작교로 건너가듯 나도 가보기나 할까! 날은 점점 추워오는데 어린것들을 데리고 삼동을 어찌 보낸단 말인구."
하며 마당으로 왔다갔다하며 기침도 하여보고 한숨도 쉬어보는 부인은 무슨 수심이 있어 딸에게 어린아이 재워라 하고 야밤중 적막한데 이렇듯하느냐 하면서, 자기 일을 자기가 생각하여도 필경 별 묘책은 없는데 공

---

8) 기선.
9) 배가 뒤집어짐.
10) 술이 취한.
11) 넓은 하늘.
12) 근심과 걱정으로 흐르는 눈물.
13) '얕게'의 고어로 보임.

연이 잠만 못 이뤄 만단[14] 생각이 다 난 터이라. 떤 담배를 또 담아 두세 번 빨다가 돌이켜 생각하고 방으로 향하여 가니, 한봉이 남매는 잠이 곤히 들었는데 일본거류지에 순경 도는 목탁소리는 원산중상리 개소리와 섞이어 들리는데, 두 날개 치고 우는 것은 이날 밤 첫닭 우는 소리라. 벽을 의지하여 생각을 잊어버리고 잠을 이루려고 고생을 하여도 일어나는 것은 회포요, 걱정이라. 그럭저럭 둥굴거리다가 이튿날 아침에 일어나 전과 같이 좋은 얼굴을 지어 어린아이를 데리고 소일을 하는데 문밖에서 기침소리가 나며,

"계옥아, 아무도 없느냐, 왜 이리 적적하냐?"

하고 들어오는 사람은 나이 육십이 가까운 노인인데, 나이는 많아도 정정하기는 젊은 놈 열 주어 아니바꾸게 되고, 얼굴은 희어 멀쩡하며, 흰수염은 바람에 날리어 추풍에 수숫잎 놀 듯 하는 신수 좋고 말 잘하는 박사과[15] 하면 함평 양도가 다 아는 박관희 박사과라. 무슨 반가운 일이 그리 많던지 입을 반이나 벌리고 헛웃음을 치며 들어오더니 채 다른 사람 인사하기 전에 한봉이를 별안간 안으며,

"요사이는 젖 잘 먹니? 아 — 나……."

하며, 혀로 딱 딱 소리를 내니 어린아이는 싫다고 울고 계옥이는 눈치 빠르게 담배 먼저 붙이느라고 분주한데, 부인은 옆에 서서 인사하려다가 여가를 못 차리어 겨우 이때야 한편으로 어린아이를 받으며,

(부) "아버님, 오늘은 어찌 이리 일찍 내려오셔요, 어머님도 안녕하셔요? 진사는 어제 저녁 때 잠깐 왔다가 가면서 바쁘다고 하더니……."

(박) "응, 어제 나더러 석왕사[16] 가서 이삼 일 놀다 온다더니 거기 갔나보다. 요사이는 한 번 볼만한 걸."

---

14) 여러.
15) 사과는 정육품의 군직으로 현직은 아니다.
16) 함경남도 안봉군 설봉산에 있는 절.

(부) "석왕사가 예서 몇 리나 됩니까?"

(박) "빳빳한 오십 리지."

(부) "과히 멀지는 아니한데요."

(계옥) "할아버지, 저도 한 번 가 보았으면……."

(박) "뭐야?……"

(한봉) "누나, 나도 가, 응?"

(부) "계집애년이 절 구경은……."

말은 이렇게 하나 실상은 자기도 심화 중에 한번 갔으면 좋을 듯 할뿐 아니라 계옥이 말이라면 어떻게 잘 듣는지 법국[17] 파리성을 한 번 가자하면 경비가 많아 가지는 못 하더라도 환등[18]이나 활동사진이라도 한번 보여줄 마음이라. 딸은 남다른 딸이나 둔 듯이 김주사 있을 때부터 서로 딸 비위 맞추기에 골몰하던 유별한 계옥이라, 오늘 이 말에 갈 마음이 슬그머니 나서,

(부) "지금 떠나면 해가 넘어서 들어가겠지요?"

(박) "넉넉하지 왜? 너도 갈 생각이 있나보구나?"

(부) "글쎄 말씀이올시다."

(박) "가려면 나하고 같이 가야할 걸. 그러나 진사아이 다녀오거든 조용히 가지요. 오늘 가면 젊은 아이들 노는데 재미없을 걸."

(계) "그러면 언제 가요, 할아버지?"

(박) "가만히 있거라, 가게 하마. 미친년 뛰듯 하지 말고 갈 채비나 먼저 해놓고."

(부) "계옥이 아니면 아는 듯 모르는 듯 걸어가 보고 올 걸."

(한) "엄마, 업고 가, 응?"

(박) "너는 내가 업고 갈까, 한봉아? 허허허 업어……."

---

17) 프랑스.
18) 그림, 사진, 실물 따위에 강한 불빛을 비추어 그 반사광을 렌즈에 의하여 확대하여서 영사하는 조명 기구.

아이 어른 넷이 모여 석왕사 갈 의논을 바로 무슨 굉장한 여행이나 하는 듯이 이렇게 하면 어떨까, 저렇게 하여야 되지 하고 분주하게 떠들다가 큰회의가 해결된 듯 서로 동의 가결하고, 박사과는 갈 배포하여 가고 부인은 떠날 예비[19]를 하는데, 그날 저녁으로 가는 듯 농문도 채우고 내놓았던 그릇도 집어넣고, 한참 분주히 하다보니 점심도 못 먹었는데, 넘어가는 해는 벌써 서산에 걸렸더라. 한봉이 남매는 시마다 언제 가느냐 묻는데, 갈 길 예비하러 간 박사과는 무슨 예비를 그다지 굉장히 하는지 일거에 무소식으로 한 열흘 아니오는데, 하인을 보내도 간 곳을 알 수가 없고 부인 자기가 가보아도 종적을 헤아릴 수가 없는지라 석왕사 가는 일은 둘째가 되고, 두 집에 별안간 딴 걱정 하나가 생겼는데 우로 모여 아래로 모여 셋이 한 곳으로 모여 분주히 의논만 하지 그 일을 알 사람은 하나도 없더라. 그럭저럭 구월 초생이 되어서 전하는 말로 박사과가 서울 왔단 말을 듣고 마음은 좀 놓으나 간다온다 말없이 상경한 일은 암만 뇌를 썩여도 알지 못할 일이라. 그러자 편지 한 봉이 우편으로 왔는데, 떼어보니 박사과가 인천서 한 편지인데, 올라온 연유를 대강 말하고 닷새 후에 떠나 돌아온다 하였거늘, 셋이 다시 한 번씩 돌려보고 무슨 활해신문이나 본 듯이 차례로 한 번씩 웃더라. 대단히 궁금하다가 편지를 보고 마음이 좀 풀려 계옥이는 앞세우고 한봉이는 한 팔을 붙들고 집으로 돌아오는데, 집 대문 앞에 올락말락 하여 무심히 바라보니까 웬 젊은 사람 하나가 손에 종이뭉치를 잔뜩 들고 사면을 돌아보더니 한 장을 꺼내어 생전 떨어지지 않도록 풀칠을 하더니 자기 집 한편 벽에다 붙이고 벌 쏘인 놈 달아나듯 갈마 끝으로 향하고 가거늘, 하 보기에 이상하여 들어가는 길에 자세히 보니까 한 일 년 가라앉았던 생각이 다시 불 일어나듯 하며 심화가 이는데 염치도 다 없어질 만큼 되는지라 문을 왈칵 열고 들

---

19) 필요할 때 쓰기 위하여 마련하거나 갖추어 놓음.

어서며,

(부) "경을 칠 놈들, 이번 일아전쟁[20]에 뒈지지도 아니하고 어느 구석에서 또 왔구나!"

(계) "어머니, 무엇을 그러시오?"

(부) "너, 벽에 붙인 것 못 보았니?"

(계) "웬 젊은 사람이 있기에 자세히 아니보았어요."

(부) "그놈이 너희 아버지 꾀어가던 놈인가 보다. 할아버지 편지에 그놈들이 쉬 온다 하셨더니 벌써 왔구나."

(계) "그러면 그게 개발회사 광고구려?"

(부) "개발회사인지 쇠발회사인지 사람 팔아먹는 놈들이지 무엇이 다른 것이냐!"

(한) "엄마— 쇠발이 어디 있어…… 응—"

(계) "어머니 그러면 진사 외삼촌더러 좀 가 보랬으면……."

(부) "가보면 쓸데 있니, 할아버지 오시거든 찾아보지."

(계) "그래도 무엇이라 하나 들어봅시다."

(부) "지금도 한참 듣기 싫은 소리를 하고 왔는데 또 가라면 가겠니!"

(계) "좋은 도리가 있소. 검동어멈더러 제 아들 소식도 들을 겸 가라고 해봅시다."

(부) "그러면 잠깐 불러라."

(계) "내 불러 보고……."

(한) "나고 가 누나 —응."

계옥이가 한봉이 손목을 붙들고 막 뜰 아래를 내려섰는데,

(부) "계옥아, 가만히 있거라. 네 외조부께서 닷새 후에 오신다 하셨으니 아마 일간 오실 듯하다. 그때 하는 것이 옳다."

---

20) 러일전쟁. 1904~1905년에 만주·한국·동해에서 싸운 러시아와 일본 간의 전쟁.

(계) "아―, 진사 외삼촌 오시네."

(부) "무어―? 진사 어째 또 내려왔나?"

(진사) "날이 벌써부터 선선하다. 누님 인제 오셨소?"

(부) "……."

(진) "누님 속이 시원할 일 생겼소."

(부) "그 소리하려 왔니? 나도 지금 보았단다."

(진) "보셨어요? 매부 편지를 벌써 보셨어요?"

부인은 얼마 전에 본 광고를 말하는 줄 알고 역정스럽게 대답하다가 깜짝 놀라며,

(부) "무어, 편지?"

(진) "옛습니다. 나는 지금 급하여 어디 좀 갑니다. 저녁에 들를 터이니 자세히 이야기나 하시오."

일거에 무소식은 옛말에 있거니와 만리타국을 집에 온다간다 말없이 떠난 후 아주 일 년 동안을 끊기어 살았다 죽었다 하기에 이르기는 김주사 부인 혼자 당한 듯하여 눈물로 세월을 보낸다 함은 오히려 쉬운 말이라. 이날 천단 의외의 편지를 받고 허둥지둥 눈물이 나는지 아니나는지 앞이 침침하여 보지를 못하니, 박진사는 이러할 줄 미리 짐작하고 핑계하고 간 터이라. 계옥이가 대신 읽어들이니, 하였으되,

졸연히[21] 일어난 풍파는 집일이 창황하여[22] 평양으로 낙향함은 시세[23] 초정함을 기다리더니, 하래 동풍에 전운이 몽몽[24]하여 칠성문 외에 포성이 진동하고 대동강상에 전선이 편만[25]하여 일어나는 전장이 쉬지 아니하매, 돌연

---

21) 갑작스럽게.
22) 매우 급하여.
23) 시국의 형편.
24) 앞이 자욱함.
25) 널리 가득참.

히 권솔[26]을 데리고 초초한[27] 행장으로 양덕[28] 맹산[29]에 수원을 거사리여 마진 개 높은 영을 넘을 제, 두남리를 가리켜 잠시 우거[30]를 뜻함은 그곳에 말씀한 바라. 기년을 지나매 세상사는 나날이 달라가고 돌아오는 겁운[31]은 쉬지 아니하여 일아[32] 개장이 다시 되매, 삼천리 넓은 땅에 낙토가 바이없어 도처에 수운[33]이라. 내두사[34]를 생각하면 십년 칠실지우[35]는 포화 환영이 될 듯 일어나는 마음은 진정키 어려운 중, 생애[36]는 두절[37]하여 타향 생소한 땅에 처자가 기갈[38]을 이기지 못하리니, 천번만번 헤아리다가 몸을 들어 망망한 파도 위에 부치어 이곳에 다다름이 어찌 한양 목멱산[39] 아래에 일찍이 뜻하던 바이며 두남리 서실[40]에 계아를 가르치던 바리요. 집을 떠난지 해가 바뀌어 구추[41]가 당전하니 신상태평 하시며 계아 남매도 충실한지 염염간절하오. 이곳은 상년 동짓달 초생에 이곳에 내도하여 몸은 무고하고, 하는 바는 주경야독을 본받을 따름이요, 이곳은 미국영지인데 농장의 이가 풍족함으로 노동생활 하는 자에게 일대 취집처[42]라 범백[43]이 어찌 본국에 있음 같으리요마는, 근근히 지나면 족히 한 집을 수제할지라. 생활하는 방편은 계아 외가에 자세히 말씀하였으나, 봄 되기를 기다려 계아 남매를 데리고 이곳으로 오시면 일가에 단취[44]를 가히 이룰 것이요, 또한 이후로 한봉이 장성함을 기다려 미국으로 향하여 공부를 가르쳐 오는 날 나의 뜻을 이어 국가의 한 재목이 되어 동포에게 돕는 힘이 있게 하면 좋을 듯하오. 진사집에도 말씀하였거니

---

26) 식솔.
27) 매우 간략한.
28) 평안남도 양덕.
29) 평안남도 맹산.
30) 임시로 사는 집.
31) 액운.
32) 일본과 러시아.
33) 수심에 찬 기색.
34) 앞으로 다가오는 일.
35) 자기 분수에 넘치는 근심함을 이르는 말. 중국 노나라에서 신분이 낮은 여자가 캄캄한 방에서 나라를 걱정하였다는 데에서 유래한다.
36) 생계.
37) 끊김.
38) 배고픔과 목마름.
39) 서울 남산南山.
40) 서재.
41) 음력 구월 가을.
42) 급작스럽게 모이는 장소.
43) 모든 사물.
44) 화목하게 한 데 모임.

와 오는 때 같이 오면 튼튼할 듯 사람이 세상에 나매 고초우환을 순수함이 가하니 본향을 떠남으로 개의 마시옵고 평양으로 낙향함과 원산으로 떠남과, 또한 다시 이곳으로 옴이 무슨 다름이 있으리오. 오죽 도로 원근뿐이라. 또한 나뭇잎이` 가을을 당하매 뿌리로 향하는 것과 같이 이곳으로 오더라도 종당은 조국으로 돌아갈 터이니 부디 주저 말고 결정하시오. 마침 수중에 있는 돈 일화 백 원 보내니 그곳 개발회사에 추심[45]하여 쓰시오. 들어오는 방편은 그 회사에 물으면 자세히 지시할 듯하오. 총총 그치옵.

팔월 초일일 이곳 김경식 상장[46]
미국영지 하와이골로아 한인농장유

사람이 의외에 반가운 일을 당하여도 정신이 없는 법이요, 기다리다가 별안간 보아도 반가운 줄을 모르는 법이라, 편지 보는 소리가 그치자 부인의 눈물이 시작이 되더니, 혼잣말로 사정을 해가며 운다.

"서울 남촌 살던 생각을 하여 무엇할꼬— 으……. 뒷산에 꽃 심고 앞뜰에 못을 파서 남부럽지 아니하게 살 때에 오늘 이 고생 할 줄을 뉘 알았으리. 으—으…….

유월지변에 평양으로 내려가기부터 잘못이지. 전장은 우리하고 무슨 원수런고. 간 데마다 따라다니어 할일 없이 이리로 와서 생소한 곳이나마 살자하였더니, 만리타국에 가기도 의외거늘 노동생활이 웬 일이요, 애고— 흐 흐.

연전에 서울 갔다와서 하는 말이, 우리 살던 곳은 남의 천지 같아 이층양옥이 있더라고 하시더니 후일을 생각하시고 가셨단 말씀이요. 아무리 자립하지 남에게 의지 아니한다 하기로 조반석죽[47]이야 못 할라구. 들도

---

45) 찾아내어 가지거나 받아 냄.
46) 공경하는 뜻을 나타내어 올리는 편지.

보도 못 하던 곳에 이 일이 웬 일이요, 흐 흐 으.

부득이 가시려면 솔권[48]하여 가시거나, 이제 와서 오라시면 과년한 딸을 데리고 여자 몸에 어떻게 하란 말씀이요. 애 계옥아, 어떻게 하면 좋단 말이냐!"

(계) "어머니, 이렇게 하시면 무엇이 시원하오. 소식도 못 들으실 때는 어찌하셨소. 일희일비[49]와 고진감래[50]가 정한 때가 있는 것을 우시면 잘 됩니까.

아버지 성미를 모르십니까. 이것저것 다 보기 싫기도 하고, 또 한편은 집일을 생각해서 가신 것인가 보오."

(부인) "가기가 어려운 것이 아니라, 과년한 딸을 데리고 생소한 땅에 어찌 간단 말이냐."

(계) "전 말씀이지, 지금 타국을 이웃집 다니듯 하는데 어떻단 말씀이오. 여간 고생이 된다한들 한봉이 앞일을 생각하면 고생이 무엇이오니까. 학문도 아니 가르쳐 이 시골구석에 두면 나는 새를 결박[51]하기지요."

(부) "어찌하면 집일이 이렇게 된단 말이냐. 휘 유 으!"

(계) "이것이 잘 될 징조인지 어찌 아십니까. 우시지 마시고 앞일이나 생각하여 조처합시다."

전 같으면 계옥이 말이라면 아니 들을 리가 없건마는 일 년이나 맺혔던 설움이 쏟아져 나오는 터이라, 계옥이 말은 대답도 아니하고 생각 생각하여가며 울기만 한다. 계옥이가 말리다 못하여 따라 울며,

"아무리 철을 모르기로 저는 마음이 좋아서 아니 우는 줄 아십니까. 울어서 될 일 같으면 울기나 하지, 어머니가 이렇게 하실 줄은 몰랐구려."

---

47) 몹시 가난한 살림.
48) 온 식구를 데려감.
49) 한편으로 기뻐하고 한편으로 슬퍼함.
50) 고생 끝에 즐거움이 옴.
51) 움직이지 못하게 단단히 묶음.

하며, 울며 말리는데 한봉이는 까닭은 모르고 부인 옆으로 덤비며 우니, 온 집안이 울음 빛이 되었더라. 얼마를 울었던지 서로 겨우 진정을 하여 보니, 해는 이미 떨어져 황혼이 넘었는데 바다 건너편 원산항구에는 점 두[52]마다 불을 달아 번쩍이더라.

세상사가 언짢은 일이 있으려면 설상에 가상[53]으로 있고, 좋은 일을 보려면 한시에 삼기는 것이던지, 석왕사 절구경 예비하러 가서 소식이 없이 상경하던 박사과가 구월 보름께 우전천환 편으로 원산을 오는데, 당초에 상경한 본의는 본래 김주사 부인을 무남독녀로 두어 세상 없이 사랑하다가, 사위를 보느라고 범절이 조금도 벗어날 데 없는 김주사를 얻은 터이라. 김주사가 갑신년 전에 일본에 갔다가 나와 남이 알까 쉬쉬하고 지내더니, 갑오년 경장하던 처음 공도로 주사를 하여 일이 삭 행공[54]하다가 뜻이 일과 같지 아니함을 한탄하고 평양으로 낙향하였더니, 미기에 일청전쟁[55]이 일어나매 원산으로 향하여 온 뜻은 피난도 겸하고 원산이 포구로 이름난 곳이라 상업상에 유의하여볼까 한 터인데, 박사과는 본래 봉사[56]나 시킨다고 아들 하나를 양자하여 두었으나, 사람이 본래 용렬하여 쓸모가 적어 자기 눈에는 반도 들지 아니함으로 바늘에 실 따라다니듯 김주사 가는 곳마다 따라다니던 터이라. 김주사가 온다간다 말없이 포와도[57]로 간 후로 진소위[58] 끈 떨어진 망석중이[59] 모양이 되어 있으나, 그 딸의 정경을 생각하고 조금도 사색을 아니 내고 여간 김주사 미국 갔단 말을 풍설로는 들었으되 시치미를 떼며 고담준론[60]으로 딸을 위로하고

---

52) 가게 앞.
53) 불행한 일이 잇따라 일어남.
54) 공무를 집행함.
55) 1894~1895년 사이에 청나라와 일본이 조선의 지배권을 놓고 다툰 전쟁.
56) 조상의 제사를 받들어 모심.
57) 하와이.
58) 정말 그야말로.
59) 나무로 만든 꼭두각시의 한 가지. '남이 부추기는 대로 행동하는 사람'을 비유하여 이르는 말.
60) 고상하고 준엄한 언론.

약간 강원도 근지에 추수 섬 해오는 것으로 김주사 집 시량[61] 범절을 대며 소식 있기만 기다리던 차인데, 마침 와서 석왕사 말이 나다가 딸이 절 구경 가겠다는 말을 들으매 무슨 그 구경시키기가 어려운 것이 아니라, 겉으로는 좋은 체 해도 심화는 늘 나던 차이라 속중으로 생각이 나는데,

'사위는 미국을 갔다하나 진적한 소문은 못 들었고, 딸은 소식을 몰라 애를 쓰다가 저도 인제 화가 나는지 평생 대문밖에 나가기를 싫어하던 아이가 절구경을 간다니, 제 생각을 하면 그럴 만도 하고. 어쨌든지 진적한 소문이나 좀 들어 알려주어야 할 터인데, 그 회사는 닫혔으니……'

암만해도 그 본점이 인천 있다니 거기 가서 좀 물어보려고 생각이 나 가기를 시작하매, 언제 배편 기다려 갈 것 없이 그 길로 석왕사 갈 채비하러 간다고 핑계하고 육로로 상경하여 인천에 내려가 자세히 물어본즉, 과연 미국으로 간 일이 적실한지라, 편지 한 장을 회사 편으로 김주사에게 부치고 우선 집에서 기다릴 듯하여 사연으로 편지한 후에 배편으로 돌아오는데 선중에서 혼자 오며 별궁리가 다 난다.

'집에를 가면 불가불 나 들은 대로는 다 말하렷다. 만일 제 말이 간다면 그게 난처한 걸. 계옥이 혼인은 언론이 되는데, 그러나 모녀가 다 응낙은 아니하렷다. 제 어른 말을 좇으려면 진소위 기약이 없는데, 어쨌든지 올라가 저희 말 들어보아 가며 할게로군. 저희들이 정 간다면 나도 가야할 터인데, 진사아이가 필연 마다기가 쉬우렷다. 원산사회를 다시 연다더니 그 사이 열었을까!'

자나 깨나 궁리하다가 윤선 갑판 위에 사람들이 떠드는 소리를 듣고 궁금하여 올라오니, 명사십리가 눈앞에 흐릿하고 뱃머리는 갈마 끝 목으로 향하여 돌더라.

박사과가 윤선에 내리며 두남리를 단걸음에 가다가 원산중리에서 한

---

61) 땔나무와 먹을 양식.

사람을 만나 무슨 의논을 반시간이나 하더니, 그 사람이 빙그레 웃으며,

"박사과도 인제는 남의 말도 믿는구려. 요사이 내가 그 사무를 보는 터이니 염려 마시고 어서 가보시오."

(박사과) "네? 여보, 그러시면서 그렇게 말도 아니하여 남을 서울까지 보낸단 말이오. 하여간 내일은 올라가오리다."

하며, 작별을 하다가 다시 돌아서며,

"내일 같이 가게 되거든 오늘 상의 한 것은 빛을 내지 마시오."

(그 사람) "내 그러면 거기 있지 아니할 터이니, 와 보시오."

(박) "그처럼 할 것은 없고요."

김주사 집 대문 앞에 거진 당도하매 박사과 눈에 언뜻 보이는 것은 얼마 전에 부친 광고 쪽이라. 별안간 딴 걱정 하나가 생각이 키는데, 어찌하면 딸을 잘 위로할꼬 하는 일이라. 속배포[62]는 먼저 하고 계옥이를 부르며 들어서니, 음성이 나자 반기어 맞는 사람은 김주사집 세 식구라. 한 일각 동안이나 웃음 가운데 묻거니 대답하거니 하다가, 의론 하나가 일어나자 서로 얼굴만 바라보며 말이 드문드문 나오더라.

(박) "편지를 보니 반갑기는 하다마는 그 일을 어찌하면 좋단 말이냐?"

(부) "그 동안 생각도 하여보았습니다마는 어쩌면 옳을는지요?"

(계옥) "어머니는 날마다 말씀을 여쭈어도 그러시오."

(부) "나도 게 말이 그르다는 것이 아니라, 너 까닭에 말이 아니나온다."

(박) "내 말대로 하면 일이 두루 펴일 듯 하다마는……."

(부) "어떻게 말씀이오니까?"

(박) "계옥아!"

(계) "네—"

---

62) 복안.

(박) "……."

(계) "왜 부르시더니 아무 말씀도 아니하십니까?"

박사과가 부르기는 부르고 바로 말은 아니 하기는 자기가 계옥이 마음을 헤아리어도 될 듯한 기망[63]이 적은 터이라, 본래 두름성[64] 많은 수단으로 말을 도른다.

"애, 집에 혹 술 있니? 목이 좀 마르구나."

(계) "검동아범이 어저께 원산 갔다 오다가 귀한 것이라고 약주 한 병을 받아왔는데, 어미가 할아버지 오시면 드린다고 두었습니다마는 안주 잡수실 것이 있어야지요."

(박) "약주 — 원산약주가 웬 일이냐. 좀 거냉[65]해 가져오너라."

(부) "애, 적은 대로 아까 사온 고기로 육회 좀 쟁여 드려라. 진지가 다 되었으면 검동어멈더러 상 들이라고 하여라."

저녁이 지나고 밤이 들매 등하[66]에 세 사람이 솥발[67] 같이 돌아앉아 정지하였던 말이 다시 시작이 되는데,

(부) "아까 말씀하던 일은 방책[68] 말씀을 아니 하십니까?"

(박) "인제 하지. 계옥이 너 요사이는 무엇하니?"

(계) "아비 편지 온 후로 요사이는 책자나 보는 체 하여도 전 같이 성실치 못해요."

(부) "그간 사느라고 일만 너무 시켜서 약한 것이 병이 날 듯하여 며칠은 놀립니다."

(박) "더러 놀기도 하여야지. 계옥아, 네 어른이 너를 어학이니, 음악이니, 가르칠 때에는 뜻이 깊어 기회를 기다리더니, 세상일 같이 알 수 없는

---

63) 기대.
64) 주변성.
65) 약간 데워서 찬 기운을 가시게 함.
66) 등불 아래.
67) 옛날 솥 밑에 달린 세 개의 발.
68) 방법.

게 어디 또 있나! 네가 원산구석에 이렇게 지낼 줄을 어찌 알았겠느냐!"

(계) "잠시 당하는 일로 어찌 앞일을 아옵니까."

(박) "그는 그러하지마는 세상에 뜻 같지 아닌 것이 사세니라. 세월이 잠깐이다. 네가 벌써 열일곱 살이 되었고나. 내 마음 같으면 좋은 도리가 있다마는 네 생각이 어떠할는지 모르겠다."

(부) "좋은 도리야 제 어른 말 같이 갔으면 좋지요마는, 만리타국에 그 일이 쉽습니까."

(계) "타국사람이 여기를 올라고요. 사람은 마찬가지지요."

(박) "너 같으면 걱정이 없겠다."

(계) "그러면 할아버지 좋은 도리라 하심은 무엇이오니까?"

"너 서울 고동 사는 한참봉이라고 그전에 남촌집에 자주 오시던 이를 생각하겠니?"

(계) "경갑이 어르신네요?"

(박) "옳다, 그 사람 말이다."

(부) "그 집이 그저 교동 있나요?"

(박) "지금 부산으로 내려와 사는데 이번 올 때 잠깐 만났지. 이번 올 때 그 집에서, 사위가 미국 갔다하는 말을 듣고 낙심을 하더라. 너의 집과 통혼할 생각이 있는 눈치더라마는 나는 못 들은 체하고 오기는 왔으나 범절은 틀릴 것이 없느니라."

(부) "아버지 생각은 어떠하십니까?"

(박) "내 생각에는 너의 모자 먼저 들어가서 주사와 의논한 후에 기별하면, 계옥이는 우리집에 있다가 기별 있는 대로 성취시키고, 나도 너희 환국할 때까지 부산 가서 살면 일이 편할 듯하다. 아주 생소한 땅에 계옥이를 데리고 간단 말은 암만해도 만전지책[69]이 아닐뿐더러 그곳 가서야

---

69) 완전한 계책.

성취를 어찌 시킨단 말이요, 계옥아, 너는 생각이 어떠하냐?"

(계) "……."

(부) "한두 살 먹은 아이 아니요, 또한 너의 아버지 계실 때와도 다르니 네가 말을 하여라."

(계) "……."

(박) "너의 어른의 편지를 보더라도 일이 년간에 나올 모양은 아니니 그 일이 딱하지 아니하냐!"

(계) "어머니가 하여간 내일 개발회사에 가서서 들어가는 형편을 자세히 물어보십시오. 남의 전하는 말과 같은가……."

(박) "네 의향이 그럴 줄 알았다. 그러면 내일 나하고 같이 가서 물어볼 터이니, 그 후에 하여간 조처하렴."

몇 분 전에 활발히 말하던 계옥이가 벽 한가에 머리를 숙이고 앉아 곤히 잠든 한봉이 머리만 쓰다듬는데, 벽상의 괘종은 열 시를 치는지라.

(부) "계옥아, 졸리냐? 아까 잡수시던 약주나 마저 데워 드려라. 외조부께서 너를 너무 염려하셔서 그러시는 게지 뭐 네 일을 잘못……."

박사과가 따르는 술을 생각하느라고 몇 잔을 먹는지 모르고 얼마를 먹었던지 취기가 있을 만큼 되니, 걱정이 변하여 화도 되고 화가 지쳐서 웃음도 되는 터이라. 담배를 툭 툭 떠러 다시 담아 부치며,

"계옥아, 심화도 나고 마음도 불평하니, 네 그 거문고나 한번 뜯어라. 네 어른이 그것을 가르칠 때에 날더러 우리나라 음악학교를 설립하든지, 여자교육이 발달되면 없지 못할 것이라 하더니, 그런 때가 있을까 모르겠다."

(계) "얼마를 손을 아니 대다가 되겠습니까?"

(박) "홧김에 하는 말이 다 걱정이 태산 같은데 거문고가 무슨 경황이 있겠니?"

(부) "네가 손 대본지도 오래니, 시험 겸 해 보려무나."

도연명의 무현금처럼 소리 없이 몇몇 달을 상 뒤에 놓였던 것을 집어내어 이리저리 조이어 줄을 고르더니, 추풍야월에 한 곡조를 촉하[70]에 높이 타니 여원여소 나는 소리 심중에 있던 회포 섞기여 나오는 듯,

변수류汴水流
사수류泗水流
유도과주고도두流到瓜州古渡頭
오산점즌수吳山點點愁
사유유思悠悠
한도귀恨到歸
시방시휴時方時休
월명인의루月明人倚樓[71]

　　── 백거이白居易

　　곡조가 그치자 일으켜 줄을 늣구어 세우며,
　　"오래 아니 타 보아서 아니 되어요."
　　(부) "네 마음의 헛된 기망[72]이 생기기는 너의 아버지 탓이다. 쓸데없는 일을 관염치 말고 너의 외조부 하시는 말씀이나 생각하여 보아라."
　　(계) "무엇이 바쁩니까, 설마 끝이 있겠지요."
　　(부) "내가 억지로 자식이라도 권치는 아니한다마는……."
　　(계) "되어 가는 대로 할 것이지요, 무슨 일을 억지로 합니까."
　　(박) "네 뜻은 짐작하겠다. 네 일을 네가 오죽 생각하였으리마는 세상사가 뜻 같지 아닌 일이 많으니라."

---

70) 촛불의 아래.
71) 변수 물줄기/ 사수 물줄기/ 과주 옛 나루터에 흘러든다./ 오산 산줄기에 시름이 느껴지고/ 아련한 그리움에/ 돌아갈 일 한탄하다/ 이따금 편히 쉬며/ 밝은 달 아래 누각에 기대고 선다.
72) 희망.

(계) "일단사[73] 일표음[74]으로 누항[75]에 즐기는 것이 군자의 본받을 바가 아니오니까. 일시 영욕고락에 끌려든 사람이 비록 사업을 하나 어찌 족히 공익상 효험이 있다 하오리까."

(박) "네 사상이 좋다. 내일 그 일이 결말 되거든 모레는 석왕사 구경을 가볼까? 요사이 월색도 있고, 단풍이 한참 장할 듯하니."

(부) "원로에 갔다 오셨으니 좀 쉬셔야지요, 그리 바쁩니까."

(계) "석왕사 말씀을 또 하십니까, 이번에는 어디 가시게요."

(박) "허허허, 무엇이 어째? 이번에는 정말 석왕사 간다. 석왕사 허암이라는 중이 지금 주장[76]으로 있다니 조용한 처소 하나 얻어 사오일 묵어 오지. 나도 좀 편히 쉬어야 하겠다. 조용한 곳에 가니 네 거문고도 익힐 겸 가지고 가자."

(계) "절에 거문고는요. 가져가려면 유성기나 가져가지요."

(박) "얘, 이곳에서 하는 것 같으랴, 은벽[77]하기가."

원산 관다리목 넓은 벌판에 사방 문은 활짝 열리고 십여 길 되는 깃대에 열개 자에 기호는 바람에 날리는데, 발선광고와 현판 건 것을 보면 윤선회사 지점도 같아 보이고, 봉두난발[78]의 노동자들이 방안에 들락날락 하는 것을 보면 모군[79]청도 같아 보이는 곳에 팔선상[80]을 앞에다 놓고 수삼 인이 돌아앉아 무슨 일을 정신없이 하다가 한 사람이 교의[81]로 돌려놓고 앉으며,

"어디를 찾아왔소?"

---

73) 매우 적은 양의 밥
74) 매우 적은 양의 술.
75) 속된 세상.
76) 책임을 맡은 사람.
77) 사람의 왕래가 드물다.
78) 쑥대머리로 엉클어진 머리털.
79) 모꾼.
80) 여덟 사람이 둘러앉을 만한 크기로 네모반듯하게 만든 큰 상.
81) 의자.

(묻던 사람) "예가 개발회사요?"

(사무원) "네, 어찌하여 묻소?"

(묻) "김경슈이란 사람이 예서 미국으로 들어갔지요?"

(사) "예, 두남리 살던 사람 말이로구려?"

(묻) "옳습니다. 여기 온 이가 그 내상[82]인데, 여쭈어 볼 일이 있어 왔습니다."

(사) "그러면 같이 저 안으로 들어오시오."

하더니, 한편 문을 열어 안마당으로 인도하고 자기는 방으로 내려앉으며,

"일전에 돈 백 원은 잘 받으셨습니까?"

(부) "네, 진실이 보내주셔서 잘 받았습니다."

두 사람이 한 시간이나 담화를 하는데, 박사과는 옆에서 빠지는 말만 깨우쳐 주다가 그 일이 어찌 결말이 났는지 사무원은,

"댁에 가서 더 생각하셔서 확실히 작정하고 오시면 회사에서도 특별히 주선을 해 드리오리다."

하고, 박사과 부녀는,

"만일 그렇게 되거든 아무쪼록 힘을 써 주셔야 하겠습니다."

하고, 문으로 나오더라.

제2장

청년아 말 물어보자.

만장[83]지주[84] 네 아니냐!

애국심은 갑옷이요,

---

82) 남을 높이어 그 부인을 이르는 말.
83) 높이가 만 길이나 된다는 뜻으로, 아주 높거나 대단함.
84) 버티어 괴는 기둥.

단합력圓合力이 방패로다.

단단무타일편심⁸⁵⁾이

네 정신인가!

백두산 내린 맥⁸⁶⁾은 용흥지기⁸⁷⁾ 억만 년 독립기상을 띠어 서리고 돌다가 일지맥이 안변군 구곡령 노인치 설봉 등산이 되었는데, 석왕사 무학봉이 반공에 용치⁸⁸⁾하여 산산수수 일회처는 구십구곡 분명하고, 현암 절애에 수조비천은 연무⁸⁹⁾를 토하니, 오색채운이 머무는 듯 산복 광활처에 수십 층각 휘황함은 석왕사 칠전칠루요, 동구에 양주 고송은 태조 고황제 폐하의 수식하신 바이라.

때는 이미 구월이요, 밤은 늦어 삼경⁹⁰⁾이라. 교교⁹¹⁾한 월색은 금풍을 벗하여 법당 옆 영월루에 백일같이 비치었는데, 수각 밑으로 점점이 떠나가는 것은 진홍빛 같은 낙엽이며, 원원⁹²⁾이 늘이어 가는 세월을 앗기는 듯 쾅— 쇄—하는 것은 건넌말로 오는 물방이 소리요, 두세 그림자가 누하⁹³⁾에 왕래하는 것은 배회코 가다가서 청아한 한소리에 유유한 심사가 일었던지 돌아서 오는 계옥이 세 모녀라.

(부) "애— 계옥아, 누구인지는 모르나 글 읽는 소리를 들으니 사람이 대단히 활발하게 들린다."

(계) "글쎄올시다."

(한봉) "엄마, 저기서 하늘천 하지?"

---

85) 斷斷無他一片心 : 끊임없이 다른 생각 하지 않는 오직 한 마음.
86) 지맥.
87) 용이 구름을 얻어 하늘로 올라가는 기운.
88) 우뚝 솟음.
89) 연기와 안개.
90) 하오 열한 시부터 이튿날 상오 한 시까지.
91) 썩 맑고 밝음.
92) 근원이 깊어서 끊임이 없음.
93) 누각 아래.

(계) "옳다. 하늘천이다. 너도 그렇게 해라 한봉아."

계옥이 모녀가 서로 말하다가 한 걸음씩 가는 것이, 법당 아래 글 읽는 사처[94] 앞까지 이르러 두 말이 다 끊어지고 그 집안에서 나는 소리가 들리는데,

(어떤 사람) "우초, 좀 쉬어서 읽세."

(우초) "근암이나 내나 어디 글 읽으러 왔나. 홧김에 소창[95] 온 일이지."

(근암) "세상일이 다 끝에 가서 패 보는 일이 무비[96] 낙심 두자니……."

(우) "그러하기에 우리야 나중은 어떨는지, 지금이야 누가 낙심을 한단 말인가."

(근) "그는 그러하지마는 참 기막힐 일은 덧 없는 세월일세."

(우) "여보게, 자네 곤곤장강동서수에 낭화도 진 영웅이란 말을 못 들었나."

(근) "하늘은 자조[97] 하는 자를 도우신다하니 설마 날이 있겠지."

(우) "말이 났으니 말이지, 지금 현상을 보게. 정치·실업·사회·가정이 무비 부패한데 어떠한 영웅이 돌아가는 풍조를 홀연히 막을꼬."

(근) "우리나라 사람의 오해가 무비 이것이니, 한두 사람의 힘을 빌어 이 일을 어찌 다 하기를 바라리오. 사람마다 각각 제 일만 잘 하면 그 후에 소소한 툰자의 자립이 일국의 자립이 되는 것이지. 우리는 우리 일을 잘 하면 비톡 실업 일분을 도울 뿐이나, 이것이 곧 일국 자립의 기초이니 다른 일은 저 정당사회에 맡기는 것이 합당하지."

(우) "그는 그러하거니와, 지금 보게. 우리 일을 하겠나."

(논) "작지불이[98]면 내성군자라 하고, 불능 두 자는 법국 글에 없다는 말

---

94) 점잖은 손님이 묵고 있는 집을 높이어 이르는 말.
95) 심심하거나 갑갑한 마음을 풀어 후련하게 함.
96) 그러하지 않은 것이 없이 모두.
97) 스스로 도움.
98) 끊임없이 힘써 함.

을 본받을 뿐일세."

(우) "영월루에 달구경이나 나가볼까?"

계옥이 모녀가 정신없이 말을 듣다가 나온다는 소리에 달음박질을 하다시피 처소로 돌아오니, 달은 이미 서산에 걸쳐 반월과 흡사하고, 벽간[99]에 버러지 소리는 분분초초를 아끼는 듯, 법당에 밤 종소리는 부유 같은 인생들의 초목동부[100]를 깨우는 듯 땅땅. 이때 모녀 자리에 누워 각기 생각하는데, 부인 생각은 십여 년을 날로 나라근심을 집일보다 더 하더니, 세상에 그 뜻을 이루지 못하고 만리타국으로 간지가 일 년이라.

'오늘 그 사람들의 말을 들으니 전일 생각이 나는 걸. 말하는 것을 들으니 서울 사람 같은데, 음성은 이십여 세쯤 되어 들리고, 바이[101] 주의 없는 사람들도 아닌데 홧김에 왔다니 이상하군. 내일 중더러 좀 물어볼 일이로군.'

하며 별 궁리를 하는 중이요, 계옥이는 눈은 감았으나 잠은 오지 아니하여, 여러 가지 생각이 섞여든다.

'외조부 말씀하시는 눈치가 정혼할 의향이 많으시니, 이 일을 어찌하면 좋을꼬. 당초에 먹은 뜻은 규중에 깊이 들고자 함이 아니요, 우리나라 여자사회에 좀 일해보자 하였고, 아버지도 내 마음을 짐작하시던지 일어나 영어마디도 가르치시고, 음악 미술 등에도 섭렵케 하시면서, 너는 몇 해 외국에라도 유학하여 여자 사범이 되라 하시더니……. 오늘 말하던 사람은 웬 사람들인지, 젊은 청년으로 정치사상을 벗어나 그 언론이 정한 뜻이 있는 듯 한 걸 잠시말로 알 수 있나. 어제 작정한 일대로 되면 좋으려니와, 그렇지 않으면 앞일이 망연하겠는 걸. 저— 천지가 넓어도 한 몸을 용납하기가 어렵구나.'

---

99) 기둥과 기둥 사이의 벽의 부분.
100) 초목과 함께 없어짐. 사람이 해야 할 일을 하지 못하고 세상을 떠남.
101) 전혀.

모녀 생각이 서로 말하지 아니하는 가운데 같은 문제로 천천히 헤아리다가 한단일몽에 겨우 잊고, (이날 밤이 가고) 이튿날 아침에 해가 높아 일어나 다시 그 생각이 또 계속이 되었던지 낮이 채 못 되어,

(부) "검동어멈, 자네 저 아래 글 읽는 사처에서 유하는 손님이 누구인지 들었나?"

(검동모) "못 들었습니다."

(부) "중더러 슬그머니 물어보게."

(검) "이따 물어보지요."

검동이 모는 본래 강원도 사람으로 서울 와서 노동생활을 하다가, 제 남편이 죽으며 졸지에 생애가 끊어져 그 아들을 데리고 김주사 집에 고용을 하였는데, 사람이 진실할 뿐 아니라 김주사 내외의 두터운 은혜를 입어 그 말이라면 힘껏은 다 하며 가는 곳마다 따라다니다가 원산까지 왔는데, 김주사가 가세에 군졸함을 인하여 여간 밑천 돈을 주어 장사를 시켰는데, 김주사 포와에 가기 전에 제 아들은 먼저 포와로 간 터이라, 죽었느니 살았느니 하고 걱정을 하더니, 김주사도 그곳으로 갔단 풍설을 들을 때도 부인과 같이 근심을 하다가 김주사 편지 온 후로 마음을 놓기는, 김주사는 세상에 없는 사람으로 알아 사람 못 갈 데면 갈 리가 만무한 줄 짐작함이러라. 이때 김주사 부인을 따라 절 구경을 왔다가 부인의 말을 듣고 얼마 후에 글 읽는 사처로 나가더니,

"여보 허안대사, 이 집은 무엇을 모셨소?"

(허) "예는 공부하시는 양반 글 읽는 집이오."

(검) "요사이도 누가 계셔요?"

(허) "한 토름 전에 서울양반 두 분이 와 계시지요."

(검) "서울양반이요? 서울 어느 댁인가요?"

(허) "자세히는 모르나 아마 소문난 댁은 아닌가 봅디다."

(검) "어떻게 아시오?"

(허) "대강 말씀하시는 눈치도 그러하거니와 보기에도 그래요. 그러나 어떻게 얌전들 하신지 매일 그 언론 하시는 말씀이 들을 만한 말씀이 많던 걸이요."

(검) "네."

(허) "왜 물으십니까?"

(검) "그저 말이요."

천지풍운은 난측이라, 저녁때가 다 못 되어 동풍이 건들건들 불면서 사면에 검은 구름이 덩이덩이 모여드니 황혼부터 비가 시작이 되어 그 이튿날까지 오는데, 독서재 글 읽는 소리와 허암 초막에 탄금성[102]이 혹단혹속[103] 하여 빗소리 가운데 섞였더라.

이날 오후부터 바람 길이 돌아 서풍이 되면서 비가 뚝 그치더니 푸른 하늘이 나며 구름이 한 점도 없이 다 걷고 밤이 되매 별이 담아다 부은 것처럼 돋았는데, 울연[104]히 돋는 달이 오르면서 별은 드문드문 하여지고 은하수는 무더기무더기 뚜렷뚜렷한데, 영월루 밑으로 흐르는 물은 석벽 된 모퉁이마다 가는 폭포를 지어 흐르더라.

오던 비가 그치어 하늘은 새로이 개었는데, "남풍지훈혜여, 해오민지 월혜로다."[105] 일편 탄금성은 둔덕 영월루 상에서 나고, "기부유어천지하니, 묘창해지일속이라."[106] 난이 난난우난 취적성[107]은 불이문 안에 높다가 단소 소리는 거문고 소리에 그치고, 거문고 소리는 단소 소리에 그쳤는데, 두 곳에 상거[108]는 서로 말이 들릴락 말락 하는 곳이라.

"어머니, 저것이 단소 소리가 아니오?"

---

102) 거문고를 켜는 소리.
103) 때로는 느리고 때로는 빠름.
104) 매우 흥성함.
105) 훈훈한 남풍 불고, 내 근심 풀어 주는 달이 떴구나.
106) 이미 천지 사이에 떠돌고 있으니, 아득한 푸른 바다 속에 있는 한 알의 좁쌀 같구나.
107) 피리 부는 소리.
108) 서로 떨어져 있음.

하는 것은 계옥이 소리요,

"여보게, 거문고 소리가 또 나네그려. 그 중이 하던 말이 허언이 아닐세."

하는 것은 우초 말이라.

(근) "김주사가 누군 줄은 모르겠네마는 딸을 저렇게 가르칠 적에는 유의[109]하는 일이 있는 것이 아닌가!"

(우) "허암 말 듣기 전에는 나는 꼭 달리 알았네. 평양서 떠나 왔단 말을 듣고……."

(근) "그만두고 우리 할 일이나 하지. 월색도 좋거니와 풍류소리가 나니 자네 일편 부르게."

(우) "이전 남 하던 소리 쓸데 있나. 내 하나 지음세."

하더니 사오 븐이 지나 월하에 일장을 날리어 부르니,

분분초초分分秒秒 가는 시침時針

선옹탄지仙翁彈指이 아닌가

천증세월인증수天增歲月人增壽에

장부지업미취丈夫志業未就하니

우주사양방호가宇宙斜陽放浩歌에

무정無情한 백발白髮을[110]

소리가 그치자,

(근) "되기는 잘 되었네마는 백발 소리는 너무 일네. 내 하나 지음세."

---

109) 어떤 일을 할 의향.
110) 일 분 일 초 가는 시침/ 신선이 손가락 퉁기는 것 아닌가/ 하늘은 세월을 더하고, 사람은 수명을 더한다./ 대장부의 뜻과 과업이 아직 이루어지지 않았으니/ 우주에 석양 비칠 때 자유롭게 호방한 노래 부르는데/ 무정한 백발을.

무릉도원심수처武陵桃源深邃處에

초당춘수지지草堂春睡遲遲하고

만목연무몽농滿目烟霧朦朧한데

창파광란도도滄波狂瀾滔滔하니

착산신부鑿山神斧한마치로

너를 깨워[111]

(우) "둘이 같이 근심이 많게 들리니 잘 되었다기는 어려워. 그렇지마는 단사에 올리게 듣세."

(근) "여보게, 허암 말을 들으니 김주사도 상업으로 목적을 삼아 원산으로 왔다가 뜻과 같지 아닌 일이 있어 포와로 갔다네그려."

(우) "동지인이 될는지 모를 뻔하였네."

(근) "그 사람을 만나면 북관[112] 일은 근심이 없이 될는지 모를 뻔했네. 어저께 갑산[113] 동 수출에 곤란을 들어보게. 우리가 곳곳마다 가볼 수 없고 참 난처한 일일세."

(우) "오백 년을 벼슬독이 골수에 박혀 실업이라면 천하기가 한이 없는 줄 알았으니 그렇지 아니하겠나."

(근) "어천만사[114]가 다 그렇지, 아무것도 모르고 무릎만 굽히면 학자로 알겠네그려. 말죽 먹이란 말 한마디하고 옥당 못 하였단 말을 못 들었나."

(우) "그만두세. 장비는 만나면 싸운다더니, 우리는 만나면 이런 소리 하기 버릇되겠네."

---

111) 무릉도원 깊숙한 곳에/ 봄철이라 띠집에서 한가롭게 졸기도 하고/ 눈에 가득 들어오는 연무에 몽롱함을 느끼는데/ 푸른 물결 힘차고 도도하게 흐르니/ 산을 찍어내는 신비의 도끼/ 너를 깨워
112) 함경도.
113) 함경남도 갑산.
114) 모든 일.

노래도 하여보다가 담론도 하여보아 서로 흥치가 도도하여 뜻이 만장이나 높아 활발히 웃기도 하고 수심이 첩첩하여 마음이 천 길이나 떨어져 시름없이 한숨도 쉬는데, 추풍을 통하여 사람의 소리를 간접으로 전하는 것은 유성기 소리라.

　　시르르릉따 스르르르

　　오경의루五更依樓 저 적성笛聲은 월중요량철운소月中寥亮徹雲霄라.

　　난이난혜難而難兮한 곡조曲調는 풍진시사농조風塵時事弄調하니 아마도 십년
칠실十年漆室에 잠 못 이뤄.

　　스르르릉

　　우인지우憂人之憂하고 악인지락樂人之樂은 만리붕정萬里鵬程 저 청년靑年
이라.

　　경경단충본분耿耿丹衷本分이요, 정정소절당직亭亭素節當職이니

　　아마도 희로애락喜怒哀樂은 네가 차지.

　　시르르릉

　　단기라려사천재檀箕羅麗四千載에 근화세계삼천리槿花世界三千里라.

　　충효정절천성忠孝貞節天性이요, 예의염치인도禮義廉恥人道로다.

　　소년반도이천만少年半島二千萬아 네 조국祖國을.[115]

천기[116]가 비 뒤에 다시 맑으매 계옥의 모녀가 초막에 울울히 있다가 이
날 밤에 영월루에 올라 거문고도 타며 담화도 하다가 단소 소리가 가까

---

115) 새벽녘 누각에 기대어 서니, 저 피리 소리는 밝은 달 저 하늘 멀리까지 이르겠구나. / 어렵고도 어려운
곡조는 때 묻은 세상일에 곡조를 타니 아마도 십년 칠흑 같은 방에서 잠못 이뤄. / 남의 근심을 걱정해
주고 남의 즐거움을 즐거워 해주는 것은 커다란 뜻을 품은 저 젊은이로다. / 빛나는 충정으로 본분을 삼
고, 꿋꿋한 절개로 직분을 삼으니 / 아마도 희로애락은 네 몫이겠지. / 단군 기자 고조선과 신라 고려 사
천년에 무궁화 피는 나라 삼천리라. / 충효와 정절은 타고난 성품이요, 예의와 염치는 사람의 도리라. /
한반도 이천만 젊은이들이여, 네 조국을.
116) 날씨.

이 나매, 사람을 혐의하여 그치고 이윽히 건너편 말을 듣더니 계옥이가,

"어머니, 내 가서 유성기 가지고 오리다."

하고 가서 반 시나 되어 올라와 이 곡조를 틀어놓은 터이라. 부인이 예사 뜻이 깊지 못한 사람 같으면 그것을 가만두기는 고사하고 당초에 거문고부터 타게 할 리가 만무하나, 원래 능이 있어 조르고 늦구어 임시 체변[117]은 잘하는 부인이라 계옥이 하는 대로 아무 말 없이 두다가 유성기 소리 그치자 계옥이를 데리고 초막으로 돌아와,

"계옥아, 백천만사가 의외의 일이 많으니라. 인심은 사람마다 다르고 사세는 일일이 같지 아니하니 매사를 잠시 주의치 아니하면 후회되기가 쉬우니라."

(계) "망망한 물은 배질하기 전에는 건너가기가 어렵지 아니합니까!"

(부) "옳다. 그렇지마는 항해자가 주의치 아니하면 언덕에 대일 수 없느니라."

(계) "항해자라도 일찍이 그 바다를 측량하여 탐험치 아니하면 깊고 옅은 것과, 험하고 쉬운 것을 모르지 않습니까!"

(부) "계옥아, 네 말을 모르는 것이 아니다마는 일시의 측량으로 백 년을 안전타 하기 어려우니라."

(계) "잠신들 있사오리까!"

석왕사에 와서 하룻밤 자고 허암에게 온갖 일을 다 부탁하고 원산으로 도로 나가던 박사과가 나흘만에 오더니, 계옥이 모녀와 무슨 말을 한 시간이나 상의하다가 교군[118]꾼을 불러 계옥이 모녀를 태우고 나가다가 가는 길에 글 읽는 사처에 들어와 근암에게 성냥을 청하여 담배를 붙이더니,

"마침 성냥이 없어 왔더니 해공[119]을 하시게 하였습니다."

---

117) 쳇병. 거짓으로 꾸며 그럴듯하게 보이려는 병집.
118) 가마.
119) 공부를 방해함.

하고 나가면서 나귀를 재촉하여 타고 가마 뒤를 따라가더라.

두남리 김주사 집 대청에 묶은 짐 두세 개는 한 모퉁이에 싸놓고 안방문 옆에 시름없이 선 것은 계옥이 모녀요, 먹고 싶지 아니한 담배만 먹으며 앉은 것은 박사과 내외요, 경황없는 중에 웃으며 양편으로 뛰어 다니는 것은 한봉이라. 박사과가 부인을 쳐다보며,

"암만 생각하여도 내가 부산까지 가는 것이 옳다. 부산 가서 또 며칠을 묵어 딴 배를 탄다니, 그것도 난처할 뿐더러 아까도 말하였거니와 한참봉 집에 그 일도 내가 내려가야 처단하기가 편하지."

(부) "내려가시면 좋기는 좋지요마는……."

(박사과 부인) "너희를 보내면 또 볼는지 말는지 한데, 거기나 가 보아야지. 우리도 갔으면 좀 좋을까. 진사아이가 무엇을 알아야지. 너희 아버지가 내려가시니 웬만하거든 계옥이 일은 그렇게 하여라."

해는 기울어져 오후가 되었는데, 원산항구 부두 앞에 선 윤선 굴뚝에 연기는 뭉텅이뭉텅이 나오는데 개발회사에서 농민 사오십 명이 나오더니 시간이 늦었다고 떠들며 분주히 윤선으로 오르는데, 박사과 일행도 그 속에 섞였더라. 배 좌우편에서는 짐을 싣느라고 "어야돗고세" 소리는 귀가 아픈데, 웬 사람 하나가 옆에 문부[120]를 세고 배 사무장과 같이 객실로 오더니 박사과 일행을 바라보며 무엇이라 말을 하고 사람 사오 인 있을만한 한편 구석을 가리키며 박사과더러,

"내행[121]이 대단히 불편할 듯 하기에 저편을 치워드리라 하였으니 거기 계시게 하고, 또 부산회사에도 부탁하였으나 기위[122] 내려간다니 거기 가서 주선하시오."

하며, 여러 농민을 돌아보며,

---

120) 문서와 장부.
121) 부녀자의 여행.
122) 벌써.

"배가 지금 곧 떠나니 이제 작별이오. 부디 만리타국에 가더라도 오늘의 곤란을 생각하고 마음을 굳게 하여 돌아오는 날 나라에 좋은 백성이 되게 하며, 집안에 사업하는 사람들이 되게 하면 고생한 보람이 있지 않겠소. 총총하여 곧 내려가니 속히 다시 만나 이 일을 옛말 삼아 합시다." 하고 내려가는데, 닻 감는 소리는 요란하고 고동소리는 오십여 명을 대표하여 원산항을 작별하는 듯 하더라.

망망한 대해의 물은 거울같이 맑고, 부상[123]에 돋는 해는 광명한 빛으로 지공무사[124] 비추니 천하만국에 강약을 무론하고 하느님의 우로는 편벽됨이 없으시도다. 금강산 일만이천 봉은 동해의 병장을 지어 엄연한 기상이 외외하고, 관동팔경 기절함은 제국승경 분명한데, 삼삼오오 떼를 지어 줄기물을 뿜고 다니는 고래는 천고영웅의 한을 모아 장우단탄[125] 표하는 듯 옥 같은 물방울이 청천백일[126]에 무지개를 이루었고, 뱃전에 놀던 고기는 뛸락 잠길락······.

어기여차 가는 배와 순풍 맞아 오는 돛대 연일만으로 왕래하나, 일엽소주[127] 보이는 것은 상업권 이미 잃고 어업까지 영성[128]하니 천척[129] 단안[130] 부딪쳐 이리 쳐도 철썩, 저리 쳐도 철썩, 밤낮 끊이지 않고 철썩철썩 하는 소리는 유지자의 심장같이 철석빙심[131]에 솟는 말로 너를 아끼는 듯······.

동해바다를 심난 중 지나고 부산항구 닻 주자 내리어 한참봉 집 후원으로 들어가는 것은 두남리 김주사 집 일행인데,

---

123) 동쪽 바다의 해가 뜨는 곳에 있다고 하는 신령스러운 나무 또는 그것이 있다는 곳.
124) 더 없이 공평하고 사사로움이 없음.
125) 장탄식. 긴 한숨.
126) 하늘이 맑게 갠 대낮.
127) 나뭇잎처럼 작은 배.
128) 보잘 것 없음.
129) 매우 높은.
130) 강이나 바닷가의 깎아 세운 듯한 언덕.
131) 매우 굳고 깨끗한 마음.

"배가 사오 일 후라야 떠난다니 오늘은 일찍 자거라."

하고 바깥사랑으로 나가는 것은 박사과요, 배에 내려 곤하기도 하련마는 잠 한숨을 잘 못 자고 사렴[132]으로 고생하며 만단회포[133]가 정치 못한 사람은 계옥이라. 밤도 낮 같고, 낮도 밤 같아 그럭저럭 사흘을 묵어 신호[134]가는 배편이 내일 있네 모래 있네 하는 터에, 박사과가 이날 밤에는 사랑으로 일찍 나가지 아니하고 이야기 일판이 시작되더라.

(박) "지금 회사 사무원이 와서 내일 오후에 배가 떠난다고 이르고 갔으니, 우리 일을 이제는 끝을 내야 하겠다. 계옥아, 전수이[135] 네 일이니 네가 말을 하여라."

(계) "……."

(박) "말 아니 할 때가 따로 있지, 지금이 어느 때냐."

(계) "할아버지 의향은 어떠하십니까?"

(박) "네 의향은 너 생각이 곧 옳게 들면 하던 대로 너는 쳐졌으면 좋겠다."

(부) "나더러 하던 말을 자세히 여쭈어라."

(계) "할아버지, 제 철 모르는 소견에는 불가한 일이 많습니다. 첫째, 경갑이로 말하면 사나이 나이 이십 세가 넘었으니 각기 성정[136]을 따라 세운 주견[137]이 있을 터인데, 삼사 일 그 동정을 들어 짐작하니 심무소주[138]한 것 같이 들리고, 또한 작일 오후에도 보셨거니와 제가 행동에 인내력이 그렇듯 적으니 재주가 암만 많으나 그 결과는 없을까 하오며, 한참봉 어른은 그저 이전 한참봉이시고요, 아들 성취도 시키기 전에 공부 가르칠 생

---

132) 사사로이 두는 나쁜 마음.
133) 마음속에 품은 생각.
134) 일본의 고베.
135) 모두 다.
136) 사람의 타고난 성질.
137) 자기주장이 있는 의견.
138) 마음에 확실한 줏대가 없음.

각은 없고 참봉초사를 번다지요."

(박) "네 말이 장관이다. 내가 너만큼 몰랐을까. 그렇고 저렇고 네가……."

(계) "내일 배편에 신호로 가는 것이 정당하겠습니다. 한술 물로 평생을 보내는 것이 땅도 생소하고 기후가 맞지 아니한데, 영화와 부귀를 구하는 이보다 났습니다."

(부) "네가 남자 같으면 걱정이 없겠다마는……."

(계) "남녀가 어디 다릅니까."

(박) "애, 또 난처한 것이 신호까지 갔다가 너희 중에 만일 안질 검사에 떨어지면 어떻게 하니?"

(계) "당하는 대로 하지요."

(부) "그 지경 되면 나오는 것이지요."

(박) "사세가 그러하니 너희 소식도 더 들을 겸, 경갑이 위인도 더 볼 겸, 내 여기서 며칠 더 묵을 터이니 가서 결말 되는대로 곧 기별해라."

두어 조각 흰 구름은 부산항구 건너편 절영도 상상봉에 떠 있고, 석양에 넘어가는 햇빛은 오륙도 앞바다의 파도를 움직이는 듯, 두어 마리 백구는 비루한 심장을 쇄척하는 듯 물위에 뜰락 잠길락, 닻 감고 종을 치며 기적 한 소리에 떠나는 대련환은 갈 길을 재촉하는데, 작별하는 흰 수건 조각은 서풍에 흩날리는 중에, '남아하처불상봉' 한마디로 웃고 작별하는 것은 건너편 갑판 위에 양복한 두 사람이요, 이물[139] 한 모퉁이에서 바닷물을 내려다보며,

남아입지출향관男兒立志出鄕關 하니,
학약불성사불환學若不成死不還 이라.

매골기지분묘지埋骨豈只墳墓地하랴!

인간도처유청산人間到處有靑山을…….[140]

연귀[141]를 외우는 사람은 학생으로 유학 가는 사람이요, 부산 항구를 들여다보면 고국산천을 작별이라 하다가 돌아서며,

"할아버지, 먼 길 가는데 작별은 낙루를 아니 한답니다. 이 웬일이세요."

하는 것은 이날 포와도로 향하는 계옥이라. 박사과가 눈물을 씻으면서,

"사람의 알 수 없는 것은 팔자니라. 너희를 오늘 작별하고 또 볼까 모르겠다. 노래[142]에 다른 자식 없이 너를 믿고 있었더니, 오늘날 보내니 사람의 일 되어 가는 것을 보아라."

(부) "아버지, 딸자식은 본래 쓸데없는 것이올시다. 혈속은 아니라도 진사가 그만하니 그나 바라지요."

(박) "애, 그 말 마라. 적으나하면 사위를 따라다녔겠느냐. 그말 저말 쓸데 있니. 내야 늙어 며칠이나 살겠니. 아무쪼록 들어가서 계옥이 남매 성취나 잘 시키고 속히 환국하여, 불행히 나를 못 보더라도 우리집 문호나 보전시켜라."

부인이 이 말을 듣더니 눈물을 흘리며,

"왜 그런 갈씀을 하십니까?"

소리를 겨우 하고 목이 메어 아무 말도 못하는데, 배 앞에 물이 끓어 맥주병 쏟아놓은 것같이 버글거리며 대련환 머리가 슬그머니 도니 매었던 사다리는 벗전으로 달리고, 마지막 떠나는 쌈판[143]은 작별하던 사람을 싣고 부산 항구를 향하는 중에 박사과가 입가에 손을 대고 윤선 고물[144]에

---

140) 사나이 뜻 세우려 고향을 떠나니/ 배움을 이루지 못하면 죽어도 돌아오지 않으리라./ 뼈묻을 곳 어찌 무덤 뿐이랴./ 세상 도처에 푸른 산이 있거늘.

141) 한시의 대를 채운 글귀.

142) 늘그막.

143) 항구 안에서 사람이나 짐을 나르는 작은 돛단배.

144) 배의 뒷부분.

서 있는 계옥이를 바라보며,

"애, 석왕사 일은 내 더 탐문해 보마."

계옥이가 이 말 대답을 채 못하여 상거가 이미 멀었더라.

추풍호우[145] 저문 날, 단소 거문고 소리가 같이 마주쳐 양변 심사가 만공에 맞았던지 근암 우초 두 사람이 이 일에 한 문제가 일어나,

(우) "여보게, 오늘 떠난 내행이 어떠한가. 이 시골구석에 별일일세."

(근) "사람이 모르는 것이지, 세상에 없을 리가 있나."

(우) "자네 그 뒤를 탐지하여 보지 않나 왜?"

(근) "무슨 일을 억지로 못 하나니, 아까 그 사람이 담배 붙이러 들어온 것을 자네 못 보았나?"

(우) "그러나 양복한 자네를 누가 장가들지 아니한 사람으로 보겠나."

(근) "글쎄."

(우) "그 범절을 좀 탐문해 볼 것을 그렇게 했네."

(근) "자, 그만두세. 우리가 이런 말하기는 의외일세. 사상이 줄기 쉽겠네."

해는 승석[146] 때가 되었는데 두 사람의 말이 그치자 접빈관으로 행차 하나가 들어오더니 조용하던 절이 분주하여지며 삼보[147] 부르는 소리가 귀가 아프며 주장승 분별하기에 곤란을 당했더라.

그날 밤은 무사히 넘어가고 그 이튿날 저녁에 석왕사에 일 하나가 생겼는데, 얼핏 들으면 싸움 같고, 자세히 들으면 요절[148]할 일이라. 영월루상에 배포[149]를 차리고 술병 안주 접시는 여기저기 놓였으며,

"불로초로 빚은 술……."

---

145) 가을바람과 크게 내리는 비.
146) 중이 저녁을 먹는 때란 뜻으로 이른 저녁때.
147) 절에서 주로 손님을 접대하는 일을 맡아보는 중.
148) 몹시 우스워서 허리가 꺾일 지경.
149) 쇠고기나 돼지고기를 넓게 저며 소금을 친 다음 말린 포육.

한마디가 나오자 취흥이 도도하여 넓은 천지가 다 제 세상만 여겨 좌지우지를 하는 것은 민폐[150]를 보러 다닌단 핑계에 절 구경 온 ○○군수 행차라는 일행이라.

(군수) "얘, 저기서 글 읽는 사람이 누구냐?"

(허암) "서울서 오신 양반님네올시다."

(군) "어, 글소리가 좋은 걸. 네 가서 좀 올라오시라고 여쭈어라."

몇 분만에 갔던 종이 오더니,

(종) "'오늘 몸이 편치 못하여 못 올라와 뵈오니 죄송하거니와, 명일 아침에 와서 뵈옵겠습니다' 하와, 못 모시고 왔습니다."

(군) "금세 글 읽던 사람이 아파 못 와? 그런 법이 있나. 가서 곧 오시래라. 내가 저희 좀 오랬다가 못 보고 말까!"

종이 가서 무엇이라 하였던지 근암이 우초와 같이 올라오더니,

"영감께서 어찌하여 부르셨습니까?"

(군) "글 읽는 소리 듣고 반가워 청하였소. 글은 무엇까지 보셨소?"

(근) "백일장 보이시렵니까?"

"아니오. 심심하기에 담화나 하자고 오랬소."

(우) "영감은 심심파적 하시려고 선비 공부하는 것을 부르시면, 선비는 공부하느라고 여쭈어 볼 말씀을 좀 여쭈어 보오리까!"

(군) "어찌 소년의 말이 그리 불공이 나오."

(근) "시골 촌맹[151]이 어법진회를 어찌 아오리까. 영감께서 고을을 다스리시니 본군에 호구가 얼마나 됩니까."

(군) "그것을 내가 아오. 이방이 알 일이지."

(근) "이 고을 물산은 어떠하오며 외국에 수출입품 비교가 어떠하옵니까?"

---

150) 민간에 끼치는 폐해.
151) 촌백성.

(군) "그것은 나더러 물을 것이 아니요, 외국 수출입품은 원산감리가 알지요."

(근) "군내에 어느 곳이 상업이 승하며, 어느 곳이 농업에 적의[152]하옵니까? 생등은 상민이기로 이것을 주의하와 여쭈어 보옵니다."

(우) "농업이야 아마 영성할 터이지. 농민이 미국으로 가는 것을 보면……."

(근) "무식한 백성이 모르고 가지요. 저희가 어찌 속내를 알고……."

(근) "무슨 속내가 있습니까?"

(군) "미국 놈이 사가는 것이지."

(근) "진실로 그러면 왜 금치 않으십니까?"

(군) "내가 권리가 있소?!"

(근) "외부[153]에 보고를 하시지요."

(군) "내가 원 노릇을 며칠이나 하려고 그러겠소."

이 소리에 근암이 화가 나서,

"백성이야 죽든지 살든지 영감이나 불로초 술에 만수무강만 하시면 좋겠습니까? 남의 나라에서는 지금 동양평화니 어쩌니 하며 후환이 될까봐 전쟁을 일으켜 만주들과 여순구 어구에 몇만 명 사람의 생명을 죽이며, 우리나라 정부는 수응[154]에 곤란하여 가기가 분분하고, 성상의 인자하신 천은은 팔역 인민의 질고[155]를 근심하사 병침의 근심이 깊으시거늘, 목민지관으로 오늘 휴기[156] 등루[157]하여 돌아가기를 잊으시고 오히려 공부하는 선비를 심심하여 부르신다 하니 ○○일군에 백성이 미국으로 건너가고자 아니하나 어찌 가지 아니할까! 윗사람이 질기면 아랫사람은 심한

---

152) 알맞고 마땅함.
153) 지금의 외무부.
154) 요구에 응함.
155) 병고.
156) 상서로운 조짐.
157) 누각에 오름.

법이니 영감께서 이곳에 한 번 노심으로 ○○일군의 청년들이 방탕 부허[158]하면 그는 영감의 가르친 바이라, 금하기 어려우시리다. 명일에 환군하시면 생등이 영감의 속히 뉘우치심을 치하하오리다.”

한바탕 군수가 코가 맥맥하여 아무 말도 못하게 하고 도로 내려와,

(우) “아따, 듣기가 싫어 못 견디겠더니 이제 좀 조용하이.”

(근) “좋은 소리나 들을 줄 알고 불렀나. 내 말이 만수무강 소리보다 낫지.”

(우) “그러한 인물이 백성을 다스리니 상공업이 발달되려니 될 수 있나.”

(근) “이것은 오히려 전의 일일세. 앞일을 생각하면 기가 막힐 일이 아닌가. 원산항으로 말하면 북으로 함평 양도를 통하며, 남으로 경상 강원을 연하며, 동으로 대한해를 대하고, 서으로 황성을 거하니, 실로 사통팔달하는 땅이라. 겸하여 북방의 광산과 남방의 삼림이며, 연해에 어업이 풍부하니 실로 무역상 추요지[159]라. 그러나 상업에 영성이 오히려 유치지대와 같으니 이 일이 큰 걱정이라. 광산 삼림 어업 등에 규례가 제정되는 날은 도처 은산금광〔미인소영美人所營〕 전포어업〔전일아인소영前日俄人所營〕 압록 삼림의 형상을 면치 못하리니 실로 이것이 근심이로다.”

(우) “당초에 우리나라 사람의 재미가 전혀 사환계[160]에 있어 오늘날 이 모양이 되었으니 무엇에 주의를 해 보겠나!”

(근) “첫째. 원산, 둘째, 강경이란 말도 있거니와, 경원철도가 준공이 되어 운수가 편리하면 이 물산을 가지고 무엇을 못 하겠나. 정계변[161] 사람들은 법률정치만 되면 다 되는 줄 알데마는 나라에 전정이 고갈하면 무슨 사업을 하나.”

(우) “일전에 파송한 김모는 그사이 신호에 하륙을 하였을까?”

---

158) 도덕적으로 타락함.
159) 대단히 중요한 역할을 하는 곳.
160) 벼슬 길.
161) 정치권.

(근) "글쎄, 좌우간 전보가 있겠지. 그 사람 가는 편에 학생 두 사람을 부탁하였더니, 주선이 잘 되었는지 궁금하이."

(우) "부산 한봉기가 기별을 하련마는……."

(근) "참, 그 사람 사무 보는 일을 어찌하면 좋은가. 요사이 아마 벼슬 운동을 하나보데?"

(우) "실없는 사람. 그리도 그 자리에 헤어나지 못한단 말인가!"

(근) "우리는 우리 재미요, 그는 그 재미지. 한성에 중앙 본점을 두고 각지에 지점을 설치하여 내국물화를 수출시켜 지방 각지에 개발을 시작하면 그 재미가 나지. 원산의 굴밭과 북관의 북어와 동해 고래잡기로 어업 개발을 시작하고, 강원도 삼림과 삼남의 미간지에 개척 식목으로 통업[162]을 주장하며, 함평에 광산으로 금을 산출케 한 후 각처에 소출로 운송 편리처에 제조공장을 설치하면, 우리나라 천산물이 수출은 될지언정 외국의 인조품이 우리나라 영해에 하륙될 것이 몇 가지나 될꼬. 이로 각 실업 단체를 조직하면 저 정당사회의 빈말보다 나을지라. 국가에 유사한 때를 당하면 전국에 국채 응모가 풍유할 것이요, 승평한 때는 태극국기에 상선이 반도 삼면에 연락할지니 세상에 사업이 예서 더 큰 것이 있을까!"

(우) "여보게, 공중에 기동 없는 전각[163] 세울 소리 그만하게."

(근) "이 사람, 해서 아니 되는 것 있나. 미국의 풍부와 영국의 상공업은 본래부터 그만큼 누가 떠다 주었다던가. 다 해서 되나니……."

두 사람이 주거니 받거니 깨가 쏟아지는 것처럼 재미스럽게 담화를 하는데, 금시로 우리나라에 농·상·공업이 아주 발달이 되어 남부럽지 아니할 것 같더라. 사람이 한세상을 사는 것이 모두 스스로 속아 사는 것이요, 그 가운데 희망이라는 것이 있어 풍운남아는 한 세계를 제 농락 가운데 놓고, 영웅은 시대를 만든다는 한 말로 일만 위험을 무릅 써 활동하

---

162) 나라를 통치하는 사업.
163) 궁궐.

며, 사업가는 일국의 경제를 제일로 생각하여 공익상 일을 제 사사 영위보다 크게 알아 천번곤란에 낙심을 견디어 전진하며, 영영축축[164] 하는 사람은 백가지 근심을 허비하고 이해관두[165]에 생명을 헛되이 바치는 것이라. 그 외에 소인과 간인이며, 우부와 우부가 모두 날마다 애쓰고 힘쓰는 것이 무비 곡직[166]간 다 각기 제 경영이 있는데, 혹 뉘우쳐 고치는 자도 있는 것이요, 혹 유혹 가운데 버리는 사람도 있으니, 모든 것이 이 세상 사람의 일대 시험장이라. ○○군수는 그 말 한마디 말에 양심이 돌아섰던지, 부끄러워 그랬던지, 그 이튿날로 아무 말이 없이 떠나고, 쳐져 있는 사람은 이날 ○○군수에게 혼이 빠져 정신없는 평양기생 농매라. 당일 영월루의 광경을 목도하고 마음이 뉘우쳤던지, 한 뿌리 악한 마음이 우초 근암을 유혹하려 하였던지, 병탈[167]을 하고 당일 일행과 갈라서 석왕사 허암 건너 초막으로 들었더라. 구월 그믐께 찬 이슬은 서리 소식을 먼저 전하는 듯 더 피어 만발한 국화송이에 방울방울 맺히고, 남으로 나가는 기러기는 뒤쳐져 가는 길이 총총한 듯 이따금 이따금 중천에 끽 끽, 달 한복판은 지구그림자가 아주 감추어 밤은 어두워 지척을 알기 어려운데, 방방이 촛불관 경경하더라. 법당의 밤 염불 소리는 세상 정욕을 벗어나라고 나무아기타불 나무아미타불. 천사만렴이 목적 도달에 뜻이 있어 계하[168]에 배회하는 근암 우초 귀에 별안간 뜻하지 않은 소리가 들리는 것은 "새벽 서리 찬 바람에……." 몇 마디가 청아하게 나더라. 기침 소리가 들리며 앞에 마주쳐 피하는 듯 물러서며,

"애고, 어두워 지척을 분간할 수 없네."

하면서 건너 초막으로 들어가다가 문간에 우두커니 섰는 농매라.

---

164) 이익을 얻기 위하여 분주히 왔다갔다 함.
165) 이익과 손해의 갈래가 나누어지는 고비.
166) 사리의 옳고 그름.
167) 병을 핑계 삼음.
168) 층계의 아래.

(우) "근암, ○○군수가 떠났다더니 아니갔나보군?"

(근) "아닐세, 군수는 가고, 저는 병탈하고 쳐졌다데."

(우) "그것이 외양도 똑똑하고 재주도 있어 보이는 것이 아깝데."

(근) "가만히 있게. 저 소리 들어보게."

(우) "참 물건이라는 것이 주인 만나기에 있는 것이로군."

(근) "물건뿐이리오. 사람도 배우기에 있나니."

(우) "여보게, 그렇지 아닌 일이 있네. 세상에 가르쳐 아니 되는 것이 있나. 거문고는 한 거문고로되 소리가 저렇듯 다르니 그 배운 바이 다를 뿐이라, 이제 전들 절조 있게 가르치면 아니 될 리가 있나."

(근) "네모진 것은 둥근 곳에 들어가기 어렵고, 가시덤불에 무화과를 얻지 못하나니……."

(우) "그래서야 이 세상에 회개한다는 말이 있겠나."

(근) "자네 의견이 그렇기는 의외일세."

(우) "사람이 너무 물건을 용납지 못하는 것도 사나이의 일이 아니니."

두 사람의 말이 차차 반대편으로 나가기를 시작하는데, 졸지에 허암이 급히 들어오더니 편지 한 장을 근암 앞에다 놓으며,

"지금 원산 전인이 왔기에 들어왔습니다."

근암이 급히 집어 뜯으며 우초와 한가지로 보는데, '본점 사무장 한봉기, 은행 임치금 추심 일본 도주, 점무 처리는 처즉 하래 답' 이라 한 전보지라.

(근) "그러기에 내 무엇이라 하였나, 주의가 정치 못한 사람하고는 일할 수가 없어."

(우) "이 일을 어찌한단 말인가. 일본으로 도주라 하였으니 웬 까닭인고?"

(근) "헛걱정 쓸데 있나! 세상일이 다 그렇지."

(우) "어떻게 조처하려나?"

(근) "내가 내일 아침에 떠나 원산을 거쳐 부산으로 내려가 볼 것이니, 자네는 아직 이곳에 있고, 만일 서울서 기별이 있거든 내게 전보로 속히 통기[169]하고 아직 사업에 착수는 말게. 부산 일이 어찌되는 결과 먼저 보아 하세. 부산 맡겨둔 돈이 낭패가 되었으니 원산 임치금은 이번에 내가 가지고 갈 터이요, 자네는 김온성 객주에 맡긴 일천 원 중에 경비를 쓰게 하게."

사람이 무슨 곤란을 당하든지 낙심되는 자리는 그 굳은 뜻도 흔들리기가 쉬운 터이라. 졸지에 의외 기별을 듣고 두 사람이 서로 내두사를 걱정하다가 심화풀이 한다고 술 먹기를 이날 밤에 시작이 되었는데, 나중에는 술이 술을 먹어 우초는 말이 함부로 나오고, 근암은 술김에 이 생각 저 생각이 모두 나서 건너편 산만 쳐다 보는데, 눈치 빠른 농매는 안팎일을 다 탐지하고 큰 기회를 만난 듯이 준비를 하는 것은 계명산 추야월에 장량옥저 일성이 강동자제 팔천인을 흩던 법으로 남아의 강개한 뜻을 한마치로 때려 깨뜨리고, 일대 추파를 거문고 소리에 넣어 무선전신 보내듯 우초 근암의 방에 전하더라.

제3장

이십세기二十世紀 이 건곤乾坤에
자유종성난만自由鍾聲爛漫하니,
인순고식쇠척因循姑息灑滌하여
의뢰낙망依賴落望 두지 마라.
천부天賦하신 네 양심良心은
유진무퇴有進無退[170].

---

169) 통지.
170) 이십 세기 이 세계에/ 자유종 소리 울려 퍼지니/ 무력하게 고식적으로 옛것을 따라 씻어내어/ 그 옛것만 의지하다 희망 버리는 짓 하지 마라./ 하늘이 준 네 양심은/ 물러남 없이 전진할 뿐이로다.

망망한 현해탄은 하늘에 끝이 닿듯 조선해협이 되어 천고[171]에 오고가는 사람이 몇 번을 건너던고. 신호로 가는 대련환은 항해가 총총하여 수천 리 해정[172]을 순식간에 갈 듯이 살같이 달아나고, 이물[173]에 치는 물결 고물에 자는 바람, 가는 손을 늦기여 만단심회를 구름같이 일으키는 중에 천리원칙을 따라 어김이 없이 도는 지구는 동으로 향하여 몇 번을 굴렀고, 이것을 응하여 만든 시계는 배 갑판 위에 달려 시대는 다시 오지 아니함을 가르치는데, 땅 땅 치는 배종 소리는 오후 두 시 종이요, "드리 쾌터 원하푸"하는 것은 항구가 가까웠다고 수심 재는 소리요, "뚜루루 쇄——"하는 것은 윤선 속력을 줄이느라고 김 빼는 것이라.

한 폭의 난초가 가시덤불에 묻히며 한 마리 봉이 닭 속에 있으되, 알 사람이 드문 법이라. 대련환이 신호항에 닻 주자 해안통을 지나 농민 유숙소로 향하는 것은 계옥이 모녀라. 농민 유숙소 경황이 어떠한지 모르고 하룻밤을 지낸 후에,

(부) "애 계옥아, 선중에 고생은 오히려 낙으로 왔다. 이 일을 암만 생각하여도 그렇게 아니 되겠다. 사람은 삼백여 명이 끓는데, 진소위 팔도 모산지배[174]로구나. 나중에 배로 갈 때는 어쩌든지 아직은 여관을 정하고 있자."

(계) "그렇게 하는 것이 낫겠습니다. 제일 어머니 애쓰시는 것을 볼 수 없습니다."

(부) "그래도 사무원과 상의하여 보자."

(계) "어머니, 잠시 눈치를 보니까 이곳에 일 보는 사람은 그런 주선을 못할 듯 하외다. 총사원이 하루 한 번씩 온다니 그 사람과 상의하지요."

말이 막 그치자 웬 양복한 젊은 사람이 오더니 방방이 문을 열고 들여

---

171) 아주 오랜 세월.
172) 바다의 뱃길.
173) 배의 머리.
174) 꾀를 부리어 이해타산을 일삼는 무리.

다보며, 적간[175]을 하며 내려오다가 계옥이 있는 방문을 열며 고개를 들어 밀더니 바로 문을 닫으며 혼잣말로,

"딱하다. 뉘 집 내행인지 농민으로 갈 사람의 집은 아닌데, 이상하다." 중얼거리면서 남 편으로 향하여 가니, 부인이 잔부끄럼은 조금 없이 좇아 나와 앞에 가서,

(부) "잠깐 여쭈어 볼 말씀이 있습니다. 아마 총사무양반이시지요?"

(사) "그렇습니다."

(부) "다른 말씀이 아니라 제 집에서 미국을 먼저 들어가고 지금 추후하여 가속이 들어가는 터이온데, 나중은 모르겠습니다마는 바깥 구경도 못하던 딸을 데리고 떠났더니 거처에 비편[176]한 일이 많습니다. 그래서 예서 묵을 동안은 여관에 가 있을 생각이 있으니 어떠할까요? 그렇게 되겠습니까?"

(사) "나도 지금 나오면서 그 생각을 하였으나 말씀할 일은 못되어 그만두었습니다. 그 생각이 계시면 주선해 드리지요. 여관은 경비가 많이 드니 하숙이라고 하는 주막으로 가시게 하오리다. 매 삯 십 원쯤 들 터인데, 아마 한 달 전은 떠나시게 되오리다."

(부) "생소한 땅에 무엇을 압니까. 좋을 대로 하여줍시오."

(사) "염려 마시고 이따 네 시쯤 가시게 하시오."

사관[177]을 잡는 것이 자연이 그 근처가 되었는데, 비록 항구라 하여도 구석지기는 한이 없는 곳이라, 창밖에 보이는 것은 망망한 바다요, 문밖에 들리는 것은 딸각거리는 나막신 소리라. 조용하여 거처하기는 좋으나 적막하기는 짝이 없는데, 시월 그믐께 찬바람은 살 쏘듯 하고, 이층 누각 다다미 위에 차기는 얼음 구들을 놓은 것 같고, 배는 오늘 온다 내일 온

---

175) 부정한 일이 있나 살핌.
176) 불편.
177) 하숙.

다 하여 이따금 일어나는 회포가 불덩이같이 치밀어 오되, 참고 견디기는 고생을 하던지 애를 쓰던지 며칠만 눈 꿈쩍하고 넘기면 권솔이 한가지 모여 고락간 지내고자 함이라. 사람의 일이 더 되려면 갈수록 산이며 무슨 일이 아니 되려면 옹이[178]에 마디가 있던지, 태평양을 건너갈 배 한 척이 장기[179]항에서 떠났다는 전보가 오더니 농민의 안질 검사를 한다고 유숙소 일판이 바짝 떠들며, 너른 마당에 체조시키듯이 사열로 삼백여 명을 늘어 세고 하나씩 호명을 하여 세우고 눈이 노랗고 코가 높다란 서양 의원이 손에다 뾰족한 못 같은 것을 들고 눈을 뒤집어 보며, "올라잇 굿"하기도 하며 "류래코마"하기도 하는데, "굿" 소리를 들은 사람은 과거 때 급제나 한 듯이 좋아서 내려오며, "코마" 소리 만나는 사람의 얼굴은 주름살이 잡히었더라. 그럭저럭 계옥이 일행 차례가 되었는데, 부인 모자는 "올라잇"이라 하자 계옥이 눈을 보고 의원이 고개를 설렁설렁 흔들며, "씨뷔어원"이라 하니까 사무원이 입맛을 쩍쩍 다시며,

"이번 선편에는 못 가시겠소. 안질이 대단하다니 치료를 한 후라야 될 터이오."

하는 소리에 계옥이 모녀의 간담이 뚝 떨어지는 듯 하더라.

(부인) "치료를 하면 며칠이나 되겠습니까?"

사무원이 의원을 보고 무엇이라 중절중절 하더니,

"소불하[180] 한 달은 되어야 하겠다 합니다. 저 일을 어찌한단 말이오."

(부) "치료는 어떻게 합니까?"

(사) "매일 예서 약을 넣고 눈 간수를 잘 하여야 하지요."

(부) "계옥아, 할 수 없이 그렇게 하지 별 수 있니, 여관으로 가자."

평생에 말도 들어보지 못하던 안질을 고치려고 날마다 유숙소에 한 번

---

178) 나무의 몸에 박힌 가지의 그루터기.
179) 나가사키.
180) 적게 잡아도.

씩 와서 약을 넣고, 혹 긁기도 하며 여가에는 적적한 객창에 모녀 상대하여 말끝마다 나오는 것이 모두 수심이요, 한번도 낯꽃 피고 웃어볼 날은 없더라. 동지섣달 짧은 해는 살 같이 달아나고 밤은 어이 그리 길던지 하루는 심회중 잠을 못 이루고 뒹싯거리다가, 그 이튿날 아침에 느지시 일어나며 세수하는 곳으로 가는 것은 계옥이요, 본래 아무리 엄동이라도 눈이 아니오는 곳인데, 이 해는 천시도 전과 같지 아니하여 밤중에 온 눈이 사면에 자옥히 쌓였고, 뜰 앞의 고목나무는 매화가 핀 것처럼 희끗희끗 하더라. 계옥이가 세수를 하고 들어와 화로 옆에 손을 대고 부비며,

"어머니, 눈이 제법 왔지요? 아마 원산쯤은 대단하겠소."

(부) "글쎄, 너의 외조부께서는 어떻게 계신지 모르겠다."

(계) "어찌 저번에 한 편지 답장도 아니하시는지……."

(부) "글쎄다. 간밤 꿈자리도 하 사나와서……."

(계) "왜, 어때요?"

(부) "꿈을 꾸니까……."

이 소리를 막 하다가 건너편 고목나무를 쳐다보며,

"저런 망할 놈의 까마귀 보아라. 쉬여, 우……."

까마귀는 고목나무 상상가지 위에 앉아 계옥이 모녀 앉은 방을 들여다보며 "까옥 까옥"하다가 부인이 일어나 손짓을 하며 쫓으니까 훌쩍 날며 부인방 옆으로 "까옥 까옥" 소리를 괴상스럽게 하고 서편으로 가니,

(부) "밤에 꿈자리가 산란한데 까마귀가 저렇게 고약스럽게 짖으니 어찌한 일인고."

(계) "그것이 상관 있습니까. 산짐승 소리하기가 예사지요. 꿈은 무슨 꿈이에요."

(부) "꿈에 너의 외조부께서 오시더니 눈물을 흘리시며, '계옥이는 도로 원산으로 보내지 말라' 하시면서, '나는 지금 가는 길이 총총하니 부

디 내 집을 보아달라' 하시는데, 형용이 수척하시고 관망도 아니 쓰시고, 의복은 남루한데 꿈에도 하 괴이하여 가까이 들어가며 막 말씀을 하려니까 너의 외조부께서는 아니 계시고, 웬 상여 같은 것이 기다랗게 놓였기에 어떻게 놀랐던지 깜짝 깨니, 전신이 땀이요, 마음이 불평하고 그 형상이 눈에 선하더라."

(계) "생시의 생각이 꿈에 보인다는데 아마 부산서 작별하실 때 낙루하시던 생각을 하신 게지요. 오래지 아니하여 눈검사가 된다하니 거기나 가보셔요."

(부) "애, 이번은 어떠할까? 이번에 또 못 간다면 어찌하니."

(계) "일 되는대로 하지요, 어찌 합니까."

(부) "너는 어찌 그리 느러지냐."

세계풍운은 진세에 변천이 무상하고 우승열패의 세는 둘이 같이 서지 못하여 양력 신구세 교환시에 큰 소문 하나가 남풍을 따라 들어오니, 일본국내 처처에 호외신문이 눈발같이 날리며 집집마다 일장국기를 내달며 노소남녀 상하귀천이 무비 질기어 뛰며, 뛰다가 웃으니

기쁜 기색은 일본 전국에 가득하고 제등행렬의 경축은 거리거리 벌려서서 만세 소리가 공중에 사무치는 것은, 요양 봉천이 일아전쟁에 함락된 후 아국의 동양근거지로 만전불패하게 굳게 쌓고 극동 일판을 석전지세를 삼자하던 여순구 함락과 제독이 수항[181]한 소문이라. 집집마다 창문을 열고 잡답한 광경을 내다보는데, 시름없이 책상에 의지하여 먼산만 보고 우두커니 있다가 혼잣말로,

"남의 나라에서는 승전경축이 분분한데, 우리나라에서는 동방홍일 밝은 날에 꿈 가운데 있다가 세력만 좇아 의뢰하더니, 오늘날 이 천고의 좋은 기회를 당하여 북방의 기반을 벗어났으니 다시는 또 그런 일이 없도록

---

181) 항복을 받음.

발벗고 나서 주선을 하여야 할 터인데, 저 종문서를 오히려……."

하며 시름없는 눈물이 옷깃을 적시는 것은 안질검사에 이삼 차 떨어져 갈 기한이 묘연하여 전에 공부하던 일어를 다시 연구하느라고 등하에 앉은 계옥이라. 수건을 집어 눈물을 씻으면서,

"나라일 집일에 내두가 모두 이러니 이를 어찌하면 좋아요 어머니."

(부) "글쎄 말이다. 얘, 네 안질을 그래도 못 고치고 여러 달이 되면 가도 오도 못하고 어찌하니? 아마 도로 원산으로 나가는 것이 옳을까보다."

(계) "고치다 못 고치면 어머니는 한봉이 데리시고 먼저 들어가시오. 저는 원산 오조부댁으로 가든지, 만일 외조부께서 학비를 대주신다 하면 에서 몇 해간 공부나 하다가 아버지 환국하시기를 기다리겠습니다."

(부) "그런 소리는 하지도 마라. 과년한 너를 생소한 땅에 혼자 두고 어디를 간단 말이냐."

(계) "지금 세상 되어 가는 것을 보시오. 그런 것 저런 것에 염려할 때인가. 아무리 남자와는 다를지언정 제 한몸을 어찌하면 못 살라고요. 전정이 만리 같은 한봉이 앞길을 열어주어야지요. 하여간 내일 검사에 보아 조처하시지."

사람의 후분[182]이 좋으려면 초년고생을 한다더니 계옥이 후분이 좋으려고 그렇던지, 사사이 꾀어 돌아가 온갖 일이 모두 마른 수숫잎 틀리듯 벗나는 때라. 조선환이란 윤선이 신호항에 도착하여 하룻밤 닻 주고 섰다가 횡빈[183]으로 떠나는데, 한국농민 이백오십여 명이 그 가운데 탔으되, 가려니 하고 배오기를 고대하던 계옥이 일행만 텅 빈 듯한 유숙소 마당에서 사무원과 담화를 한다.

(부) "이번 선편에도 또 못 가니 이 일을 어찌하여야 옳습니까?"

(총사무원) "일이 이렇게 되었으니 자세히 말씀하오리다. 따님 안질은

---

182) 늙은 뒤의 운수나 처지.
183) 요코하마.

아무리 하여도 일 년가량이나 하여야 고친다고 의원이 말하나, 차마 그렇게 말씀할 수 없어 힘써 치료나 하여보자 하고 있었더니, 일이 점점 틀리니 생각하셔서 먼저 들어가시고, 따님은 원산으로 보내시든지, 그렇지 아니하면 사세대로 다 환국을 하시든지 할 수밖에 없습니다."

부인이 기가 막혀 우두커니 섰다가,

"가서 밤에 모녀 의론하여 보겠습니다마는, 나가면 다 나가지요."

실망된 계옥이 모녀가 이날 밤에 여관 위층에 밤이 늦도록 방책을 내는데, 그 사세의 난처하기는 진소위 진퇴유곡이라. 제일 좋은 방책은 같이 원산으로 나가는 것이나 계옥이는 지사위한[184]하고 응종[185]치 아니하고, 부인은 방망이 같은 화가 치밀어 가슴이 답답한데, 철없는 비는 웬 비인지 좍 좍 쏟아져 뜰 앞에나마도 거닐 수도 없게 되어 작은 방 속에 마주 바라보기에 가슴이 터지다 못하여 터져 나오는 것 같으니, 그 섣달 쌀쌀한 바람에도 양편 문을 오뉴월 복중같이 열고 드문드문 서로 하는 말이 밤새도록 가도 문에 못 들기 같더라. 부인이 입맛만 다시고 앉았다가 무슨 생각을 하였는지 별안간 눈물이 그렁그렁 하여지며,

"그러면 어찌하니 계옥아! 원산으로 도로 나가면 어떠하단 말이냐!"

(계) "원산 가서 그 고생을 어떻게 또 합니까, 어머니."

(부) "그러면 한 도리밖에 없다. 부산까지만 도로 나가서 너의 외조부를 그리 내려오시라고 하여 전에 말한 것과 같이 한참봉 집에……."

(계) "여러 번 여쭈어도 그러십니까!"

(부) "그러면 너만 원산 너의 외가에 가서 있다가 차차 후일을 기다리려느냐?"

(계) "원산을 가기로 별 도리가 있으며, 황외숙 내외의 성미를 모르십니까. 만일 외조부 내외분은 연만[186]한데, 무슨 일이나 있으면 일평생 일

---

184) 죽을 때까지 자기의 의견을 굽히지 아니하고 뻗대어 나감.
185) 명령이나 요구 따위에 응하여 그대로 따름.

에 전정을 어찌 하게요."

(부) "이것도 아니 되고, 저것도 아니 되면 어찌한단 말이냐? 별 수 없다. 죽으나 사나 같이 나가자."

(계) "어머니, 한 가지 도리가 있습니다. 일은 사세대로 하는 것이 아니오니까. 어머니는 한봉이 데리시고 먼저 들어가시면 저는 외조부께 상서하여 매 삯 다소간 학비를 대 주시면 동경으로 올라가 공부도 하고 치료도 하다가 사세대로 추후하여 들어가든지, 그렇지 아니하면 공부나 마치고 아버지 환국하실 때를 기다려 내두사를 조처합시다."

부인이 이 말을 듣더니 대답은 아니하고 사정이 섞기여 울음이 나온다.

(부) "내 팔자에 무엇이 잘 되겠니. 너의 아버지가 일본유학 하실 때에 너의 외가에서 몇몇 해를 기다리고 있기는 후분이나 좋기를 바랐더니, 다행히 너의 아버지도 나오시고 세상일이 좀 변하여 행여나 집을 보전하고 살겠더니, 난리는 웬일인지 간데 족족 일어나 오늘날 이 모양이 되고 만리타국이나마 가자 하였더니 조물의 시기인지 또 이 모양이 되어 진퇴유곡이 되니 이 일을 어찌하면 좋단 말이냐 흐흐……. 말이 그렇지 너를 예다 떼어 놓고 어디를 가니. 가려니 발길이 돌아서야 가지. 흐흐으흐……."

(계) "어머니, 이 뒤에 좋은 일이 있을는지 아십니까. 난처하고 맹랑하면 어찌합니까. 원산서 떠날 때는 떠날 것을 떠났습니다. 인제 그리로 또 머리를 두르고 들어가요."

(부) "참, 한세상 살기가 이렇게 어렵구나. 이것이 다 너의 아버지 자취이시다. 너의 외조부께서 석왕사 일을 더 탐지하여 보신다더니 그 소식도 없구나."

(계) "……."

---

186) 나이가 아주 많음.

"하, 대답하여 하는 말이다. 계옥아 왜 우니. 설마 너를 치우지 못하여 하는 일이겠느냐. 너는 나보다 마음이 활발하더니 오늘은 웬 일이냐."

(계) "딸자식 하나로 이런 걱정이 모두 생겼으니, 남과 같이 효성스럽게 모시지는 못할지언정 이렇게까지 걱정만 끼치고……으—흐 어머니."

(부) "너의 아버지나 내나 너희 남매 곳 없으면 우리 한몸만 편하자고 이러겠느냐. 아무쪼록 너희를 가르쳐 훗길을 보자는 것이지, 자식에 아들 딸이 분간이 어디 있단 말이냐. 나 하던 말을 야속히 들었나보다 계옥아."

(계) "야속할 말씀이 어디 있으며, 설령 있기로 어머니 말씀에 야속이 무엇입니까, 어머니도……."

(부) "오냐, 암 그렇고 말고."

(계) "하여간 작정을 하여야지요."

(부) "그러면 하여간 원산으로 편지를 부쳐 그 말씀도 하려니와 이 일 조처하는 가부를 여쭈어보자."

포성이 사면에 일어나 보통문으로 사람이 물 끓듯이 밀어 나가며 아비는 아들을 부르며 형은 아우를 찾아 곡성이 예서 제서 나고, 평양성내가 하룻밤으로 다 죽는 것처럼 떠들어 피난할 때도 떨어지지 아니하고 대포 소리가 연기 나는 곳에 들리며 오양환 고물이 응덩이 불거진 개 자빠지듯 원산 앞바다에 가라앉으며, 일아병선은 영흥만 부근으로 왕래하여 원산이 포격된다 포격된다 풍설에 사람이 잠을 못 잘 때에도, 모녀 떨어져 피할 생각은 없던 계옥이 모녀가 마음이 어떻게 떨어지고 세상 고생을 얼마나 겪었던지 신호 객중에 모녀 떠날 의론이 작정이 되어 원산으로 편지를 부치고 그 답장을 기다리는데, 이날부터는 서로 떠난 후 후일을 부탁하기에 언론이 일층 변하더라.

창 앞에 두어 주 소나무 사이로 지나가는 바람은 "수— 솨—" 쌀쌀하게 들리고 나무에 달린 밀감은 누릇누릇 익었는데, 구름을 헤치고 올라오는 정월 보름날 달은 거울같이 비추이니 늦은 밤에 오는 서리는 경분 가루 헤친 것같이 반짝반짝하고, 예서 제서 웃는 소리는 이전 풍속이 오히려 남아 상원절 완월회를 하는데, 전 같으면 답교시를 짓느니 부럼[187]을 깨느니 하여 반갑게 이날을 보내던 계옥이가 회포만 잔뜩 더하여 창문 한편쪽을 반쯤 열어 부치고 손가락으로 책상만 두드리며 앉았다가 부인 앞으로 다가앉으며,

"어머니, 무슨 생각을 그리 하십니까? 참 세상일이 우습지 않습니까. 보름 명절을 신호에서 보낼 줄 어찌 알았어요. 내년은 또 어디서 보낼는지……."

(부) "글쎄 말이다. 들어간 후라도 이런 때 저런 때 궁금하여 어찌한단 말이냐."

(계) "백 가지 곤란을 지내고 기위 들어가시니 한봉이 공부나 잘 시키어 내두에 국가에 쓸 재목이 되게 합시오."

(부) "오냐, 앞에 바랄 것이 무엇이냐. 게서야 너의 아버지도 계시고 하니까 어련하랴. 부디 너나 조심하여 잘 지내라. 이것이 참 할 일이야."

(계) "그런 염려 마시고 한봉이 일이나 잘 되게 하셔요. 저야 설마 본국 가까운데 어떨라고요."

(부) "하여간 병이나 낫거든 곧 들어오게 하여라. 끝끝내 있으면 너도 어려우려니와 진사가 좋아하겠느냐."

부산항 선두에 계옥이 모녀를 보내고 그 길로 원산으로 돌아와 마음을 잡지 못하여 지나면서 거류지로 가다가 개발회사 깃대만 보아도 딸의 생각, 항구에 들어오는 윤선 소리만 들어도 딸 생각, 건너편 두남리 고목나무만 보아도 눈에 선한 것은 딸 모녀요, 어린아이가 떠들어도 한봉인 듯, 정월 초생 널 뛰는 소리가 들려도 문득 계옥이 생각, 목전에 진사가 조금

---

187) 음력 정월 대보름날 새벽에 먹는 딱딱한 열매류인 땅콩, 호두, 잣, 밤, 은행 따위를 통틀어 이르는 말.

만 말하면 위로가 될 것이요, 슬하에 손자가 하나만 있어도 잊을 때가 있으련만 두 늙은이 앉으면 딸 이야기만 하는데 며느리는 진절머리가 나게 듣기 싫어하는 중에, 화가 썼던지 애를 써 그렇듯이 시름시름 앓다가 정초에 술잔 먹고 그럭저럭 하다가 아주 위석하여 누운 것은 박사과요, 옆에서 병구완하느라고 애쓰는 것은 박사과 부인인데, 병중에도 말하는 것은 딸 이야기가 반 이상을 차지하였더라. 햇살이 동창에 바로 비춰 병인의 심회가 깨끗한 듯 하여 박사과가 벽으로 향하여 두었던 고개를 돌이키며,

"여보, 계옥이 모녀가 떠났는지, 어찌 소식이 없소?"

(박부) "글쎄요. 개 안질이 나았는지 모르겠소."

(박) "그것들이 오죽 괴롭겠소. 명절이 지나니 저희가 고기 한칼을 맛을 보나!"

(박부) "계옥이 모가 그 잘 먹던 인절미를 올 설에는 하나도 못 먹이는구려."

(박) "말이 그렇지, 저희는 지금 중로에 가다가 저 모양으로 지체가 되니 무슨 딴 생각할 겨를이 있겠소."

아침 햇빛에 서리는 다 녹아 기와장 골이 훔치을 한데, 대청 뒤 고목나뭇가지에서 깃을 툭툭 털며 살핏 날아 앞마당 울타리 가지에 와 앉으며 깟깟깟 하는 것은 까치 소리라.

(박부) "저 까치가 애 저리 짖나."

(박) "산짐승 소리하기가 예사지 무엇이 해로운 것 있소."

(박부) "듣기가 싫으니까 그렇지, 까치가 짖으면 반가운 소식이 있다는 말도 거짓말이여. 워─. 그렇게 짖어요……."

말이 채 그치기 전에 편지 한 장이 왔는데,

(박) "그 보오. 반가운 소식이 있구려. 그 까치 쌀이라도 좀 주라고 하오. 얘들이 그저 못 떠난 게로구."

하며 뜯어 한참 보다가 부인에게로 던지며,

"진사 좀 부르라고 하오. 오늘로 답장도 하려니와 곧……."

병석에서 일어나 종이와 붓을 찾아서 편지 답장을 써서 부인 앞으로 던지며,

"아무리 생각하여도 이렇게 밖에 할 수 없소."

(박부) "그렇지요. 아무리 박절한들 사세가 그런 것을 어찌하오. 그래도 병환 말씀을 대강 하는 것이 옳지 않소?"

(박) "쓸데 있소? 저희가 와서 구원을 하겠소, 먼데서 애만 쓰이지. 얘, 진사 거기 있느냐?"

(진사) "예."

(박) "오늘 말을 기억하여 나 죽은 후라도 그 뒤를 보아주어라. 너도 나중에 네 매부 힘을 많이 보리라. 그렇게 하고 계옥이 혼인일은 내가 전에 말하던 대로 하여라."

하며 드러누우면서,

"아―고, 그것도 일하였다고 더 아픈가!"

적적한 객창에 모자 의지하여 윤선 소리만 나면 이번 배편에는 답장이 오나 하고, 아래층에 우편 체전부만 다녀가도 답장이 온 듯 반기어 기다리고 기다리다가, 이월 그믐쯤 하 갑갑도 한 중에 날은 차차 봄이 되어 연연한 아지랑이는 바다 물결에 어울리어 건너 산에 아른아른 하는데, 노상에 가는 사람은 푸릇푸릇 봄옷을 입었더라.

난간에 의지하여 한봉이 손을 붙든 것은 계옥이요, 아래층에 내려갔다가 올라오며 계옥이를 부르는 것은 김주사 부인이라. 의구한 정회에 있다가 잠시 반기며,

"계옥아, 너의 외조부 답장이 왔다."

계옥이가 편지를 떼어 들고 보는데, 부인은 옆에서 들으니 그 들리는 소리는,

한 소리 기적에 너희를 보내고 집으로 돌아오던 때가 어제 같되, 심동이 이미 지나고 봄이 이르니 세월의 속함을 알겠도다. 그 동안 무고함은 가행이나 누삭[188]을 객지에 주저함이야 어찌 그 괴로움을 형언하랴. 나는 여일하나 노래에 병이 잦음은 어찌 면하리오. 그 외에 권솔은 다 전과 다름이 없다. 계옥이 일은 상실하니 난처함이 진실로 심하도다. 그러나 명 있는 곳에는 하늘이 뺏지 못하여 수가 정한 바에는 사람이 강연이 하지 못하나니, 우리의 할 바는 분수를 지키고 명을 편히 하여 인사를 닦고 천명을 기다릴 뿐이라. 계아의 심정한 일이 일시 인정에 난처하나 영원한 꾀에는 얻었도다. 내 일생은 무론이거니와 진사에게 면촉하였으니 이는 염려치 말고 계아 남매의 전정을 생각하여 취소할 도리를 생각하여라. 한참봉 집에는 그 후로 음신[189]이 끄치었고, 석왕사 일은 방금 탐문 중이나 일시에 폄론키 어려워 후일에 사양하노라.

잠초불일일

보는 소리가 그치매 부인이 덤덤히 앉았다가,

"애, 인제는 기어이 떨어지게 되나보다."

(계) "당하는 일을 어찌합니까. 너무 애쓰지 마시옵소서."

(부) "그러면 인제는 어떻게 하여야 옳을꼬."

(계) "거취를 회사 총사무에게 의론하여 봅시다. 아마 주선성[190]이 나을 듯하니."

이 길로 모녀가 유숙소를 가서 총사무 오기를 기다려 일장 말을 다 하는데, 그 간곡한 뜻과 난처한 사정은 듣는 사람의 동정을 일으키더라. 말을 마치매 사무원이 아무 말도 없이 한참 앉았다가,

---

188) 여러 달.
189) 먼 곳에서 전하는 소식이나 편지.
190) 일이 잘 되도록 여러 가지 방법으로 힘쓰는 재간.

"참 그 일이 맹랑한 걸이요. 아무래도 그 수밖에 없겠소. 기위 그렇게 작정을 하셨다니 공부는 동경까지 아직 갈 것 없이 예서 우선 시작하게 하고, 안질 치료는 예서 하여보아서 차차 앞일은 보아 합시다. 여기서 하여야 생소치 않으려니와, 또 혹 일이 잘 되어 들어가게 되더라도 편하지 아니하겠소."

(부) "글쎄올시다. 그러나 폐가 좀 됩니다."

(총) "별 말씀을 다 하시오. 나도 본래 우리나라 일을 생각하여 한탄하던 터에 김주사 일을 자세히 들으니 참 남의 일 같지 않소. 내 힘 것은 해드릴 터이니 염려 마시고 먼저 떠나 들어가시오. 원산회사에서 잘 주선하여 드리라는 편지도 보았거니와, 범연하게 하겠소."

(부) "이렇듯 수고를 끼치니 아무리 우리나라 사람을 우리나라 사람이 보아준다기로 그 은혜야 죽은들 잊으리까. 참 적이 나면 딸자식을 떼어 두고 가겠습니까. 한 분만 믿습니다."

(총) '민늬소타' 라 하는 배가 일간 떠날 터이니 마침 예비를 하고 계시오."

(부) "이일 하나가 귀정이 났으니 어느 날인들 못 가겠습니까. 계옥아, 황송한 말씀이다마는 저 어른을 너의 삼촌같이 섬기어라. 잠시 한때 신세도 어렵거든, 지난 몇몇 달뿐도 아니고 오는 앞이……."

(계) "생소지[191]에 믿을 데가 있겠습니까. 일일이 어려운 것이 곧 있으면 어찌합니까."

(총) "그는 어려워 말고 말하면 내 힘 것은 할 터이니까."

이날부터 부인은 갈 차비를 하고 계옥이는 입학할 예비를 하며 총사무원은 입학 방편과 유할 방책을 탐문하여 주선하기에 분주한데, 떠날 날은 받아 놓은 날 다가오듯 박두[192]하고 간간이 일어나는 마음은 모녀 눈물이 저절로 흐를 때가 많은데, 한 가지 두견화는 봄소식을 전하고 높이 뜬

---

191) 생소한 땅.
192) 기일이나 시기가 가까이 다가옴.

포곡조[193]는 춘경을 재촉하니 문전의 버들은 황금 같은 잎이 툭툭 터져 휘늘어진 가지가 심회에 얽힌 듯 잠든 듯하니, 잘 있거라 쉬 만나세 하는 일시 장부의 작별도 회포가 있거든 모녀 작별하는 말이야 창자가 끊어지지는 아니하여도 끊는 것과 같을 것이요, 눈에 피는 아니 나온다 할지라도 피가 섞인 듯은 할 터이라.

신호항구가 그득하게 들어선 민늬소타호는 이만여 톤 용량을 무슨 짐으로 다 채웠는지 어처구니[194] 굴뚝이 백 개나 합친 듯한 연통 속으로 연기가 집채 같이 나오면서 이물 고물에 기관 도는 소리는 육칠월 장마에 천동하는 소리 같은데, 검은 사람, 노란 인종, 붉은 인종, 오색 인종이 석양 기울어지는 햇빛에 갑판 위에 우뚝우뚝 나섰는데, 수건을 눈에다 대고 모친의 손목을 붙들고 우는 계옥이는 배가 떠나는지 있는지 분간할 새 없이 울다가 총사무원이,

"배가 방장[195] 떠나니 내려가야지요. 작정한 일을 인제 태연무심히 여기지, 울면 무엇이 유익해. 떠나시는 어른 마음만 상하지."

하는 소리에 붉은 눈을 억지로 뜨고,

"어머니, 나는 내려가오. 부디 들어가시거든 아버지 뵈옵는 대로 편지나 부치시고 한봉이 공부나 성실히 시키시오."

(부) "떠나려드니까 이렇게 쉽구나. 부디 잘 있거라. 속히 들어오너라."

(계) "어머니, 나는 내려가요. 흐으으……."

하며 차마 못 떠나 주저하다가 배 한편이 도는 바람에 바닷물이 용솟음을 하여 뒤집는데 창황히 겨우 사무원의 손을 붙들고 종선에 내려서 몸을 돌이키니 윤선은 큰 도회 하나가 옮겨가는 듯, 자리는 허룩히 비우고 고동소리가 산천초목이 흔들리게 "뛰―이"하는데, 거리는 벌써 말소리

---

193) 뻐꾸기.
194) 상상 밖에 엄청나게 큰 물건이나 사람.
195) 바야흐로.

아니들릴 만큼 되었는지라. 전후좌우에 종선마다 수건을 내들고 흔드는데 계옥이는 정신없이 물끄러미 윤선만 보다가,

"아고, 어머니!"

한 소리에 폭 주저앉아 그 윤선이 항구 목장이를 다 나가도록 일어날 줄을 모르더라.

제4장

천장만장千丈萬丈 높이 올라

풍진세계風塵世界 굽어보니

인생人生 환여월영허還如月盈虛요,

세사수간운취산世事須看雲聚散이라.

어쩌랴 잠暫 가는 영욕榮辱에

네가 끌려…….[196]

뜰 아래 꽃다운 풀은 무더기무더기 푸릇푸릇하고 불그스름한 홍도화 가지는 반개 반미개하여 고운 빛이 아른아른 하는데, 호랑나비 두어 마리는 꽃송이에 잠든 듯 달리어 봄바람 부는 대로 출렁거리는데, 쌍쌍이 돌아오는 제비는 세상에 한가한 때 없음을 한하여 백성가 중에 한 집을 더 하려고 앞 시냇가에 뜨락 안지락 하며 흙을 물어 드리너라고, '지지위지지 부지위부지 시지知知爲知之 不知爲不知 是知'를 외워 인간의 나태한 자를 조롱하고, 춘면에 곤한 잠 억지로 일어나 고운 아침 이슬 속에 노래하며 가는 것은 제 이세 국민 될 소학교 학생이요, 구십춘광 돌아와 만물이 즐기는데 혼자 적적수심 중에 내두사를 생각하고 꽃송이 이슬 같이 눈물

---

196) 천길 만길 높이 올라/ 세상의 온갖 풍파 굽어보니/ 인생이란 마치 차고 기우는 달과 같고/ 세상 일이란 모였다 흩어졌다 하는 구름을 보는 듯하구나./ 어쩌랴 덧없은 영욕에 네가 끌려…….

이 매양 나는 것은 ○○학교 여학도 계옥인데, 공부하는 것은 남보다 못지 아니하나 도처에 장애물이 어찌 그다지 많았던지 설움 근심 억제하고 겨우 책자를 본지가 일 삭이 못 되어 의외의 광풍이 꽃떨기를 두드리니, 일로 좇아 천세력[197] 절기 매듯 작정하여 놓은 앞이 키 없는 배 돌아가듯 방향을 잃어버리게 되더라.

귀신이 시기를 하여도 이렇듯 악착하게 만들 수 없고 사람이 하려하여서 되는 일 같으면 차마 못할 일이 계옥이 앞에 다다르니, 동지섣달 설한풍에 송백의 절개 알 듯이 계옥이 마음을 흔들어 보려고 그렇던지 공교하고 기막혀 옆에서 듣는 사람이 다 말 한마디 아니 나올 일은 원산 박사과 부음이요, 그 부인의 병보라. 사람이 죽는 때에 잘 죽었다 할 데가 어디 있으며 자손 된 사람같이 슬퍼할 사람이 없으련만, 집안에 걱정이 없고 당중에 자손이 가득하여 늙게 죽는 사람은 명으로 돌리고 위로하려니와, 박사과처럼 다만 단 딸 하나를 만리타국에 보내고 잘 갔다는 소식도 못 듣고 죽는 그 경상이 어떠며 이 친척 기분두 설타거든, 부모를 만리타향에 여위고 믿느니 외조부만 태산같이 바라다가 이 지경을 당하니 그 설움이 어떠할꼬. 본국과 달라 소리 내서 울지도 못하고 부음 온 편지를 손에다 쥐인 채 고개를 땅에다 박고 흑흑 느끼어 곧 그 자리에서 생사가 위태하게 울다가 한참 만에 혼잣말로,

"사정석거 하는 소리는 사람이 귀로 듣기 차마 못할 일이러라. 굿기시단 말씀이 웬 말이오. 계옥이 저는 어떻게 해요. 어머니 꿈자리가 사납다 하시더니 기어이 일을 당하였소. 어머니가 들으시면 나보다 더하실 터이지. 사람의 수요를 아무리 모른다 하기로 이것이 웬 일이오. 돌아가신 어른도 계시지마는 산 나는 어찌하면 좋아. 외조모는 또 편치 못하시다니 이것은 또 웬 말이오. 부산항 선두에서 그다지 설워하시더니 이런 일이 생기었나. 생전에 가 뵈옵지 못할 줄은 몰랐구려. 인제 와서는 오도 가도

197) 백중력百中曆과 만세력萬歲曆을 두루 이르는 말.

못 하겠으니……. 하느님께서 굽어 살피시옵소서. 이 일신 내두사는 누를 믿어 사오리까!"

하며 마디마디 느끼다가 박사과의 사신 유서를 또 한 번 더 보더니 다시 울며 하는 말이,

"계옥이 일신을 길러주신 은혜도 많습거니와 제 일심 먹은 마음 뉘께 다 말을 해요. 원산에 다시 가기 어려운 줄은 어찌 모르겠습니까. 돌아가셨다고 나가까 염려를 하셨으니……. 아―고, 이것이 참말이오니까 꿈이오니까. 외조부께서 정말 돌아가셨어요?! 돌아가셨으면 이 유서는 누가 썼소. 돌아가셨길래 유서라고 부르지. 그러면 참 돌아가셨구려. 종교가의 말과 같이 후세에 뵈옵지 쓸데 있나!"

하여 혼자 느끼기도 하여보더니, 차차 날이 가고 달이 차매 점점 박두하여 나이도 들고, 못 할 것은 원산서 보내는 돈은 기별이 없고 하숙에 식채[198]는 밀렸는데, 공부는 하여간 막막한 것은 내두사라. 적으나 하면 원산으로 편지라도 부치련만 거울 놓고 보듯이 박진사가 일 푼이라도 제 마음이 곧 아니 나면 편지하기 아니라 목전에서 죽는다 하더라도 돈불고견[199] 할 터이라. 그래도 헛되이 행여나 믿고 있기는 외조모 생존한 것만 믿고 간간이 나는 설움을 누르며 성실치는 못하더라도 학교에 출석은 하더니, 넘어가는 나무는 아주 넘어가라는 일이던지 일평생 슬픔이 한번에 모두 몰리려고 그렇던지 꿈에도 뜻하지 아니하였고 생시에 생각도 아니하던 일이 삼기니, 세상사가 어찌 불 아니 땐 굴뚝에 연기가 나리요마는 실정으로 계옥이는 생각 밖이라.

춘광을 다투어 피던 도리화는 십일홍을 시기하여 점점이 떨어져 도화 난락여홍우[200]에 발발이 어지럽고 푸릇푸릇 나던 잎은 어언 듯 성음하여

198) 여관이나 음식점에서 음식을 먹고 갚지 못한 빚.
199) 전혀 돌아보지 아니함.
200) 복숭아꽃이 마치 비 오듯 많이 떨어짐.

녹음이 어우러졌는데, 가나오나 설움 중에 있는 계옥이가 학교로 쫓아오다가 꽃이 사랑스러운 것이 아니라 진토에 떨어짐을 아끼어 노중에 빠진 해당화 한 가지를 집어 들고 혼잣말로,

"너도 같은 꽃이로되, 어떠한 것은 고루거각[201] 금창 하에 떨어져 일시 부귀에 취하며, 어떠한 것은 잔잔유수 맑은 물에 네 몸을 목욕하여 창랑 물에 맑음을 맛보며, 어떤 것은 너와 같이 진토간에 부질없이 유락되어 뭇사람의 버린 바가 되나야, 나도 너를 아끼어 집으로 가져간다."

하고 손에 쥐고 보고 또 보며 하숙으로 돌아와 방으로 들어가려 하는 차에, 얼른 보니 나이 한 이십이 넘어 보이는 사람이 양복을 선명히 입고 한 손에 조그마한 가방을 들고 한 손에는 반이나 넘어 탄 권연을 들었는데, 얼굴은 통통하고 하관[202]이 빠른 듯하며 눈에는 살기가 잠깐 있는 듯한 사람이라. 계옥이가 방으로 들어서며 해당화 가지를 책상 위의 필통에다 꽂고 막 자리를 잡아 앉는데, 하숙 하인이 손에 차 그릇을 들고 들어오며 명함 한 장을 내놓는데, 한봉기 세 글자라.

(하인) "벌써 오셔서 기다리시며, 귀국에서 들어 왔다가 나가시는 길에 잠깐 뵈옵고 간다 하옵니다."

(계) "들어오시라고 하게."

하며, 본국 사람이라니까 들어는 오라 하였으나 생각은 나지 아니하는 터이라. 방석 한 개를 내어 우로 놓으며 문 열고 들어오는 손을 맞으니, 곧 몇 분 전에 창밖에 섰던 사람이라. 손이 들어와 앉으며,

"만나볼 기회가 처음이 아니로되, 우리나라 예절에 구애[203]하여……. 나는 부산 한봉기……. 아마 짐작할 듯 하오. 아직도 이전 문견에 젖어 말이 잘못 되었소. 용서하오."

---

201) 높고 큰 누각.
202) 얼굴의 아래쪽 턱 부분.
203) 거리끼거나 얽매임.

(계) “그러면 한참봉 어른 자제님이시구려.”

(한) “…….”

(계) “어디로 오시는 길이오니까? 이렇게 찾아보시니 감사합니다.”

(한) “오기는 장기로 오는 터인데, 마침 지나는 길에 전 세교[204]로 말하든지, 하여간 그저 갈 수야 있소. 또한 전하여 드릴 것도 있고…….”

하며 편지 한 장을 주는데, 받아 떼어보니 박진사 편지인데 안부 끝에 한 말은 그 거추를 잡을 수 없는 것이 의외에 당하는 까닭이라.

(계) “그간 돈냥 보내지 못하신 일은 상사 나신 후에 그러려니와, 보내시면 일로 부치실 터인데 한서방 편에 부친다 하심은 의외요, 또한 외조부 생존시에 하시던 말씀은 면대하여 상의하라 하셨으니 암만 하여도…….”

(한) “차차 말씀하지. 그러나 저러나 내가 여기서 불가불 삼사일 묵을 터인즉, 내처 이 하숙에 있다 떠나겠소.”

(계) “고마운 말씀이올시다마는 이삼 일이면 편히 여관에 계시는 것이 낫지 아니하겠습니까?”

하나 실상 알 수가 없어 눈치만 보아가며 별 생각이 다 나더라. 이날 밤에 이일 저일 생각하며 해당화 가지를 손가락으로 건드리며 고개를 반쯤 숙였는데, 창밖에 두드리는 소리가 나더니 한봉기가 들어오며,

“벌써 공부를 다 하셨소?”

(계) “별로 공부합니까. 처음 길에 고생이나 없었습니까?”

(한) “제 재미로 다니면 괴로운 줄도 모르지요.”

(계) “본래 사업가가 다 그렇지요마는…….”

(한) “아까 그 편지의 말씀을 생각하셨습니까?”

(계) “인제 대강 알겠습니다마는 본래 저는 이 일에 대하여는 자유하라

---

204) 대대로 이어온 교분.

신 유교를 배웠었고, 또한 그렇지 않더라도……."

(한) "더욱 잘된 일이오. 나도 그것을 낮게 생각하오."

(계) "낮기로……."

(한) "기위 말씀이 났으니 말이지, 부산서 그럴 수가 있소."

(계) "왜요?"

(한) "그만큼 말씀을 하시는데 이왕 고장의……."

(계) "백년의 일을 잠시 하교하시는 말씀에만 순종할 수 있습니까."

(한) "그때는 하여간 지난 일이거니와……."

(계) "고여시 금여시지요."[205]

(한) "일은 때에 따라 변하고, 방편은 사세에 따라 바뀌는 법이지요."

(계) "그는 그렇지 않지요. 일도 일마다 다르고, 사세도 그런 것 저런 것이 있지요."

(한) "봉이 닭 가운데 섞일 때가 있고 또한 사람도……."

(계) "하여간 이것은 우리의 말할 바 아니올시다."

(한) "말을 말자 하는 말이지 즉금은 다르지 않소. 당초에 포와로 가게 작정이 되매 김주사 어른의 의향을 기다리고자 함이러니, 일이 차차 변하여 오늘 이렇게 되었으니 생각하여 볼 일이 아니오."

(계) "그야 작정하려 하였으면 부산서 어른이 다 계실 제 하였지요."

(한) "나온 말을 자세히 하겠소. 당초에 오기는 이 일을 마치고 예서든지 동경서든지 같이 공부나 마쳐 내두에……."

(계) "말씀은 고마운 말씀이오마는 피차 사세가 다르니……. 그러나 공부하시는 거이야 그러나 저러나 같지 않습니까."

(한) "그야 그렇지요."

(계) "아무쪼록 공부나 졸업하시면 나라에 다행이 되니 그것이 큰 일이

---

205) 예나 지금이나 같다.

지요. 이러한 소소한 일이야."

(한) "하여간 차차 입학이나 하고 다음에는……."

(계) "그렇지요. 매사가 적고 크고 마음과 똑같기가 쉽습니까."

첫 언론에 양인의 말이 삼각형 모양으로 나더니 차차 도수가 늘게 늘려 나가는데, 날은 그럭저럭 한 달이 되었고 가까운 친구가 일가보다 가까워 그렇던지 낭패한 자제는 부모 봉양한다는 돈은 꾸이지 아니하여도 노름빚은 대주는 것과 같던지, 한봉기 편에는 돈 십 원이나 부치어 주더니 그간 무슨 통기가 서로 있던지 다음날부터는 박진사에게서 일자 소식이 없고 계옥이는 사세가 하숙에 더 견디지 못할 만큼 되었더라.

외로운 등잔의 불은 이따금 이따금 바람결에 마주쳐 끔벅끔벅하고 여간 보던 책권은 노끈으로 꼭꼭 묶은 채 방 한편에 놓았고 하숙회계 뽑은 종이는 책상 위에 놓았는데, 계옥이 생각에는 그 외삼촌보다 더 믿는 개발회사 총사무원이 들어오면서,

"벌써 한번 오자 하는 것이 분주하여 올 수가 있어야지."

(계) "밤에 어떻게 오십니까. 어서 좀 앉으시오. 그렇지 아니하여도 지금 가 뵈오려고 하는 터이올시다."

(총) "왜? 무슨 일이 있나 본 걸세그려."

(계) "허구한 날 없는 때가 있습니까. 부산 한 모 말씀은 전에도 여쭈었거니와 그 화색은 이미 몸에 박두하였고, 원산 외가에서는 인제 모른 바 아니로되 일 푼 보내지는 아니하고 하숙에 식비는 양삭조가 그대로 있는데, 부득이 내일은 어디로든지 옮기어야 하겠는데, 입 들고 말할 데가……."

(총) "허 참, 곤란은 몹시도 한 곳에 모이네."

(계) "불가불 인제는 부모 계신 곳으로 가야할 터인데, 안질은 아직도 일 개월간은 더 있어야 된다 한 지가 며칠이 못 되었으니 어찌하면 좋을는지……."

(총) "기막힌 일이오. 나도 오늘 그일 까닭에 왔더니⋯⋯."

(계) "그 일이라니요?"

(총) "어디 말이 나오나."

(계) "왜요, 죽을 수밖에 더 있겠습니까."

(총) "근래 본국 정부에서 이민 조례를 기초하는 고로 반포 전 이민이 못 나가게 되어 지금 개발회사가 각 지점을 다 닫았고, 예서도 지금 사무를 정지하는 고로 나도 부득이 다른 곳으로 옮기게 되어 명일 상해로 떠나는 터인 고로, 이 말이나 하고 작별 겸 왔다가 이 말을 들으니 기가 막히네."

원산항 떠날 때는 고향을 버리거니 마음만 좀 언짢은 듯 하였고, 부산항 임발시에는 모녀같이 있기나 하여 섭섭한 정희 뿐이었고, 민늬소타호 선두에 모녀 작별은 뼈가 녹는 듯 서러우나 그래도 안질을 고치면 들어가 뵈올 터이요, 설사 그렇지 못하면 공부나 잘 하며 있다가 후일이나 보자는 노릇이, 공부는 하루도 재미있게 해보지 못하고 담아다 붓는 곤란은 사람이 견디기 어려워 세상을 버릴 생각이 간간이 치미나 차마 못하고, 이날 밤에 총사무를 가보라기는 어찌 주선하던지 속히 포와로 들어가게 해달라는 뜻으로 있다가 별안간 이 말을 들으매, 기가 막히나니 눈물이 흐르나니 하는 것은 오히려 당장 광경에 하여볼 여가도 없고 얼굴이 노랗게 되며 말 한마디 없이 총사무원을 물끄러미 쳐다보다가 입술이 부지중 떨리며 눈가에서 구슬 같은 눈물이 저절로 뚝뚝 떨어지더니 홰울음이 나오며,

(계옥) "그럼 어떡해요. 저는 신호항에서 죽으란 말씀이오니까! 사고무친[206]한데 믿을 사람이 누구오니까. 이제 와서는 가도 오도 있도 다 못하게 되었사오니 어찌하면 좋습니까. 편하게 공부라도 하자는 것이 아니

---

206) 의지할 만한 사람이 아무도 없음.

라, 그래도 발 디딜 곳은 있어야 하지요."

(총) "나도 생각이 나야지. 참 세상에 기막힐 일도 많군. 자, 별수 없네. 하숙에 식채 같은 것은 내가 구별을 할 터이니 그 세음²⁰⁷은 다 가리고, 그 후는 서서히 원산으로 돌아가서 포와 소식을 기다리게. 그 수밖에는 다른 수가 없네."

(계) "빈천부귀가 정한 바 아니로되, 이럴 수야 있습니까. 가운이 불행하여 집일이 이 모양으로 된 후에 폐 끼친 일을 생각하면 머리를 베어 신을 삼아도 그 은혜를 갚을 길이 없는데, 또 무슨 폐를……."

(총) "내가 이곳에 있기나 하면 사세대로 미봉을 하여 아무쪼록 공부를 계속하게 해보겠으나, 내일은 부득이 떠나니 박정한 말로 달리는 주선을 할 수가 없네."

충충히 떠나는 상해선편에 총사무원은 신호항 항문 외에 나갔고, 사면으로 돌아보아도 정 붙일 곳 마음 둘 데 전혀 없이 올올한 객청에 내두사를 생각다가 심화에 떨치고 석양 석로에 포인 폭포로 나아가니, 떨어지는 해는 넘어가 황혼이 되었는데 의시은하낙구천疑是銀河落九天으로 삼천 척을 내려 흐르는 듯 짓찧는 물결은 어옥같이 흩어져 연무가 자옥하고 좌우 석벽에 선 나무는 희미한데, 마지막 울고 날아가며 남으로 향하는 꾀꼬리는 일세상 희롱함에 고락이 많음을 괴이타고 '괴고롱怪苦弄', 처음으로 나오는 매미는 이 세상에 문명 풍조가 온다하여 '시래음時來吟 시래음', 굴 깊고 산 깊은데 위국진충을 사랑하여 이리 가도 '보국輔國', 저리 가도 '보국' 하는 뻐꾹새는 사람의 마음을 감동하며, 안전에 이리 획 저리 획 넘어가는 박쥐는 이 나무 저 나무 사이사이 들락날락, 풀은 우거졌는데 개구리 소리는 난만하고 발자국 자취가 보일락 말락 하는 것은 밟아 들어온 길이라. 사람의 마음이 편하고 아무 근심이 없어도 이런 곳에

207) 셈.

다만 혼자 앉아 세상사를 생각하면 비록 장부의 활발한 뜻으로도 느낌이 있겠거든, 하물며 속속히 맺힌 설움이 뼛속에 삭인 회포는 내두사가 망연한데 이팔의 연한 몸이 객지에 떨어져 저문 날 요적한 곳에야 제 눈물 아니날 리 없고, 그 나는 눈물을 막을 일도 쉽지 아니할 터이라, 빗는 물색 나는 회포에 그 자리에 그대로 업어져 우는 말은,

"아무리 사람의 팔자가 사나웁기로 이것이 웬일이오. 한세상을 어찌 못 지나 야월공산에 이 설움을 당하는고. 환과고독[208]은 믿을 데나 없거니와, 내 일이야 웬일이오. 어머니가 같이 원산으로 가자실 제 갔더면 이 고생은 아니했지. 하릴없이 인제 와서 가고 보면 앞일을 어찌하나. 그곳에 가 그 눈치 그 구박을 받느니 차라리 예서 죽으나 사나 견뎌볼까. 고생하기가 어려운 것이 아니라, 갈 데가 있어야 아니하오. 지금이라도 한봉기에게 가보면 목전 고생은 없으련만 그렇게 구구히 살터이면 차라리 저 폭포수 깊은 물에 죽어버리지. 아고 어머니……. 내 사정을 아시면 간장이 녹는 듯하시겠네. 집에나 나라에나 유익 별로 없을 이런 몸이 죽기 어려운 바 아니로되, 이 훗날 어머니 양외 분 귀국하여 나의 일을 들으시면 한 끼칠 일이 맹랑하고, 그리다가 뵈옵고 한봉이 성취되어 위국진충하는 거동을 내 눈으로 못 보면 내 한도 무궁하고……. 죽지 않고 살자하니 망망한 천지간에 발 갈 곳 바이없으니, 죽기를 마자한들 어찌, 어떻게 살리오. 인자하신 하느님 굽어 살피사 협한 산중에 길 잃은 양을 방초 동산에 인도하옵소서. 애고 어머니……. 어찌하면 좋은가!"

구월 그믐께 나뭇잎은 다 떨어져 가지가지 성기었고 서리 찬 밤 여관 한 등하에 효핵[209] 기진하고 배반[210]은 낭자한데, 전보 한 장으로 심난한 마음이 취흥에 반이나 잊었던지 우초가 벌떡 일어서며,

---

208) 외롭고 의지할 데 없는 처지.
209) 술안주와 과일.
210) 술상에 담긴 음식.

"여보게 근암, 저 거문고 소리나 듣세. 허암더러 좀 부르랄까?"

(근) "왜, ㅇㅇ군수의 본 좀 받으려나."

(우) "우리 본 뜻은 아니로되, 하 갑갑하기에 하는 말일세."

(근) "마음대로 하게. 그러나 사람의 하는 일이 적은 뿌리가 큰 언덕을 문희나니."

(우) "설마 자네나 내나야……."

(근) "설마라는 것이 눈 위에서 타는 것 말인가."

사람이 백천만사[211]를 다 잘 하다가도 호리지차[212]에 천리지위로 작은 데 실수하기가 쉬운 것이요, 모든 일을 조심하다가도 믿는 자리에 빠지기가 쉬운 바이요, 아무 일이라도 입지를 지켜 봉인 아래에도 굴치 아니하나 낙심 두 자어 떨어지기가 쉬우며, 빙심 같은 마음도 색계상에는 더럽히기가 쉬운 고로 이 세상 사람의 처음과 끝이 한결 같다 하기가 어려운 터이라. 근암의 말이 뚝 떨어지자 거문고를 안고 오히려 반쯤 얼굴을 가리며 한 걸음 두 자죽이 다 절조 있게 떨어져 근암 우초 방으로 들어서며 양순을 반가하여 한편 구석에 날아갈 듯이 앉으며 인사하고, 우초의 말이 떨어지며 세 잔 갱작에 왕래하는 술잔은 추파가 가득가득하고 참벌 소리 꽃떨기에 날아가듯 "약산동래 이지러진 바위……"는 소리에 마디 올라가는 대로 혼귀 들린 듯이 희미한 것은 우초의 정신이라. 황줄 골라 타는 거문고 소리는 확실히 세운 뜻이 없는 사람이야 제 정신을 가졌다기 참 어려운 터이라. "물건은 주인 만나기에 있다"던 말은 선천사[213]가 되고 이 노래 저 노래를 방탕히 듣는데, 홀연히 한 소리는 사이 속을만하니,

"우연히 잠두에 올라 한양성내 굽어보니, 인왕삼각은 호거[214] 용반[215] 새

---

211) 온갖 일.
212) 아주 근소한 차이.
213) 지나간 옛날의 일.
214) 범이 걸터앉은 모양. 지세가 웅대한 모습.
215) 용이 서리고 범이 걸터앉았다는 뜻으로 산세가 웅장함을 비유하여 이르는 말.

로 북극을 괴여 있고 한강 종남은 여천지 무궁이라. 연풍코 국태민안 하여 천만세 무궁지기는 이뿐인가."(시곡時曲)

소리가 뚝 그치자 우초가 잔을 들어 근암에게로 전하며,

"소리가 쾌활하니 들게."

무슨 생각이 와락 들었던지 오는 잔을 붙들고 멋쩍게 앉았다가 눈치 있게 기미 보아 하는,

　　남해망망이충무공南海芒芒李忠武公
　　살수곤곤을지문덕薩水滾滾乙支文德
　　무궁화無窮花로 술을 빚어
　　천고충절千古忠節 위로慰勞하니
　　이잔 곧 잡으시면
　　위국헌신爲國獻身[216]

소리에 술잔을 마시고,

"농매, 나중 소리는 어디서 배워왔나. 그전에 못 들어보던 소리니."

(농) "평양성중에 일시 전파하던 소린데, 지은 어른은 뉘신지 모릅니다."

백마에 채를 던져 훌훌히 떠나는 근암은 불이문 밖에 나섰는데, 악수코 보내는 우초는 옆에 서서 부탁하는 말을 듣고 없는 정 있는 욕심 한데 가리워,

"수륙천리에 거편안 내편안이 축수[217]올시다."

하며 들어가는 것은 농매라.

---

216) 아득한 남해에는 이충무공/ 넘실대는 살수에는 을지문덕/ 무궁화로 술을 빚어/ 천고의 충절을 위로하니/ 이잔 곧 잡으시면/ 나라 위해 몸 바치리.
217) 두 손바닥을 마주 대고 빎.

(근) "여보게 우초, 범연하겠나마는 세상에 측량 못할 것은 사람이니 부디 조심하게."

(우) "염려 말게. 설마 사람이 그만한 일에야 속겠나."

(근) "나는 자네 말만 믿네."

하고 잎 떨어진 버들가지를 툭 꺾어, 가는 말을 채질하여 떠나면서도 한갓 앙앙한 것은 우초 농매의 일이더라.

좋은 일에는 기회가 없어도 못된 일은 어찌하여 그리 순순히 되던지 농매 눈에 가시 같은 근암이 석왕사 동구를 떠나니 항우 옆에 범증이 없어지니 만큼이나 시원하여 곧 뛰기라도 하겠고 그 길로 우초 있는 곳으로 가기라도 하련마는, 남의 마음 빼앗기로 수단 있는 솜씨라 바로 제 초막으로 들어가 아침 거울 앞에 단장을 하며 혼자 생각이라.

'오늘 떠나는 양반이 주인인 모양이요 사람도 똑똑하며 찬찬한 터이나, 미륵의 코 만져 보기로 가망성이 없으니 방통이 서서 취할 때 설계하듯 중계를 쓸 수밖에. 또 한편으로 생각하면 내가 아직 젊은 나이에 남의 전정 하나 막으면 시원할 게 무엇인고. 하여간 저희 거동을 보아 할 수밖에. 여차직하여 사불여의²¹⁸ 하면 제 아무리 그래도 삿갓은 갈 데 없다.' 하다가 무슨 생각이 별안간 그다지 착하게 들었던지, '적으나 하면 내 본심을 돌리는 게 옳지. 북망산 허다한 무덤이 다 내의 경계할 바로구나.'

사람의 일이 남에게 구할 것이 있으면 그 말이 달며 칭찬하는 자리와 높이는 가운데 해가 없다 있나니, 이것을 사람마다 모르는 것도 아니건마는 일 세상에 벗어나는 자는 드문 법이라. 우초도 용녹한 무리와 같이 바이 사상이 없거나 사리를 모르는 사람은 아니로되, 일시 욕심에 가리워 근암의 말은 아주 잊어버리고 오직 적적한 객창에 생각하는 것은 딴생각이라. 농매 오기를 기다리다가 뜻밖에 하루 가고 이틀 가 그믐달이

---

218) 일이 뜻대로 되지 아니함.

반달이 되어 갈퀴 같은 초닷새 달이 서산에 넘어가되, 듣는 음성뿐이요 보이는 얼굴은 없는지라, 참다가 지쳤던지 허암의 건너 초막으로 들어서며,

"허암, 날이 차차 치워오네그려."

(허암) "예, 지금이 어느 땝니까."

(농매) "안녕하시오, 일전에 떠나신 나리 안녕히 가신 소식이나 들으셨습니까?"

(우) "부산까지 가신 전보는 뵈었네. 요사이 적적치나 아니한가? 왜 더러 건너오지."

(농) "건너가 뵈올 생각이야 있지요마는 말씀 아니 계신대 임의로 거래할 수가 있습니까."

(우) "그런 줄 알았다면 벌써 청할 것을 그랬네."

(농) "조만²¹⁹⁾이 있습니까."

(우) "허허허."

일로 좋아 조조모모²²⁰⁾ 왕래하여 그간 양변 심사가 어떻게 되었던지 시월보름 소동파 적벽강에 노는 때가 되어 강은 없어 부유적벽은 본받지 못하나 휴기 등루로 이날을 보내니, 알 수 없는 것은 사람의 일이요, 변하는 것은 사람의 마음이라. 어젯날 근암과 상업상 언론을 통쾌히 하며 ○○군수를 여지없이 나무라던 우초가 오늘날 이 누각 이 자리에 이 일은 의외라. 밤은 늦어 반야가 기울었고, 베개 위의 향기는 월색에 젖었는데, 진실로 야반 무인사어시가 이때는지 농매가 어디서 그렇게 예비하였던지 방울져 떨어지는 것은 눈물이라.

(우) "눈물이 웬일인가?"

(농) "나리는 아실 것이 아니올시다. 우연히 나는 회포에 무심히 났습니다. 꾸중 맙시오."

---

219) 이름과 늦음.
220) 매일 아침저녁으로.

(우) "내역 무심히 보았으니 무심코 난 일 무심코 말하게. 나도 무심코 들음세."

(농) "……."

(우) "당초에 아니 보았으면 이어니와 지금 와서 말 아니할 것 무엇 있나."

(농) "별일이 아니라 제 정세를 생각하고 운 것이올시다. 나리께서 그다지 파물으실 것 있습니까."

(우) "좀 듣거니 뭐 상관 있습나."

(농) "비북비남의 어디 말씀이오니까. 말씀을 할 터이니 꾸중 맙시오. 저도 비록 천한 몸이나 세상에 난 이후로 어찌된 일이던지 오늘날 이 모양이 되었으니 뉘를 원망할 바는 아니로되, 뜻 없는 광음[221]에 오늘 십팔 세가 미구[222]에 팔십이 되리니, 잠깐 가는 이 세상에 남과 같지 못한 한이 올시다. 나는 짐승과 기는 버러지도 웅비자종[223]을 즐기거든 하물며 사람이 부화부순에 가정의 즐거움이 없으면 도로 저희를 부러워하지 아니하겠습니까. 호조월석[224]에 청가묘무[225] 일시 행락을 달게 여길진대, 오히려 은도로써 일시에 끊어 오는 앞을 잊어버릴 것이 합당하지 않습니까!

수년을 이러한 회포로 사방에 방황하옵다가 우연히 이곳에 와서 두 분 나리를 뫼시고 일야를 보내는 가운데 다행히 사랑하시는 은혜를 입었사오나, 이주ㅅ 나리 떠나시던 날 한마디 말씀에 좁은 소견에 떨어지는 것은 마음이옵다. 온 세상이 다 그러하였으니 제 아무리 티없는 옥이라도 할 말씀이 없겠지요마는, 일단심 먹던 마음 오늘날 이만인 듯하여 생각지 말자해도 매양 제 설움에 지치어 그러한지 오늘밤에 나리 눈에까지

---

221) 세월.
222) 오래지 않음.
223) 용기 있는 기운을 스스로 따름.
224) 경치가 좋은 시절.
225) 맑은 목소리로 부르는 노래와 교묘하게 잘 추는 춤.

뵈었습니다."

(우) "이주사 나리가 무엇이라 하셨던지?"

(농) "나리께서 잊으셨으면 제가 아마 말씀을 잘못 하였나 보외다. 그러하기에 묻지 마시라 하였지요."

(우) "참, 생각이 아니나네."

(농) "나리께서 그만한 일에야 속겠나 하시던 말씀이 생각이 아니나서요. 두 분이 조용히 한 말씀을 들은 것은 제 죄올시다마는."

(우) "어! 그 말이여? 자네가 어떠한 사람인지 그때야 알았나 누가."

(농) "지금은 아십니까? 그때는 모르셨다니."

(우) "염려 말게. 그 나리께서도 지금 곧 오시면 그때와 다르니."

(농) "앞뜰에 고목나무 새 가지 나거든 말씀이오니까. 저도 다 들었습니다. 올라오시는 날이 나리를 저는 마지막 뵈옵는 날이지요."

시월 그믐이 썩 지나고 동짓달 초생이 되었는데, 일아전쟁은 한참 녹아 일본 북진군은 꾸역꾸역 북으로 들어가고 아라사 파라적 함대[226]는 떠난다 떠났다 소동이 되는데, 펄펄 날리는 눈발은 쇠한 고목나무를 두드려 찬 매화가 피인 듯한데 들 밖의 정마[227]는 소리를 높이 하고, 동해바다의 뱃길은 전쟁 소문에 끊어졌다 이었다 하여 상업이 영성한데, 전 같으면 근암 소식을 시마다 기다리며 조급증이 나서 못 견딜 우초의 마음이 어쩌면 그렇게도 변하여 김온성 객주의 일천 원은 농매 수중에 다 집어넣고 원산 항구로 나와서 둘이 의론하는 것은 근암 오기 전에 삼십육계에 줄행랑을 쓸 계책이라. 이곳 저곳 간에 태평 무사한 때 같으면 아무대로 가도 돈 천 원 가지면 갈듯하나 꼼짝하려니 향할 곳이 마땅치 않아 근심으로 있다가 하루는, '현익호편 금발 근암'이란 전보를 받고 얼굴빛이 변하여지며 농매더러,

---

226) 러시아 발틱 함대.
227) 싸움터에서 타는 말.

"자, 인제는 양단간 구별을 내야 하겠다."

(농) "사이도차하니 서울로 갑시다."

(우) "내 생각은 두 가지다. 내가 돈 오륙백 원 쓴다고 어찌하겠니. 있어서 볼까도 생각이 나고, 또는 그 성미를 알건대 나를 다시 대하지는 아니하려고 할 터이니……."

(농) "부산 한봉기의 일을 목도하시고도 그렇게 하세요?"

(우) "가만히 있거라. 약하 약하이 하면 좋을 도리가 있으니 제일 낫겠다. 그렇게 하여서 아니되면 한모의 짝이라도 되어야지 별수 없다."

"어디 해보시오. 그러나 김온성 집에 그 부탁은 하시오."

태극국기를 고물에 달고 협동우선회사란 협자를 돛대에 '우' 자 기와 한데 달아 원산항에 닻 주는 현익호는 그 이튿날 오후 넘어가는 햇빛에 들어서는데, 가방을 손에 들고 총총히 김온성 객주로 향하는 것은 근암일러라.

제5장

화호화피난화골畫虎畫皮難畫骨이요,

지인지면부지심知人知面不知心을

연연세세화상사年年歲歲花相似요,

세세연연인부동歲歲年年人不同을

아마도 측량測量 못할 것은

인심人心인가![228]

---

228) 호랑이 그릴 때 가죽은 그릴 수 있으나 그 뼈는 그리기 어렵고/ 사람을 알 때, 얼굴은 알 수 있으나 마음은 알기 어렵다./ 해마다 피는 꽃은 서로 비슷하지만/ 해마다 사람들은 서로 같지 않구나. 아마도 헤아리지 못하는 것은/ 사람의 마음인가 보다!

원산 앞바다의 얼음은 갈마 끝까지 내얼어 수정 깔아 놓은 듯하고, 해 떨어지자 부는 바람은 뼈가 저리게 찬데, 마진개령으로 내려 부는 풍편을 좇아 쌓여오는 티끌은 관다리 벌판에 가득하여 왕래하는 사람마다 두 귀를 싸쥐고 달음박질을 하고, 돌모루 뒷산에 선 소나무는 쌓였던 눈덩이를 이따금 무더기로 떨어뜨려 한 점 녹지도 않은 것이 솔방울 구르듯이 길가에까지 내려오니, 이 세상 사람의 한번 정한 마음을 너로 채웠으면 만 년을 지나도 불변하여 부패한 세상이 아니날 듯.

부산항의 일을 겨우 하석상대[229]로 만들어놓고 올라와서 관다리목을 넘어서며 혼잣말로,

"이 세상에 나 혼자 사업하는 것이 아니건마는 내게는 장애 되는 일이 어찌 그리 많은고! 한모의 말을 우초가 들으면 깜짝 놀라렷다. 농매 떠나는 것은 못 보고 내려갔더니 그간 나 없는 사이에 혹 무슨 일이나 아니 저질렀나?! 부탁은 하였지마는……."

무슨 반가운 소식이나 들을 듯이 김온성 집으로 한걸음에 내려가 사랑에 들어가며 기침을 하니, 김온성이 마침 등하에 문부를 들고 서사는 주판질하는 것을 보다가,

"아 — 이주사장[230] 올라오십니다그려. 어서 들어오소다 네. 애 복길아, 뒤 사랑문 날래 열고 좀 치워라. 그러고 저녁 진지 해래라."

(복길) "네."

(김) "부산 일은 어떻게 잘 되었습니까?"

(근) "대강 어떻게 해놓았소. 우초는 어디 갔습니까?"

(김) "요사이 중리 이진사 객주에 있지요. 우리집이라서 치와라 분주하니까. 애 복길아, 사랑 치우고 이진사 댁에 가서 권참봉 나리 여쭈어라."

할 인사 다 치루고 여간 한담을 하고 나니 겨울밤 긴긴 때도 열 시가 넘

---

229) 아랫돌을 빼서 윗돌을 괸다는 뜻으로, 임시변통으로 이리저리 둘러맞춤을 이르는 말.
230) '장'은 어른의 뜻을 나타내는 어미.

있는데, 괴괴한 뒷 사랑 등불 앞에 마주 앉은 것은 근암 우초라.

(근) "사람이 기가 막힐 일도 보았고. 알 수 없는 말도 들었네. 어쩌면 그럴 수가 있나. 제일은행 임치금 오천 원을 한 푼 없이 다 찾아가지고 일본으로 갔데그려."

(우) "대체 웬 곡절이던가!"

(근) "그 말이 참말인지 알 수는 없데마는 우리 석왕사에서 듣던 김주사 내행이 포와도로 갔다는데 본래 여기 사는 박사과라 하는 자가 그 계집아이 외조부가 봉기와 혼인 언론을 하고 부산까지 같이 내려갔다가, 웬일인지는 모르나 사불여의하여 포와로 가기로 작정을 하고 떠나간 후에 김주사 부인은 먼저 포와로 가고 딸만 안질검사에 떨어져 신호항에서 공부를 한다는데, 한봉기가 그 말을 듣고 좇아갔다네그려. 그 통에 우리 돈 오천 원을 난봉[231]을 냈데그려. 제가 겨우 그리로 갔으니 우리가 못 찾을 줄 안다하여도 말이 아니 되고, 곡절을 알 수 없데."

(우) "왜 내려간 길에 신호까지 가보지. 일이 곧이 들리지 아니하네."

(근) "누가 그러는데 나를 만나면 육혈포 한 개를 선사한다더라네. 나하고 무슨 원수 지은 일 있나."

(우) "오천 원이 원수지 무엇 다른 까닭 있나. 그래 육혈포통에 못 갔네그려?"

(근) "그도 무섭거니와 이곳 일도 궁금하고, 또 자네하고 상의를 하여 할까 하여 먼저 올라왔네. 부산 지점은 아직 내 아우더러 보라 하였고, 목포서 내려오는 쌀은 배편마다 수출시키게 하였고, 이곳서 찾아가지고 간 돈 팔천 원은 부산에 입본시켰네. 대관절 이곳 일은 어떻게 되었나?"

(우) "이곳 일은 아직 다 정지한 모양이요, 갑산 동과 콩은 의구히 수출케 하였네마는 갑산 터진골 광이 요사이 잘 아니난다네."

---

231) 허랑방탕한 짓.

(근) "오늘은 곤하기도 하거니와 부산서 하 멀미를 내었으니 사무에 관한 일은 내일하고 딴 말이나 하세."

(우) "나하고 중리로 내려가세."

(근) "중리? 뉘게?"

(우) "가보면 알지."

바람은 지동 치듯 불고, 서리 찬 밤에 대문은 반쯤 열어놓고 촛불에 불똥은 앉을 새 없이 끓어 훨씬 밝게 하여놓은 후에 미닫이 틀에 반쯤 의지하여 유리로 인적 나는 대로 내다보며 혼잣말로,

"오면 말을 어떻게 붙일꼬. 내 뜻은 본래 이주사를 녹이자는 것이 의외에 권모와 이 모양이 되었으니 인제 와서는 할 일 없이 간접으로라도…… . 제 아무리 눈치 빠르고 넘겨짚기 잘 한대도 내 말은 두서없이 곧이를 들을 터이니, 계옥이가 뉘 딸인지 그 말 먼저 꺼내어 여망을 없이 하여 놓고 홍미를 시켜 알음알이를 잘 하면 갑산 광 소출이야 별수 없이 내 광속 물건이지. 제 소위 경륜이 내 손에서 녹고 말리라."

하며 잔뜩 벼르고 근암 얼굴만 보면 없는 정을 물 퍼붓듯 하려고 등대하고 있는 것은 농매라. 대문소리가 나며 우초 목소리가 나더니,

(근) "이게 뉘 집인가?"

(우) "아무 집이든지 대관절 들어가세."

농매가 문을 열고 마루 아래로 내려오며,

"이주사 나리, 안녕히 오셨습니까. 날이 그리 춥지 않더니 하필 어제 오늘 더해요. 선중에 대단히 고생을 하셨지요?"

본래부터 이 의심이 있어 부산 가서도 마음에 항상 걱정이 되더니, 김온성 집에 와서 우초 하는 거동을 보고 반 짐작이나 하였으되, 내색은 아니 낸 것은 이허[232]를 자세히 알아보자는 터이라. 이때 이것을 보고 가장

---

232) 속내.

천만 의외의 모양 같기도 하고, 또 일변은 반갑게 인사를 부치는데 서로 속이려하는 판이라.

(근) "하룻밤 총총히 만나고 떠난 후로 진소위 뇌봉전별[233] 같하야 섭섭하더니 또 보네그려. 이렇게 재미있게 있으면서 우초는 편지에 그렇게 한마디 말이 없나."

(우) "무엇이 좋은 소리라고."

(농) "이 아래나 내려앉읍시오."

(근) "석왕사에서 바로 이리로 들어왔나?"

(농) "웬 걸요 나리. 올라오셔야 조처한다고 그간 기다리다가 이 달 초닷새 날 하 일기도 차고 집 나리 객고[234]에 고생도 심하여 집이라고 정하고 나왔답니다."

(근) "우초는 본래 나더러 활발치 못하다더니 이번 일은 웬 그런 주변이 있나?"

(우) "이 사람, 쓸데없는 소리 그만하고 나리 잡수시게 약주나 좀 차려 보게."

(농) "아―고, 정신없이 앉았네."

우초는 근암을 속이자는 것은 꼭 아니로되 자기한 간이 있어 취중에 허락이라도 받으려고 술을 권하고, 농매는 겉으로는 위로주 속으로는 제독주로 잔잔이 가득가득 부어 권하는데, 근암은 조금도 눈치를 모르는 체하고 말하기 좋을 만큼 먹으며, 또 일변으로는 부산 한봉기 일이 귀정[235]이 겨우 나자 또 믿던 나무에 곰 피기로 우초마저 이 모양이 된 것을 생각하여 심화풀이로도 먹어 십여 배가 넘으니, 근암 얼굴이 붉다가 노래지며 한 쪽 눈에 눈물이 핑 돌더니 술잔을 슬그머니 놓으며,

---

233) 천둥같이 만났다가 번개같이 헤어짐.
234) 객지에서 겪는 고생.
235) 그릇되었던 일이 바른길로 돌아옴.

(근) "여보게 우초, 자네까지 그럴 줄은 몰랐네. 지금 와서 싸울 것도 없고 언짢아 할 필요도 없네마는 사람이 그게 무슨 짓인가. 서로 사귄 지 몇 해에 이럴 줄은 참 몰랐네. 바른 대로 말하면, 가령 자네가 무슨 일을 하다가 전 천 원 간 썼으면 그는 물론이거니와 설사 헛되이 버렸다 하세. 그러면 나더러 그런 말을 하고 상의를 하여야 옳지, 일정 속이려고 오늘밤에 이 모양을 하나!"

(우) "먼저 한 말은 차차 대답하겠네마는 오늘밤에 이 모양이라니, 웬 말인가?"

(근) "저 건넌방에 앉은 사람이 누군가? 그 일을 자네는 비밀이 하여도 나는 먼저 알고 있네."

(농) "제 사촌 동생이 저를 찾아왔다가 있습니다. 나리에게 무슨 관계가 있습니까."

(근) "나는 못 속이네. 또한 자네가 권참봉 나리와 나와 어떠한 것을 알겠나."

(우) "참 너무 야속하이. 무정지책[236]도 분수가 있지."

(근) "그런가? 그러면 내가 몰랐네. 이것이나 좀 보게."

하며 편지 한 장을 탁 던지니 주유의 헛된 꾀가 제갈량이를 못 속이듯, 발각되는 자리에 할 말이 없어 얼굴만 와락와락 달다가 편지 보라는 소리에 맥없이 집어 들고 보니 글씨도 모를 뿐 아니라 누가 하였다 빈말이라도 지목할 곳이 없어 기만 막히게 되니, 대개 그 편지는 본래 근암이 혹 세상일을 몰라 우초 모르게 그 종적을 탐문하라고 둔 사람의 보고라. 근암 떠나던 다음날부터 오는 날까지 우초 일동 일정을 역력히 말한 것이라. 우초가 한참 보다가 별안간 마음이 어떻게 들었던지 십 년 교의는 천리만리 떼어버리고 하는 말이,

"왜 한봉기는 이렇게 못 하였던가. 그렇게 내야 잘못 하였으니 할 말

---

236) 아무 까닭 없이 하는 책망.

없네마는 그 돈 일천 원만 물어주면 그만일세그려. 가만히 있게. 사람이 간대로 죽지 안나니, 죽기 전 물어줌세. 농매 까닭에 나를 틀리게 아나 보네마는 계옥이나 농매나 일반이니 절교라도 하게. 내 다시 자네 볼 까닭도 없고……."

(근) "여보게, 자네가 실성을 했나?"

하며 우초 손을 붙들고,

"이 사람, 내가 돈을 벌어 땅 사고 밭을 사서 대대손손이 물려가며 위자손계에 부명 들자고 이렇게 하나! 자네하고 나하고 당초에 사업 착수할 제 무엇이라 하였나? 오늘 와서 절교 소리가 자네 입으로 나니 할 말은 없네. 내가 자네를 권하여 오죽 내 직분을 잘 하였으면 그러겠나. 지금 자네 의향이 이미 정하여 할 수 없이 되었으니, 원통하고 애달은 말이야 더해 무엇하나. 그래 절교 두 자를 도로 부르지 못하겠나!"

"그만두게. 자네는 자네일 하고, 나는 내일 하세."

"나 같은 놈이 친구가 어찌 있겠나. 기위 자네 고집대로 하려면 하게. 원산 있는 것은 많든지 적든지 자네가 차지하고 일을 하게. 나는 이 길로 하직일세. 부산 가서 내 아우에게 일 마저 떼어 주고 일본에나 들어가 한 봉기나 찾아본 후에 그 사람의 손에 죽든지, 그렇지 아니하면 그 사람이 내 말을 듣게 하든지 해보겠네. 자네는 우리 일 이 년간에 한번 다시 만나 그때 아주 절교를 하든지 말든지 하세. 오늘 내 입으로 차마 절교 소리는 내지 못하겠네. 그간 어떠한 사업을 하든지 아무쪼록 힘을 다하여 일만 위험과 백천곤란이 당전하더라도 낙심치 말아 국가에 행복을 더하게. 그러면 비록 우리의 사사 정의는 전과 같이 못하더라도 공공한 일편심은 마주쳐 항복하겠네."

하며 일어서 나올 즈음에 우초는 앉은 자리에서 벌떡 일어나며,

"나 같은 용렬한 사람이야 무엇하겠나. 후일 서로 토파[237]할 날이 있

---

237) 마음에 품고 있던 사실을 다 털어내어 말함.

겠지."

우초의 행동을 탐지하는 편지가 근암 눈에만 아니보였어도 이럴 리가 만무하고, 우초 자기가 한 일이라도 그 편지를 자기 눈으로만 못 보았어도 이까지 나가지는 아니할 터인데, 부질없는 두어 줄 글이 십 년 교의를 일조에 두드려 두 토막을 내니, 숙시숙비²³⁸ 오해 하여는 차치물론²³⁹ 하고 잔뜩 먹은 마음이 한번 시험도 못해보고 저절로 바짝 오그라든 것은 농매의 계책이러라.

사람이 잠시 친구와 작별만 하여도 섭섭하니 궁금하니 하는데, 일조에 절교 두 자로 서로 떠나는 지경에 그 언짢은 마음이 없다 할 수는 없는 것이라. 근암이 열김 홧김에 대문 밖을 나서 김은성 집으로 와 뒷사랑 빈 방에 우두커니 앉아 혼잣말이라.

"이 세상이 이렇게 위험하여 한끝 이와 조그마한 낙에 천부한 성정을 잃고, 매두몰신²⁴⁰을 하니 진소위 돈 세상이로고. 나도 돈이나 벌어 나 혼자 잘 쓰고 잘 살자 하다가 이 지경이 되면 오히려 감수하려니와, 그래도 사람의 일이 그렇지 못하여 일을 좀 하여 보자니 어찌하면 이다지 아니 되노. 차라리 다 던져버리고 안정한 곳에 세상사를 하직하고 오는 앞을 보낼까. 아서라, 사람이 한 세상에 나매 곧 동물이라. 성패는 저 하늘에 있거니와 스스로 활동치 못하고 구구히 한 생명을 편안한 곳에 보존하려 하면 이는 스스로 멸망을 취하는 것이라. 스스로 돕는 자는 하늘이 도우시나니 자포자기하여 내의 당당한 자유를 잃는 것이 어찌 내의 뜻하던 바리요. 일시에 곤하고 낙망됨으로 앞일을 생각지 아니하는 것이 어찌 내 본뜻인가."

아무리 부산서 수로로 와서 길 걸은 것과는 다르나 곤하지 아닐 리도

---

238) 누가 옳고 그른지 분명하지 아니함.
239) 내버려 두고 문제 삼지 아니함.
240) 일에 매달려 물러날 줄 모름.

없거니와, 이날 밤에 한참 권참봉과 일장풍파가 났으니 남은 여력은 주기뿐이라. 혼자 마음을 졸였다 펼쳤다 하다가 잠이 울연히 들었는데, 생시에 먹은 마음이 꿈에 보이기로 몽중에 한 노인이 근암의 손목을 붙들고,

"나는 자네를 믿어. 우리나라 유치한 상업이 혹이나 진흥이 될까하여 자네로 더불어 같이 즐기며 같이 슬퍼한 지가 몇몇 해에, 오늘날 자네 먹는 마음을 보니 내 실망이 크도다. 대저 이 세상 허다한 영웅호걸과 사업가들이 그 곤란한 자리와 위험한 곳을 몇 번을 지나 그 이름을 이뤘는가! 오늘 우리나라 현상이 비록 어려운 때나 물산의 풍부와 운수의 편리와 인민의 덕의심이 다른 곳에 비할 바 아니니, 이때에 유위[241]의 청년으로 하여 곧 실업의 표준을 세우면 전국에 영향이 바람 일어나듯 할지라.

평안도의 용감력과 함경도의 인내력과 전라도의 민활 공교한 재주로 기호에 화려한 사상을 배양하여 팔역에 농공업을 발달하면 불줄기년에 내국의 물산이 극동장시에 편만할지니, 이때는 그대의 사업이 하여할꼬? 팔항구에선 윤선에 태극국기가 빛나리로다. 비로소 전국에 재정이 풍부하여 가히 선비를 기르고, 운하와 착산[242]의 길을 통하여 저 궁향소촌[243]이 모두 미국의 치카코시와 같이 번성하기를 바랄지라. 물론 그 가운데 허다한 장애와 무궁한 낙심이 있을지나 험한 길에 중로에 돌아서지 아니함으로 목적지에 도달함과 같이 이것을 이기는 자라야 이 앞의 무궁한 행복을 이천만 민족에게 끼쳐주리라. 그대는 내 말을 듣고 믿지 아니하거든 역대의 《사기》와 〈자조론〉 일편을 다시 읽으라."

하며 일어서거늘, 근암이 몽중에도 감동하는 마음이 사무쳐 아무 말 없이 듣다가 노인 일어나는데 만류코자하여 와락 일어서다가 옆에 선 탁자를 쳐서 들었던 물건이 쏟아지는 소리에 놀라 깨니, 밤은 이미 깊어 우는

---

241) 능력이 있어 쓸모가 있음.
242) 산을 뚫음.
243) 외딴 시골.

닭소리는 상오 두 시에 잦았고, 담화하던 노인은 아직 안전에 선하여 옆에 있는 듯한데, 발은 부산서 가져와 끌러보지도 아니한 가방 위에 놓았더라.

곤히 든 잠이 한 단침에 놀라 깨어 만반 심회가 다 일어나는데, 어느 때부터 시작이 되었던지 펄펄 날리는 눈은 자욱눈이 지났고 바람소리는 사면에 요란한데, 땅 떨걱하며 울리는 처마 끝에 양철 차양은 광명한 빛을 허다한 풍우 중에 잃어버림을 자탄하는 듯 인적은 고요하여 사린이 적막한데, 멀리 들리는 것은 배 젓는 소리라. 일어나 꺼진 불을 켜고 앉아 혼자 생각으로, '꿈도 영성스럽게 꾸인다. 노인은 누구인지 모르겠으나 작년 상업 경영차로 부산 내려올 때 선중에서 보던 사람 같은데……. 아니지, 그 사람도 아니고 언뜻 보면 똑 석왕사서 보던 박사과도 같고……. 그야 어떤 사람이든지 하는 말이 좋은 말이 아닌가! 진실로 그 말이 그러해. 아마 내가 낙심이 되더니 들을 마음이 들라고 이런 꿈이 꾸이는 게로군. 내일은 일어나 서울로 올라가서 무슨 일이든지 다시 착수할 경영을 하여야 하겠군. 하여간 명절도 가깝고 하니 정초는 서울 가서 보내볼까.'

동서남북에 분치 불가하고 오죽 먹은 뜻을 실시하려고 수년을 해륙 간에 생활하다시피 하다가 부산 원산에 양차 실패를 당하고 나니, 철석같이 정한 목적은 비록 일조에 변할 바 아니로되, 그 사이에 다소한 심회는 없지 아니한 중 인국이 전쟁을 오래 끌어 경영하는 일까지 방해됨으로, 말 좋게 서울로 명절 지내러 온다 하나 실상은 기막혀 돌아서는 길이라.

세월은 여류하여 세색이 늦어 신년이 오 륙일에 격하였는데, 북으로 운표에 솟은 삼각산은 봉오리 봉오리 은봉이요, 남산 만수는 가지가지 낙낙 청청하고, 장안 기만호에 저녁 연기는 석양에 비쳤는데, 기적 일성에 남문 밖 정거장으로 내리며 숭례문을 향하여 들어오는 것은 근암이라.

사람이 어디 갔던지 돌아오는 길에는 부모의 의례하여 바라시는 뜻을 위로하고 처자의 반기어 맞는 것을 대하는 것이 인생의 가정지락이라 하여 손 노릇 하는 사람은 객고 객고하고, 돌아오는 사람은 내 집밖에 없다 하는 것인데 하물며 섣달그믐같이 돌아오고자 하는 때리요. 기차서 내려오는 사람마다 "어, 집에 다 왔고"하며 일분이라도 속히 가느라 달음박질하는 자, 인력거를 재촉하는 자, 도중에 연락한 데 근암은 맨 뒤에 나오다가 인력거꾼 하나를 부르니 정거장 옆에서 사람 하나만 보면 "하나, 둘?"하며 눈독을 들이던 인력거꾼 중에도 그 중 남 먼저 보는 사람이 있던지, 겨울에 철 지난 맥고자[244] 쓴 사람 하나가 인력거를 두루루 끌어다가 앞에 놓고, 총담요를 두 겹에 척 접에 무릎 위에다 놓고 가방은 인력거 바랑에 올려놓으며,

"어디로 모시랍시오?"

근암이 담배를 붙이면서,

"글쎄, 어디로 갈꼬. 하여간 남문 안으로 들어가자."

한 후에 혼자 생각이라.

'남은 집이 있어 가거니와 나는 어디로 찾아갈꼬. 나는 새도 저녁에는 집을 찾아 드는데, 오죽 나는 잘 곳이 없구나. 어느 곳이든지 내 신 벗어 놓는 곳이 나의 집이자' 하더니 남문 안 수각다리를 넘어서니까,

"애 인력거야, 회동 지났니? 아니지났거든 김참서 댁을 물어라."

김참서 집자리에서부터 이사를 하셨느니 낙향을 하셨느니 하여 대문 안에 들어서 보지도 못하는 것은 남북촌의 네댓 군데 다니느라고 밤만 늦어 열 시가 지나는지라. 나중에는 하 찾다가 열이 났던지 말도 아니하고 인력거꾼 삯만 집어주고는 가방을 손에 들고 일본여관으로 들어가며,

"우리가 남게 욕 보아 싸지 원. 이 큰 대도회에 여관 하나 하는 사람

---

244) 맥고모자.

이 없고, 이것까지 남의 나라 사람에게 양두[245]를 하니……. 이충국, 나도 헛 애쓴다. 암만해도 이런데 무엇을 해보겠다고…….”

마음의 즐기는 것이 아니로되, 그 섣달 찬 일기에 이층 꼭대기 다다미 위에서 밤을 보내고 아침에 일어나 종일 성내를 돌아다니니, 전 같으면 그래도 회동좌기[246]니 무엇이니 하며 종로 큰길이 분주할 터인데, 상업이 발달이 되어 모두 앉아 도매상으로만 파는지 큰길이 쓸쓸하기가 짝이 없고, 예서 제서 하는 소리는 빚 못 받았다는 걱정뿐이라. 하루 이틀 다니며 보다가 눈꼴이 틀리던지 북촌 은벽한 속에 주인을 정하고 정월보름이 되도록 두문불출을 하더라.

이 세상에는 게으른 자와 부지런한 자 가운데 충돌이 생겨 작년이 올해와 다르고, 올해는 내년과 다르게 되어 가는데, 하늘의 행성은 일정한 때를 어기지 아니하여 정월망일 달은 흥인문 우로 빛을 쏘아 한성 내외시가에 단 등불은 빛을 잃어버릴 만큼 되었는데, 그래도 남은 풍속은 있어 답교 한다고 광통교 수표교 등지에 삼삼오오이 다니는 소년은 무비 무생업 한 유식지배[247] 같아 보이더라.

이중에서 무슨 사업을 하겠다고 정월그믐께부터 나서서 소위 실업가라 할만한 곳을 몇몇 군데 다니며 혀가 닳도록 말을 하는 것은 근암인데, 뜻 없이 가는 날은 겨울이 봄 되어 첩첩이 쌓였던 눈은 봄바람에 다 녹아가고 강남에 새 제비는 올 소식을 버들가지에 전하여 축축 늘어진 것은 황금 같은 유사요, 다복다복 돋은 풀은 안남산 밖남산에 군데군데 푸르렀는데, 신이화 한가지는 밤 단이슬에 활짝 피어 나오더라.

다른 사람들은 화류회를 하느니 무엇을 하느니 하며 문안 문밖에 연락부절한데, 이충국은 근암이란 ‘근’ 자를 지키려고 애를 어떻게 쓰고 다녔

---

245) 남에게 물려줌.
246) 조선시대에 해마다 섣달 스무닷새부터 이듬해 정월 보름 사이에, 형조와 한성부의 벼슬아치가 모여 금령을 풀어 죄가 가벼운 죄수를 놓아주고 난전(노정)을 눈감아주던 일.
247) 놀고먹는 백성.

던지 사월 초생에 와서야 일 하나가 결말이 나서 부산으로 내려가는 돈 일만 원을 잡았는데, 이것은 백동화로 교환한다는 바람에 어찌할 줄을 모르고 있다가 근암에게 한 삼 년 무변으로 주는 터라.

정초나 서을 와서 지낸다던 일이 그럭저럭 사월 달까지 연기가 되어 볼 일을 끝내고, 마음도 적지 아니하게 위로가 되었던지 모든 준비를 다 차리고 원산과 평양에 사람을 보내며,

"지금은 백동화 교환 까닭에 아무것도 하기 어려우니 내려가서 있는 물건은 다 팔아 돈으로 세어두게 하오. 그 치우지 못하여 애쓰는 백동화 받고 물건 팔기가 무엇이 어렵겠소. 나는 부산으로 내려가 여간 방매할 것 다 하고 북도 광산을 보러 가든지, 이번에 상의하던 배를 사러 일본으로 가든지 하겠소."

한봉기 권참봉에게 어떻게 데였던지 원산·평양 보내는 사람은 모두 돈 만원 얻어 쓴 사람의 아들과 아우 중으로 제일 명민한 사람만 택하여 보낸 터이라. 단전불패[248]로 일을 짜 놓고 일본으로 갈 뜻을 속중에 먹고 부산에 내려와 일을 총총히 맞추더라.

일아전쟁은 끝이 거진 다 나가던지 온다 온다 하여 일세의 안목을 휘황케 하던 파라적 함대는 조선해협으로 돌다가 화룡도 목장의 싸움같이 올 데갈데 없이 양국 군함이 마주쳐 대포 소리가 극동을 진동하고 여러 만 리를 거침없이 나오던 배는 해중에 침몰하니, 고금에 헛된 욕심으로 남의 것을 탐하는 자의 경계할 호제목을 만들었도다. 극동일판을 제 주먹에 넣으려는 야심이 동해 바람에 날리니 뒤에 오는 수레는 마땅히 없어지기를 면하리라. 소문은 일세의 눈을 놀래는데 신문보다 일렀으며,

"허, 인제는 내가 속히 들어가 배를 사와도 쓸데없겠네. 전쟁이 결국 될 모양이니 항로가 터지렷다. 그래도 기위 가보자 하던 것이니까 들어

---

248) 조금도 허술함이 없이 완전함.

가 보는 게 옳지."

하는 차에 상선회사에서 전화가 왔는데,

"내일 아침에 대례환이 들어와 오후 여섯 시에 떠나니 그 배에 가시는 것이 오늘밤 우전천환 편보다 낫습니다."

극동의 상권을 유지하려고 애를 쓰든지 한 회사나 일신상 이익을 위함이든지, 일시의 수고를 달게 여겨 사방에 돌아다니는 이충국은 '충국'이 자에 이름을 헛되이 아니쓰려하여 대례환편으로 대판항에 도착을 하였는데, 이때 물정으로는 여간 배 일이 척 사 가지고 나오더라도 소용이 적게 된 터라. 한편으로 일아전쟁이 평화 된다는 소문이 낭자하매, 일본 우선회사 대판 상선회사 같은 기선회사에서 모두 한국항로를 회복하느니 확장을 하느니 하여 의론이 분등하고 윤선값도 오르는 때라, 근암이 아무리 생각하여도 별 방침이 서지를 아니하여 신호항으로 내려오며 혼자 생각이라.

'배 일은 파의하는 것이 옳고. 이 길로 신호 가서 일이 일간 체류하다가 동경으로 횡빈으로 가서 큰 회사와 계약을 하고 부산에 수출입상회를 크게 내볼까? 게서 만일 합의치 아니하면 상해로 건너가 보아야 되는 일이 아니 되는 일 되듯 하면 걱정이 없을 터이라. 근암이 신호서 동경으로 향하여 떠나려고 삼궁역으로 나오다 정거장에서 한 사람을 만나는데 그 사람이 반색을 하며,

"이주사, 여기 어찌하여 오셨습니까? 경영하시는 일이 재미나 좋습니까?"

(근암) "참, 예서 뵈옵기는 의외요. 내야 일생 이렇지요마는 어떠하시며, 이곳은 무슨 일로 오셨습니까?"

(그) "한봉기 소식 들으셨습니까?"

(근) "못 들었소. 이 항구에 와 있다 하는 말은 들었으나……."

그 사람이 근암더러 한봉기 말을 일장 하다가,

(그) "그러나 저러나 내 돈만 떴소."

(근) "그러건 내 이번에 기위 그곳을 가니 찾을 수 있으면 한번 찾아보겠소."

"부디 조심하시우. 아—고, 기차가 들어옵니다. 어서 올라갑시오. 다녀나 오시면 부산서 뵈옵겠소."

(근) "자—, 섭섭히 작별이오. 나가면 뵈옵겠소."

일본 국내 기차는 우리나라 것과 비교하면 대단히 적은 터이라. 사람이 많으면 가운데로 출입하기도 어려운데 이때는 마침 웬 승객이 그다지 많던지 콩나물 들어서듯 중·하등은 사람 하나 더 들어갈 틈 없이 잔뜩 찼는데, 중등 한 모퉁이 겨우 끼어 앉은 것은 근암이라. 이날 밤을 억지로 지내고 그 다음날 아침에 신교 정거장에서 내려 국정구에다가 여관을 정하고 바로 횡빈을 당일 다녀올 계획으로 떠나려 하다가, 자기가 권하여 보낸 유학생 몇이 신전구 근처에 있는 고로 그 사람을 심방하고 가려하여 그리로 먼저 향하더라.

흔들리는 나무가 그치고자 하되 바람이 쉬지 아니하듯 근암의 사업이 이루려 하나 허다한 의외의 곤란이 무수하며, 유비가 제갈공명을 만나기 전에 단계에 위태하듯 장차 무슨 반가운 소식이 있을 터인지 불인지 건너편에 곤경이 삼기는고. 유비는 적토마의 도움을 입었거니와, 이충국에 당하는 것은 장차 뉘의 힘을 빌는지.

신전구에 심방코자 하는 사람을 만나지 못한 근암이 하숙문에 나서다가 다시 명함에 '하학하여 나오시거든 상야공원 불인지 근처에서 상봉케하시옵' 몇 자를 써서 두고, 그 자리에 가니 공기는 청량하여 심신이 상쾌하나, 이대는 정오쯤 된 터이라 사농공상간에 여가 없이 일을 하느라고 그 넓은 공원지에 사람이 희소하더라. 연못가에서 배회하다가 한 모퉁이 높은 언덕 위에 신당 하나가 보이거늘 조용히 앉아 기다리려고 그리로 올라가는데, 원수는 외나무다리에서 만난다는 말이 허언이 아니던지, 신당 옆에서 본국 사람 하나를 만나자 채 서로 말도 건너기 전에 "이 충국이 너냐?" 하며 육혈포 소리가 두어 번 연하여 나면서 "애고" 소리에 쓰러지는 것은 근암인데…….

— 《박문서관》(1908).

목단화

김교제

　무정세월이 약류파[1]라, 무정할 사 저 세월은 춘하추동 사시절이 펄쩍나케 교환되어 길길이 쌓였던 적설은 흔적 없이 다 녹고 앞뜰 뒤뜰의 푸릇푸릇한 풀빛은 봄소식을 전하는데, 물레바퀴 돌 듯 밤낮 쉴 새 없이 핑핑 도는 지구는 한 바퀴를 삥 돌아 하오 열두 점이 되니,

　"땡— 땡— 땡— 땡— 땡— 땡—"

　종로 마루터기 보신각의 일만팔천 근이나 되는 인경[2] 소리가 형제자매의 깊이 든 잠을 경성[3]한다.

　사람마다 새벽잠이 깊이 들어 만호천문정부정[4]이라.

　동남풍이 슬슬 불어 인경 소리를 인도하여 인왕산 밑 막바지 이참판 집 건넌방으로 들어가니, 십오륙 세가 될락말락한 여학도 하나가 책상 위에 책 한 권을 펴놓고 한참 읽다가 무엇을 생각하는지 우두커니 앉았더니,

　"에그, 아버지께서 주무시겠네."

---

1) 흐르는 세월은 물과 같다.
2) 밤에 사람이 다니는 것을 금하기 위하여 밤마다 쇠북을 스물여덟 번씩 치던 일.
3) 놀라게 하여 깨우다.
4) 집집이 대단히 조용하다.

책상 옆에서 옷 입은 대로 쪼그리고 앉아서 머리를 두 무릎 틈에다 잔뜩 틀어박고 꾸떡꾸떡, 끄덕끄덕 조는 계집아이를 쩔레쩔레 흔들면서,

"이애 금년아, 무엇이 그리 졸리느냐? 어서 일어나 사랑에 나아가 영감마님 좀 여쭈어라, 응."

코를 드렁드렁 골며 정신을 차리지 못하던 금년이 잠꼬대로 대답하고 벌떡 일어나서 머리를 득득 긁으며 벽에 걸린 시계를 물끄러미 보더니,

"에그, 자정이 벌써 지났습니다. 영감마님께서 주무실 걸이오. 작은아씨도 고만 주무시고 내일 식전에 학교에 가셔서 시험을 보셔야지요."

"너더러 그런 참견을 하라니? 어서 나가보아."

금년이 정신을 가다듬어 무슨 생각을 하였는지 사랑으로 나오다가 걸음을 주춤하며 혼잣말로,

"에그, 손님이 오셨네."

인사 알고 똑똑한 금년이 그대로 불쑥 나가지 아니하고 살며시 사랑 층계에 올라서 유리창으로 들여다보니, 주인 영감 이참판은 주벽[5]하여 앉았고, 머리 깎고 양복 입은 손님은 모 꺾어 교의[6]에 걸터앉아서 팔뚝 같은 여송연을 뻑뻑 빨다가 홱 내던지면서,

"그래, 박승지인가 무엇인가 영감께 다시는 아무 말도 없습더니까?"

(이참판) "말은 무슨 말."

(양복) "허허허……."

(이) "허, 완고의 문견으로 세계 형편을 모르고 그리 하는 것은 괴이치 아니하나, 그렇지만 욕설은 너무 과하던 걸. 그래, 계집아이가 학교에 다니면 다 버리나? 제가 내 자식을 쫓으면 쫓았지, 욕설은 왜……."

(양) "응, 욕설! 욕설이라니, 욕설은 무엇이라구?"

(이) "말하자면 눈이 나오지. 그 사람의 말이 학교에 다니는 계집이 무

---

5) 방문에서 마주 보이는 쪽의 벽.
6) 의자.

슨 행실이 있으며, 더구나 내 자식더러 학교에서 불미한 행위가 있다고 쫓아 보내었으니, 그래 학교에 다니면 다 행실이 부정하며, 또 내 자식의 불미지사[7]를 제가 적실히 보았단 말인가? 에, 그런 자는 법을 알려야 하지. 나도 오십여 세에 무남독녀로 그것 하나를 두었는데 제 작인[8]도 비범하고 성질도 찬물의 돌 같은 터에 이런 더러운 욕을 당하니 분막심언[9]인걸."

(양) "박승지는 근본 그런 사람이니 새로이 책망할 것이 없으나, 욕설인즉 필경 근지[10]가 있는 말이오. 그 흐리터분한 인물에 더구나 그런 말을 듣고야 의심을 않겠소? 자고로 무슨 말이든지 집안에서부터 굴러나는 것이니, 아무쪼록 언근[11]을 사실하여 변백[12]할 도리를 하시오."

(이) "그는 그래. 분명히 사실[13]하기 전에야 말이나 할 수 있나. 아직 발설은 아니 하고 동정만 보는 중일세."

(양) "그러나 당초에 영감이 딱하십니다."

(이) "왜, 응?"

(양) "아, 번연히 박승지의 위인을 알면서 혼인을 지냈더란 말이오. 무엇을 취해서? 옳지, 신랑 하나만 보고 박승지 속에서 나온 것이 무엇이 변변하겠기에. 역시 제 아비를 닮아서 손끝이나 싹싹 비비며 케케 먼지 묻은 소리ᄂ 하겠지. 유년시대에 교육을 받지 못하면 제 자격이 아무리 똑똑한들 쓸데 있나요."

(이) "아니, 내 사위 박경서는 제 아비보다 백 배나 나은 걸. 위인도 똑똑하고 재주도 대단하며 지식도 완고의 구습은 없으나, 제 아비 완고한

---

7) 불미한 일.
8) 사람의 됨됨이.
9) 분한 마음이 더할 수 없음.
10) 근거.
11) 소문이 난 곳
12) 변명.
13) 조사.

수단에 얽매어 지내다가 나이 점점 장성하매 세상 물정을 대강 짐작하고 법률학교에 입학함을 청한즉, 박승지는 콩 튀듯 팥 튀듯 별별 야단을 다 치며 집안 망할 자식이 생겼다고 며칠을 면목불견[14]까지 하더니, 기어이 경상도 어느 학자님에게로 잡아 보내었다네. 우항[15] 내 딸은 계집아이로 학교에 다니니 그 소견에 그렇지 아니할 리가 있나."

(양) "껄껄껄. 박승지 소견에는 학교에만 다니면 집안이 꼭 망할 줄만 아는 것이오, 어허."

(이) "아무렴."

(양) "다행히 신랑의 위인이 그만이나 하다니……."

(이) "내 사위는 제 아내가 학교에 다니는 것을 어디까지 찬성하는 모양이던걸. 내 딸이 쫓기어 올 적만 해도 제 아비께 여러 번 간하다가 난장[16]까지 맞았다더군."

(양) "그 아비 속에서 그 자식은 참 의외로구려. 고수의 아들 순임군도 있지마는."

(이) "……."

양복 입은 손님이 말을 그치고 돌아가려 일어서는 바람에, 눈치 빠른 금년이 깜짝 놀라 어둠침침한 구석으로 비켜섰다가 그 손님이 나아간 뒤에 다시 나와 기침을 두어 번 하니,

(이) "그 누구냐?"

(금) "쇤네올시다."

(이) "왜 나왔누?"

(금) "작은아씨께서 영감마님 좀 들어오시라고 여쭈세요."

(이) "작은아씨가 이때껏 공부를 하고 아니 자더냐? 오, 들어가지."

---

14) 서로 얼굴을 보지 않음.
15) 하물며.
16) 함부로 하는 매질.

말이 그치기 전에 금년이 이리저리 혼자 생각을 하며 들어온다.

'아, 우리 작은아씨 같으신 맺고 끊은 듯하신 양반이 그런 몹쓸 욕설을 당하시나? 작은아씨가 시댁으로 가신지 며칠이 못 되어 오시기에 이상히 알았더니 누가 그런 줄이야 알았어. 짚어놓고 안방 노주[17]가 그런 말을 지어낸 것이지. 응, 부처님 같고 착하신 작은아씨를 못 먹겠다고 할 까닭이 무엇이야? 이런 말이야 작은아씨께 할 수 있나. 마님공론을 한다고 나만 꾸중하시니까.'

하며 부지런히 들어오지마는 부지중 한참 더디었는지라.

"누구냐, 귿년이냐? 무엇하고 인제야 들어오니?"

"사랑에 새문 밖 영감이 오셨길래 가신 뒤에 여쭙느라고 지체가 되었습니다. 영감마님께서 지금 곧 들어 오신다구 하셔요."

말이 막 그치자 이참판의 들어오며,

"정숙이 그저 글을 읽느냐?"

효성스러운 이참판의 무남독녀 이정숙이 자기 아버지 들어오기를 고대고대하다가 목소리를 듣고 황망히 영접하니, 백발이 성성한 이참판은 정숙을 볼수록 귀하여 눈먼 고양이 닭의 알 어르듯 한다.

"정숙아, 왜 이때까지 안 자고 날더러 들어오라구 했느냐? 왜 오늘 공부에 모호한 구절이 있더냐? 새벽까지 그저 앉았으니 감기나 들면 어찌하자고."

(정숙) "글을 읽다가 해석하지 못할 구절이 있어서 여쭈었어요."

(이) "그래서, 무슨 구절이?"

(정) "무론남녀하고 제일 힘쓸 일이 무엇이에요?"

(이) "허허. 너같이 영민한 아이가 그것을 모른단 말이냐. 남자는 충군 애국할 사상과 효친경당[18] 행실이 제일이요, 여자도 이런 사상과 행실이

---

17) 종과 주인.
18) 부모에 대한 효성.

없으면 인류된 본령이 아니나, 제일 정정한 지조와 온순한 예절이 앞서느니라."

(정) "남자는 일처일첩을 두어도 품행에 방해가 아니 되는데, 어찌하여 여자는 유부녀개가[19]를 음분도주[20]라고 합니까?"

이참판은 그날 낮에 정숙이를 앞에 앉히고 박승지의 넋두리를 하다가 분이 어떻게 나던지 취중의 말로 사불여의[21]하면 정숙이는 다른 데 가합[22]한 곳을 얻어 개가시켜 보내겠다고 하였더니, 정숙이는 그 말을 꼭 곧이듣고 잔뜩 품어두었다가 말한 것이라. 이참판이 벌써 짐작하고,

"허허, 알기 어려울 것이 무엇 있느냐. 여자는 항상 예절이 제일목적인 고로 유부녀로 다른 남자와 친압[23]하면 예절이 괴손[24]되는 까닭이니라."

(정) "그러면 남자나 여자나 이런 행실이 없고 보면 금수나 다를 것이 없습니다그려."

(이) "……."

(정) "에구, 아까 아버지 하신 말씀은 뼈에 사무치게 야속해서 못살겠어요. 박승지는 아직 개명심이 부족하여 저를 쫓았으나, 박경서는 저를 쫓은 것이 아니요, 또 청상과부가 아닌 바에 개가란 말씀이 어쩐 일이에요. 여자의 예절은 고사하고 금수의 행실을 하라고 하십니까?"

이참판이 그 말을 듣고 입이 떡 벌어져 정숙의 등을 뚝뚝뚝 치며,

"허허허, 내가 취중에 실언을 했다. 설마하니 너를 개가시켜 보낼 리가 있느냐, 허허허."

정숙이는 자기 부친의 취담을 품어두었다가 무망중 말한 것인데, 다시

---

19) 남편이 있는 여자가 다시 결혼함.
20) 남녀가 음탕한 짓을 하고서 도망함.
21) 일이 뜻대로 되지 아니 함.
22) 아주 합당함.
23) 흉허물이 없이 너무 지나치게 친함.
24) 훼손.

생각한즉 저촉[25]되는 데가 있는지라, 한없이 송구하여 고개를 푹 숙이고 앉았는데, 멀리 가는 것은 밤소리라. 정숙의 하는 말이 살같이 삼간 건너 안방 아랫목 첫 자리에 만단[26] 궁리를 하느라고 잠이 들지 못하여 이리 동굿 저리 동굿하는, 삼십이 넘을락말락하고 얼굴은 새파르죽죽하고 두 눈에 살기가 잔뜩 내발린 부인의 귀에다 전화 놓듯 하였는지라, 휙 돌아누워 귀를 미닫이 틈에 대고 눈을 깜짝깜짝하며 듣더니,

"조런 조리마목을 댈 년 보아. 제 따위 어린년이 주제넘게 정절이 다 무엇이야. 오오, 내가 청상과부로 제 아비 후취로 왔으니까, 저년이 앙큼하게 일상 나를 나삐 보았던 게지. 개 같거니 돝[27] 같거니 제 아비 계집이요, 제 어미뻘은 되겠지. 건너 산 꾸짖기로 비껴대고 흉을 보아. 세상에 요돌요돌하고 빤빤한 년도 많지. 학교에 다니다가 시집에서 쫓기어 온 년이 정절이 있으면 몇 푼어치가 있을라구? 설사 제가 개가하여 가기 싫어도 말을 그렇게 하는 법이 없어. 요년, 내 솜씨에……. 에그, 새문 밖 오라버니는 왔다면서 왜 나도 아니 보고 갔누? 개화니 무엇이니 한 사람은 동생도 몰라보나. 왜 나를 이놈의 집으로 보내놓고는 전실 자식에게 이 욕을 당하게 하누. 이런 생각 저런 생각하면 치가 부루루 떨리네."

한참 이리 사설을 하다가,

"이애, 섬월이 자니?"

안방 윗간에서 요리조리 동긋거리며 상전마님의 쫑쫑거리는 소리를 듣고 말참견을 좀 하려던 간나위[28] 같은 섬월이 부르는 소리를 듣더니, 무슨 영광이나 난 듯하여 호도독 일어 앉으며,

"왜, 자기는요, 마님은 이때껏 잠이 못 드셨습니까?"

(부인) "화 많은 년이 잠이나 쉽게 오겠니? 잠이나 들었더면 그 심사 틀

---

25) 서로 모순됨. 위배되거나 거슬림.
26) 여러 가지.
27) 돼지.
28) 간사한 사람.

리고 아니꼬운 소리를 듣지 않았을 걸."

(섬) "쇤네도 잠이 번놓였어요."

(부) "그러면 건넌방에서 하는 소리 너도 들었겠구나?"

(섬) "듣고 말구요. 그까짓 말을 들으시고서요? 그런 말은 예사올시다. 그 속을 다 들으시면 기가 막히십니다. 제일 금년이란 년이 더합니다. 고년은 아마 여우가 되다 못하여 사람이 된 거예요. 고년이 마님 말씀을 하면 존대나 하는 줄 아십니까. 쇤네가 그전 서방 이학순이를 떼어버리고 작은돌이 얻었을 때만 해도 쇤네더러 개만도 못한 년이라고 고년의 노주가 쑥덕공론을 하였으니, 마님께 향하여는 무엇이라고 하였겠습니까? 마님도 개가를 오셨는데 작은아씨 말이 개가하여 가는 사람은 금수만도 못하다 하니, 분명히 마님 흉보는 것이 아니오니까? 마님이 아무리 개가 아니라 개가보다 더한 것을 오셨더라도 말을 그리 함부로 하는 법이 어디 있습니까? 금년이는 쇤네와 말도 잘 아니합니다. 에그, 딱도 하지, 작은아씨신지 누구신지, 심보를 그 지경으로 가지고서야 시집살이를 어쩌니 잘해 보아."

(부) "나도 그런 줄이야 모르니. 금년이란 년은 참말 여우가 되다 못하여 사람이 된 것이더라. 눈치는 어찌 그리 고년이 잘 채는지. 에구, 찢어 죽일 년!"

(섬) "위선 고년만 없어도 쇤네는 먹는 것이 살로 가겠어요."

(부) "고까짓 년이야 없애기 무엇……."

(섬) "작은아씨가 그래도 박승지 댁을 바라고 있는 모양이에요. 암만해도 안 될걸. 박승지 영감 같은 완고덩어리가 학교 다니는 며느리를 다시 알은 체 할 리가 있습니까. 더구나 그런 말까지 들어갔는데. 쇤네도 혼인 때 따라가서 보았지요마는, 참 그런 데는 처음 보았습니다. 집안은 비 한 번도 들지 아니했는지 지저분하기 쇠두엄발치 같고, 집안이 텅 비어 세 발막대 내저어야 걸릴 것이 없는데, 그래도 박승지 영감은 먼지가 케케

묻은 넉가래관을 눌러쓰고 추포[29] 도포[30]에 실띠로 허리를 잔뜩 동여매고 책상 앞에가 잔뜩 꿇어앉아서 밤낮 공자왈 맹자왈, 노론·소론하며, 집안 사람은 굶어죽는지 얼어죽는지 도무지 모르는 것이야요. 쇤네가 한번은 집안을 좀 쓸어냈더니, 그 영감이 보고 쇤네를 호령호령하며, 개화꾼의 집 하인이니까 위생 하느라고 먼지를 피우며 쓰레질한다고 야단을 치시니, 그런 양반은 보던 바 처음이에요."

(부) "깔깔깔."

(섬) "작은아씨가 시댁에 가신 지 한 달 만에 학교에 간다고 한즉, 박승지 영감의 놀라고 망측히 여기는 모양은 참 혼자 보기 아깝던 걸이요. 그런 중에 더구나 쇤네 이모 의주집이 그때 그 말을 들여보냈지요, 헤헤헤!"

(부) "깔깔!"

(섬) "작은아씨 졸업이 수이 된다지요."

(부) "누가 아니? 졸업만 하고나 보아라. 그때는 가장 지식이 제일인 체하고, 더구나 우리를 발샅[31]에 끼인 때만큼도 못 알 터이니."

(섬) "그 꼴을 어떻게 보나."

(부) "……."

노주 양인이 정숙 노주 공론을 밤새도록 하고 해가 낮이 되도록 자더라.

안방 부인은 이참판의 후취 부인인데, 서문 밖 냉동 사는 서참서의 누이로 청년에 과부가 되어 십여 년을 수절하며 눈물로 세월을 보내더니, 개가법이 소통한 후로 서참서가 그 누이의 경상[32]을 불쌍히 여겨 이참판의 후취로 보내니, 그 누이를 개가시켜 보내는 것도 구일습관을 통혁하는 서참서가 아니면 어렵고, 과부를 후취로 성혼하는 것도 사상이 개명

---

29) 발이 굵고 거칠게 짠 베.
30) 지난 날 통상 예복으로 입던 남자의 겉옷.
31) 발가락 사이.
32) 몰골.

한 이참판이 아니면 못할 일이라. 서씨 부인이 부덕만 있을 것 같으면 금슬이 찰떡근원이 될 것이나, 서씨 부인의 성질은 어찌 그리 안차고 다라지며 험악하고 음흉한지, 나보다 나은 사람은 쫓아가며 음해를 붙이고, 무당 불러 푸닥거리하기, 판수 청하여 경읽기, 절에 가서 불공하기, 전후 못된 일은 하나 빼지 않고 다 하는 터이라.

이참판은 사회상에도 명예가 있고, 지식이든지 학문이 섬부[33]한 사람으로 그 가속[34]의 이러함을 알고 여러 번 책망도 하고 금지도 하나, 서씨 부인이 고치기는 고사하고 이참판만 쓸쓸히 기이며,[35] 이참판의 전실 소생 정숙이를 원수같이 미워하니, 정숙이는 이참판의 전실부인 김씨의 소생이라. 인물로 말하면 장강,[36] 서시[37]의 색태[38]를 겸하고, 부덕으로 말하면 태임, 태사[39]의 숙덕을 효칙[40]하는 여자인데, 나이 십 세에 자모를 이별하고, 서씨 부인이 계모로 들어오매 섬김을 소생자모같이 하나 워낙 편협하고 악독한 서씨 부인이 겉으로는 물 흘러가는 듯하나 속은 딴판이라. 이러할수록 정숙이는 더욱 효성을 극진히 하며 이참판도 이러한 눈치를 채고 서씨 부인과 정분이 있기는 고사하고 나무공이 등 맞춘 모양쯤 되었더라.

서씨 부인의 정숙이를 미워하는 것이 여러 가지니, 첫째는 정숙의 자태가 자기보다 나음이요, 둘째는 정숙의 성질이 정렬하여 자기의 심정과 판이히 다름이요, 셋째는 자기의 지은 과실은 자기가 모르고 그 남편이 자기 박대하는 것을 혹시 정숙의 참소[41]로 그러한가 함이러라.

---

33) 흡족하게 풍부하다. 많다.
34) 가족. 아내의 낮춤말.
35) 바른대로 말하지 않고 숨기다.
36) 중국 주나라의 건국시조인 문왕의 어머니.
37) 중국 춘추시대 월나라의 미인.
38) 여자의 고운 자태.
39) 중국 주나라의 건국시조인 문왕과 무왕의 어머니로 조선시대 여인들이 태교의 본보기로 삼은 인물.
40) 본 받아 법으로 삼음.
41) 남을 헐뜯어서 없는 죄를 있는 듯이 꾸며 고해바치는 일.

정숙이 십일 세에 여학교에 입학을 하여 신학문을 공부하니 재주가 특이하여 학교에 들기 전에도 여간 학문은 그 부친에게 배워 대강 짐작하더니, 학교에 입학한 후는 일취월장[42]하여 시험마다 우등은 정숙이 아니면 할 사람이 없는지라. 정숙이 사상에도 자기가 여자는 되었을지라도 을지문덕·합소문[43]의 사업하기를 자부하더라.

연기[44]가 점점 장성하여 십육 세가 되매 숙성하기 출중한 고로 이참판이 정숙의 혼처를 구하는데, 양반을 보는 것도 아니요, 형세를 보는 것이 아니요, 가품도 보는 것이 아니요, 일단 신랑 하나만 보고 동촌 낙동 사는 박승지 아들과 성례하니, 박승지는 찰완고 생원님으로 유명한 사람이다. 비록 서울 살기는 하나 머리 깎고 학교에 다니는 것만 보아도 부채로 차면[45]을 하고 바로 보지도 아니하니, 그만하면 그 완고는 알 것이나, 그러나 겉으로는 완고 생원님의 비루한 구습을 죽기를 한하고 좇아가도, 속으로는 컴컴하기가 먹장 갈아 분 듯하여, 공자 화상을 박아 학문가에 팔아먹기, 정삼품 첩지[46] 공으로 얻어 향민[47]에게 압제로 팔아먹기, 별별 때묻은 협잡은 살금살금 일등 하는 인물이라.

이참판이 그 위인을 개탄하나 그 아들 박경서는 박승지와 딴판인 고로 혼인을 하였더니, 박승지가 처음은 정숙의 학교에 다님을 몰랐다가 정숙이가 시집간 지 일삭 후에 학교에 가기를 청하니, 박승지가 펄펄 뛰며, "여자가 학교에 다니는 것이 경서에도 없고 예전 글에도 없는데 그게 무슨 말이니? 우리 박가가 망하려고 너 같은 며느리를 얻었도다" 하고 그 길로 친정으로 쫓아 보냈더니, 그 후에 서씨 부인과 섬월이가 모계[48]를 꾸

---

42) 날로 달로 자라거나 나아감.
43) 연개소문.
44) 나이.
45) 얼굴을 가리는 것.
46) 조선 말기의 문임관의 임명서.
47) 시골에 사는 백성.
48) 계교를 꾸밈.

며 섬월의 이모 의주집을 부동하여[49] 박승지 집에다 말을 들여보내되, 정숙이가 학교에 다닐 때에 불미한 행실이 있다 하니 박승지는 꼭 곧이듣고 학교에 다니는 계집이 그런 행실이 없겠느냐고 아주 출거[50]한지라.

박경서는 정숙의 학교에 다니는 것을 극히 찬성하던 터이라, 자기도 법률학교에 수업을 하려다가 도리어 그 부친의 야단을 맞았을 뿐 아니라, 자식을 서울에 두었다가는 사람도 버리고 집안을 망하겠다 하여 경상도 완고산림[51]으로 유명한 소학자에게로 책상자를 짊어지어 쫓아보내니, 박경서의 나중 일은 참 망창[52]할 지경이요, 박승지의 완루한 악습은 대강 이러한지라. 이참판은 박경서를 고념[53]하여 자기가 데려다가 공부나 시키자 하나 자기 임의로 할 수도 없어 뒤끝만 보는 중이러라.

이후로 서씨 부인과 섬월이는 밤낮 경영이 정숙의 노주를 없이할 생각이러라.

이참판 부녀의 시운이 불길하고 하늘이 서씨 부인에게 조각 때를 빌리시느라고, 이참판은 천만 뜻밖에 수구파의 함해[54]를 입어 평리원[55]에 피수[56]가 되었다가 제주도로 찬적[57]하는 명이 내리니, 그때 법관도 역시 수구파의 일분자라.

이참판이 유형선고 받던 동시에 그 처자와 이별도 할 새가 없이 못나게 독촉을 하여 불류시각[58]하고 그 길로 바로 남대문 밖으로 나가서 사처를 정하고 행장을 차리는데, 정숙이는 그 부친이 취수된 이후로 먹도 아니

49) 어울려 한 통속이 되다.
50) 강제로 내쫓다.
51) 덕과 학식이 높으나 벼슬하지 않고 시골에서 책만 읽는 완고한 선비.
52) 막연.
53) 돌보아주다. 남의 허물을 덮어주다.
54) 남에게 재앙을 씌움.
55) 재판을 맡은 관청.
56) 옥에 갇힘.
57) 죄인을 먼 곳으로 귀양 보냄.
58) 머무를 시간을 주지 않음.

하고 자도 아니하고 울며불며 지내더니, 이런 급보를 듣고 더구나 황황망조[59]하여 그 부친 사처로 나와서 누가 있고 없는 것을 가리지도 아니하고 들이다르며,

"아버지!"

겨우 한마디만 하고 그 부친 무릎에 푹 엎드려져서 다시는 아무 말도 못하는데, 이참판도 무남독녀로 하나를 잠시만 못 보아도 견디지 못하다가 불행히 수천 리 타향으로 찬적[60]을 당하니 돌아올 기한이 없는지라, 심회가 자연 처창[61]하여 하던 차에 이 모양을 보고 그 딸의 머리를 어루만지며,

"정숙아, 울지 말아라. 네 아비가 이번 가면 아주 가느냐? 자식된 네 정리는 저러하리라마는, 수천 리 밖으로 적거하는[62] 데 아비를 위로 한마디 할 생각은 아니하고 도리어 네 아비 심사를 저리 도와주니, 네 아비 구곡간장[63]이 촌촌이 끊어지는구나. 정숙아, 울지 말아라. 아무쪼록 몸 성히 잘 있고 공부나 열심히 하여 천리 해도에 외로이 가는 네 아비 마음을 위로하여라."

하면서 좀체로 나오지 않던 눈물이 글썽글썽하여 앉았는데, 정숙이는 한참을 느껴 울다가,

"에그, 하나님 마시지, 차마 이런 일도 하셔요. 아버지께서 그 흉악한 해도 중으로 귀향을 가시면 환차하실 기한은 막연하온데, 에그, 그 동안에 뵈옵고 싶어 어찌하랍시오. 제 몸이 사나이나 되었더면 아버지를 뫼시고 같이 가서 객중의 잠적[64]하신 회포나 위로하여 드릴 것을, 불행히 계집아이가 되어 그리도 못하오니, 아버지께서 한번 가신 뒤에는 저 혼자

---

59) 마음이 급하여 허둥지둥하며 어찌할 바를 모름.
60) 귀양 보냄.
61) 마음이 몹시 슬프다.
62) 귀양살이하다.
63) 깊은 마음 속.
64) 고요하고 적적한 것.

어떻게 지내요."

하며 흑흑 울면서 그 부친을 차마 놓지 못하는데, 그 무지하고 인정 없는 순검들은 해가 늦어간다고 성화같이 최촉[65]을 하여 그 시로 압송을 하니, 이참판은 한 걸음에 두 번씩이나 돌아보고, 정숙이는 우두커니 서서 그 부친의 가는 것을 정신없이 바라보다가, 산중중 수첩첩하여 사람의 그림자는 서산에 지는 해와 같이 간 데 없고, 들리느니 석양에 새소리 뿐이라. 눈물이 앞을 가리어 오도 가도 못하고 못 박은 듯이 그 자리에 서서 슬피 울다가 집으로 돌아오니, 서씨 부인은 그 남편이 원악도로 정배 가는 것도 둘째요, 그 남편이 없는 틈을 타서 속에 가득하게 품었던 궁리를 발전할 일이 불행 중 다행이라 싶던지, 정숙이 그리하는 것을 오히려 과도한 모양으로 비양거리니, 더구나 마음도 붙일 곳이 없더라.

금년이도 덩달아 홀짝홀짝 울다가 밖으로 나가더니 두 볼따귀에 솜을 잔뜩 두고 눈은 두룩두룩 한 사람 하나가 갈지자 걸음으로 기우뚱기우뚱 이참판 집을 향하고 오다가 금년을 보고 무슨 경사나 난 듯이 입이 떡 벌어지며 왈칵 달려들어 금년의 손목을 얼크러지게 잔뜩 잡고,

"요년아, 네가 인제도…… 내가 너 한번 붙잡기에 젖 먹던 힘이 다 들었다."

금년이는 부지불각에 이런 소조[66]를 당하여 외마디 소리를 지르며,

"에그머니, 새문 밖 서방님, 왜 이러십니까?"

(새문 밖 서방님) "요 발칙한 년아, 네가 암만 그러면 정렬부인 직첩이 네게 차례 올 줄 아느냐?"

이번은 막무가내다. 지혜 많고 약은 금년이 생긋 웃으며,

"어서 놓으셔요. 누가 봅니다."

(새) "보기는 누가 보아, 보면 어떠하냐?"

---

65) 재촉.
66) 치욕을 당함.

(금) "에그으, 누가 보면 내 꼴은 무엇이며, 또 서방님 모양은 무엇이 됩니까?"

"이애, 그 우스운 말 말아라. 모양, 모양이 다 무엇이냐? 나는 모양 안 보는 사람일다."

(금) "다시는 아니 그리고 하라는 대로 다 할게요."

(새) "진정?"

(금) "아무렴."

(새) "그러면 오늘밤에 오랴?"

(금) "……."

(새) "만일 이번도 또 속이면 어디 보자."

(금) "……."

이 열없고[67] 주책없는 자는 금년의 약 먹이는 소리를 꼭 곧이 듣고 어떻게 좋던지 손목을 탁 놓아버리니, 금년이는 뒤도 아니 돌아보고 안으로 들어가서 그대 사색을 내지 아니하고 밤 되기만 고대고대하는데, 해가 더디 간다고 눈깔이 뒤집혀 좌불안석하는 사람은 서씨 부인의 조카 서병신이라.

처음부터 금년이를 욕심내어 별별 계책을 다 쓰나 금년의 마음 돌리기는 고사하고 욕도 여러 번 본 터이러니, 이참판도 없고 기탄할 것이 없는 차 금년을 보고 욕심이 불같이 나서 인사체면을 돌아볼 새 없이 겁간을 하려 하더니, 천만의외에 금년이 순종함을 보고 꼭 곧이들었던지, 간신히 밤 들기를 기다려 인왕산 밑 이참판 집을 바라보고 무엇이나 찾아먹을 것이 있는 듯이 부리나케 와서 보니, 앞뒷문을 첩첩이 닫고 아무 기척이 없는지라, 혼잣말로,

"허, 요런 년 보았을까, 번연히 내가 올 줄 알면서 앞뒷문을 잔뜩 닫아

---

67) 어설프다.

걸었나? 요런 년, 이번도 또 속았군. 오오, 집안사람이 의심할까 하여 그런 것이로구."

하면서 이리로 가서도 기웃, 저리로 가서도 기웃하다가 무슨 양모기책[68]이나 생각하듯이,

"옳지, 저리로 들어가지."

말을 뚝 그치고 안 뒷담을 기가 막히게 걸쳐 붙들고 넘어 들어갈 제 담 밑에서 자던 바둑개가 제 머리 위에서 인기척이 남을 듣고 고개를 번쩍 들고 두리번두리번하다가, 사람이 넘어오는 것을 보고 으르릉으르릉 컹컹 짖으며 뛰어올라 담에 걸친 손목을 텁석 물고 늘어지니, 골몰히 담넘이하던 서병신이 손목을 물려 아프기는 지당할 수 없으나 집안사람이 볼까, 동리사람이 알까 그도 염려요, 또 이참판 집 뒤는 골목길인 고로 밤이면 순검들이 번갈아가며 행순[69]하는 터인데, 만일 순검에게 들리기만 하면 청바지저고리[70]는 떼어둔 당상이라, 이빨을 잔뜩 악물고 훌쩍 뛰어 들어가니 바둑이가 쫓겨가며 짖는지라, 손짓을 하며,

"워리 워리 워리."

바둑이가 쉴 새 없이 짖다가 병신의 음성을 듣더니 꼬리를 설렁설렁 치더라. 눈깔이 붉어 날뛰는 병신이 아픈 것도 참고 안뒤 구석에 금년이 자는 방을 더듬어 찾아가서 방문을 똑똑 두드리며 가만히,

"금년아 금년아, 나 왔다. 문 열어라, 문 열어라. 금년아 금년아, 나 왔다, 응, 금년아 금년아, 금년아 금년아. 요년아, 고만 문 열어라. 농도 분수가 있지, 금년아 금년아."

금년이 부르기를 몇백 번, 몇천 번을 하였는지, 입에 침이 바짝 말라서 목이 쉴 지경이라.

---

68) 뛰어난 묘책.
69) 살피며 돌아다님.
70) 감옥에 갇힌 범죄인.

당초에 경영은 틈을 타서 들어오면 금년이가 마주나와 영접할 줄만 꼭 믿었더니, 영접은 고사하고 그리 목이 밭어[71] 불러도 기척이 없고 사면에서 개만 컹컹 짖는지라, 일변 낙심도 되고 일변 골딱지가 나서 마음대로 할 것 같으면 문을 짓바수고 뛰어 들어가고 싶으나, 그도 할 수 없어 공연히 이만 북북 갈며 도로 나오려 하더니, 별안간에 주주룩 소리가 나며 난데없는 똥물 한 통이 들어와 머리로조차 발등까지 내리 씌우니, 무심중에 당한 병신이 어떻게 놀랐던지 소리를 지르고 나가자빠지니 더러운 악취가 코를 찌르더라.

바둑이가 마루 밑에서 자다가 외마디 소리에 놀라 컹컹 짖으며, 금년이가 안마당에서 도적이 들었다 외오니 집안 하인들이 꿈결에 도둑 외는 소리를 듣고 뛰어 일어나서 몽둥이·방망이를 닥치는 대로 집어 들고 안으로 들어오니, 금년이가 마주나오며,

"여보 최선달, 최선달은 급히 안뒤 구석방 근처로 가서 보시고, 팽서방은 부엌 뒤로 가서 보시오."

최선달이 동둥이를 들고 안뒤로 돌아 들어가니 구린내가 먼저 인사를 하는지라, 코를 틀어막으며,

"이런 제 어미를 붙을 놈의 도적놈, 도적을 하다 못하여 똥 도적놈이 다 있나?"

이때 서병신은 무심중에 놀라기를 과히 하여 자빠졌다가 정신을 간신히 차린즉, 이 참판 집이 불끈 뒤집혀 범강장달[72]이 같은 놈들이 방장[73] 도적을 잡으러 들어오는 모양이라. 그때는 아픈 생각도 없고 더러운 생각도 없고 심중이 황황하여 두 주먹을 불끈 쥐고 담을 넘어 달아나더니, 최선달이 보고 소리를 지르며,

---

71) 말라붙도록.
72) 우락부락한 장정을 이르는 말.
73) 이제 곧. 당장.

"여보게 작은돌이, 도적놈이 여기 있네."

하면서 몽둥이로 보기 좋게 두어 번을 안기니, 병신이는 감히 아프다 소리도 못하고 담을 훌쩍 뛰어 달아나는데, 최선달은 구태여 잡을 생각은 아니하고 나아가더라.

병신이는 능지가 되게 매만 맞고 꿀 먹은 벙어리와 같이 꿀꺽 소리도 못하고 황금 투구에 금갑을 입은 대로 간신히 사뇰 개천을 찾아가서 위선 입과 얼굴의 똥만 씻고 실성한 사람 모양으로 비슥비슥 가며 중얼중얼 금년을 벼른다.

"조런 대매[74]에 쳐 죽일 년 보아. 양반의 입에 언감생심 똥을 먹여! 우리 아주머니가 수차 말씀하시는 것을 나는 고년의 색태[75]를 아껴 이때까지 두었다가 기어이 욕을 참혹히 보았거든. 또 최춘삼이란 놈이 나를 때려? 이놈, 너도 어디 좀 보자. 그놈이 분명히 고년과 짠 것이지. 그러면 작은 돌이가 들어왔을 리가 없다구."

이런 궁리 저런 생각을 하며 새문 밖으로 나가는데 금년은 허리가 부러지게 굴러가며 웃으며 속마음으로, '에그, 똥감태기하고 가는 모양이야 참 볼만하지. 그런 더러운 짓 하고 다니는 사람은 똥을 먹어야 해.'

금년이 시침을 뚝 떼고 들어와 아무 말도 아니하니, 집안에서는 도적이 들었던 줄만 알 따름이나, 눈치 채기는 여우 같은 안방 부인이라. 잠이 천 리만큼 달아나던지 벌떡 일어앉아 담뱃대에 담배를 담아가지고 홀아비 굴뚝에 연기 나오듯 뻑뻑 먹더니, 벼룻집을 득 열고 먹을 득득 갈아 되지 않은 글씨로 외똘빼똘 싹싹 쓰더니, 착착 접어 베개 밑에 넣었다가 식전 댓바람으로 섬월이를 주고 수근수근.

(섬월) "예예예, 저런 년이 어디 있어요?"

정숙이도 금년이 도적 들었다 소리 지르는 통에 잠이 깨어 눈치는 대강

---

74) 단 한 번에 때리는 매.
75) 여자의 곱고 아름다운 태도.

집작하나, 비례지사[76]인 고로 구두[77]에 올려 묻지 않고 모르는 체하는데, 금년이 생각에 안방 부인의 조카를 그렇게 욕을 뵈었은즉 필경 무슨 일이 있을 줄은 집작하여 얼마쯤 괘념[78]이 되던지, 자다가 별안간에 잠꼬대를 하니 잠이 들랴말랴 하던 정숙이 깜짝 놀라 금년을 흔들면서,

"이애, 금년아 금년아, 왜 그러니? 금년아, 정신 좀 차려라."

금년이 그제야 잠을 깨어 일어앉아서 눈을 이리 비비고 저리 비비더니,

"에그, 꿈도 고약해라. 무슨 년의 꿈이 그래?"

(정) "왜, 꿈을 어떻게 꾸었길래 잠꼬대를 그리 야단스럽게 했니?"

(금) "꿈도 참 고약해요. 꿈에 도적놈이 들어와서 쇤네를 친친 동여다가 강물에다 넣어요. 또 그나 그뿐이라구요. 차마 말씀할 수 없어요. 그 놈들이 또 작은아씨를……."

(정) "에끼 미친년, 무엇이 불길하단 말이냐? 난몽[79]일 뿐 아니라 도적놈 튀긴 끝이니까 그렇지."

(금) "난몽이면 어찌 그리 분명해요? 꿈도 허사가 아니랍니다."

(정) "미친년은 미친년의 소리만 하는구나, 그만두고 잠이나 자거라."

일껀[80] 꿈 말하던 금년이 저의 아씨에게 핀잔만 맞고 다시 대답을 못하고 도로 쓰러져 자고 이튿날 정숙과 같이 학교를 가더라.

이후로 정숙은 학교에서 오면 방문 밖을 나지 아니하고 공부만 하더니, 하루는 금년이 정숙을 따라 학교에 갔다가 오느라니 섬월이가 밖에서 들어오며,

"금년아, 밖에서 누가 찾더라."

(금) "누가?"

---

76) 예절에 벗어나는 일.
77) 입.
78) 마음에 걸림.
79) 어지러운 꿈. 허튼 꿈.
80) 애써서.

(섬) "내가 알 수 있니, 웬 사내아이더라."

(금) "에그, 고약해라, 사나이가 왜 나를 찾아? 우리 아버지나 아닌가?"

(섬) "내가 너의 아버지를 몰라서?"

(금) "어디서 왔답디까?"

(섬) "자세히는 몰라도 남대문 밖에서 왔다더라."

(금) "나이는 얼마나 되어 보입디까?"

(섬) "오십쯤 된 듯한데, 급히 너를 보자고 하더라. 어서 나가보아라."

이때 금년아비 방순보는 남대문 밖 정거장 근처에서 노동을 하는 터이라. 금년이는 남대문 밖에서 급보가 들어온 줄 알고 급히 나갔다가 들어오며 곡지통[81]을 내놓는다.

"에구 에구 불쌍해라. 에구 에구 나 같은 년은 살아 무엇하나. 에구 에구, 자식이라고는 나 하나뿐인데, 임종도 못하였으니, 자식이라 할 수 있나, 에구 에구."

(정숙) "에그, 미친년도 많다. 나갔다 들어오더니 무슨 소리를 듣고 들어와서 저리 울까. 요란스럽다, 고만 울고 말이나 시원히 해라."

금년이 목을 놓고 울다가 울음을 억제하고 눈물만 비 오듯 흘리며 목메인 소리로,

(금) "에그, 쇤네 아범이 죽었대요."

(정) "그게 무슨 소리냐, 참말이란 말이냐?"

(금) "지금 통보가 왔에요."

(정) "에그, 참 참혹해라. 금년아, 어서 나가보아라."

말을 뚝 그치고 눈물이 핑 돌며 지화 몇 장을 내어주면서,

"이애 금년아, 이것 가지고 어서 가보아라. 너의 아범이 죽었어도 눈을 감았겠니?"

---

81) 매우 슬프게 욺.

금년이는 이 말을 듣고 더욱 느끼며 울고 밖으로 나아가는데, 안방부인은 이 소리를 듣고 대경소괴[82]하는 모양으로,

"무어, 금년 아비가 죽었어? 참 불쌍하구나. 죽은 사람도 불쌍하다마는 금년의 경상을 어떻게 본단 말이냐. 금년아, 지체 말고 어서 나가보아라. 자식된 도리에 어디 되었느냐."

금년이는 그 말을 들은 둥 만 둥 천방지방[83] 늙은 놈을 따라 길에 나서니 눈물이 앞을 가리어 어딘 줄도 모르고 얼마쯤 갔던지 두 다리에 알이 통통히 배어 걷지를 못하고 펄썩 주저앉으니,

(늙은 놈) "이애, 저러면 어느 시절에 나가잔 말이냐? 전차나 기다려 타고 가자."

일식경은 되어 땡땡 소리가 들리며 전차가 뚤뚤뚤 와서 딱 서는데, 늙은 놈은 인심 좋게 전차표를 사 가지고 금년을 차에 올려놓으니, 금년이 차를 타고 한참 가다가 큰 홍예문에 다다라서,

(금) "아저씨, 여기가 어디오니까?"

(늙) "어디야, 문턱이지."

(금) "에그, 남대문은 아닌데요."

(늙) "허, 그것 참 잔말도 무던히 하는구. 아무 데로 가든지 빨리만 갔으면 제일이지."

어언간에 해는 떨어져 어둠침침하여 먼데 사람 알아보기 어려울 만치 되었는데, 차가 애오고개 밖에 마루터기에를 당하였는지라.

(늙) "여보, 정거 좀 해주구려."

말이 막 뗠어지며 장거수[84]가 초인종을 땡땡 흔들더니 차가 우뚝 서는데,

---

82) 몹시 놀라서 의아하게 여김.
83) 너무 급해서 정신없이 허둥지둥 날뛰는 모양.
84) 전차 운전수.

(늙) "어, 시원하고. 인제는 거진 다 왔다. 이애 아가, 어서 내려라."

금년이 늙은 놈을 따라 엎드러지며 곱드러지며 애오고개 송림 속으로 들어가니, 사람의 그림자는 하나도 없고 사면이 컴컴하여 지척을 분변할 수 없는데, 들리느니 올빼미 소리와 군호 새소리라.

(금) "에그, 여기가 어딘가? 우리 아버지 계신 집을 어디 이리 온다구."

(늙) "아따, 고년, 잔소리도 참."

금년이는 설움에 북받쳐 무서운지도 모르고 솔밭 속 무인지경으로 점점 들어가니, 솔밭 속에서 두어 놈이 망을 보다가 늙은 놈이 금년이 데리고 오는 것을 보고, 두 놈이 나서며,

"에참, 장선달, 수고를 대단히 했네그려."

(또 한 놈) "에구, 장선달, 여기까지 어려이 데리고 왔소그려."

금년이 무심중에 오다가 그놈들의 음성을 듣고 전신이 사시나무 떨리듯 하며,

"에그, 새문 밖 서방님, 어찌 여기 계십니까? 여보, 팽서방, 언제 나왔소?"

말이 떨어지지 못하여 무지하고 우악한 늙은 놈이 금년의 비단결 같은 머리채를 얼레에 실 감듯 손에다 휘휘친친 감아 팩 잡아 제치니 금년이는 혼비백산하여 광풍에 낙엽같이 나가떨어지며,

(금) "에그머니, 할아버지, 왜 이러시오?"

(늙) "에 고년, 가만히 자빠졌거라. 할아버지가 무슨 제밀 붙을 할아버지야."

(금) "내가 무슨 죄가 있습니까?"

(늙) "이년아, 아가리 짓찧기 전에 조동이 닥쳐라. 네가 죄 있고 없는 것을 내야 알 배때기가 있느냐? 나는 막걸리 잔에 팔려서 이 짓을 한다."

(금) "에그, 새문 밖 서방님, 쇤네가 무슨 죄가 있길래 이리하셔요? 여보, 팽서방, 팽서방은 이리할 것이 무엇이오, 좀 말려주오."

(새문 밖) "요 발칙하고 발길 년아, 죽어도 벌써 죽을 년이 양반의 입에 똥을 먹여. 너 같은 년은 살려두어 못쓰느니라."

(금련) "에그, 하나님 맙시사, 에그 에그!"

(팽서방) "요년아, 누가 듣는다."

(새) "이애, 작은돌아, 고년과 만수받이[85]하여 무엇 하누. 어서 요정을 내고 들어가지."

제 아비 죽은 줄 알고 설움에 못 이기어 울며불며 나오던 금련이 초벌 혼이 다 빠진 끝에 이런 변을 당하니, 남은 혼마저 빠져 기색[86]을 하여, 사지에 온기가 없고 점점 푸른 기운이 생기니, 사자 같은 작은돌이 무지하게 달려들어 버선 짝을 벗겨 금련의 입이 찢어지도록 틀어막고 껄껄 웃으며,

"허허허, 저년을 꾀어오느라고 젖 먹던 힘이 다 들었어."

(새) "참말이지, 장선달이 아니면 조년을 잡아올 수가 있나. 걱정 말게, 조년이나 잘 처치하면 막걸리 잔이나 더 먹임세."

늙은 놈은 막걸리 잔이나 더 먹이마는 소리에 엉덩잇바람이 절로 나서 금련을 질끈질끈 힘을 써가며 동여 놓고,

"여보시오 서방님, 인제는 어떻게 하랍시오?"

(새) "어떻게 할 것이 있나, 여기서 죽여 버리지."

(작은돌) "천만의 말씀도 하십니다. 예는 다른 데와 달라 오서자내[87]인 고로 동살[88]만 번하면 산 순검들이 뻔히 늘어섰는데 만일 들키기만 하면 어찌 하와요?"

(새) "글쎄. 그러면 어찌하면 좋으냐?"

(작) "더할 것 아니라 예서 양화진이 가까우니 물에다 띄워 버리면 아

---

85) 시끄럽게 여기지 않고 즐겁게 응대하는 일.
86) 기절.
87) 서울 오서五署의 구역 안.
88) 동이 트면서 비치는 햇살.

무 염려도 없을 듯합니다."

(새) "허허허, 참 네 말이 옳다."

늙은 놈은 가장 긴한 것을 보이느라고 금년이를 질빵[89] 걸어 괴나리봇짐지듯 꿍꿍 지고 강으로 나가니, 새문 밖 서방님이란 자는 상여 뒤에 상주 따르듯 두 주먹을 불끈 쥐고 기가 막히게 따라서 강가에 당도하니, 여기는 금년이가 흔적도 없이 죽을 곳이라.

늙은 놈이 금년이를 내려 두 손으로 아래 위를 마주잡고 정월 보름날 고기밥 주듯 강 심중으로 휙 던지니, 불쌍한 금년의 혼신은 급한 조수를 좇아 순식간에 간 곳이 없고, 새벽달은 희미한데 원근 강촌에 닭 우는 소리는 악악하더라.

(새) "허허허."

(늙) "껄껄껄."

(작) "껄껄껄."

경기도 풍덕군 영정포는 서관대로[90]에 있는 포구라. 좌우에 술막집이 즐비하여 왕래하는 행인들이 들며나고 나며들어 사람들이 빌 때가 없는데, 겸하여 나루터인 고로 장사하러 다니는 삼판선[91]과 고기 낚으러 다니는 낚싯거루[92]는 모두 영정포 나루터에 매어두는 터이라.

영정포 중간 술막집 봉놋방[93]에서 잠든 행인이 별안간에 소리를 버럭 지르고 벌떡 일어 앉아 입맛을 쩍쩍 다시며,

"어, 경을 칠 놈의 꿈, 수선도 하군."

하면서 잎담배를 부시 질러 곰방대에 담아 한참 먹다가 도로 쓰러져서 코를 쿨쿨 골더니 또 소리를 벽력같이 지르며,

---

89) 짐을 지는 데 쓰는 줄.
90) 서울에서 의주까지 가는 큰 길.
91) 사람이나 고기를 나르는 작은 배.
92) 고기 잡는 작은 배.
93) 주막집에서 여러 행인이 잠을 자던 큰 방.

"금년아, 이리 오너라. 저것이 웬일이냐?"

하다가 제 소리에 놀라 잠을 쾌히 깨어 일어앉으며,

"허어, 필경 무슨 일이 있는 게로구. 금년이가 죽었단 말인가? 몽사[94]가 어찌 그리 이상한구? 전신에 피투성이를 하고 꿈에 두 번이나 보이면서 살려달라 하니 정녕 죽은 것이로구. 만일 죽었으면 어따가 마음을 붙여 사누? 제기랄 놈의 신수도 많지. 늙을 고비에 딸자식 하나 둔 것이나마 지닐 수가 있나, 흥."

말을 뚝 그치며 괴나리봇짐을 부스럭부스럭 싸더니 발감개[95]를 단단히 하고 날이 밝기도 전에 서울로 오려고 강가에 나서 본즉, 창망한 물빛은 하늘에 닿았고 사람의 그림자는 하나도 없는지라, 마음이 공연히 황급하여 강가에 매어둔 낚싯거루 하나를 끌러 타고 강중으로 저어 들어오더니 은은히 사람의 소리가 들리며 불빛이 반짝반짝 비치더니 쐐 소리가 나며 삼판선 한 척이 웃강에서 내려오는지라, 상앗대를 들어 삼판선을 밀다가 상앗대 끝에 무엇이 툭 걸리며 삼판선 밑으로 들어가거늘,

(행인) "여보, 삼판 주인, 배 밑으로 무엇이 들어갔으니 좀 건져보오."

(삼판) "무엇이 들어갔단 말이오?"

하면서 뱃머리의 키를 둘러 배를 돌리고 무엇을 두 손으로 끙끙 건져내어 한참 보더니,

"에 튀튀, 재수가 없으니까 별일이 다 많고. 식전 댓바람에 송장 하나가 차례 오니 오늘 무슨 일이 되겠나."

(행) "무엇이에요? 송장, 송장이라니, 송장은 웬 송장인가? 허, 누가 도적을 만나서 물에 빠져죽었나, 살기가 싫어서 물에 빠져죽었나? 에, 불쌍한 일이로군. 여보, 다행히 노형이 그 송장을 건졌으니 배에 싣고 가다가 정한 땅에 묻어나 주오."

---

94) 꿈에서 겪은 일.

95) 버선 대신으로 발에 감던 좁고 긴 무명. 막일을 할 때나 먼 길을 걸을 때 흔히 이용함.

(삼) "아따, 그 양반 치마폭이 열두 폭이나 되나보군. 여보, 댁은 갈 길이나 가오."

행인은 그 송장을 보고 가슴이 덜꺽 내려앉으며 눈물이 펑펑 쏟아지는지라, 삼판 주인의 큰 방.

하는 말도 탓할 생각을 못하고 강을 급히 건너 경성 인왕산 밑으로 허위허위 오더라.

"에그, 금년이가 왜 아니 오나, 으. 금년이가 웬일이야 으?"
하며 애를 태우고 앉았는 사람은 인왕산 밑 이참판의 딸 이정숙이라.

금년을 보내고 즉시 올 줄만 믿은 터에 수삼 일이 되도록 소식이 돈절하니[96] 혼자 앉아 책만 보다가 밖에서 인기척만 나도 금년이 오는가, 바람에 문만 덜컥 하여도 금년인가,

"이애, 누구냐? 금년이 오니?"

다시 본즉 아니라. 실혼[97]한 사람도 같고 상성[98]한 사람도 같이 앉아서 사람이나 보내어보자 한들 그전 있던 하인들은 안방부인 등쌀에 모두 떼도망을 하고 다만 섬월의 양주 뿐이라. 집을 모른다고 이리 핑계 저리 칭탁[99]하니 정숙이는 속만 부집 죄듯 하고 앉았는데, 안방에서는 끼리끼리 모여 앉아 입을 비쭉이며 코웃음을 한다.

(섬월) "암만 눈이 빠지게 기다려보지, 금년이가 오나."

(부인) "이애, 그만하면 고년이 용궁에 들어가서 자식이라도 벌써 낳았겠다. 깔깔!"

(섬) "인제야 거칠 것이 있습니까, 헤헤헤!"

(부) "고년을 두고야 무슨 일을 해볼 수가 있어야지. 고년이 용궁에 들어가서도 말전주[100]질을 할까? 인제는 요년 정숙아⋯⋯."

96) 소식이 끊기다.
97) 정신을 잃음.
98) 본성을 잃어버리고 딴 사람같이 변함.
99) 핑계를 댐.

한참 이 모양으로 숙덕이는 중에 대문간에서 누가 와 부른다.

"하님[101], 하님."

(섬) "누군가?"

(부) "어서 나가보아라, 새문 밖 하인이 들어왔나 보구나."

(섬) "목소리를 들어도 새문 밖 하인은 아니올시다."

하면서 여우 같은 상판대기에 살쾡이의 웃음을 하고 나가더니, 땀을 뻘뻘 흘리고 뛰어 들어오며,

"에그, 마님 마님, 금년아비가 살아왔습니다."

(부) "에끼년, 그게 무슨 산매[102]들린 소리냐. 죽은 사람이 왔어?"

(섬) "에그. 마님두, 쇤네가 거짓말하는 줄 아시네."

(부) "참말이야?"

(섬) "그러믄요."

(부) "그러견 금년이 데리고 왔디?"

(섬) "금년이가 왔으면 들어오지 않겠습니까."

(부) "그러견 좀 물어보아라. 금년을 왜 불러 내갔나?"

부인과 섬월이 주고받는 소리로 안팎 다른 수작을 하는데, 어진혼이 다 빠지기는 금년 아비 방순보라. 풍덕 영정포에서 허둥지둥 이참판 집으로 와서 부르면 첫째 금년이가 마주 내달을 줄로 꼭 믿었더니, 웬 곡절을 모르고 늬이 휘둥그레져서 다시 부르려 하던 차에 섬월이 항뚱항뚱 나오며 하는 말이,

"여보시오 방선달, 금년이는 왜 아니 데리고 왔소? 또 약은 무슨 약을 자시고 사오일 동안에 저렇게 완인[103]이 되었소?"

(방순보) "무엇이오? 금년이를 데리고 오다니?"

---

100) 이쪽저쪽 다니며 이간질함.
101) 여자 종을 존대하여 부르는 소리.
102) 요사스런 귀신.
103) 병이 완전히 나은 사람.

(섬) "에그, 저 소리 들어보게. 그저께 방선달이 죽었다고 남문 밖에서 전인이 들어와 금년을 데려가고 생시침을 뚝 뗸단 말이오?"

(방) "그것이 무슨 말이오? 죽기는 어떤 경을 칠 놈이 죽어? 나는 이달 초생에 보행삯을 받고 개성까지 갔다가 오늘이야 들어오는데."

(섬) "에그, 고약해라. 그러면 금년이가 어데를 갔어?"

방가는 섬월의 말을 듣고 졸연히[104] 눈이 산 밖에 베어지며 열이 벌컥 나서 맹세를 내붙이며,

"이런 제미[105]를 붙고 경을 칠 일이 있나? 아마 상전이 심히 굴어서 물에 빠져죽은 게로구. 누구더러 무어 어찌고 어찌해? 나더러 죽었다고? 그러면 누가 속을 줄 아오? 금년을 어서 불러 내와야 할 걸."

안방부인은 섬월이를 내어보낸 후에 귀를 기울이고 방가의 수작을 듣다가 염치 좋게 내대고 악을 버럭버럭 쓴다.

"이놈아, 금년아비야, 무어 어찌해, 네가 무엇이라 했노? 이놈, 네가 죽었다 핑계하고 금년이를 빼돌리고 와서 무슨 잔말이냐. 그러면 누가 속을 줄 아니? 그리고 능히 무사할까? 이놈, 냉큼 금년이 찾아 바쳐라. 네가 찾아 바치지 아니하여 보아라. 이놈, 네가 금년이를 빼내지 아니했으면 네가 댁에 와서 금년이를 아니 부르고 왜 하님을 먼저 불렀느냐? 그것만 보아도 환히 알 노릇이지. 저런 죽이고 또 죽일 놈이 어디 있나? 댁 영감이 계시더면 저런 놈은 당장 건오금[106]을 끊어놓을걸. 이애 섬월아, 작은돌이더러 순검 좀 불러오라고 해라. 이놈, 네가 경무청에 가서도 저따위 버르장이를 할까, 이놈 이놈!"

한참 이리 악을 쓰는 중에 정숙이는 흑색 모시치마에 구두를 신고 반양제[107] 머리에 한 손에 우산을 들고 한 손에 책보를 들고 걸음을 총총히 걸

---

104) 갑작스럽게.
105) 제 어미.
106) 성한 무릎이나 팔꿈치.
107) 반 서양식 머리.

어오더니, 방가가 앞에 와서 허리를 꾸뻑하며,

"작은아씨, 문안드립니다."

무심하고 오던 정숙이 방가를 보고 깜짝 놀라 아무 말도 못하고 안으로 들어가니, 방가보고 놀라기는 정녕히 죽었다던 방가가 살아왔은즉, 금년의 일은 묻지 아니하여도 알지라. 시름없이 앉았는데, 안방부인은 정숙이 오는 것을 보고 더군다나 기가 나서 담뱃대로 방바닥을 함부로 두드리며 죽일 놈이니, 살릴 놈이니 하는지라. 정숙이는 우두커니 앉아 생각을 하나, 금년아비는 그런 불량한 짓 할 사람은 아니요, 금년이도 주인을 배반하고 도망할 위인은 아닌데, 어찌된 곡절을 몰라 심병이 될 지경이라.

(섬) "에그, 그러면 그놈이 유인하여 간 게지, 아마."

(정숙) "무엇이야, 그놈이 누구란 말이냐?"

(섬) "글쎄. 쇤네도 그놈이 누군지는 모릅니다마는, 거번에 금년이가 어떤 놈과 무엇이라고 은밀히 수작을 하다가 쇤네를 보고 깜짝 놀라 얼굴이 빨개지며 들어오기에 쇤네는 예사로 알고 덮어두었지요."

(정) "예끼년, 금년이가 그런 행실은 아니한단다."

부인은 이 말을 듣더니 얼굴이 선지 방구리[108]가 되어 포달스런[109] 소리로 정숙을 부르며,

"이애 박집아, 금년이를 만고열녀로만 알았디? 양반의 계집아이라도 거리로 싸지르면 오금이 뜰 터인데, 금년이는 세상에 없는 인물이냐? 별별 우스운 소리도 다 많다. 고년이 그런 행실이 없으면 그래 어디로 갔단 말이냐? 네가 고년을 그리 뒤덮다가 좋은 소리 듣더라. 양반이 심히 굴어 물에 빠져 죽었다구. 학치[110]를 팰 놈 같으니, 제가 정녕 빼내고 어쩌면 그

---

108) 물을 긷는 질그릇.
109) 악을 쓰고 욕을 하며 대드는 일.
110) 정강이.

리 뻔뻔하게 되순라를 잡나.[111] 제가 어떻게 하든지 금년을 찾아 바쳐야 할 걸. 금년을 못 찾으면 그 대신 몸값이라도 해 바쳐야지."

(섬) "에그, 좀 참으십시오. 금년은 정녕 그놈이 빼어간 게올시다. 금년 아비도 일껀 자식을 보러 왔다가 없으니까 홧김에 그런 것이지요. 용서 하실 밖에 있습니까. 저도 생각이 있으면 찾아 바칠 터이지요."

정숙이는 부인 노주의 말이 그친 후에 방가를 불러 자세한 사실을 물으니, 자식 잃고 되순라 잡힌 방가는 입맛을 쩍쩍 다시며,

"소인이 작은아씨 한 분만 믿고 금년을 댁에 갖다 두었더니, 오늘날 이런 일이 있을 줄 생각 못하였습니다. 소인이 이달 초생에 보행삯을 받고 송도까지 갔다가 일전에 풍덕 영정포서 자옵는데, 꿈에 금년이가 두 번이나 웬 몸에 피를 흘리고 현몽하며 살려달라고 하는 고로 자연 심신이 황홀하여 그 길로 바로 떠나 댁에 와서 본즉 과연 이런 일이 있습니다그려."

정숙이는 정신없이 방가의 말만 듣다가 눈물을 이리저리 씻으며 방가를 위로하는 말이,

"에그, 불쌍도 하지. 금년이 같이 쌀쌀스런 년이 그런 화변을 당하면 살려고 할 리가 있나. 금년이는 나를 배반하고 갈 사람이 아니야. 에그, 금년이가 어디 가서 있나. 또 금년이 없어진 것을 설마 자네게야 의심 하겠나. 설사 금년을 빼돌릴 생각이 있더래도 자네 자식 자네가 데려가는 것을 그리 은밀암밀히[112] 할 까닭이 있나. 또 나와 같이 자라난 터에 몸값이 다 무엇인가. 자네 정경이 오히려 불쌍하게 되었는데. 아직 물러가서 있으면 댁 영감이나 환택하시거든 자연 알 도리가 있겠지."

이때 방가는 무엇이라고 할 말도 없어 하직하고 가는지라, 부인은 섬월을 쿡쿡 찌르며,

"에그, 꿈 딴은 영절스럽다[113]. 어쩌면 고년이 죽어서도 고러냐."

---

111) 도리어 남을 범인이라고 함.
112) 비밀스럽게.

(섬) "마님이 악쓰시는 바람에 꿀꺽 소리도 못하고 멀찍이 쫓기어 가는 모양이 우습습니다."

차후로 집안의 돌림쟁이[114]는 정숙이라. 학교에 갔다 오면 두문불출하고 공부만 하더니, 졸업시험을 다 치른 후는 학교에도 가지 아니하는데, 부인과 섬월은 마음대로 마주만 앉으면 공론만 하더니, 하루는 작은돌이가 들어오며 새문 밖 서방님이 왔다 하는지라,

(부) "새문 밖 서방님이 오셨어? 들어오시라고 해라."

말이 막 그치며 서병신이 들어와 부인을 보고 인사한 후, 부인을 찍어 가지고 골방으로 들어가서 덕색[115]을 한다.

"참 나 아니면 고년을 죽였겠습니까. 똥 먹은 생각을 하면 지금까지 분해요."

(부) "암, 이를 말이냐. 고년은 없이했지마는 또 그 일은……."

(병) "그 일은 차차 말씀하지요."

일변 말을 하며 조끼에서 무엇을 내어 은근히 부인을 주며,

"자세히 세어보십시오."

부인이 얼른 받아 세어보더니, 입이 떡 벌어져서 서병신의 등을 똑똑 치면서,

"에그, 참 기특도 하지, 내 조카야. 나는 너 아니면 수족을 동인 듯하다. 그러나 그 사람은 누구며, 이후에 말이나 안 날까?"

(병) "참 아주머니도, 내가 범연히[116] 하였겠습니까. 말은 무슨 말이 나요. 그 사람은 생각이 없겠습니까."

(부) "그러나 그년은 그 지경을 당하면 짚어놓고 살려고 아니할 터인데, 나중에 돈을 도로 달라면 어찌하니?"

---

113) 생시 같다.
114) 따돌림을 받는 사람.
115) 남에게 은혜를 베풀고 내는 생색.
116) 조심성이 없이.

(병) "껄껄걸, 이왕 저를 주어 놓은 후는 죽든지 살든지 누가 알 까닭이 있습니까. 살면 제가 좋고 죽어도 제가 당할 터이지요. 그러나 졸업 방이나 나야 성사가 되겠습니다."

(부) "암, 그렇지."

(병) "여간 인물은 아니니까 좀체로 하여는 안 될 걸이오."

(부) "깔깔깔."

(섬) "쇤네도 그때에 따라가 볼 터이지요마는 절개가 개절[117]이 되겠지."

(부) "깔깔깔."

(병) "깔깔깔."

한참 이죽이죽 못된 공론을 하던 서병신이 가려고 일어서다가 다시 부탁하는 말이,

"큰아버지 오시거든 내가 왔더란 말씀 마십시오."

(부) "왜 그러니?"

"큰아버지는 공연히 나를 흥할 자식이니 망할 자식이니 하시며 꿈쩍도 못하게 하신답니다. 더군다나 아주머니 뵙고 왔다면 좋아하시겠습니까?"

(부) "아, 왜 그런다더냐. 도리어 너더러 집안을 망한다고 해? 이참판과는 질끈 하여 정숙이 위하기를 제집 신주보다 더하니, 그래, 정숙이는 친동기보다 더하단 말이냐? 참 야속하여 못살겠더라, 끌끌끌."

병신은 가고 부인은 흥에 떼어 곤댓짓[118]을 하며 다니는 모양을, 얌전하고 단정한 정숙이 그 위인을 심중으로 부족히 알지언정 내색은 아니하고 지내더니, 하루는 여자사범학교 제일회 졸업방이 났는데 최우등에 이정숙이라.

부인이 펄펄 뛰며 좋아한다.

---

117) 절개를 저버림.
118) 뽐내어 하는 고갯짓.

(부) "에그, 신통하고 기특하지, 졸업을 해도 우등생이지. 우리 동양배판 이래로 처음일걸. 영감이 계셨더면 오죽 좋아하실라구. 에그, 절통해라. 영감이 제주서 언제나 오시노. 그러나 졸업방이 났으니 졸업 예식도 쉬이 될 터이지."

(섬) "작은아씨가 졸업을 하셨으니까 벼슬도 하신대요."

(부) "암, 벼슬뿐이겠니. 에그, 생각할수록 신통하지."

이정숙 졸업방이 각 신문에도 게재가 되었던지, 하루 식전에 신문이 경성 오부자내[119]에 눈발같이 분전[120]되니, 우등생 이정숙 삼 자에 눈깔이 번쩍 떼이기는 새문 밖 서참서의 조카 서병신이라.

자연 며칠이 되었더니 오후 넉 점가량은 되어 작은돌이가 봉투에 봉한 편지를 들고 들어오며,

"작은아씨께 학교에서 청첩이 왔습니다."

(정) "왜 청한다니?"

(작은돌) "오늘 하오 십일 시에 졸업 예식을 한대요."

정숙이가 그 청첩을 떼어보니, 속사판에 박인 청첩인데,

금일 하오 십일 시에 본교 졸업 예식을 서부 반송방 학교에서 개최할 터이니, 졸업생들은 계기[121] 내참[122]할 사.

년 월 일

여학교장 ○ ○ ○

이정숙 좌하[123]

라 하였는지라.

---

119) 서울을 구획하던 중, 동, 서, 남, 북 5구역.
120) 배포.
121) 정한 시간. 정한 기간.
122) 와서 참가함.
123) 편지에서 상대편을 높이어 그의 이름 아래에 쓰는 말.

(정) "에그, 이상하지. 졸업예식을 왜 밤에 하누?"

(섬) "쇤네가 물으니까 여학교 졸업 예식에는 재상가 부인들이 오시는 고로 밤에 한다고 해요."

(부인) "참, 그 말이 옳지. 졸업 예식이 아니라 그보다 더한 구경이라도 낮에 한다면 나도 아니 가겠다. 이애 작은돌아, 오늘은 작은아씨를 너하고 섬월이가 모시고 가거라."

(작) "네, 소인이 모시고 갑지요."

(섬) "에그, 좋아라. 오늘은 좋은 구경을 하겠지. 열한 시가 언제나 되나?"

이때는 사월이라. 해만 떨어지면 얼마 안 되어 십일 시가 되는 고로 부인은 부산하게 정숙이 학교에 갈 제구[124]를 차리며 섬월이와 귓속 짬짬이도 하다가, 시간이 지나겠다고 재촉을 성화같이 한다.

"이애 박집아, 어서 가거라. 시간을 어기면 쓰겠니. 어서 가서 졸업장을 타가지고 오너라. 구경 좀 하게."

정숙이는 공연히 살이 떨리며 마음이 뒤숭숭하여 시름없이 앉았다가 부인 노주 재촉하는 바람에 천연히 일어나서 섬월을 부르다가 문득 금년의 생각을 하고 눈물이 글썽글썽하며 섬월을 데리고 나서니, 작은돌이는 마침 대령하고 있다가 앞서 인도하는지라.

(정) "작은돌아, 반송방이 어디냐?"

(작) "서소문 밖이올시다."

(정숙) "그러면 바삐 가자, 시간이 늦을라."

하며 얼마쯤 갔던지 서소문을 나서서 큰 길로는 아니 가고 성 밑 길로 꼬불꼬불 돌아 들어가니, 정숙은 어딘지도 모르고 작은돌이만 따라 어느 집 앞으로 지나더니, 그 집 대문 앞에 키는 작달막하고 얼굴은 악족악족

---

124) 여러 가지 기구.

한 노파 하나가 섰다가 등불 빛에 섬월을 보고 반색하여 인사를 하는지라 섬월이도 역시 반색을 하며,

(섬) "에그, 마누라님이 어찌 여기 계셔요? 마누라님 계신 댁이 여기오니까?"

(노파) "왜 인제야 알았나, 여기라네. 오늘 저 학교에서 졸업 예식을 한다는데 구경이 장하다기 우리 마님을 뫼시고 갔더니, 아직도 시간이 못 되었다고 학교 문을 열지 아니하였길래 도로 오다가, 마님은 어디 잠깐 다녀오신다고 하시는 고로 나는 먼저 오는 길이러니 자네를 만났네그려. 그러나 자네는 밤중에 어디를 가나?"

(섬) "아, 그러신 줄 누가 알았나. 나는 작은아씨 뫼시고 학교에 가는 길이에요."

(노) "작은아씨, 뉘 댁 작은아씨?"

(섬) "아따. 우리 댁 작은아씨요."

(노) "아, 그러면 이참판 댁 작은아씨로구먼. 옳지, 학교에 단기신다기 어느 학교인가 하였더니 상푸둥 저 학교던 게지."

이때 정숙이는 앞만 보고 가다가 섬월과 노파가 수작하는 통에 잠깐 서서 수작을 들어도 학교에는 아직 시간이 이른 모양이라, 진퇴가 양난이 되었더니 섬월이가 앞으로 다가서며,

"에그, 작은아씨, 여기가 순동마마 댁이래요. 저 할멈은 순동마마 댁에 있는 사람아올시다."

섬월의 말이 그치기 전에 그 노파가 먼저 와서 정답게 인사를 한다.

"이 작은아씨가 이참판 댁 작은아씨란 말이야. 에그 참, 어여쁘기도 하시지. 우리 마마님이 일상 입에 침이 없이 칭찬을 하시더니 참 그러신걸. 학교에 다니시려면 날마다 우리 댁을 지나다니셨겠지."

정숙이 순동마마 댁이란 소리에 반색하여,

"그래, 자네가 순동마마 댁에 있는 사람인가?"

(노) "하하하, 그렇습니다. 아직 학교에 가서 쓸데없으니 잠깐 들어가시지요. 마마님도 곧 오십니다."

정숙이 생각에도 학교에 미리 가 기다리기도 창피하던 차 다른 집 같으면 들어가지 않을 것이나, 순동마마는 정숙을 길러낼 뿐더러 위인도 청고한지라. 집이 서소문 밖이란 말을 들었던 고로 노파를 따라 들어가니 집은 조그마하나 심히 정결하고 세간도 제법 치장을 하였더라.

(노) "방에 들어가 앉아 계십시오. 마마님은 곧 여쭈어 오겠습니다."

정숙은 의심 않고 태연 무심히 앉아 순동마마 오기만 기다리나 순동마마는 그림자도 없고 어언 간에 열한 점을 치니,

(정) "섬월아, 학교에 그만 가보아라."

(섬) "지금 가서 본즉 아직도 감감해요."

(정) "웬일이야, 졸업식을 새벽에 하려나? 끌끌끌."

(섬) "순동마마는 왜 아니 오시나?"

하면서 벌 쐰 년같이 뒤도 아니 돌아보고 허둥지둥 나가더니, 몇 분 동안이 안 되어 대문소리가 찌꺽 하더니 저벅저벅 소리가 나며 방문이 쓰윽 열리는지라.

정숙이는 혹간 순동마마가 오는가 하여 고개를 치어들어 보니, 순동마마는 아니요, 생면부지의 남자 하나가 방문을 걸쳐 붙들고 딱 섰는데, 얼굴은 씻은 배추 줄거리 같고 키는 작달막하여 아래 위를 툭 찍은 듯하며, 무문관사[125] 겹두루마기에 대문짝 같은 고름을 척 늘이고, 게 알 같은 탕건에 죽저립을 푹 숙여 쓰고 금테 안경에 보석반지를 맵시 있게 끼고, 술이 얼근히 취하여 비틀비틀 들어와 정숙을 뚫어지게 보다가 털썩 주저앉으며 말을 붙이니, 정숙은 무인반야[126]에 이런 소조를 당하여 섬월을 부르나 섬월이도 없고, 노파를 찾으나 노파도 없는지라, 심중에 황급하여 옥 같

---

125) 무늬가 없는 비단의 하나.
126) 아무도 없는 한밤 중.

은 얼굴이 별안간에 청옥 빛이 되어 앉았는데, 그놈이 횡설수설 수작을 늘어놓는다.

(그놈) "나는 주인마누라가 있는 줄 알고 들어왔더니, 주인은 어디 가고 젊은 아씨만 혼자 있소그려. 아따, 어떨 것 있소? 지금 보면 초면이나 다시 보면 구면이지. 본래 사귄 친구가 없습니다. 그러나 아씨를 잠시 보아도 필경 학교에 단기는 듯하니, 어떤 학교에 입학하였소?"

좀체 여자 같으면 무인반야에 생면 남자를 대하였으니 떠느라고 볼일을 못 볼 터이나, 담이 말만 하고 안차고 다라진 정숙이는 떨기는 고사하고 고놈을 징치[127]할 생각이 속에 가득한지라, 선뜻 대답하는 말이,

"네, 나는 여자고등학교에 다니더니 오늘 졸업 예식을 반송방 학교에서 하기로 지금 가다가 아직 시간이 못되었기 기다리고 있는 중이오."

(그) "허허, 그런 말을 뉘게다 하오. 자정에 무슨 졸업 예식을 한단 말이오? 내가 누구라고 내 앞에서 그런 서투른 수작을 붙이오? 나는 다른 사람이 아니라 애오개 사는 이치수요. 어젯밤 꿈에 함박꽃 한 송이를 꺾어보았더니 천만의외에 꽃 같은 아씨를 구경하니, 이 역시 하나님이 지시하신 연분인가 보오, 허허허. 그래, 올에 무슨 생이나 되었으며, 아들이나 하나 낳아 보았소? 허허허."

정숙이는 이치수의 일장풍설을 듣고 기가 막히어 아무 말도 못하고 벙벙히 앉았다가 점잖게 거리책지[128]하는 말이,

"여보, 이 양반, 잠깐 보아도 인사체면은 알 듯한데, 무인반야에 여자 혼자 있는 방에 돌입하여 비례지언을 마구 하니, 지금은 법률이 없는 줄 아오? 진작 나가야 망정이지 잘못하다가는 큰일을 당하리다. 어서 냉큼 나가오!"

이치수가 이 말을 듣더니 껄껄 웃으며,

---

127) 사람을 징계하여 다스림.
128) 사리를 따져서 잘못을 꾸짖음.

"요 빠빠하고 요돌요돌한 계집애야, 그렇게 정결할 것 같으면 학교에는 아니 가고 왜 장안 제일 뚜쟁이 의주집에게는 와서 혼자 있나? 벌써 그러면 알조[129]이지, 요게 무슨 잔말이야. 그래, 어떤 놈하고 맞추었니? 나도 갓 상처[130]하고 방장 혼처를 광구[131] 중이니, 두말 할 것 있나, 나와 같이 살지."

이치수가 한참 너털웃음을 하며 정숙이만 보고 앉았는지라, 정숙은 의주집 삼 자에 그제야 부인과 섬월의 흉계에 빠진 줄 깨닫고 분한이 철골[132]하여 구슬 같은 눈물이 도화양협[133]에 굴러 내리며 옥반[134]에 준주[135] 굴리는 소리로,

"이놈, 너도 사람이지. 사람이면 사람의 행실을 해야 사람이지, 너 같은 놈은 금수만도 못한 놈이다. 내가 불행히 악인의 흉계에 떨어져 이러한 누추한 곳에는 들어왔다마는 아직까지도 우리 동방에 예의가 있는 터인데, 이놈, 감히 얻다가 그런 욕설을 하니? 이놈, 썩 나가거라. 이놈, 네가 안 나가면 너 한 놈은 내가 죽이고 내가 죽을 터이다."

이치수는 정숙의 말을 듣고 코웃음을 빙긋빙긋 웃고 점점 가까이 들어앉으며 농을 건넨다.

"에구 참, 무서워라. 아씨 호령에 혼비백산이 되었는걸. 글쎄, 나하고는 살기가 싫단 말이야? 왜 나는 누구만 못한가, 허허허."

정숙이 일껀 책망한 것을 이치수는 농으로 풀쳐버리고 강포지욕[136]이 당두할 모양이라, 무슨 생각을 선뜻 하고,

---

129) 알 만한 일.
130) 아내가 죽어 혼자 되다.
131) 널리 구하다.
132) 뼈에 사무침.
133) 복사꽃 같은 두 뺨.
134) 옥으로 만든 쟁반.
135) 통에 넣어 빚은 술.
136) 몹시 사나운 행패.

"여보시오, 내가 신수 불길한 탓으로 댁에게 이런 욕을 먹으니 누구를 한가[137]하겠소. 그러나 나도 사부가[138] 여자로 이런 일은 듣도 보도 못하였다가 이런 변을 당하니, 댁이 만일 일향 무례히 굴면 나는 죽을 뿐이니 그러면 댁은 무사하겠소. 또 댁이 나를 유의할 것 같으면 정대하게 굴어도 될지말지한데, 더구나 무례히 구니 댁이 생각을 잘못하였소."

이치수가 이 말을 듣고 만심환희하여 입이 떡 벌어지며 정숙에게 감히 무례한 거동을 못하고,

"암, 이를 말씀이오. 내가 무례히 굴 리가 있겠소? 못 먹는 술잔을 먹고 아씨께 횡설수설을 하였으나 지금은 술이 깨어 생각하니, 그런 가엾을 데가 없소. 술 취한 개라고 용서하실 밖에 없소. 나도 아씨가 누구신 줄은 벌써 알고 있는 터에 무례지사를 할 리가 있나요. 더군다나 아씨와 백년해로를 하려 하면서 그런 행위를 할 리가 있소?"

하면서 혹시 정숙의 마음이 돌아앉을까 하여 멀찍이 물러앉았는데, 이때 의주집과 섬월이는 뒷문 밖에서 구경을 하다가 나중은 정숙이가 휘어드는 줄 알고 십분 다행하여 뾰족한 조동이를 해발이고 깔깔 웃으며 들어와 정숙을 보고 사과를 한다.

"할멈이 과연 의주집이올시다. 작은아씨는 시댁에 가실 가망이 없고 청춘을 허송하시는 것이 불쌍하여 어여쁜 서방님 하나를 얻어드리자고 속였습니다. 요새야 어떻습니까. 댁 정부인 마님도 과부로 영감께 오셨지요. 더구나 저 이주사 나리는 풍신이든지 양반이든지 형세든지 작은아씨 댁만 못하지 않습니다."

또 이치수를 보며,

"여보, 이주사 나리, 저런 아씨를 얻어 사시면 나리께도 영광이 안 되겠소? 혼인한 후에는 상급을 많이 주셔야 합니다."

---

137) 원망.
138) 문벌 높은 집.

(이) "참, 의주마마는 다심[139]도 하지."

정숙이는 의주집의 하는 말을 듣고 당장 의주집을 죽이고 싶으나 혈혈단신이 더러운 구덩이에 들어와 탈신[140]을 하자 하나 사면 목을 막아 앉았으니 섣불리 하다가는 욕만 더 당할지라, 이치수와 의주집의 마음을 눅이고 도망할 계책을 생각하더니 생긋 웃으며,

"나는 평생에 무례하고 잡된 사람은 좋아 아니하는걸."

(의) "암, 그렇지요. 여보, 이주사 나리, 말 좀 삼가시오. 정실로 백 년을 검은 머리가 파뿌리가 되도록 사실 터인데, 그리 잡상스럽게 굴어 쓰겠소?"

이때 이치수는 당장 달려들어 정숙을 겁간할 생각은 굴뚝같으나, 그러면 정숙의 눈의 밖에 날까 하여 점잖지 못한 체격에 점잖은 틀을 뽑는다.

"어참, 법도를 아시는 말씀이시로구. 나는 남자라도 부잡[141]한 사람은 대기[142]를 하는 터인데, 더구나 예문가에서 생장하신 저런 아씨야 오죽하실 리가 있을라구?"

뒷문 밖에 찰거머리 들어붙듯 몸을 착 붙이고 엿보는 년은 섬월이라. 이 거동을 보고 문을 똑똑 치니, 불여우가 다 된 의주집은 벌써 알아차리고 문밖으로 살며시 나간다.

(섬) "에그, 아주머니도 참 딱하지. 어찌하자고 그리 서름서름하게 일을 꾸민단 말이오. 작은아씨가 정말 순종하는 줄 아시오? 우리 마음을 눅이느라고 그리한다오. 그러다가 만일 달아만 나면 죽을 년은 우리 둘뿐이오."

(의) "이애, 별말 마라. 내가 삼십여 년 뚜쟁이 노릇한 년인데 그것을 모

---

139) 자질구레한 일에까지 마음이 놓이지 않아 걱정이나 마음 쓰는 일이 많음.
140) 위험에서 몸을 뺌.
141) 사람됨이 경솔함.
142) 매우 꺼림.

르겠니. 십벌지목[143]이 없다고, 작은아씨보다 더한 사람이면 마음이 솔깃하지 않겠니?"

(섬) "에그, 참 딱도 하시오. 작은아씨 속을 내가 알지 아주머니가 알겠소? 어떻게 도량이 넓은 줄 아시오."

(의) "이애, 우슨 말 그만두어라. 나도 소시에 외입도 하여보고 겁욕도 당하여 보았다마는 처음은 의례히 생파리같이 잡아떼었지, 유공불급[144] 하여 예예 할까?"

(섬) "에그 에그, 답답해라. 작은아씨도 우리 같은 줄 아시는구려. 우리야 말해 무엇하오. 얼굴이라도 번번히 생기고 돈푼이라도 있는 듯하면 꼬리를 톡톡 치고 백단[145]으로 아양을 다 부려 사나이가 미치게 굴었지요마는, 그래드 그렇지 아니하오. 어서 바삐 귀정을 내게 하시오."

두 년이 한참 수군수군하는데, 정숙의 눈에 들려고 점잖은 체하고 앉았던 이치수는 섬월의 말을 듣느라고 얼이 빠져 멀거니 앉았는지라, 정숙도 역시 섬월의 말을 대강 듣고 분한한 외에 강포지욕은 면할 도리가 없음을 알고 숯불이 벌건 청동화로를 앞에 끼고 앉아 화저[146]로 불을 이리저리 헤치고 앉았더니, 의주집이 들어오며 무엇이라고 군호를 맞추었던지 점잖던 이치수는 졸연히 역질 변하듯 바특바특[147] 다가앉으며,

(이) "어어, 저 아씨가 무엇에 성이 났나? 왜 저리 시무룩하고 앉았어?"

(정) "여보, 이것이 무슨 짓이오?"

(의) "하하하, 내외간에 아무리 하면 무슨 흉허물이 있습니까."

(이) "허ㅎ허, 암 이로 할 말인가?"

말을 뚝 그치고 달려드는데, 별안간에 사월 파일에 줄불 놓듯 불빛이

---

143) 열 번 찍어 안 넘어가는 나무가 없음.
144) 오로지 미치지 못할까 두려워하다.
145) 온갖 일의 실마리.
146) 부젓가락.
147) 가깝게.

번쩍 나며 방안에 모두 불천지라. 이주사는 벼락치는데 하룻강아지 나가 자빠지듯 전신이 불덩이가 되어 떼굴떼굴 굴며 죽겠다고 소리를 벽력 같이 지르니, 정숙이 다시 화로를 들어 이주사의 팔을 향하고 메어치니, 이주사의 손목은 불에도 과히 데일 뿐 아니라 무거운 화로에 찧어서 금방 곰배팔이[148]가 되어 자빠져서 불성인사[149]를 하는데, 의주집은 한구석에 끼어 서서 발발 떨며 감히 달아날 생각도 못하는지라. 정숙이 화로를 번쩍 들어 의주집을 치니 공교히 의주집의 코가 맞아서 떨어지며 펄썩 주저앉으니,

(정숙) "이년, 죽이고 또 죽일 년! 언감생심이 사부가 여자를 유인하여 더러운 욕을 보이려 하니, 너 같은 년은 당장 죽여야 하느니라."
하면서 또 한번 치려 할 제, 의주집이 걸음아 날 살려라 하고 방문 밖으로 뛰어나가거늘, 정숙이는 그 틈을 타서 도망하려고 쫓아나가다가 문턱에 걸리어 엎드러지니, 도망하던 의주집과 섬월이 풍우같이 달려들어 아래로조차 위까지 친친 동이니, 꼼짝을 못하고 잡힌바 되어 기색을 하였더라.

(섬) "에그, 불행 중 다행이지, 이 년이 제풀로 죽었소그려. 아까는 꼭 우리가 죽을 줄 알았더니, 요년이 방문에 걸려 엎드러질 줄 누가 알았어. 참 하늘이지. 그러나 아주머니는 코가 떨어져서 어찌하잔 말이오. 에그, 이주사는 기색을 하여 인사를 못 차리니 저런 가엾을 데가 어디 있을까."

(의) "이애, 나는 그래도 이주사보다 오히려 낫다. 이주사는 저 모양이 되었으니 이 노릇을 어찌하면 좋은가?"

(섬) "그러나 이 웬수를 어쩌면 다 갚는단 말이냐."

(의) "하하, 그리게 죽이지."

의주집은 이참판의 불면 날까 쥐면 꺼질까 하는 무남독녀를 죽이느라

고 코 떨어져 아픈 것도 모르고 사면을 휘휘 둘러보다가 피대¹⁵⁰⁾를 내어 장식을 열고 정숙을 틀어넣으니, 그 피대는 사람 두엇도 넉넉히 들어갈 만하더라.

(섬) "이왕 죽였으니 밝기 전에 어서 수시¹⁵¹⁾를 해야지. 여보 팽서방, 어서 들어오."

문밖에서 눈깔이 꺼멓게 기다리던 놈은 작은돌이라. 부르는 소리를 듣고 한걸음에 뛰어 들어와서 하는 말이,

"허, 마나님, 과히 상치나 않으셨습니까?"

(의) "과히 상치 않은 게 무엇인가. 에그, 코가 떨어졌다네."

(작) "허, 가엾습니다."

(섬) "여보, 쓸데없는 잔소리 말고 어서 갖다 묻고 오."

작은돌이 정숙을 둘러메고 우죽우죽 나가더니, 해가 돋은 뒤에 입맛을 쩍쩍 다시며 왔는지라, 장사지내러 보내고 반혼¹⁵²⁾ 기다리듯 의주집과 섬월이 대강이를 마주 대하고 앉아서 뒷설거지를 하다가 작은돌을 보고 반색을 하며,

(섬) "그래, 뉘게 들키지나 않고 깊이 묻었소?"

(작) "응, 묻었지."

(섬) "그러면 어서 들어갑시다. 마님이 기다리시겠소."

(의) "이애, 마님께 가서 내가 코 떨어진 말씀이나 하고 상급이나 많이 줍시사고 하여라."

(섬) "아무렴, 마님도 생각이 계시겠지."

하며 의주집과 작별을 하고 팔년풍진¹⁵³⁾에 개가 부르고 돌아오듯 인왕산 밑을 바라고 부리나케 오는데, 섬월을 보내고 좋은 소식 듣기를 남산골

---

150) 짐승 가죽으로 만든 손가방.
151) 시신을 거둠.
152) 장례 뒤에 신주를 집으로 모셔 오는 일.
153) 오랜 세월 하는 고생.

생원님 역적 바라듯 온 고개를 비틀고 앉은 사람은 이참판의 후취부인 서씨라.

결과가 어찌된 줄 몰라 애를 바글바글 끓이고 앉았다가 섬월을 보고 일변 반색도 하며 일변 겁도 나서 급한 소리로,

"그래서 어떻게 되었니?"

(섬) "에그, 모르겠습니다. 말씀하자면 이에서 신물이 절로 나요."

그 대답을 듣더니 부인의 가슴이 덜컥 내려앉아 꿀꺽 소리도 못하다가,

"이애, 그러면 일이 잘못된 게로구나."

(섬) "에그, 의주집은 코가 떨어져서 이마를 붙들고 코를 풀게 되고, 이치수는 곰배팔이가 되어 달아났는데, 그 동안 죽지나 아니하였는지 모르겠습니다. 그런 영악하고 악독한 계집애는 처음 보았어요."

부인은 파르족족한 얼굴이 더욱 새파랗게 되어 발발 떨며,

"그러면 탈이 났구나."

(섬) "일이 되기는 잘 되었습니다마는……."

(부) "이년아, 내 간장 다 녹이지 말고 말이나 얼른 좀 해라."

(섬) "어제 작은아씨를 꾀어 데리고 쉰네 이모의 집으로 가서 한참 앉았더니, 이주사가 오는 고로 슬쩍 방을 비워주었지요."

(부) "깔깔깔."

(섬) "그런 망할 녀석 보았을까. 작은아씨가 처음은 준절[154]히 책망도 하더니 필경은 강포지욕이 당두할 줄 알고 이주사의 마음을 훨씬 눅이는 것을 쉰네야 모르겠습니까. 의주집을 충동하여 작은아씨를 막 다루라고 하였더니, 작은아씨가 숯불이 이글이글한 놋화로를 들어 이주사를 냅다쳐서 이주사는 전신이 불덩이가 되고, 또 팔까지 데어 오그라져 곰배가 되어 자빠지고, 의주집은 미처 도망할 사이가 없이 뜨거운 화로에 맞아

---

154) 대단한 위엄.

서 코가 떨어졌답니다. 작은아씨가 그 길로 **뺑소니**를 하다가 방문턱에 걸려 엎드러진 것을 묶어다가 유벽[155]한 송림 속에 묻고 왔으나, 의주집은 이해 없이 남의 일을 하다가 코 떨어진 병신이 되었으니, 그런 가엾을 데가 어디 있습니까. 쇤네도 이번에 고생을 어떻게 하였는지 모르겠습니다.”

부인은 정신없이 섬월의 주둥이만 바라보다가 박복한 상판대기에 뱅글뱅글 웃음을 머금고 섬월의 등을 대전별감[156]오고 치듯 뚝뚝 치며 칭찬이 늘어졌다.

“그러면 그렇지, 네가 오죽 잘 하였겠니. 그러게 너를 보내었지. 인제야 무슨 걱정근심이 있단 말이냐. 이 집안에는 너와 나뿐이다. 의주집은 무슨 염치로 그저 두겠니, 돈 백이나 주어 병치료나 하게 하여야지.”

(섬) “그러나 영감이 환택하시면 무엇이라고 합니까?”

(부) “깔깔깔, 걱정은 무슨 걱정, 금년의 꿈을 대지 설마하니 나더러 죽였다고야 하시겠니.”

(섬) “헤헤헤.”

노주 양인이 붙어 앉아 공론을 하느라 천색은 자연 저물어 오후 다섯 점이 되었더라.

뚜뚜뚜— 소리가 나며 화통에서 시꺼먼 연기가 풀석풀석 나더니, 서행 기차가 평안북도 신의주 정거장에 도착하여 딱 서니, 승객들이 남녀노소 무론하고 꾸역꾸역 다투어가며 내리는데, 그 중에 육십여 세 가량은 되어 보이고 모발이 희뜩희뜩 세인 보리동지[157] 같은 영감 하나가 무엇을 두 손으로 끙끙 들고 나오며 혼잣말로 중중거린다.

“어, 시원하구, 인제야 그놈이 쫓아올라구. 그런 시러베아들 어찌하자고 이런 중난[158]한 짐을 길가에다 놓아두고 그리 멀리 가서 똥을 내질러,

---

155) 한적.
156) 임금이 거처하는 곳에서 임금의 심부름을 하던 벼슬.
157) 곡식을 바치고 품계를 얻은 사람.
158) 매우 소중.

목단화 251

허허허……. 오늘 차 속에서 마음이 어떻게 조마조마한지, 만일 잡히기만 하면 팔모 통영갓에 오동 시곗줄[159]이야 면할 수 있나."

일변으로 중얼중얼하며 그것을 짊어지고 밤이 새도록 얼마를 갔던지 삼사 가구 사는 촌락으로 들어가더니, 그 동리 복판에 크도 작도 아니 한 초가집 대문을 덜컥거리며 문을 열라 소리를 지르니, 그 초가집 안에서는 밤낮없이 영감 오기만 기다리던 노파가 잠이 없이 혼자 앉아서 담배만 뻑뻑 먹으며 한숨을 치쉬고 내리쉬더니, 밖에서 부르는 소리를 듣고 반색하여 뛰어나가 문을 열며,

"아, 금순 아버지요? 무엇하고 인제야 왔소. 그래, 금순이나 찾았소?"

(영감) "금순을 어디 가 찾아? 공연히 애만 무진 썼는걸."

(노파) "에그, 불쌍해라. 우리 금순이는 필경 죽은 게지?"

(영) "허허 참, 횡재수가 닥치니까 별별 일이 다 많더군."

노파는 무슨 재물이나 얻어오는 줄 알고 엉덩잇바람이 절로 나서 영감을 딸 들어오며,

"여보, 횡재라니, 그것은 무엇이오? 궁금하니 말이나 좀 하구려."

(영) "아따, 들어가서 보면 알 것을 잔말은 하여 무엇하나."

쏜살로 안마루 앞에 가서 짊어지고 온 짐을 쿵 놓으며,

"에구 어깨야, 저것을 정거장에서 지고 오느라고 어깨가 어떻게 아픈지."

(노) "참 짐 딴은 이상하구려. 무슨 장식까지 있네그려."

(영) "누가 아니라나. 그 속에 여간 것이 든 줄 아는 게로군. 돈이 들어도 여러 만 냥이 들었고, 무슨 물건이 들었어도 여러 천 냥어치가 들었을걸."

(노) "그러면 좀 열어봅시다."

(영) "그러지. 나도 온종일 지고는 왔으나 무엇이 들었는 줄은 모르는걸."

---

159) 수갑.

일변 짐 도적하여 오던 이야기도 하며, 일변 그 짐을 끌어다 앞에 놓고 장식을 열려하나 이리 열고 저리 밀어도 열리지 않는지라, 골딱지가 버럭 나든지,

"이런, 오라질 놈의 것이 무엇이길래 열리지 않나?"

하면서 칼로 장식을 두드려 어기이고 급히 들이밀어 보다가 별안간에 두 눈을 홉뜨고 외마디 소리를 지르며 나가자빠지니, 노파도 역시 가슴에서 맞방망이질을 하며,

"금순 아버지, 저것이 웬일이오? 거기 무엇이 들었게 저다지 놀라시오?"

하면서 들이 밀어보고 역시 깜짝 놀라 무르청하였다가 다시 들여다보더니 두 눈에 눈물이 뚝뚝 떨어지며,

"에그, 끔찍도 해라! 어떤 몹쓸 연놈이 저렇게 잘 생긴 색시를 저리 몹시 죽였어? 밤이 낮 같은 세상에 저런 일도 있나? 저 색시 집에서는 저런 줄 모르고 오죽 할라구. 에그, 우리 금순이도 저 지경이나 아니 되었나?"

제 설움에 북받쳐 훌쩍훌쩍 울다가 반색을 하며,

"에그, 저 신체가 꿈지럭거리니 아주 죽은 것은 아닐세."

하면서 급히 그 신체를 끄집어내어 무서운지도 모르고 묶은 것을 풀어버린 후 가슴에 손을 넣어보더니 여득만금[160]만 여겨 안아다 방 아랫목에 누이고 수족도 주무르며 물도 끓여 입에도 흘려넣으니, 사지에 점점 온기가 도는지라.

이때 영감쟁이는 종일 차를 타고 오느라고 차멀미도 나고 무거운 짐을 지고 밤새도록 행역[161]을 하여 기운도 시진[162]한 끝에 큰 재물인가 믿고 믿던 짐을 열어보니 돈이나 재물은 아니요, 십오륙 세쯤 된 여학도의 시신이라, 낙심천만할뿐더러 어떻게 놀랐던지 기색을 하여 자빠졌다가 겨우

160) 만금을 얻는 것처럼 대단히 기뻐함.
161) 고생.
162) 기운이 빠짐.

정신을 진정하여 노파의 하는 거동을 보고 소리를 버럭 지르며,

"여보 마누라, 그 송장은 왜 그리 가지고 주물러?"

(노) "에그, 아주 죽지는 아니했소그려. 좀 들어와 보오."

소리 지르던 영감이 이 말을 듣고 방으로 들어가서 한참 보다가,

"에, 불쌍도 하군. 뉘 집 규수인 줄은 모르나 잘도 생기었는걸."

(노파) "에그, 우리 금순이와 흡사하오그려. 또 연기[163]도 상반[164]하지."

영감은 들은 둥 만 둥 하고 허둥지둥 나가더니 무슨 약 한 첩을 지어가지고 와서 급히 달여 노파를 주며 떠먹이라 하고 옆에 앉아 수응을 하더니, 동이 틀 때는 되어 그 규수가 차차 화기가 돌며 숨소리가 들리고 눈을 잠깐 떠서 보다가 도로 감으니, 노파는 이 모양을 보고 신기함을 이기지 못하여,

"에그 에그, 신통해라. 인제는 쾌히 돌렸어."

하며 미음도 먹이고 약물도 흘려 넣더니, 날이 쾌히 밝으매 그 색시가 눈을 떠보다가 눈물이 그렁그렁하여 흑흑 느껴가며 울거늘,

"여보 여보, 정신 차려 나 좀 보오."

그 색시는 정신이 혼미하여 눈에 보이는 것도 없고 귀에 들리는 것도 없더니, 노파 부르는 소리에 놀라 새 정신이 잠깐 돌매 사면을 둘러보니, 어디인지 향방도 알 수 없고 평생 보도 못하던 늙은 영감 양주가 앉아 자기를 구호하는 모양이라. 정신을 한참 진정하여,

"에그, 여기가 어딘가?"

노파는 이 소리를 듣고 십분 다행하여,

"에그, 다행하지, 인제는 정신까지 차리는 모양일세. 여기는 평안도 의주 서촌 황동지 집이라오. 그러나 웬 까닭으로 이 지경이 되었소?"

그 색시는 의주란 말을 듣고 모골이 송연하나 노파 양주의 하는 모양을

163) 나이.
164) 서로 짝을 이룸.

보아도 악인은 아니라.

"여보시오, 내가 어찌하여 여기를 왔소?"

"말하자면 시틋[165]도 하지. 우리 영감이 서울 갔다가 내려오는 길에 어떤 놈이 지고 가던 짐을 길섶에 벗어 놓고 어디를 간 틈에 짊어지고 와서 본즉, 에그, 끔찍도 합디다. 아가씨를 빨랫줄로 친친 묶어 죽였습디다그려. 속이 갑갑하니 말이나 좀 하오그려."

(그 색시) "에그, 죽은 사람을 살려주니 이 은혜를 무엇으로 갚나. 노인 양주는 우리 은인이니 무슨 말을 못하겠소. 나는 경성 인왕산 밑 이참판의 딸이러니, 괴이한 가변[166]을 만나 이 지경이 되었소."

(영감) "어, 그러면 그렇지, 잠깐 보아도 양반의 작은아씨야."

(노파) "그러면 서울 재상가 댁 작은아씨로구먼. 우리 늙은 두 양주뿐이요, 아무도 없으니 마음 놓고 조섭[167]이나 잘 하시오."

(정숙) "에그, 죽은 사람 살린 것도 은혜가 태산 같은데, 불안하여 어쩌면 좋은가요?"

(노) "천만의 말씀이지, 아무 염려 말으시고 계시면 저의 두 늙은이 힘자라는 대로 아씨 공궤[168]를 하오리다."

자연 여러 날이 되니 정숙의 기거동작도 여상하고, 노파와 정분도 점점 두터워지니, 서로 지난 일을 말하다가 노파가 홀연 눈물을 줄줄이 흘리며,

"에그, 작은아씨는 그런 변도 당하고 살아나셨소마는, 우리 금순이는 죽었나 살았나 작은아씨를 볼 적마다 금순의 생각이 나서 못살겠소그려. 후우, 우리 양주가 오십여 세에 딸자식을 하나 두었을망정 제 위인도 비범했지요. 지금 있으면 열일곱 살이올시다만……."

---

165) 마음이 내키지 않아 시들함.
166) 사고.
167) 몸조리.
168) 윗사람에게 음식을 드림.

(정) "그러면 금순이도 나와 같이 무슨 변란을 당했나보구려."

(노파) "에그, 도무지 우리 두 늙은이의 전생 죄가 많아서 그 앙화가 자식에게로 내렸어요. 작년 겨울에 도적 떼가 들어와서 금순을 잡아갔는데, 그 후에 아무리 탐지하나 종적을 알아야 찾지요. 에그, 생이별은 생초목에 불이 붙는다고 숫제 병이나 들어 죽었으면 오히려 좀 낫겠습니다. 이번 우리 영감이 서울 간 것도 금순이 찾으러 간 길입니다."

말을 마치고 비죽비죽 우는지라, 정숙이도 심회가 산란하여 눈물이 뚝뚝 떨어지며,

"나도 우리 어머니만 계셨더면 무슨 걱정이 있었겠소? 금순 어머니가 금순의 생각하는 것만 보아도 나는 우리 어머니 생각이 나서 못 살겠소 그려. 우리 아버지는 제주 계셔서 내가 이렇게 된 줄은 모르시고 우리 집에서는 내 생각을 누가 하겠소?"

(노) "작은아씨야 잠시 액운을 떼시느라고 그런 변을 당하셨으나 영감만 돌아오시면 무슨 걱정이 있겠소? 댁 영감 오실 때쯤 하여 올라가시면 그전 지내신 일은 잠시 꿈꾸신 셈이지요."

이때 황동지는 금순을 찾으러 나가고 정숙이는 매일 바느질과 길쌈으로 소견도 하며 간간히 학문도 연구하니, 자연 이런 소문이 전파되매, 먼 데 가까운 데 무론하고 늙은 계집 젊은 계집 만수산의 구름 끼듯,[169] 용문산에 안개 돌 듯 꾸역꾸역 모여들어 서울 물정도 캐어물으며 시골 이야기도 차례로 하니, 잠시 고적함은 없으나 자연 육칠 삭이 되니 여름이 진하고 겨울이 되어 오는지라.

고촌단락[170]에 물색은 처량하고 앞산·뒤뜰에 낙엽은 소소한데, 천리타향에 외로운 심사는 흐르느니 눈물이요, 동창에 돋는 달과 서산에 지는 해는 모두 정숙의 설움이라. 노파는 만단으로 위로하고 지성으로 대접하

169) 사람이 많이 모임을 일컫는 말.
170) 외따로 떨어진 촌락.

여 친딸보다 더하니, 정숙이도 노파 알기를 자모와 같이 하더라.

하루는 정숙이 노파를 보고 하는 말이,

"여보, 우리 아버지가 그 동안 사 년이라 거기서 오셨는지 모르거니와, 나는 좀 올라가서 보아야 하겠소. 우리 아버지도 나 하나 두신 터에 집에 와 보시면 오죽하시겠소."

노파는 정숙의 말을 듣더니 한숨을 휘이 쉬며,

"암, 그렇지 않으시겠소. 나도 금순을 잃고 주야 상성하는데, 댁 영감이신들 오죽하실라구요. 올라가신다는 것을 만류할 수 없으나 우리 영감도 없고 작은아씨와 의지하여 지내다가 작은아씨마저 올라가시면 어찌 견디나? 댁 영감마님은 그 동안 오셨는지도 모르고, 만일 섣불리 올라가시면 그년들이 무사히 두겠소? 여기 계시다가 우리 영감이나 오거든 서울 보내어 자세히 알고 올라가시지."

눈물이 더벅더벅 오뉴월 장마 같이 쏟아지니, 정숙이는 그 경상을 보고 감창[171]도 하며, 일변 생각하여도 노파의 말이 옳은지라, 노파를 위로하더라.

"여보, 울지 마시오. 나만하여도 마누라 은혜가 태산 같은데, 영감도 오기 전에 차마 떼치고 가겠소? 영감이나 오거든 서울 구경 겸하여 나와 같이 올라갑시다."

(노) "에그, 그러면 작은아씨 덕에 서울 구경을 하겠지. 작은아씨 아니면 하향[172] 늙은이가 서울 구경을 해볼 수 있겠소? 하하하."

이 모양으로 수작하느라고 해가 가는 줄 모르더니, 문밖에서 문 열어 달라고 누가 부르는지라,

(노) "누구냐, 삼득이냐? 네가 왜 왔니?"

(삼) "우리 아주머니가 금순 어머니 좀 오시라구요."

---

171) 몹시 슬퍼 비참함.
172) 시골.

(노) "너의 아주머니라니, 어떤 아주머니 말이냐?"

(삼득) "아따, 서울 아주머니지요."

(노) "오오, 서울 아주머니가 내려왔어? 너는 먼저 가거라. 나는 저녁밥 하여 먹고 가마."

정숙이는 서울 소리를 반겨 들었던지 노파를 향하여,

"여보, 서울 사람이 어찌하여 여기를 왔소? 아마 남의 별실로 갔던 사람인가 보구려."

(노) "그년이 남의 첩 노릇이나 하였으면 제법이게."

(정) "여보, 어쩐 말이오? 첩 노릇도 못할 사람이 어디 있단 말이오?"

(노) "하하하, 우두나찰[173] 같은 지디 박색[174]도 남의 첩 노릇을 할까?"

(정) "그러면 그 사람이 박색이오?"

(노) "하하하, 그년은 저 건너 정초시의 누이 년인데, 얼굴은 인두겁[175]을 썼으나 행실은 개만도 못한 년이라오. 그년이 소싯적에 이 근처의 불알 달린 놈은 깡그리 주워먹었다오. 그래도 유위부족[176]하여 서울로 서방질하러 갔더니, 어찌하여 내려왔나? 오라는데 아니갈 수는 없고 좀 가서 꼬락서니나 보아야."

중얼중얼 꾸짖으며 저녁을 치른 뒤에 가더니, 밤이 이슥한 후에 와서 정숙을 보고,

"곧 온다는 것이 자연 지체가 되어 작은아씨가 좀 고적하였을라구? 그년이 엔간히 붙들어야지요. 그러나 그년이 서방질을 너무 하더니 기어이 코가 떨어졌데그려. 에에, 더러운 년도 참 많더군. 사나이들은 아마 눈도 없는 게야, 그런 년을 계집이라고."

"그 사람이 서울 어느 동리에 산답디까?"

---

173) 소머리 형상의 악한 귀신.
174) 지지리 못생긴 사람.
175) 사람의 탈이나 겉모양.
176) 오히려 모자람.

"그년이요? 그년은 서울 서문 밖 산답디다."

이때 정숙은 의심이 맹동[177]하여 자세히 물은즉 위불없는[178] 의주집이라. 정신이 아찔하여 아무 말도 하지 못하고 앉았다가,

"여보, 이것을 어찌하면 좋겠소? 원수가 외나무다리에서 만났소그려. 그년은 의심 없는 의주집이오그려."

노파는 혀를 홰홰 내두르며,

"내가 그런 줄이야 어찌 알았나. 의주집이라기 어떤 년인가 하였지. 오, 그래서 그년이 작은아씨 내력을 미주알고주알 캐어묻던 게로구면. 나는 바른 고장으로 말을 하였지. 그년의 오라비 정초시도 흉악한 놈인데 당장 큰 탈이 났소그려. 오늘 밤 내로 무슨 변이 없을 줄 아시오? 두말말고 피신할 도리를 하여봅시다."

(정) "그러면 어디로 피신을 하여야 좋겠소? 오늘이나 지내고 내일은 정거장으로 나가서 기차를 타고 서울로 올라가지."

(노) "에그, 딱한 말씀도 하시는구려. 여기서 정거장이 팔십 리나 되는데 작은아씨가 무사히 나가시면 좋겠소마는, 그년이 어떻게 음흉한 년이라고 작은아씨가 정거장으로 나가실 줄 모르겠소?"

(정) "그러면 어찌하나?"

(노) "그야 걱정할 것 있소? 예서 오 리쯤 되는 동녘 마을이 있는데, 그 마을에 사는 최과부는 나와 형제같이 지낼뿐더러 행신도 썩 무던하니 그리로 잠깐 가십시다. 그러나 저대로 가시면 당장 욕볼 염려가 있으니 변복[179]을 하고 가십시다. 우리 사위 보면 주려고 의복 한 벌 지어둔 것이 있으니, 그것을 입으시고 갑시다."

말을 뚝 그치고 장롱을 열더니, 관망[180]이며 의복을 주섬주섬 내어놓는

---

177) 어떤 생각이 일어남.
178) 틀림없음.
179) 다른 옷으로 바꿔서 차려 입음.
180) 갓, 망건.

지라, 정숙이 황망히 치마를 벗고 두루마기를 입으며 머리를 올리고 망건을 쓰니, 요조무미[181]한 절대가인이 변하여 헌앙기걸[182]한 미남자가 되었더라.

노파가 보고 깔깔 웃으며,

"에그, 삼신도 야속하지, 작은아씨가 남자로 되어 나셨더면 저런 일이 있을 까닭이 있나. 남복을 하시니까 더 어여쁘구려."

하고 정숙을 데리고 문에 나서 한참 가다가 노파가 걸음을 주춤하고 정숙이를 꾹 찌르며,

"여보, 작은아씨, 저기 가는 사람들이 대단히 수상하구려."

정숙이 머리털이 쭈뼛하여 돌아보니 어둑침침한데, 수건으로 머리를 질끈 동인 놈들이 충충 달려가며 저희들끼리 궁리를 하더라.

"여보게들, 아직은 너무 이르니 잠이나 들거든 동여 오지."

또 한 놈이 썩 나서며,

"참, 자네 말이 옳은 말일세."

(또 한 놈) "쌩, 화냥년의 종자! 지금 야동집은 두 발을 동동 구르며 애를 쓰는데, 너무 이른 게 다 무엇이야."

그놈들의 공론이 이 모양으로 부산한지라, 노파는 두 다리가 벌벌 떨려 정숙의 손목을 단단히 붙들고 줄달음을 주니, 정숙은 학교에서 체조를 배웠는 고로 오 리는 말고 오십 리라도 넉넉하나 노파는 얼마 가도 못하여 숨이 턱에 닿아서 씨근씨근하며 길가에 펄썩 주저앉으면, 정숙이가 노파를 부축하여 가며 가더니, 노파가 그제야 숨을 길게 내쉬며 어떠한 조그마한 집으로 들어갔다가 다시 나와 정숙을 데리고 들어가니, 집은 게딱지만한데, 오십 안팎은 되어 보이는 마누라가 흑각비녀에 소복을 입고 방에서 마주나오며,

---

181) 행동이 정숙함.
182) 풍채가 좋고 당당하며 행동이 뛰어남.

"참, 가엾기도 해라. 서울 재상가 귀한 따님으로 저런 변이 어디 또 있을까? 방은 누추하나마 이리 들어오시지요."

(정) "누구신 줄은 들었으나 밤중에 소요를 끼치니 대단 불안합니다그려."

(주인) "천만의외 말씀을 다 하시지."

(노) "잔말 말고 어서 들어가시오. 이 집 주인은 내나 다를 것 없습니다. 나는 바삐 가서 보아야 하겠소."

하면서 뒤도 아니 돌아보고 가는지라. 정숙이는 단독일신이 게발 물어 던진 듯이 최과부집 안방에 앉아서 심사가 황홀하더니,

(주) "참, 어여쁘셔라. 올해 연세는 얼마나 되셨나요? 황동지 마누라께 아가씨 성화는 익숙히 들었더니, 지금 뵈온즉 듣던 말보다 백 배나 더하신걸."

(정) "내 나이는 인제야 십육 세가 되었소."

(주) "아가씨 당하신 변은 남이 들어도 몸소름이 끼치지. 그런 흉악한 년이 어디 있어? 정초시 누이 년은 본래 그런 년이라오. 에그, 그년을 언제나 죽이나. 나도 과부된 후에 수절이니 기절이니 한다고 비양거리며 무슨 심술로 잡놈들을 부추겨서 나를 동여가라고 한 년이라오."

(정) "에그. 나 당한 일이야 남의 탓하여 쓸데 있소? 도무지 내 신수 불길한 탓이지요. 그러나 마누라님은 자녀 간에 얼마나 두었소?"

(주) "에고. 이십이 못 되어 과부된 년이 자식이나 낳아 보았겠소."

(정) "그러건 누구를 의지하고 사시오?"

(주) "우리 친정 오라버니가 이 동리에 사는 고로 의지하고 살지요. 우리 오라버니가 모두 둘인데, 하나는 역마을이라 하는 동리서 살지요."

말을 맺지 못하여 황동지 마누라가 숨이 턱에 닿게 헐레벌떡이며 뛰어들어와 말은 못하고 손짓만 하다가 한참 만에 하는 말이라.

"내가 집으로 갔더니 그놈들이 이리로 오며 하는 말이, 작은아씨는 분

명히 최과부집으로 피하였다 하고 방장 수탐[183]하러 올 터이니, 두말 말고 저 건너 솔밭 속에 숨었다가 그놈들이 다녀가거든 돌아오시오. 그놈들은 말 못할 불한당 놈들이니, 잘못하다가는 큰 욕을 당하시리다. 작은아씨가 남복을 하였으나 얼굴이 너무 고우니 그놈들에게 들키기만 하면 큰 봉변을 하실 터이오."

최과부는 이해 없이 사시나무 떨듯하고 안방구석에 끼어 앉았는데, 정숙이는 황황급급히 뒷문으로 도망을 하였는데, 강도 같은 놈들이 달려들어 불문곡직하고 최과부집을 수색하다가 황동지 마누라를 보고 여기 있다 소리치니 황동지 마누라는 그놈들에게 끌려 나가며 앙살[184]을 한다.

"에그머니, 늙은 사람을 왜들 이리하오? 내가 당신들과 무슨 웬수가 있소?"

(그놈들) "웬수? 웬수가 다 무엇이야. 이러면 누가 속을 줄 아는 게로군."

(노) "에그, 속이기는 무엇을 속였단 말이오? 죽이려거든 그저 죽이지."

(그) "이런 주릿대를 안길 년 보았을까. 이년아, 네 집에 있던 계집아이를 어따 숨겼어? 잘못하다가는 큰일이 날려구."

(노) "에그, 고약해라. 계집아이가 무슨 계집아이야? 나는 이 집으로 마을 왔다가 지금 돌아가는 길인데."

그놈들이 최과부집 전후좌우를 뒤져보아도 정숙이는 간데없고 황동지 마누라만 발명[185]을 부옇게 하는지라, 한 놈이 달려들어 북두갈고리 같은 손바닥을 벌려 노파의 뺨을 날아가게 쩔꺽 붙이며 바로 토설하라고 하는지라, 노파는 아주 쳐 죽이라고 대들어 발악만 하니, 한 놈이 어디를 한참 보다가 손뼉을 치며,

"여보게, 그 계집아이가 건너 솔밭 속으로 가네그려. 자세히들 보게."

---

183) 탐지.
184) 엄살.
185) 죄나 잘못이 없음을 말하여 밝힘.

여러 놈이 이윽히 보다가,

"이애, 옳다. 참 그런 것이다. 지금 새벽에 누가 솔밭 속으로 갈 리가 있나?"

말을 뚝 그치고 여러 놈이 일제히 솔밭으로 가는지라, 황동지 마누라는 행여 정숙이가 모를까 하여 악쓰는 소리에 정숙이는 솔밭 속에도 은신을 못하고 큰 길만 바라고 달아나더니, 뒤에 불빛이 조요하며 그놈들이 쫓아오는 모양이라, 빠른 걸음으로 무작정 가다가 발도 부르트고 다리도 아파 길섶에 가 주저앉으니, 해는 올라와서 시간으로 말하자면 오전 십 시가량은 되었는지라. 황동지 마누라의 은혜도 감격하고, 또 자기의 신세도 한탄하며 눈물이 비오듯 하더니, 아침 안개가 걷히고 학교에서 상학하는 종소리가 들리는데, 멀리 바라보니 산 밑으로 큰 동리가 즐비하고 사람들이 왔다갔다하는지라, 아픈 다리를 끌고 그 동리를 찾아 들어가며 보니, 삼백여 호 대촌이 즐비하고 중앙에 학교 하나가 있어 방장 상학하는 중이라. 그 동리에 사랑 있는 집을 찾아 들어가 주인을 찾으니, 주인은 학교에서 아니 왔다 하거늘 사랑마루에 걸어앉아 다리를 쉬는데, 그 집 주인이 손님 왔단 말을 듣고 오다가 정숙을 보고 주저주저하며,

(주인) "어느 곳에서 오신 손님이시오?"

정숙이는 주인인 줄 짐작하고 몸을 일어 대답을 한다.

(정) "네, 지나다가 다리 좀 쉬어 가자고 들어왔소."

(주인) "그 양반 음성을 들은즉 우리 시골 친구는 아니시로구. 어디 사시오?"

(정) "네, 나는 경기도 양주에 사는 사람이오."

(주) "그러하셔요. 인사합시다. 뉘댁이라 한댔소?"

(정) "나는 이정숙이라 하는 사람이오."

(주) "네, 나는 최중락이라 쓴댔지요. 그러나 노형은 무슨 일로 이곳에 내려계신가요?"

(정) "강산 유람으로 나섰다가 자연 여기까지 전진이 되었소."

(주) "참, 장하신 일이로구. 나는 오십이 넘었으나 강산 유람을 못하였는데, 노형은 연소하신 터에 유람을 다니신다니."

(정) "……."

(주) "잠시 뵈와도 재화[186]가 표일[187]하여 보이시니 어느 학교에 수업이나 하셨댔소?"

(정숙) "재화라 할 것이 무엇 있나요. 작년에 사범학교에서 졸업까지 하였으나 학문이 유치하니 오히려 부끄럽소."

주인은 이 말을 듣고 무슨 생각을 잠깐 하다가 무릎을 탁 치며,

"참, 조달[188]이시로구. 어느 틈에 학교에서 졸업까지 하셨단 말씀이오. 강산 구경을 하셨다니 좀 들어봅시다그려."

정숙이가 조선 십삼도 산천의 경개와 이수의 원근을 그린 듯이 말하니, 이는 정숙이 참구경한 게 아니요, 지리학을 연구한 고로 서슴지 않고 말함이라.

주인은 일장 수작을 듣고 입에 침이 없이 칭찬하며 점심도 정성으로 대접하고 얼마간 유련[189]하기를 간절히 만류하더라.

(주) "노형이 학교에서 졸업을 하셨다기 말이지, 여기도 학교 명색은 하나 있으나 교사가 부족한 고로 학생의 교육 정도가 말이 못되니, 노형 같은 양반이 계시면 무슨 걱정이 있겠소?"

(정) "내야 무슨 자격이 있겠소마는 학도는 얼마나 되오?"

(주) "학도는 오륙십 명가량이나 되지요."

(정) "과정은 몇 과정이나 되오?"

(주) "과정은 지지·역사·물리·화학·산술·작문·체조 일곱 과정이나 교

---

186) 재주.
187) 출중.
188) 젊은 나이에 일찍 높은 지위에 오름.
189) 객지에 머묾.

사가 변변치 못하니 쓸데 있소?"

(정) "대단히 확장이 되는 학교요그려."

(주) "여보시오, 내가 할 말씀이 있으니 들으신다면 말씀하겠고, 안 들으신다면 숫제 아니하겠소."

(정) "무슨 말씀인지는 모르나 잠시라도 주객지의가 있는 바에 들을 만하면 듣다 뿐이오."

(주) "다른 말씀이 아니라 본인이 저 학교 교장으로 있는데, 교사를 고빙[190]하여 오자하나 경성서 여기를 올 사람도 없어 학교는 자연 폐지될 지경이니 탄식한 일이오. 노형이 사범학교에서 졸업을 하셨다니 아직 몇 달간 우리 학교를 찬성하는 셈으로 가르쳐 주셨으면 만행이겠소."

정숙이는 서울로 가자하나 노비도 없고 자기 부친이 돌아왔는지도 몰라 진퇴가 어렵던 차에 말을 듣고 속으로 십분 다행히 여기나 외면으로 사양하기를,

"허, 좋은 말씀이올시다. 지금 이 시대를 당하여 우리 동포를 교육코자 없는 학교를 설립이라도 할 터인데, 있는 학교가 폐지되는 것이야 차마 보겠소? 그러나 내가 지식도 없고 학문도 유치하니 주인의 부탁을 감당치 못할까 하오. 아는 것만 있고 보면 두말을 하겠소?"

주인은 정숙의 언론을 듣고,

"그것은 겸사의 말씀이오마는 아무리 어려우시나 내일부터 출석하십시다."

정숙이 부득이 허락하니 주인이 대희하여 정숙을 데리고 학교로 가서 일반학도를 불러 세우고 이 뜻으로 공포를 하더라.

"이 양반은 경성사범학교 졸업생 이정숙 씨인데, 마침 여기를 오셨다가 우리 서흥학교를 사랑하사 얼마간 의무적으로 교수를 하실 터이니,

---

190) 예의를 갖추어 모셔 옴.

여러 학생은 감사한 뜻을 표하라."

하니 말이 뚝 그치며 학도들이 일제히 감사한 뜻을 표하는지라, 정숙이도 잠깐 답례하고 권면적¹⁹¹⁾으로연설을 하는데, 그 도도한 웅변을 모두 박수갈채하고 최주사는 어깨 바람이 절로 나서 간악¹⁹²⁾한 답사로,

"여러 학생들은 이정숙 씨의 금옥 같은 말씀을 폐부에 새겨서 용감력을 분발하여 아무쪼록 좋은 뜻을 보답하시오."

이날부터 최주사는 정결한 처소를 정하여 정숙을 거처하게 하고 관곡히 대접하니, 정숙이도 주인의 후의를 감사히 알더라.

이튿날 정숙이 서흥학교에 출석하여 여러 반 학도들 교수할 제, 역사 시간에 동서양 역사를 자세히 설명하며, 물리·화학·산술·지리·체조도 알아듣기 편리토록 간단히 교수하니, 학도의 진보됨은 물론하고 정숙의 명예가 점점 진동하여 서흥학교로 책보 끼고 오는 사람이 길에 메어 학교의 흥왕¹⁹³⁾됨이 평안북도에 제일이더라.

하루는 정숙이 근처 산천을 유람하고 돌아오는 길에 동녘 말 사는 최과부를 만나니, 피차 반색하여,

(최과부) "아, 작은아씨, 이것이 얼마 만이오. 그때 그렇게 가신 후에 생사존망을 몰라 궁금하더니 어찌하여 여기 계시오? 그놈들에게 잡히지 않으신 것은 알았지마는, 어찌하여 그저 여기 계시던가요?"

이때 정숙이는 최과부를 보니 반갑기도 할뿐더러 황동지 마누라를 생각하고 눈물이 그렁그렁하며 자초지종을 대강 말하고 황동지 양주의 안부를 물으니,

(최) "에그, 그 동안 황동지 집은 아주 결딴이 났다오. 그런데 어떻게 되어서 우리 오라버니 집에 와 계셨소? 최주사가 별사람이 아니라 우리 오

---

191) 알아듣도록 타이르는.
192) 거리낌 없이 바른말을 함.
193) 성하게 일어남.

라버니요. 아무려나 다행한 일이오. 그놈들이 아무리 흉악한 놈이기로 감히 여기까지야 쫓아올 수 있소?"

황동지 집 결딴났다는 말에 정숙이 깜짝 놀라며 그 연고를 물으니,

(최) "작은아씨가 도망하신 뒤에 그놈들이 황동지 마누라를 잡아가고 그 집에는 충화[194]까지 하였는데, 그 후에 들은즉 황동지 마누라는 도망하여 서울로 갔단 말이 있습디다. 또 정초시 놈은 지은 죄가 있는 고로 동리사람들도 고르게 철가도주[195]를 하였지요."

정숙이 이 말을 듣고 울며 하는 말이,

"에그, 황동지 양주는 공연히 내 까닭으로 못살 지경이 되었소그려. 저를 어찌하면 좋은가? 에그, 그 은혜를 갚자면 살을 깎은들 어찌 다 갚아? 에그, 내 신수 불길한 탓으로 남의 못할 노릇까지 시켰지!"

(최) "아따, 지금 그런 말씀 하여 쓸데 있소? 작은아씨가 서울로 올라가시면 황동지 양주야 설마 그저 두시겠소?"

(정) "나중 일은 어쨌든지 지금 당장 그런 불쌍하고 불안할 데가 또 어디 있소?"

자연 이말저말 하며 최주사 집에 당두하여 정숙은 거처하는 처소로 가고, 최과부 안으로 들어가더니 최주사가 정숙의 내력을 들었는지 무릎을 치며,

"허, 내가 눈이 있어도 망울이 없는 사람이로구. 이때까지 남자로만 속았지. 그 학문이든지 예절은 남자라도 그 만분의 일만 되어도 못할 사업이 없을걸. 어쩐지 학교에 가든지, 연설장에 가더라도 번번이 외따로 앉으며 중인과 혼잡치 아니하기에 웬 일인 줄은 모르고 너무 괴망하고 쌀쌀하다고 하였지. 우리 같은 사람이야 수에 칠 것도 있나 술주머니요, 밥주머니지, 허."

---

194) 고의로 불을 지름.
195) 가족을 다 버리고 도주함.

말을 뚝 그치고 정숙의 처소로 나와 사과를 하는데,

"제가 미욱하여 귀부인을 몰라보고 간혹 실례된 일이 많았으니 용서하여 주시기를 바랍니다."

정숙은 최주사의 말을 알아듣고,

"에그, 천만의 말씀을 하십니다그려. 최주사가 실례하신 일도 없거니와, 이 사람이 지금까지 속인 일이 실례라 하겠지요. 나도 처음으로 여기를 와서 이 근처 풍속을 모르는 고로 여자인 체를 아니하였소."

최주사는 이런 말을 들을수록 더욱 공경하고 정숙의 본적이 자연 전파되니 남녀 무론하고 모두 정숙으로 표준을 삼더라.

정숙이 서흥학교에 있은 지 자연 여러 달이 되매 그 근처 풍속을 대강 시찰하고 심중에 개탄하여, 여자사회를 조직할 생각이 있어 최주사와 의논하고 의주 경내의 유지 신사를 청하여 여자 교육할 방침을 간절히 설명하니, 의주 일경 사람들이 정숙의 명예를 아는 고로 서로 권면하여 여자학회를 조직하며 동리마다 여학교를 설립하여 여자를 교육하니, 몇 달이 못 되어 요사한 풍속과 음일한 기습[196]이 돌변하여, 세계 제일 등 야만으로 지목 받던 의주 방면이 문명한 좋은 인종이 된지라, 이정숙의 명예가 점점 높아져 그 금옥 같은 권면을 들으려고 사방에서 청치 않는 날이 없더라.

그러나 정숙이 서흥학교에 온 지가 자연 여름이 진하고 겨울이 되어 그렁저렁 일 년이 넘으니, 집 생각하는 눈물은 하루도 마를 때가 없는지라. 그 동안이라도 서울로 올라가려면 못할 것은 아니나, 이참판이 제주서 환가하였는지도 모르고, 올라가면 또 화변을 당할 염려도 있고, 일변으로는 의주 경내의 남녀사회에서 간절히 만류하는 후의도 괄시 못하여 매일 교육사무에 객회[197]를 위로하고 지내더니, 하루는 최주사를 대하여 작

---

196) 음탕하게 노는 습관.
197) 객지에서 느끼는 외로운 심정.

별하는 말이.

"여보시오, 본인은 일개 연소 여자로 화란을 만나 여기를 왔다가 여러 동포자매의 성대한 환영을 받고 그 후의를 난괄[198]하며 서흥학교의 정도를 탄식하여 지우금 지체가 되었으나, 다행히 여러분 열성으로 의주 일경의 교육 정도는 이정숙이 아니라도 넉넉히 확장될 희망점이 있으니, 본인은 작별을 고하고 돌아가야 하겠소."

(최) "참, 섭섭한 일이올시다. 우리 의주 동포가 이정숙 씨의 교육을 충분히 받아서야만 인종됨을 면하니 이정숙 씨는 우리의 은인이라, 사리로 말하여도 못 가시게 할 수는 없으나, 이 뜻을 여러 학교에 공포하자면 자연 사오 일이 될 터이니, 그때까지만 참아주시기를 간절히 바랍니다."

정숙이 최주사의 후의를 막지 못하여 자연 사오 일이 지나니, 원근 학교와 여자사회에서 서흥학교로 모여들어 이정숙 송별회를 개최하고 단체마다 대표자로 한 사람씩 나와 송별하는 뜻을 표하니, 이정숙도 창결[199]한 뜻으로 답사를 하는데,

"금일 여러 동포자매께서 이만 여자를 위하여 이처럼 광림하셨으니, 일변 감사하고 일변 불안하외다. 본인이 여기 온 지 일 년이 되었는데, 여러분의 애호하심을 입어 문명계에서 활동하니 평생소원이 족하다가 사실상 부득이하여 여러 신사와 여러 자매의 후의를 괄시하고 금일 작별을 고하오니, 창결하기 심합니다. 그러나 여러분은 아무쪼록 교육계에 신공기를 많이 흡수하여 건강히 지내심을 축수하오. 이별에 할 말씀이 무궁하나 이만 합니다."

말을 마치니 남녀학도와 교육계 신사들이 모두 이정숙씨 만세를 부르더라.

"이정숙 씨 만세!"

---

198) 업신여기기 어려움. 소홀히 대할 수 없음.
199) 몹시 서운함.

이정숙도,

"의주교육 만세!"

"서흥학교 만세!"

폐회한 후 정숙이 최주사와 은근히 작별하고 정거장으로 나와 기차를 타고 오며 생각하니, 그전 일이 소소하여 감동할 바도 많고, 황동지 양주의 은혜도 백골난망이라. 황동지 양주의 은혜를 만분지일이나 갚자 한들 그 거처를 모르니 그도 하릴없고, 오직 눈물만 뿌리며 오더니, 경의선 정거장 부근 학교마다 이정숙을 환영하느라고 분답[200]한지라, 정숙은 간절히 후의를 답사하고 기차가 신안주 정거장에 도착되매, 그 지방 여자사회에서 지성으로 만류하는바 되어, 신안주 경내에 유명한 여학교에 가서 권면으로 연설을 하는데,

"본인은 연천[201]한 여자로 학식도 없이 여러분께 대하여 말씀하는 것이 실례오나, 잠깐 설명할 말씀이 있으니 들어주시기 바라오.

지금 이십세기 신풍조를 당하여 우리 여자된 동포는 절대적 관념이 없으면 도저히 아니될 줄 생각하오. 그 절대적 관념이 무엇이냐 하면 대강 말하건대, 태서[202]각국 여자의 인격과 우리 여자사회의 인격을 비교한즉 소양이 현수[203]하다 하겠소. 태서의 여자들은 농상공업과 기타 제반 사업의 발명·연구함을 남자에게 양두[204]치 않고 생명·재산을 남자에게 의뢰치 아니하는 고로 국민의 당연한 자격을 손실치 아니하고 자식을 생육하매, 가정교육이 필요한 결과로 타일에 무수한 인재를 양성하여 문명을 계발하니, 금일 태서 각국의 문명 발달됨이 모두 여자 학문의 발달된 효험이라 하오.

---

200) 분주.
201) 나이가 어림.
202) 서양.
203) 판이하게 다름.
204) 지위를 남에게 물려줌.

우리 여자계를 둘러 살펴보면 사천 년 규문[205] 중에 종신금고를 당하여 수습[206]하고 어리석으며 암매하고 유약하므로 유한정정[207]한 목적을 삼고, 만일 학문상에 유지하거나 별로이 특이한 사상이 있으면 일가족당이 부인의 도리를 위배한다고 비방하며, 심지어 여자로 학문이 있으면 팔자에 흠절[208]이 된다고 여자의 지식을 유치케 하니, 그런고로 평생 소견이 침선여공[209]과 주식제사에 지나지 못하고, 소문이 기도나 무꾸리[210]에 넘지 못하여 일생 영욕을 남자의 후박으로 인정하고 일동일정[211]을 남자에게 의뢰하여 비참한 지경에 빠지니, 우리 자매의 평생 역사를 서양여자와 비교한즉 어찌 개탄할 일이 아니오?

설사 개명에 유지하는 자매들도 있다하나 개명의 효능은 망연히 무엇인 줄은 모르고 음란방탕한 악습만 숙습하여 풍기를 문란하며 예절을 괴손하여 종종히 남자의 비방을 취하고 여자교육에 방해를 이루니, 이것이 일층 주의할 일이오. 아무쪼록 우리 자매는 용감력을 분발하여 부패한 사상을 통혁하고 암매한 문견을 개발하여 우리 담당한 권리를 남자에게 양두치 맙시다."

여러 부인사회가 박수갈채하고 수괴심[212]이 극하매 감각심을 발동하여 그전 부패한 사상을 버리고 학문에 용진하더라.

정숙은 연설을 파한 후에 여관으로 돌아오다가 비를 만나서 길가 초가집 처마에 들어서 비를 피하던, 그 집에서 대문 여는 소리가 나며 칠십여 세 가량은 된 늙은 영감이 시뻘건 두 다리를 넓적다리까지 훨씬 걷어붙이고 물꼬를 터놓으러 가던지 종가래를 짚고 삿갓에 곰방대를 물고 나오

---

205) 부녀자가 거처하는 안방.
206) 부끄러워서 머뭇거림.
207) 인품이 얌전하고 몸가짐이 조촐함.
208) 흠집.
209) 바느질과 길쌈질.
210) 무당에게 길흉을 점침.
211) 모든 동정.
212) 부끄럽고 창피한 마음.

다가 눈결에 정숙을 보고,

"어디로 가시는 양반이 비를 만나 계십니까?"

(정) "마침 이리로 지나다가 비를 만났소."

(영감) "허, 안되었습니다그려. 비는 아직 갤 때가 못 되었는데 처마 기슭에 서셨다가 낙숫물에 의복이 젖을 염려가 있으니 제집 방은 누추하나 잠깐 들어앉으시오."

(정) "대단히 불안하오."

(영) "천만의 말씀도 하시는구. 인간 근처에 오셨다가 한데서 지내실 수가 있나요?"

정숙이는 감사하다 여러 번 치사하고 방으로 들어가니 콧구멍만 한 방에 종이 한 장도 붙이지 아니하고 천장이며 바람벽에 먼지와 거미줄은 전보국에 전봇줄 얽히듯 빈틈없이 얽히어 늘어졌고, 어두컴컴하기가 주야를 분간 못할 만한데, 오줌독을 방문 옆에 묻어 놓았는 고로 지리고 더러운 냄새는 코를 거슬러 구역이 나오는지라. 간신히 코를 틀어막고 앉았더니, 영감이 일변 들보 틈에 끼워두었던 기직²¹³도 내려 먼지를 톡톡 떨어 펴놓고 앉기도 청하며 부리나케 안으로 들어가더니, 잎담배 한 모숨을 보기 좋게 빼어다 기직바닥에 놓으며 겻불화로와 오동빛이 된 담뱃대를 안동하여 내놓으며 담배를 권하는지라,

(정) "노인이 너무 근념²¹⁴을 하니 대단히 감사하고 불안하나, 담배는 근본 못 먹소."

(영) "흥, 시속 양반은 아니시로구. 지금은 어떤 세상인지 대강이에 피도 채 마르지 못한 어린것들도 담배를 일쑤 먹는데. 왜 기삼이가 아니라고 그러하시오?"

(정) "천만의외 말씀이오, 본래 담배를 못 먹습니다."

---

213) 왕골껍질로 만든 돗자리.
214) 마음을 써 돌보아 줌.

주인영감은 손님 대접할 제구를 다 차려놓은 후에 겻불 화로를 두 무릎 틈에다 잔뜩 끼고 앉았더니, 우거지 같은 엽초를 침을 튀튀 뱉어 공방대에 달구질을 하여가며 담아가지고 겻불에 푹 파묻고 새새끼 부르는 소리로 뻑뻑 쌕쌕 빨며 앉았다가 큰 기침을 두어 번 하더니,

　(영감) "그래, 댁은 어디오니까?"

　(정) "나는 서울 사오."

　(영) "네에, 벌써 뵈와도 서울양반 같으시던 걸이오."

　(정) "별말을 다 하는구려. 서울 사람은 별다를 것 있소?"

　(영) "암만해도 서울 사람은 표가 나지요. 성씨는 무슨 자를 쓰십니까?"

　(정) "내 성은 이가라 하오."

　(영) "어, 그러시단 말씀이에요. 주인과 일가가 되십니다그려. 나는 전주 이씨지요. 손님도 아마 전주 이씨지요?"

　정숙은 대답도 할 틈이 없이 안으로 들어가며,

　"여보 마누라, 마누라가 서울 사람은 별사람만 여겨 좀 보면 보면 하였지. 지금 우리 사랑에 서울양반이 왔으니 나아가 구경하오."

　말이 막 떨어지며 방 속에서 머리는 모시 바구니 들켜 쓴 듯하고 아래 윗니는 다 빠져 두 볼이 오므라진 노파 하나가 체머리를 절절 흔들고 나오며,

　"응, 서울양반이 왔어? 서울양반이 어찌하여 우리 집에 오셨을까? 아마 속이는 말인 게로군."

　(영) "아따, 마누라두, 나가보면 알지."

　그 노파가 참나무 지팡이를 찾아 짚고 꼬부랑꼬부랑 나와서 문틈으로 기웃이 들여다보고 혀를 홰홰 내두르며 도로 들어가더니,

　"이애 아가, 내가 팔십을 살았다마는 그런 인물은 처음 보았다. 에그, 잘도 생겼지. 얼굴은 분을 따고 넣은 듯하고, 눈썹은 붓으로 그려낸들 어찌 그렇게 그리겠니. 이애, 서울사람은 다 그러하냐? 너는 알겠지."

안방 아랫목 벼락닫이[215] 앞에 바느질고리를 끼고 시름이 없이 앉았는 십팔구 세쯤 된 계집아이는 듣는 듯 마는 듯 바느질만 하다가 양미춘산[216] 에 만첩수운[217]이 어리어 바느질을 슬쩍 밀어놓고 신세타령이 나온다.

"에그, 세상에 남 못 당할 경계[218] 당하기는 나 같은 년이 어디 있어요."

(노파) "하하하, 이애, 그 말 마라. 우리 두 양주가 눈먼 딸자식 하나도 없어 죽어야 묻어줄 사람도 없더니, 하나님 덕분으로 너를 얻어온 후 마음을 붙이고 사는데, 하하하, 그게 무슨 소리란 말이냐. 내가 공연히 서울소리를 하였구나."

(계집애) "에그, 지난 일을 생각하면 이에서 신물이 직직 나오구려. 아버지 은덕이야 머리채를 베어 신을 삼은들 어찌 다 갚는단 말이오마는."

(노) "끌끌끌, 그런 말은 하지도 말아라. 차차 보아가며 우리 내외가 너를 데리고 서울로 갈 것이니, 마음 상하지 말고 있거라."

(계) "우리 작은아씨는 이런 줄은 모르시고 내가 달아난 줄만 아시겠지. 또 우리 아버지도 그 동안 무슨 지경이 되었는지 알 수 있나, 실성하고 돌아다니는 모양이 눈에 환하지."

(노) "이애, 별말 말아라. 그 댁 작은아씨는 그 동안 무사하였겠니?"

그 계집아이가 이 말을 듣더니 훌쩍훌쩍 우는지라, 노파는 만단으로 위로를 하느라고 지껄이는데, 시골 방은 가운데 벽만 막고 윗간은 사랑으로 쓰는 터이라. 이때 정숙은 비가 개이기만 기다리고 앉았다가 아랫간에서 하는 전후 수작을 다 듣고 의심이 버쩍 나던지 주인영감을 불러 앉히고,

(정) "영감은 자녀 간에 몇이나 두었소?"

(영) "후우, 자식이 있으면 늙은 놈이 이 고생을 하겠습니까? 우리 두

---

215) 위아래로 여닫는 창.
216) 두 눈썹.
217) 쌓인 시름.
218) 옥에 갇힌 가벼운 죄를 지은 범인.

늙은이는 죽어야 발뒤꿈치밖에 따라갈 것이 없습니다."

(정) "지금 잠시 들어도 딸은 있는 모양인데 없다 하오?"

(영) "허, 딸자식이라도 하나만 있으면 안주 목사 부러워 아니하겠습니다. 이놈의 팔자가 어찌 그리 사나운지 자녀간 낳는 족족 참척[219]을 보고 병신의 자식 하나도 기르지 못하였으니, 이런 놈의 신세가 또 다시 있단 말씀이오. 수양딸이라고 하나 있어야 남의 자식이니 쓸데 있습니까? 제 부모를 찾아가면 그만이지요."

정숙이 그 양녀의 내력을 물으니, 영감이 입담 좋게 전후 설파를 늘어놓는지라, 정숙이는 정신없이 영감의 입만 바라보고 앉았다가 어떻게 좋던지 오히려 꿈인가 의심할 만하더라.

(정) "여보, 금년이가 만일 영감이 아니더면 수중원혼이 될 뻔하였소그려."

(영) "인심이 조금이라도 있으면 살려내지 않을 사람이 어디 있단 말씀이오? 만일 그때에 낚싯거루 타고 건너가던 사람이 아니더면 금년은 영영 고기밥이 되었겠지요. 에, 끔찍도 합디다. 팔뚝 같은 동아줄로 질끈질끈 동였습디다그려. 뱃사공 놈들은 재수 없다고 물에 도로 넣으려 하는 것을 돈푼을 주어가며 싣고 오더니, 한식경은 되니까 사지를 꿈지럭꿈지럭하며 입으로 물을 자꾸 토하는 고로 어떻게 신통한지 금년의 시신을 가로 안고 인가를 찾아 들어가서 사오 일 조섭을 시켜 우리 시골로 데리고 내려와서 수양딸을 삼았지요."

(정) "참, 고마운 일이오."

(영) "그러나 금년은 밤낮 그 댁 작은아씨 생각뿐이라오. 제 소원풀이로 서울에 데려다 주자하나 그년들의 솜씨에 그 댁 작은아씨는 무사하였겠소? 금년이가 지금 올라가기만 하면 귀신도 모르게 죽을 터이지요. 그

---

219) 자식이 부모보다 먼저 죽는 일.

댁 영감이나 오셔야 일은 귀정이 됩니다."

정숙의 금년을 보고 싶은 마음은 시각이 급하나 외딴 촌락에 자기 본적이 탄로되면 비편[220]할 일이 많을 것이요, 자기 본적을 설파 아니하면 생면목[221] 남자로 계집아이를 보자 하기도 난처하여 밤 되기만 기다리고 앉아서 눈물이 나는 줄 모르게 연속하여 흐르니, 이첨지는 심약한 늙은이라, 정숙의 우는 것을 보더니 공연히 한숨을 치쉬며 내리쉬더니, 안으로 들어가서 정숙의 울던 말을 하니,

(노파) "그 말 듣고 측은히 여기지 아니할 이가 누가 있겠소마는, 그 양반이 사나이 양반일망정 아마 우리와 같이 심약한 게요."

밤이나 낮이나, 자나 깨나 시름을 펼 날이 없던 금년이 전후 위급한 환란을 당하고 천행으로 이첨지의 구제함을 입어 목숨은 보전하였으나 천리타향에 객회가 처량할 뿐 아니라, 그 동안 이참판 집 작은아씨가 어떤 지경이 되었는지도 모르고, 제 아비의 자식 잃고 상성하여 돌아다니는 모양도 눈에 암암하여 눈물로 세월을 보내더니, 서울양반이 왔단 말을 듣고 마음이 켕기어 그랬던지 공연히 반가운 듯도 하고 심회가 자연 비창하던 차에 그 양반이 자기 소경력을 듣고 울더라 소리에 의아가 나서, 이 생각 저 생각을 하며 저녁밥을 먹은 뒤에 영감 양주 잠들기만 기다리니, 원래 이첨지 양주는 초저녁 잠이 겨운 고로 저녁 숟갈을 놓으며 곧 쓰러지는지라, 금년이 가만히 사랑으로 나아가 문틈으로 내다보는데, 이때 정숙이는 홀로 앉아서 혼잣말로,

"에그, 금년이가 그 지경 된 줄이야 누가 알았나? 에그, 불쌍도 하지."

문틈으로 들여다보던 금년이는 이 거동을 보고 문을 열어붙이며 들이달아 작은아씨를 부르고 엎드러지니, 정숙이는 부지불각에 죽은 금년을 보고 벙벙히 앉았다가 금년을 붙들어 일으키며,

---

220) 편하지 아니함.
221) 처음 보는 얼굴.

"금년아, 너와 내가 죽어서 혼이 만났니, 살아서 꿈에 만났니?"

소리 없이 울던 금년이 눈물을 훔척훔척 씻고,

"글쎄요, 쇤네두 모르겠습니다. 아마 쇤네가 죽어서 작은아씨를 뵙는 게야요. 작은아씨는 웬일로 저렇게 되셨습니까? 무슨 변 당하실 줄은 짐작하였습니다마는……."

(정) "내 말이야 차차 듣지마는, 그때 너를 보내고 기다리던 내 마음이 어떠했겠니, 십년감수는 하였다. 네가 그렇게 된 줄이야 꿈엔들 생각하였겠니? 도무지 내 탓이다. 나도 그 동안 무슨 지경을 아니 당했겠니?" 하면서 생리사별²²² 지낸 일을 울며불며 말하느라고 밤이 가는지 날이 새는지 모르는 금년이 노주의 경상은 귀신도 감동할 터이나, 금년의 노주가 움도 싹도 없이 죽은 줄만 알고 만심환희하여 웃음으로 연락하기는 경성 인왕산 밑 이참판의 후취부인이라.

정숙을 죽인 후에 섬월은 부인의 일등공신이 되어 전후 간특²²³을 다 떨며 여간 재산은 기탄없이 훑어내니, 이참판 집은 참 불한당 맞은 집이 되었으나 부인은 섬월이 아니면 꼭 죽을 줄로 아는 터이러라.

그 집 주인 이참판은 귀양을 풀려 제주로부터 돌아온 후로 관직에도 뜻이 없이 사랑문을 앞뒤로 척척 닫어걸고 혼자 앉아 말도 아니하며 눈살을 잔뜩 찌푸리고 무슨 생각을 꿍꿍하더니 홀연 주먹으로 방바닥을 딱 치며,

"허, 내가 꿈속에서 지내는 모양이지, 그만 일을 해득치 못한다 말인가. 정숙은 결단코 그러할 리 없고, 또 마누라가 죽였다 한들 조그마한 여편네가 그런 중대한 일을 하지 못할 것이요. 정숙의 쓰던 세간 그릇에 굴러다니는 편지 휴지를 보면 그렇지 않다 할 수도 없으니, 이런 괴변이 어디 있을꾸?"

---

222) 살아서 이별, 죽어서 이별.
223) 간사하고 악함.

하면서 속에서 화증이 나던지 옷을 주섬주섬 내어 입고 정처 없이 길로 나서 머리를 푹 숙이고 한참 가다가, 새문 밖 서참서를 만나니,

(서참서) "어, 오다가다 만났소그려. 지금 영감을 보러 가는 길입니다. 그러나 어디를 가시오?"

(이참판) "속에서 울화도 나고 심화도 울적하여 소풍 겸 나선 길이오."

(서) "허, 그렇지 않겠소. 그러면 좋은 곳이 있으니 그리로 가서 소풍이나 하고 옵시다."

(이) "좋은 곳이 어디란 말이오?"

(서) "나도 말만 들었으니까, 가서 보아야 알겠소."

(이) "그러면 어디서 연설을 한답디까?"

(서) "그도 아니지."

(이) "그러면 요릿집이나 연극장에를 가자는 말이오그려."

(서) "그도 또 아니지."

(이) "그러면 모르고 갈 데가 어디란 말이오? 그러면 계집의 집인가 보오그려. 내가 본래 그런 데는 다녀보지를 아니하였는걸."

(서) "껄껄껄, 계집의 집은 계집의 집이지마는 불가불 가서 볼 필요가 있습니다."

(이) "가서 볼 필요가 무엇이란 말이오?"

(서) "어떤 놈이 사부가 규수를 꾀어다가 남촌 미동 근처에 뚜쟁이로 유명한 전주집에게 팔았는데, 전주집은 창기조합에 명목이 있는 고로 그 규수를 매음하라고 날마다 들볶으나, 그 규수는 저사위한[224]하고 말을 듣지 아니한다니, 설마 그런 데로 치의[225]할 것은 아니나 요사이 무슨 변이 없겠소. 게다 겸하여 그 규수의 모습과 연치가 수상하기 보고 온 사람을 지금 데리고 나섰소."

<hr />

224) 죽음을 각오하고 저항함.
225) 의심.

하면서 옆에 선 사람을 보며,

　"여보게, 탁참위, 저 어른께 인사 여쭙게."

　(이) "저 친구가 박참위시오 그려. 우리 인사합시다. 나는 이○○라 하는 사람이오."

　(박참위) "참, 벌써 가라도 뵈올 것을 길에서 인사를 여쭈오니 대단히 미안하외다. 시생은 박천기올시다. 기체가 안녕하십니까?"

　(이) "우리가 초면에 이런 말을 묻는 것이 실례요마는, 그 규수를 노형이 보았다니, 모습은 어떠합니까?"

　(박) "시생도 잠깐 보았는 고로 자세히 기억은 못합니다."

　(이) "그래도 모습은 기억하겠소그려?"

　(박) "네, 모습은 대강 기억합지요. 연치는 열팔구 세 가량은 되어 보이는데 살빛은 백설 같고, 두 뺨은 홍도 같고 이마는 돋아오는 반달 같고, 입술은 새로 찍은 연지 같고, 코는 대쪽 찍어 놓은 듯하고, 눈은 샛별 같고, 키는 호리호리하나 아래위를 툭 찍어 놓은 듯한데, 허리는 한줌이 채 못 되고 발은 외씨 같습디다."

　이참판은 박참위의 말을 듣고 의심이 맹동하여 박참위와 서참서를 데리고 전주집을 찾아갈 제, 박참위가 곤당골 어떤 골목으로 들어가더니 골목 안 막다른 대문을 흔들며,

　"이리 오너라, 이리 오너라."

　그 안에서 꾀꼬리 소리 같은 소리로 내대고,

　"어디서 으셨나 여쭈어 보아라."

하더니 신발소리가 짝짝짝 나며 대문 틈으로 기웃이 내어다보다가 문을 왈칵 열며 삼십이 될락말락한 계집이 얼굴에 회박을 뒤집어쓰고 주릿대 치마에 금색 요대로 허리를 질끈 동이고 휘휘 둘러보며,

　"에그, 누구라고 박참위 영감이 오셨소그려. 왜 코가 떨어졌나, 못 들어오고 문밖에서 쭈뼛거려. 저기 저 양반들은 누구신가?"

이참판과 서참서는 박참위를 따라 안으로 들어가니 그 계집은 무슨 수가 난 듯이 갈팡질팡 접대가 부산하였는데,

(이) "주인도 모르는 집에 함부로 들어와 관계치 않을까."

(계집) "에그, 별 말씀을 다 하시지. 제 마음에는 좌석이 누추하여 불안합니다."

박참위는 주인계집 귀에다 입을 착 붙이고 무엇이라 쑥덕쑥덕하더니 그 계집의 얼굴이 시무룩하여지며,

"아직 있기는 그저 있지마는 그런 만고 열녀는 찾아 무엇 하시려오. 일전에도 영감이 말 한마디를 붙이려다 못하여 코만 떼이고 가지 않으셨소? 어제도 이주사가 왔다가 칼을 가지고 덤비는 통에 혼이 빠져 달아났다오."

(백) "한번 구경이나 못할 것이 있나?"

(계) "이왕 그년을 보러 오셨다니 재주껏 하여 보시구려."

하면서 포달스런 소리로,

"이애, 양반의 작은아씨야, 이리 오너라. 못 나오겠니? 화장실에 가서도 저런 태를 부릴까? 오히려 여기 있는게 제게 영광인 줄은 모르고."

말이 막 그치며 건넌방 속에서 마주 악을 쓴다.

"나가기는 어디를 나오래. 당신이 돈 주고 샀다니 내가 남의 집 종의 씨요? 이런 일 저런 일 재판을 가자니까 왜 나를 여기다 잔뜩 가두어 두고 꿈쩍을 못하게 하오? 당신은 청바지저고리 못 입을 터이오? 에그, 밤이 낮 같은 시대에 이런 지원극통[226] 한 일이 또 있나! 에그, 정초시하고 이주사란 놈, 그 두 놈은 언제나 급살을 맞아 거꾸러지누."

말을 마치며 목을 놓고 우는지라, 주인계집은 기가 막히던지 오도카니 섰는데, 이참판은 일장사설을 들은즉 음성은 평안도 방언이요, 다른 의

---

226) 지극히 원통함.

심은 없으나 중간에 무슨 곡절이 있음을 짐작하고 한참 앉았다가 불문곡직하고 건넌방 문을 열고 들어가니, 십팔구 세쯤 된 꽃 같은 계집아이가 혼자 악을 쓰다가 이참판 들어오는 것을 보고 깜짝 놀라 벌벌 떨며 구석으로 들어가려 하는지라, 이참판이 그 거동을 보고 측은히 여겨 허허 웃으며,

"이애, 놀라지 마라. 나같이 늙은 사람이 설마하니 무례히 굴려고 그리느냐."

그 계집아이가 이참판의 말을 듣고 잠시 보아도 점잖은 모양이 외모에 나타나니, 그제야 마음을 놓고 오히려 의지를 하려 하는 모양이라.

이참판이 들어가서 지게문 앞에 앉으며 일변 위로도 하고 일변 그 내력을 물으니, 그 계집아이는 눈물이 비오듯 하며 목이 메인 소리로 전후 경력을 말하는데, 이참판은 한참 듣다가 홀연 눈이 싱긍하여지며 기침을 한 번 컥 하더니,

"허, 저런 연놈들 보았을까. 그래, 네가 의주 서촌 황동지의 딸이야?"

(금순) "정초시라고 하는 놈이 당초에 제게 향하여 흉칙한 마음을 두더니, 아마 저를 욕심내어 도적놈들을 들여보냈던 게에요. 에그, 그놈의 웬수를 어떻게 하면 갚습니까? 제 부모는 저를 잃고 상성을 하며 다니다가 무슨 일로 그랬는지 집에 충화까지 당하였다는 소문이 있어요."

(이) "그래, 너는 네 부모 찾으러 올라오다가 차안에서 의주집 년을 만났구나."

(금) "아마 의주집은 저를 알아보았던 게에요. 그렇기에 저를 사랑하는 체하며 풀뭇골 제집으로 저사위한하고 끌었지요. 저야 평생 처음으로 서울을 오니 천리타향에 사고무친하고 제 부모는 찾을 기한이 없는 고로 그 집에서 여러 달을 유하다가 필경 이 광경을 당하였습니다."

(이) "그래. 네가 이 집에를 어떻게 되어서 왔더란 말이냐?"

(금) "이치수라 하는 놈이 저를 보고 강포지욕을 보이려 하는 것을 죽

기 한하고 방색²²⁷⁾하였더니, 그 혐의로 저를 여기다 팔았대요. 병신 하나 고운 데 없다고 그놈이 곰배팔이에다 얼굴은 얼기설기 찍어 매인 놈이 잡놈의 티가 내발리었에요. 제가 처지는 미천하나 절개야 귀천이 있습니까? 그런 잡놈에게 허신²²⁸⁾만 하여놓으면 제 신세는 무엇이 됩니까? 이 집 주인도 역시 뚜쟁이로 유명한 전주집이올시다. 저더러 매음을 하라니, 만일 그 지경만 되면 저는 죽을 밖에 계책이 없습니다."

(이) "오냐, 걱정 말아라, 네 설치²²⁹⁾는 자연 할 때가 있지."

하며 얼굴에 노색이 등등하여 주인계집을 부르니, 주인계집은 이참판이 들어가서 금순을 욕이나 보이려는 줄 알고 쟁그라워하더니, 이참판과 금순의 수작을 듣고 얼굴이 새침하여 무슨 말을 좀 하려다가 이참판이 부르는 소리를 듣고 성을 뾰로통히 내고 들어가며,

"왜 부르십니까?"

(이) "이 계집아이는 지금 잠시 들어도 양가 처녀인데, 양가 처녀를 함부로 유인하여 이런 짓을 하면 필경 무사할까, 어, 그런 법이 어디 있꾸?"

(주) "양가 처녀를 유인하여 왔는지 목을 매어 끌어왔는지 저야 알 바 있습니까. 그런 말씀은 왜 저더러 하십니까? 그런 말씀을 하시려거든 서소문 밖 풀뭇골 사는 의주집과 애오개 사는 이치수더러 하실 것이올시다. 저는 오천 냥 돈이나 들여 사왔은즉 누구든지 본전만 주면 돌려보내겠습니다.

이참판은 주인계집의 말을 들은즉 사리도 또한 그런지라, 이리 생각 저리 궁리하다가 주인계집을 대하여,

"여보게 주인, 그러면 좋은 수가 있네."

(주) "수요? 수가 무슨 수오니까?"

---

227) 막아서 들어오지 못하게 함.
228) 몸을 허락함.
229) 설욕.

(이) "법률로 말하면 양가 처녀를 유인하여 팔고 사는 사람이 죄는 일반이나, 이왕 자네가 오천 냥이나 주고 데려왔다니, 내가 본전을 줄 것이니 내게로 보내게. 차후로는 그런 짓을 말렷다."

(주) "만일 그러시면 제게도 상덕[230]이요, 저 아이에게도 적선이올시다. 저도 저 아이를 사오려 하여 사온 게 아니라, 의주집과 이치수의 꾀임을 듣고 데려왔더니, 저 아이 야단통에 저는 며칠을 잠도 못 잤답니다."

설움에 못 이기어 흑흑 울던 금순이 이참판의 말을 듣고 감격하기 측량 없어 백배사례[231]를 하며,

"에그, 영감께서 죽어가는 사람을 구제하여 주시니 하해 같으신 은혜를 무엇으로 갚습니까? 저는 영감을 우리 아버지같이 압니다."

(이) "은혜라 할 것이 있느냐? 나도 너만한 딸자식이 하나 있는데, 내 자식을 생각하니 그렇지 않겠느냐?"

(금) "……."

(주) "이애, 아가, 내가 너를 미워 그런 것도 아니요, 너를 볶느라고 그런 것이 아니다. 나도 돈을 주고 사왔다가 네가 그 지경을 하니 낸들 화증이 아니 나겠니? 이후에 잘 살거든 야속타 말고 친밀하게 상종하자. 이참판 영감이 너를 데려가신다니 다행하기가 이를 것 없다."

(금) "……."

이참판은 주인계집과 계약하고 바로 집으로 와서 이런 사유를 자세히 기초하여 경무사[232]께로 보내고, 금순이는 곧 데려다가 그 근처 조용한 곳에 두고 부모를 찾아주려 하니, 금순이는 이참판 의앙[233]하기를 친생부모와 같이 하고, 이참판도 그 위인을 기특히 여기나 금순을 볼 적마다 정숙을 생각하더라.

---

230) 웃어른에게서 받은 음덕.
231) 매우 고마워서 거듭거듭 사례함.
232) 경무청의 장長.
233) 의지하고 존경함.

금순의 일은 서씨부인 노주가 망연히 모르더니, 하루는 섬월이 밖으로 서둘러오며 얼굴이 파랗게 질려 아무 말도 못하고 벌벌 떨다가,

  "에그, 마님, 이것을 어찌하면 좋습니까? 마님, 인제는 큰일이 났습니다그려."

  (부인) "왜, 응? 무슨 큰일이 났단 말이냐? 이년아, 말이나 좀 해라."

  (섬월) "에그, 의주집과 이주사를 어제 경무청에서 항쇄족쇄[234]하여 잡아다가 별별 악형을 다 하고 오늘 감옥서로 내려 가두었는데, 잠깐 전설을 들은즉 사부가 처녀를 유인하여 낸 죄라 하니 이를 어찌합니까, 마님."

  부인이 이 말을 듣더니 정신이 아득하여 얼굴의 핏기가 없이 노래지며 어찌할 줄을 모르더니, 반상[235] 후에야,

  "이애, 섬월아, 의주집과 이주사가 적실히 그 일로 잡혀갔는지 어찌 알 수 있니? 그러면 영감은 어찌하여 이렇단 말이 없으시냐?"

  (섬) "에그, 마님도 답답한 말씀도 하십니다. 영감이 제주서 돌아오신 후로 그 등사에 무슨 말씀이 계셔요? 가만히 뵈온즉 집안 동정만 살피시는 모양이시던 걸이오."

  (부) "이애, 섬월아, 우리는 옴치고 뛸 수도 없이 어찌 하면 좋으냐? 그래도 알기는 우리 같은 무재인[236]보다 무당이 나으니 단골무당 좀 불러오너라. 일이 없을까 있을까 뭇전이나 좀 하여보자."

  섬월은 부인의 말도 채 떨어지기 전에 황황급급히 가더니, 이참판 집 단골무당을 불러왔는데, 이 무당의 집은 남대문 밖 도동 근처라.

  평일에 섬월이와 무간[237]히 지내는 고로 정숙과 금년의 일은 대강 눈치를 채었더니, 섬월이가 황황급급히 와서 청함을 보고 이참판 집에서 누가 앓아 무꾸리나 푸닥거리나 하려는 줄 알고 와서 보니, 부인은 얼굴이

  ---

  234) 죄인을 단단히 잡쥠.
  235) 반나절.
  236) 재주가 없는 사람.
  237) 친밀.

푸르락붉으락 하여 앉았고, 섬월은 두 눈이 뒤박혀 돌아다니는지라, 그 지간[238] 사실은 짐작하나 생시침을 뚝 떼고 안방으로 들어가며,

"요사이는 하는 것 없이 무엇이 그리 바쁜지 한 번도 오지 못하였더니 누가 왜 편치 않으세요? 에그, 마님은 일어앉으셨는데, 그러면 영감마님이 미령[239]하십니까?"

부인은 이마에 손을 얹고 무당을 기다리다가 호들갑스럽게 반색하며,

"아, 자네 오나. 이리 들어오게. 내가 아쉰 일이나 있어 자네를 찾으니 불안하여 어찌하나?"

(무당) "천만의 말씀을 다 하십니다그려."

(부) "달리 오라고 한 것이 아니라 내가 지금 걱정되는 일이 있으니 그 일이 어떻게 될는지 무꾸리[240]나 좀 하여 보자고 청했네."

(무) "그러시지요."

(부) "이애, 섬월아, 뒤주 열고 쌀 좀 퍼오너라."

하면서 돈궤를 열더니 세어볼 새도 없이 한 주먹을 듬뿍 쥐어 소반에 놓고,

"여보게, 명백히 풀어 좀 주게."

무당은 돈과 쌀을 보더니 흥이 절로 나서 된 소리 안 된 소리 한참 중절[241]대더니 깜짝 놀라며,

"에그, 이게 웬일일까? 상문살[242]이 어째 동하나?"

좋지 못한 소리가 나올까 마음이 조마조마하여 똥끝이 다 타는 부인과 섬월은 참 운명을 할 지경이라. 무당은 이 거동을 보고 풍을 버럭 치며,

"에그, 알 수 없는 일이올시다. 댁에 그전부터 이런 일이 없더니 참 이

---

238) 그 사이.
239) 편안하지 못함.
240) 무당에게 길흉을 점침.
241) 소란하게 중얼댐.
242) 사람이 죽은 방위로부터 퍼진다는 살.

상한 걸이오."

부인은 죽어가는 소리로,

"왜 어떻길래 그러나? 말이나 좀 자세히 듣세."

(무) "에그, 관세음보살! 글쎄, 말씀을 하자하나 믿지 않으실 터이니까 할 수 있습니까?"

(부) "여보게, 그게 다 무슨 말인가? 자네 불러 뭇전하기는 좀 자세히 알자고 하는 것이지."

(무) "에그, 제가 신령님은 영검하신 신령님을 모셨지요마는 말씀하다가 무안이나 아니 당할까요?"

(부) "무안을 줄 리가 있나, 어서 좀 듣세."

(섬) "에그, 만신님두 우리 터에 무슨 기휘[243]할 말이 있단 말씀이오? 어서 바른대로 말씀이나 좀 하시오."

무당은 참 신장이 집힌 것 같이 눈을 싱긋싱긋, 입을 실룩실룩하며 눈을 내리깔고 쌀을 이리저리 헤집으며 한참 앉았다가 옆의 사람이 경풍을 하게 소리를 버럭 지르고,

"에그, 무서워라! 마님과 섬월의 좌우에 여귀 둘이 있어서 별별 작희를 다 합니다그려. 그 여귀가 마님과 무슨 원수가 있는지, 밤낮 틈을 타서 보복할 생각이올시다. 마님과 섬월의 꿈에 그 여귀만 보이면 무슨 일이든지 짚어놓고 마가 들어 안 될 터이지."

이때 섬월은 상판대기에 진땀이 부쩍부쩍 나서 못 박은 듯이 앉았고, 부인은 머리털이 쭈볏쭈볏하며 웬 몸에 소름이 찍찍 끼쳐 죽은 사람 기쓰듯 모주름을 으쓱으쓱하고 앉았다가 그 중에도 발명이라.

(부) "여보게, 그것이 웬일인가? 내가 이때까지 남에게 적악[244]한 일이 없는데."

---

243) 꺼리어 싫어함.
244) 악한 짓을 많이 함.

(섬) "에그, 여귀? 여귀는 웬 여귀야? 필경 어디서 묻어든 여귀인 게지."

(무) "나도 알 수 있나마는 단정코 묻어든 여귀는 아닌걸."

(부) "자네 말이 옳은 말일세. 그전부터 우리 시댁에 손각시 여귀 둘이 있는 것을 내가 대범하여 쳐들지를 아니하였더니, 필경 집탈을 하나베그려."

(무) "장히 어렵습니다. 관재구설[245]까지 일어나는 걸이오."

(부) "여보게, 그러면 어찌하여야 좋은가? 하라는 대로 다 함세."

(무) "그 여귀를 위하여 지노귀새남이나 하여 앞길이나 열어주고 상문살이나 풀어볼까요."

(부) "여보게, 지노귀새남을 하면 무사히 되겠나?"

(무) "암, 그렇지요."

(부) "정녕 아무 일도 없을까?"

(무) "암, 이 걱정 저 시름이 소멸되고 그 여귀들도 자연 물러가겠지요."

(섬) "에그, 마님두. 만신이 어련히 알고 말하겠습니까."

(부) "여보게, 그 두 가지 하자면 얼마나 가져야 되겠나?"

(무) "댁에서 하시는 일을 넉넉히야 달라 하겠습니까. 만 냥만 주시면 아무 일도 없게 하여드리겠습니다."

(부) "암, 자네야 꼭 들만치 말하는 사람이지. 다른 무당과 같이 상구지 없게 뛰어오르는 사람은 아니지. 돈은 지금 줄 것이니 내일 곧 시작하게."

(무) "그런 줄이나 알아주시니 수고를 하여도 괴로운 줄 모르고 하겠습니다."

(섬) "그러면 어디서 하누?"

---

245) 관청으로부터 받는 재앙과 헐뜯는 말.

(무) “조용하고 좋기는 국수당[246]이 좋지.”

(부) “이 일이 시급하니 내일 곧 시작하게.”

하면서 지폐 이백 원을 척척 세어 무당을 주니, 무당이 생색 적게 받으며,

“제가 이것을 가지고 가기는 합니다마는 제 것이나 안 찌를는지 모르겠습니다. 댁에서 하시는 일을 어련히 할 것은 아니지만.”

(부인) “여보게, 그러하게 단골이 좋다는 것이지, 굿이나 잘하고 나면 난들 그저 있겠나?”

두 눈에 돈 동록이 잔뜩 올라 허무맹랑한 말을 영절스럽게 꾸며 부인 노주의 간장을 다 녹이던 무당은 돈을 보고 눈이 번하여 노랑 면주수건에 단단히 동여매어 허리춤에 둘러차고 어깻바람이 절로 나서 뒤도 아니 돌아보고 뺑소니를 하는데, 부인과 섬월은 붙어 앉아서 대강 이마를 마주 대이고 사접시를 뒤집어엎더라.

(부) “이애, 섬월아, 그 무당이 본래 영검하지마는 어찌 그리 무섭게 아니?”

(섬월) “그렇기에 무당도 허사가 아니지요. 그 무당이 여간 영검한 줄 아십니까? 무엇인지 굿이나 하고나야 마음이 놓이겠습니다. 에그, 무서워라, 그 여귀들이 지금도 우리 좌우에 지키고 있겠지.”

(부) “무얼, 굿날까지 받아놓았는데 그 여귀들도 생각이 없겠니.”

차후로는 정숙과 금년의 말이라면 감히 입을 벙긋치 못하고, 이튿날 섬월은 지팡막대 걸쳐 짚고 남산 봉화둑 상상봉을 바라고 허위허위 기어 올라가니, 과연 굿 제구를 국수당에 차려놓았는데, 모두 해야 몇 푼을 아니 들이고 막 떼어먹은 모양이나, 섬월은 이 여부 저 여부 할 것 없이 일만 무사히 되기를 칠년대한에 비 바라듯, 구수죄인 사 바라듯 애를 바지직바지직 쓰고 앉아 감히 이러니저러니 말도 못하는데, 무당이 신옷을

---

246) 서낭당.

입고 장구도 치며 제금도 치고 징도 울리며 방울도 흔들면서 부정거리를 치른 후에 넋 타령이 나온다. 눈물을 더벅더벅 흘리며,

"에그 에그, 나 들어왔소. 서씨 계주[247]와 섬월에게 비명횡사한 이참판의 딸 정숙이 내요."

하고 목을 놓고 울더니, 금년이 넋이 또 들어와 두 넋이 겹쳐서 펄펄 뛰며 섬월을 잡아 엎지르고 삼지창으로도 쿡쿡 찌르며, 칼로도 찍으며,

"이년, 섬월아, 네 죄를 네가 알려든 엎어놓고 목을 베랴, 짓쳐놓고 배를 따랴? 이년, 섬월아, 에그 에그."

섬월이 땀을 뻘뻘 흘리며 코가 깨어지게 땅에다 틀어박고 두 손길을 한데 모아 쉴새없이 절을 하며 애걸복걸 하는 말이,

"에그, 사하시고 용서합시다. 무지한 인간이 쇠술[248]로 밥을 먹으니 사람이지, 개·돝이나 다를 것이 있습니까. 에그, 작은아씨는 쇤네가 죽인 것이 아니올시다. 전후 흉화조사는 의주집이 하였으니 벌역을 내리셔도 의주집에게 내립소사. 이렇든지 저렇든지 죽을 때라 그랬으니, 하해 같이 사하시고 극락세계로 태어나십소사."

무당은 천둥같이 으르며 이것을 해야 용서한다 저것을 해야 통촉한다고 병력같이 호령하니, 섬월이는 간이 콩잎만 하여 살려달라고 두 손이 발이 되게 빌며 하라시는 대로 하마 하더니, 금년의 넋이 또 날뛰며 섬월을 물고 뜯으며 차고 지르니 섬월은 정신이 아주 없이 빌도 못하고 절도 못하다가,

"에그, 금년아, 너야 왜 나를 향하여 이리느냐? 너는 나도 죽인 것이 아니요, 팽서방도 죽인 것이 아닐다. 전후 죄는 장돌놈이가 지었지."

무당은 그대로 울며불며 전후 수죄가 줄을 이어 나오는데,

"이년아, 내가 생시에 쓰고 입고 아끼며 모은 것을 이년, 네가 모두 차

---

247) 무당이 단골집 주부를 존대하는 말.
248) 쇠숟가락.

지하고 하나도 안 가져오니, 어허 괘씸한지고."

섬월은 이 말을 듣고 삯군을 얻어 이참판 집으로 보내어 정숙과 금년의 평일 입던 의복이며 쓰던 물품을 모두 갖다가 국수당에 벌여놓으니, 이날 국수당은 넝마전에 만물상전[249]을 겸쳐 벌였더라.

무당은 그제야 뒤를 땅방울같이 구르며 겨우 용서하니, 섬월이 백배사례를 하고 널치[250]가 되어 들어오니, 두 눈은 하가마가 되어 뒤통수에 가붙고, 허리는 끊어져 위아래 두 끝이 서로 닿을 지경이 되었는데, 안절부절 못하고 애를 바드득바드득 쓰고 앉았던 부인은 본래 체중이 못한 행지[251]에 경망하게 마주 내달으며,

"그래, 벌써 다하고 내려오니? 대관절 걱정이나 없겠다디? 여귀들은 물러간다고 하디? 어서 말이나 좀 하려무나."

(섬) "에그, 모르겠습니다. 작은아씨와 금년이가 어떻게 야단을 치는지요."

(부) "앞길까지 열어준 밖에 또 어쩌라고 그래?"

(섬) "에그, 또 하란답니다."

(부) "응, 또 하래? 일만 무사히 된다면 백 번은 못하겠니, 아마 재 올려 달라고 하지, 인제는 마음이 좀 놓인다. 위선 어제 오늘 보아라. 무슨 일이 있나. 모두 굿 덕일다. 돈 들어 언짢은 일이 어디 있니? 돈이 많으면 귀신도 사귄단 말이 참 옳지 않으냐."

하면서 태연무심히 걱정근심을 아니하더라.

남대문 밖 정거장 근처의 노동자들은 벌이도 없어 모주 한 사발도 못 사먹고 길가 멍석자리에 늘어앉아서 시세 평론도 하며 예전 이야기도 하더니, 한 사람이 썩 나앉아서 국수당에서 하던 굿 이야기를 하니,

---

249) 온갖 일용잡화를 파는 가게.
250) 넙치.
251) 행동거지.

(여러 놈) "허허, 만쇠 자네는 삯짐 지고 가서 좋은 구경을 했네그려."

(그 사람) "허허, 여보게들, 요사이 돈푼이나 있는 놈의 집에서는 무당 판수 아니면 의지를 못하데그려. 아따, 섬월이년의 개개 자복²⁵²하는 모양이야 참 눈이 시근시근하여 볼 수 없더구. 장돌놈은 어떤 놈이게 무슨 혐의로 금년을 죽였는지 모르나 모두 그놈에게로 밀데그려."

다른 놈들은 이 말을 우스운 기담으로 듣고 웃을 뿐이나, 그중에 유심히 듣고 졸지에 눈이 불끈 뒤집혀 앞이 컴컴하기는 금년아비 방순보라.

미주알고주알 자세히 캐어묻고 우죽우죽 이참판 집으로 들어오는 길에 화풀이로 모주 한 사발을 사서 쭉 들이키고 도로 나오려 하더니, 머리는 헙수룩하고 두 눈에서 지게미²⁵³가 꾸역꾸역 나오는 놈 하나이 들어와서 모주는 한 사발쯤 사서 먹고 한 냄비나 되는 비지를 조개껍질로 무작정 퍼먹는지라, 모주집 주인이 눈이 뚫어지게 한참 보다가 열이 벌컥 나던지 와락 달려들어 조개껍질을 홱 뺏으며,

"여보, 이 양반, 고만 자시오."

(그놈) "여보, 내가 왜 그저 먹소? 나도 금싸라기 같은 돈을 내고 먹는데."

(주) "이런 제, 모주는 한 사발쯤 먹고 남의 비지는 한 냄비를 다 먹으랴나."

그놈이 비지를 정신없이 퍼먹다가 이 소리를 듣더니 제잡담²⁵⁴하고 부글부글 끓는 비지냄비를 번쩍 들어 동당이를 치며,

"이런 오라를 지고 포도청에 가 낮잠을 잘 놈 같으니! 이놈아, 네 비지를 좀 먹으면 어찌해?"

모주 주인은 분이 꼭뒤까지 올라 적삼을 벗어부치고 그놈에게로 달려

---

252) 죄를 자백함.
253) 술 거르고 난 찌끼. 눈꼽.
254) 말을 하지 않음.

들려 하더니, 시비판에 들어서면 경위[255] 잘 찾는 금년아비는 술이 얼근한 김에 그 거동을 보고 이해 없이 비위가 틀려 그놈의 팔을 잔뜩 붙들고,

"여보, 이 친구, 인사합시다."

그놈이 당장 모주 주인과 들어붙으려고 하다가 방가의 인사하자는 말을 듣고 개개 풀어진 눈깔을 희번덕거리며,

"네, 좋은 말씀이오."

(방) "뉘댁이라 하오?"

(그놈) "네, 나는 장돌놈이란 사람이오."

방가는 장돌놈이라는 말을 듣고 무슨 선심이 그리 나든지 반색을 하며,

"어, 그러신 줄 몰랐더니 장선달이시란 말이오? 여보, 주인, 이 양반이 잠시 실수는 하였소마는 좀 참을 밖에 없소."

(주) "참다니요? 저 경을 하루 열두 번씩 치고 염병에 보리죽을 먹을 놈이 남의 비지냄비까지 깨쳐버렸으니 저놈은 당장 지소막으로 잡아다가 순검나리께 재판을 하겠소."

(방) "아따, 그리할 것이 무엇 있소? 비지 값과 냄비는 내가 대신 물어 놓으리다."

말을 마치고 주머니에서 돈을 부스럭부스럭 세어주니, 주인은 돈을 받은 바에 다시 다툴 길이 없어 그놈을 벼르며 들어가는지라, 그놈이 방가의 하는 거동을 보고 일변 이상히도 여기며 일변 감사히도 여겨 방가의 성명을 물으니,

(방) "네, 나는 이순보라 하는 사람이오."

(정장돌놈) "어, 한 번도 뵈온 적이 없는데 너무 고맙게 구시니 대단히 감사하오그려."

(방) "허어, 참 우리가 인제야 만난 터이 아니오. 댁은 나를 몰라도 나는

---

255) 사리의 옳고 그름과 시비의 분간.

댁의 성함을 들은즉 자연 알겠소."

(장) "암만해도 짐작이 나지 않는 걸이오."

(방) "두말 할 것 없이 우리 남문 밖으로 가서 술이나 한잔 더 먹고 말씀합시다. 참 탄가운 걸이오."

방가는 제 동류의 소전을 듣고 금년을 죽인 장돌놈을 찾으려 하나 허영청에 단자 걸듯 어디 가 찾을 곳이 없어 섬월의 양주나 잡아 물으려고 하던 차에 금년의 혼이 지시하였던지 장돌놈을 만나니, 당장 더운 간을 내어 씹고 싶으나 적실히 금년이 죽인 장돌놈인 줄 모르는 척 꾀엄꾀엄 꾀어 데리고 나오니, 그놈은 방가를 감사히 아는지라. 피말[256] 뒤에 망아지 따르듯 줄레줄레 따라 정거장 근처로 나오니, 노동자들이 방가를 보고 여러 놈이 함께,

"여보게 순보, 어디로 가나?"

방가는 눈을 꿈적꿈적하며 노동자 총중[257]으로 들어가 무엇이라고 잠깐 하더니 도로 나오며,

"에, 술 한 잔을 먹어야 할 터인데 여기는 정거장 근처라 그러한지 백물이 여간 ㅂ 싸야 먹지."

(장) "어허, 고마운 말씀이지마는 너무 불안한 걸이오."

(방) "별말씀을 다 하시는구. 우리 터에 그까짓 술 한잔을 대접한다고 치사할 것이 무엇 있소? 우리 애오개 너머 친한 술집으로 갑시다."

(장) "여보, 이선달, 우리가 어디서 만났소?"

(방) "노형이 인왕산 밑 이참판 댁에 있는 팽 작은돌이와 친합디다 그려."

(장) "팽 작은돌은 어찌 아시오?"

(방) "그것은 노형이 몰랐소. 작은돌이는 내 이성 사촌간이지요. 작은

---

256) 암말.
257) 한 떼의 가운데.

돌이가 일상 노형 말씀을 합디다."

(장) "그러시단 말이렷다. 팽 작은돌과 친하다 뿐이오? 죽을 말이라도 서로 못할 말이 없이 지내는 터이지요."

방가는 가장 정다운 듯이 너털웃음을 하며 별별 엉구럭[258]을 다 부리며 돌놈의 배알을 몰수이 빼어 들은즉, 위불없는 금년을 죽인 장돌놈이라. 당장 그 자리에서 칼로 푹 찔러 엎지르고 더운 피를 먹고 싶으나, 보아하니 돌놈의 키꼴이든지 뚝심이든지 방가는 여남은이 덤벼들어도 못 당할 뿐 아니라 설불리 하다가는 날리어 보낼 염려도 있는 고로 분한 생각을 꿀떡꿀떡 주리 참듯 하고 애오개 송림 속으로 차츰차츰 들어가니,

(장) "이선달, 여기는 무엇 하러 들어오시오?"

(방) "어떤 친구와 예서 맞추었은즉 데리고 가야 아니하겠소?"

(장) "암, 그러시다 뿐이오."

돌놈이 신지무의[259]하고 방가를 따라 점점 무인지경으로 들어가니,

(방) "이 사람이 기다리다 못하여 돌아갔나?"

(장) "아따, 누군지는 모르나 그저 갈 리가 있겠소. 좀 더 들어가 봅시다 그려."

하면서 도리어 방가를 데리고 심산 중으로 들어가더니, 솔밭 속에 수건으로 협수룩한 머리를 질끈질끈 동인 노동자 사오 명이 우뚝우뚝 나서며 알은 체를 하니,

(방) "자네들 장히 갑갑했지, 어서 이리들 오게."

돌놈은 아무란 줄 모르고 섰는데, 그 노동자들이 좌우로 갈라서며, 정답고 고맙던 방가는 돌놈의 상투를 모르는 결에 턱 잡아 손에다 휘휘친친 감아쥐고 모주살이 올라 축 늘어진 두 볼따귀를 섣달그믐날 흰떡 치듯 쩔꺽 붙이며, 무지한 발길로 한 번 퍽 걷어차니, 무심중에 당한 돌놈

---

258) 엄살.
259) 꼭 믿고 의심하지 아니함.

이 불이 어떻게 되던지 푹 나가 엎드러지며,

"에쿠, 에쿠에쿠, 에쿠쿠! 이선달, 이게 웬일이요? 농을 과히 하시는 구려."

방가는 눈이 산 밖에 베쳐 돌놈의 가슴을 가로타고 앉아서 철퇴 같은 두 주먹으로 눈과 코와 입과 가슴을 퍽퍽 안기며 어린아이 발버둥이 치듯 이 발길, 저 발길로 팍팍 걷어차고 입으로 물어뜯으며,

"이놈아, 정신 좀 차려라. 내가 누군고 하니 네가 죽인 금년아비다. 이놈아, 바로 갈을 해야 망정이지, 일호라도 은휘²⁶⁰를 하면 당장 네 배를 가르고 간을 내어 씹을 터이다. 이놈아, 당초에 뉘 꾀임을 듣고 금년을 어디서 어떻게 죽였어? 이놈아, 바로 말해라."

말을 마치며 품속에서 번쩍번쩍하는 서리 같은 칼 하나를 쓱 빼들어 돌놈의 가슴에다 얹으니 돌놈이는 그제야 방가인 줄 알고 벌벌 떨며 말을 못하다가,

"여보시오 방선달님, 살려주시면 바로 말하리다."

(방) "이놈아, 죽기 전에 어서 말해!"

돌놈이가 돈 몇 푼에 팔리어 작은돌이와 서병신의 주촉²⁶¹을 받아 전후 저지른 악사를 일일이 말하니, 방가는 듣고 불거진 눈에 눈물이 더벅더벅 떨어지며 이를 북북 갈면서,

"이놈아, 어떻든지 네가 죽였구나!"

하고 고양이 쥐 어르듯 죽을 둥 살 둥 모르고 날뛰며 그 자리에서 죽이려 하는지라,

(노동자) "여보게 순보, 그렇게 할 것이 아닐세. 그러나 저 경칠 놈이 여기서 뒈지면 우리가 큰일이 날 터이니 저놈을 묶어가지고 경무청으로 가세."

---

260) 꺼리어 숨김.
261) 남을 꾀어 부추켜서 시킴.

(방) "그러다가 소문이 나면 또 달아날 연놈이 있을 터인즉, 이놈은 애오개 순포막[262]에 맡기고 지금 당장 할 일이 또 있네."

돌놈을 두 어깨가 맞닿게 잔뜩 제쳐 매어 복달임에 죽은 개 끌 듯 높은 곳 낮은 곳, 험한 데 평탄한 데를 가리지 아니하고 지르르 잡아끄니, 돌놈은 엎드러지며 거꾸러지며 끌려 애오개 지서로 오니 순검이 전후 사실을 자세히 듣고 돌놈을 지서 안에 잔뜩 달아맨 후에,

(방) "여보시오, 순검나리, 이놈과 동모[263]한 놈이 새문 밖에 있으니 여러 나리 중에 한 분만 가십시다."

순검이 방가의 말이 두려워 그런 것이 아니라, 살인 등사에 간연인 고로 방가를 따라 서병신의 집으로 와서는 순검은 큰길에 세우고 방가만 사랑으로 들어가니, 이때 서병신은 못된 잡류들을 모아놓고 사기취재[264]할 궁리와 부녀 겁탈할 모계를 꾸미느라고 눈깔이 붉어 수근수근하며 앉았는지라, 방가가 들어가 문안을 드리니,

(서) "네가 누구냐?"

(방) "소인은 인력거꾼이온데, 모시고 가던 양반이 소인더러 서방님 잠깐 모시고 큰길로 오라시기 들어왔습니다."

(서) "그리하지, 그러나 그 누군가?"

하면서 갓두루마기를 하고 방가를 따라 큰길로 나와서는 방가가 순검을 보고 눈을 끔쩍이니 순검이 와락 달려들며,

"이 양반, 댁이 서서방이오?"

(서) "네, 그렇소. 그래 노형이 나를 찾았소?"

(순) "그렇소, 내가 불렀소. 나와 잠깐 가면 좀 물어볼 일이 있어."

병신은 제가 지은 죄가 있는 고로 가슴이 울렁울렁하여 벌벌 떨며 앙탈

---

262) 순검막. 순청에서 순검하던 조그마한 집. 지금의 파출소와 같음.
263) 공모.
264) 남을 속여 재물을 빼앗음.

을 하려 하거늘, 순검이 눈을 딱 걷어붙이고 흠척하더니, 포승을 내어 포박을 받으라 땅방울같이 으르니 병신이 부득이 순검을 따라 애오개 지서로 와서 본즉 천만 뜻밖에 장돌놈이가 지서 들보에 달려 늘어졌는지라, 병신이 얼굴이 노래지며 들고튀려 하더니 방가가 보기 좋게 병신을 툭 걷어차 엎지르니, 순검이 병신을 포박하여 경무청으로 넘기려 하거늘,

(방) "또 잡을 연놈이 있으니 이놈들은 아직 소문내지 말고 여기 두시오."

하면서 급히 인왕산 밑 이참판 집으로 오니, 이때 이참판은 정숙을 생각하고 풀이 없이 우두커니 앉았다가 방가를 보고 온 연고를 물은데,

(방) "아뢰기 황송하오나 종용히 여쭐 말씀이 있습니다."

이참판은 근본 눈치가 빠른 사람이라, 방가의 거동을 보고 수상히 여겨 마루 끝으로 나와 앉으니,

(방) "소인이 오늘이야 작은아씨와 금년의 일을 알았습니다. 그러나 무엇이라고 아뢸 수가 없습니다."

이참판은 이 소리를 듣고 반갑기도 하며 놀랍기도 하여 가슴이 덜컥 내려앉아 말을 능히 못하니, 반가운 것은 주주야야[265]에 정숙의 종적을 몰라 철석간장이 굽이굽이 끊어지다가 자세한 소식이나 들을까 함이요, 놀랍기는 죽었는가, 혹시 죽지 않았더라도 못된 길로 들어갔는가 함이라. 한참만에야,

"그래서 어떻게 알았느냐?"

방가가 굿 구경한 말이며, 장돌놈을 잡아 문초 받은 일을 자세히 고하고,

"그러하오나 작은돌이 연놈이 달아나기 쉬우니 각별 신칙[266]을 하셔야 합니다. 소인은 그놈들을 데리고 경무청으로 가겠습니다."

---

265) 밤낮으로.
266) 타일러 경계함.

이참판이 전후수말을 듣고 얼굴이 당장 자줏빛이 되고 정신이 아찔하더니 두 눈이 별안간에 깜깜하여 보이는 것이 없는지라, 기를 부드득 쓰더니 방가는 사랑 근처에 숨기어 두고 집안 하인을 모두 부르니, 남녀 무론하고 사랑 뜰에 가득히 모이거늘, 작은돌이와 섬월을 잔뜩 결박하여 섬돌 아래 꿇리고, 이참판은 두 눈이 찢어지게 부릅뜨고 이를 북북 갈며 벽력 같은 호통으로,

"네 이놈, 네 죄를 네가 모를까. 당장 바로 아뢰야 하지 만일 일 분이라도 기망²⁶⁷하면 네 연놈은 대매에 쳐죽일 터이다."

이때 작은돌의 연놈이 벌써 짐작하고 죽을 줄 아나 확실히 그 일이 탄로된 줄 몰라 발명을 한다.

"소인이 장하²⁶⁸에 죽사와도 영감마님께 지은 죄가 없습니다."

(섬) "에그, 하나님 맙시다. 쇤네가 무슨 죄오니까."

이참판이 방가를 불러 증거를 대며,

"네 이년, 네 연놈이 작은아씨와 금년을 어떻게 죽였어? 이년!"

방가는 작은돌과 섬월을 보고 곧 점점이 깎아 죽이고 싶은 마음이 굴뚝 같으나 양반의 앞에서 제 마음대로 할 수도 없고, 둘째는 공사²⁶⁹를 받기도 전에 마구 할 수 없고, 꿀떡꿀떡 참고 서서 곱지 않은 두 눈이 싱긋하더니, 작은돌의 발명함을 보고 들이달아 연놈을 이 발길 저 발길로 인정이 반푼어치 없이 제기 차듯 함부로 턱턱 걷어차며,

"이놈아, 바로 아뢰라! 못 아뢰겠니? 이놈아!"

이때 작은돌과 섬월이는 이마도 깨어지며 코도 으크러져 연지 같은 붉은 피가 콸콸 흐르니, 집안사람과 동리사람들이 본래 연놈의 꼬락서니를 미워하던 고로 상관없이도 고소하여 수군수군하며 연놈의 전후 단처

---

267) 기만.
268) 장형을 집행하던 그 자리를 이르던 말.
269) 죄인이 범죄사실을 진술하는 일.

를 들추어 수죄를 하며,

"저놈과 저년이 마님 세력만 믿고 집안에서 곤댓짓을 하더니 기어이 끝을 여물었군."

"에그, 불쌍도 하시지. 작은아씨는 저년 저놈의 손에 비명횡사를 하셨군."

"에그, 불쌍도 하시지. 저런 큰 변이 어디 또 있나!"

작은돌은 가만히 생각을 하여도 일이 이왕 탄로난 바에 바른대로 고하지 아니하면 무지한 매만 더 당할지라, 그제야 이실직고[270]를 한다.

"소인이 과연 죽을 때라, 계집년의 말을 듣고 죽을 죄를 지었으니 바삐 죽여줍시오. 그러하오나 작은아씨는 소인이 죽인 것은 아니올시다."

방가가 다시 섬월의 머리채를 손에 휘휘 감아쥐고 개 때려잡듯 막 짓바수며 바로 아뢰라고 하니, 섬월이 같은 안차고 다라진 연도 매를 견디지 못하여 처음으로부터 나중까지 하나를 거르지 않고 개개복초하며,

"에그, 이것은 마님이 다 주장하신 일이니 쇤네는 살려줍시오."

하며 제 가슴을 쿵쾅쿵쾅 치며 우니, 섬월의 이 울음은 설워 우는 것도 아니요, 무서워 우는 것도 아니요, 매를 견디지 못하여 우는 것도 아니요, 제 양주가 진작 들고튀지 못하였다가 필경 이 지경 당함을 절통하여 우는 것이라.

이참판이 섬월의 공사를 다 듣고 방바닥을 고래가 빠지도록 치며 대성통곡을 내놓으니, 방가도 역시 금년을 생각하고 흑흑 느끼며 울다가 작은돌과 섬월을 한데 묶어놓고 차며 치고 치며 차니, 에쿠쿠 애구구 소리는 좌우 포도청에서 딱장받는 소리 같더라.

이참판이 눈물을 쓱쓱 씻더니 벼루에 먹을 득득 갈아 전후 사실을 다 기록하여 경무사계로 보내었더라.

두어 시간이 못되어 형사·순검들이 사자 같은 청사놈들을 데리고 와서

---

270) 사실대로 하는 고백.

작은돌과 섬월을 독수리가 병아리 차듯 풍우같이 몰아가고, 서씨부인은 칙임관의 부인이라 하여 아직 잡아가지 아니하니, 이때 서씨부인은 전후 악사가 발각됨을 알고 놀라서 기색하여 엎드러졌다가 곧 새문 밖으로 도망한지라.

이참판은 이를 부드득부드득 갈며 목을 놓고 우니, 이날 이참판 집은 뒤죽박죽이 되어 참담한 기운과 슬픈 빛이 집안에 둘리었더라.

사오 일 후에 여러 죄인을 경무청에서 감옥소로 넘기니, 금년아비 방가는 술을 얼근히 취하고 경무청 앞에서 죄인들을 보고 팔뚝을 뽐내며 무지막지하게 날치더니, 그 옆에 빌어먹으러 다니는 늙은 영감과 노파가 손목을 마주 잡고 지나다가 한 길 사람의 말을 듣고 노파가 영감을 쿡 찌르며,

"여보, 영감, 행길에서 하는 말 좀 들어보오."

(영감) "글쎄."

(노) "좀 물어보오."

비렁뱅이 영감은 그래도 그전 기습이 남았던지 곤두기침을 올리며 눈이 붉어 날치는 방가의 소매를 잔뜩 붙들고,

"어험, 여보 이 양반, 말씀 좀 물어봅시다."

방가는 골김에 소매를 홱 뿌리치며,

"말은 무슨 말이야? 소매는 왜 잔뜩 붙드나?"

(영) "어허, 오늘 무슨 죄인을 잡았길래 저리 찌짜 하오?"

(방) "비렁뱅이가 진작 가서 밥이나 얻어먹지 그것은 알아 무엇해?"

(영) "아따, 그 양반, 비렁뱅이는 그런 것을 좀 들으면 어떻단 말이오."

(방) "남은 화증이 나서 죽겠는데 그것은 왜 지긍스럽게 물어? 에참, 기어이 들어야 직성이 풀리겠지. 다른 까닭이 아니라 인왕산 밑 이참판 댁 작은아씨 죽인 연놈을 오늘 감옥서로 넘기느라고 저리 떠든다오. 인제는 들었으니 어서 가오."

영감은 핀둥이[271]만 부옇게 맞고 무엇이라 좀 탄하려 하더니 노파가 영감을 끌고 가며,

"암, 그렇지. 그년들이 종내 무사할까. 에그, 그 작은아씨가 어디로 가셨누? 우리도 그 작은아씨 까닭에 이 지경은 되었지만……. 에그, 생각할수록 상쾌하구려. 에그, 그 작은아씨가 아시면 좀 좋아하실라구. 그 댁 영감이 귀양을 풀려 오신 게지. 우리는 그 작은아씨가 서울로 오신 줄 알았더니 이때까지 못 오신 게지."

"아따, 그런 말 저런 말하여 쓸데 있나?"

방가는 영감을 핀잔주어 보내고 막 돌아서려 하다가 그 양주의 하는 말을 듣고 바특 들어서며,

"여보 영감, 무엇이라고 했소?"

(영) "아니오. 우리끼리 말하였소."

(방) "지금 들은즉 작은아씨라 하니 어떤 작은아씨 말이오?"

"아따, 그 양반, 아까 내가 말 좀 물을 적은 핀잔을 생파리같이 주더니, 남은 밥 빌어먹으러 가는 사람을 왜 이리 붙들고 묻소?"

(방) "허허허, 여보 내가 핀잔을 줄 리가 있소? 좀 들어봅시다그려."

(노) "아따, 말씀하시구려."

(영) "우리 집에 그런 작은아씨 한 분이 와서 계셨던 것이기에 말이오." 하면서 전후수말을 자세히 말하니,

(방) "지금은 작은아씨 가신 곳을 모르겠소그려?"

(영) "알 수가 있소? 우리 마누라도 그놈들에게 잡혀갔다가 간신히 탈신하여 나왔으나, 집에 충화까지 당하고 우리 두 양주는 혹간 작은아씨가 서울로 올라오셨나 하고 빌어먹으며 올라온 터이오."

(방) "허, 그러신 줄 누가 알았나. 의주 서촌 황동지시란 말이야. 나와

---

271) 핀잔.

같이 갑시다. 나는 그 댁 하인 방순보이오."

(노) "그러면 금년 아버지로군. 작은아씨께 자세히 들었지요."

이때 방가는 작은아씨 살았단 말에 금년의 생각도 할 틈 없이 영감 양주를 데리고 부리나케 이참판 집으로 오니, 이참판은 조석 밥도 먹지 않고 눈이 퉁퉁히 부어 앉았는지라, 문안도 할 새 없이 급할 소리로,

(방) "소인이 오늘 희소식을 들었습니다. 작은아씨께서 살아 계시대요."

(이) "에끼놈, 죽지 않았단 말이 될 말이냐. 죽여다 파묻은 놈이 분명히 있는걸. 오늘 신체까지 찾으러 보내었다."

(방) "아니올시다. 소인이 기망으로 아뢸 가망이 있습니까. 작은아씨 구하여낸 사람이 대문 밖에 있습니다."

(이) "정말이냐? 암만하여도 미쁘지가[272] 아니하구나. 그러면 그 사람 좀 불러라."

방가가 황동지 양주를 부르니, 이참판은 여취여광[273]하여 도리어 정숙이 죽었단 말 들었을 때보다 더한지라. 황동지 양주를 사랑마루에 올려 앉히고 물으니, 황동지 양주가 서울 재상가에 들어와 보기는 처음이라, 십분 조심하여 쪼그리고 앉아 전후 일을 일일이 고하니, 이참판이 정신 없이 듣다가 눈물을 죽죽 흘리며,

"그래, 내 딸은 자네 내외 아니더면 움도 없이 죽을 뻔했네그려."

(노) "천행으로 돌아가시지는 않으셨습니다만 어디로 피신하신지 모르니 답답하와요."

말이 뚝 떨어지며 안문이 버럭 열리더니 금순이 뛰어나와 황동지 양주를 얼싸 안고 몸부림을 하며 우니, 황동지 양주는 웬 영문인지를 모르고 어리둥절하여 앉았다가,

(영) "네가 누구냐? 네가 사람이냐, 귀신이냐?"

---

272) 믿음성이 있음.
273) 취한 듯 미친 듯.

(노) "금순아!……"

하며 다시는 아무 말도 못하니,

(금순) "아버지, 어머니, 이것이 생시요, 꿈이오? 아버지 어머니가 저렇게 되실 줄 누가 알았으며, 또 여기 오실 줄 꿈에나 생각을 하였겠소."

(영) "……"

(노) "에그……"

황동지 양주가 그제야 금순을 안고 곡지통을 내어놓으니, 이참판은 그 정상을 보고 덩달아 눈물이 나오랴마랴 할 즈음에 문밖에서 인력거 소리가 뚤뚤뚤 나더니 방가가 뛰어들어오며,

"작은아씨가 금년을 데리고 오십니다!"

(이) "무엇?……"

정숙이 금년을 데리고 들어와 이참판을 들입다 붙들고 소리 없이 우는데, 이참판은 꿈인지 생시인지 정신이 현황하여 멀거니 앉았다가,

"정숙아, 네가 살아서 육신이 왔느냐, 죽어서 혼백이 왔느냐? 정숙아, 암만 생각하여도 진가²⁷⁴를 알 수 없구나."

금년은 방가를 붙들고 우니, 이날 마루나 마당이나 모두 생리사별하여, 그리고 그리던 부모를 각각 붙들고 우는 빛이라.

정숙이 황동지 양주를 대하여 울며불며 활명지은²⁷⁵을 일컫고 흑흑 느끼니, 이참판은 그제야 정숙의 전후 역사를 물어 듣고 입이 떡 벌어지며 정숙의 등을 뚝뚝뚝 치더니,

"암, 그러면 그렇지. 내 자식이 범연할까. 지난 일이야 말하여 무엇하느냐마는, 내가 제주 적소에서 돌아와 들은즉, 너는 부지거처²⁷⁶라 하니, 이 몹쓸 것아, 그때 내 마음이 어떠했겠느냐. 정초시 놈은 벌써 잡아다가

---

274) 진짜와 가짜.
275) 목숨을 구해 즌 은혜.
276) 거처를 모름.

감옥서에 가두었다. 그놈이 금순이만 유인한 줄 알았지, 너까지 음해한 줄이야 누가 꿈엔들 생각하였겠느냐."

정숙은 그새 그리던 정리를 한없이 펴는데, 황동지 내외는 부모와 같이 대접하고, 신안주 이첨지 내외도 데리고 올라와서 지성으로 대우하며, 서씨부인도 정숙의 효성으로 데려오니, 서씨부인은 개과[277]를 자선한[278] 부인이 될 밖에 없더라.

— 《광학서포》(1911).

---

277) 허물을 뉘우침.
278) 자기 잘못을 고치고 착한.

개화기 소설, 그 낯설지만 매력적인 세계

1. 문학사의 진실

우리나라에서 중고등학교를 다닌 사람들이라면 누구나 이광수의 《무정》이란 작품이 '최초의 근대소설'이라고 얘기할 줄 아는 상식을 지니고 있다. 이 상식은 입시위주로 편재된 우리나라 제도 교육의 반복 학습에 힘입어 우리 국민들에게 일종의 진실처럼 인지되어 버렸다. 《무정》의 문학사적 의의를 묻는 문제 — 물론 대단히 소박한 차원에서— 가 국어과 문제로 여러 차례 출제된 까닭에 이 작품명과 그것의 문학사적 의의를 의외로 많은 국민들이 기억하고 있다는 것이다.

그런데 이와 같은 상식은 한국 근대 문학사를 오해하게 하는 결과를 강하게 낳고 달았으니 엄밀히 말하자면 상식과는 거리가 먼 몰상식이라고 말해야 한다. 교사나 학생들이나 너무도 오랜 세월 동안 이광수의 《무정》을 우리나라 최초의 근대소설로 '외우면서' 마치 이 작품이 나오기 이전에는 아예 소설이 존재하지 않았던 것처럼 알고 있었으니 참으로 우스운 상식이었다고 말할 수 있다.

이처럼 사람의 앎이란 터무니없을 정도로 소박할 수 있겠으나 문학사의 진실은 그렇지 않다. 문학사의 진실은 한 천재적 작가에 의한 장르의 출현과 전개, 완성을 허용하지 않는다. 이광수의 《무정》이 '최초의 근대소설'로 탄생하기까지에는 다양한 서사장르의 활발한 교섭과 접촉 과정이 요구되었다. 이런 과정이 전혀 없는데, 이광수의 《무정》이 어느 날 갑작스럽게 독자들에게 자기 모습을 드러냈다고 우리는 상상할 수 없다.

이광수의 《무정》이 출간되기 이전의 역사의 시간을 우리는 흔히 개화기로 부른다. '밖으로부터 밀어닥치는 외세·제국주의의 침략과 이에 대응하는 민족적 자주 정신의 확립이 긴요하면서도 또 한편으로는 전근대적인 사회 체제를 혁신해 가야 했던 두 개의 착잡하고 거창한 과제를 안고 있었던 시대'[1]인 개화기는 그 유례를 찾아보기 어려울 정도로 여러 유형의 소설들이 갈등하고 경쟁한 시대이기도 했다.

이러한 갈등이 일어나게 된 중요한 계기 중의 하나는 서양소설(novel)의 국내 유입이다. 오늘날 많은 독자들은 소설을 서양소설로 이해하고 있지만 본래 동아시아에서 소설은 역사, 패관잡기, 이야기책 등 광의적인 범주의 독서물을 지칭하고 있었다. 그러나 서양소설은 상대적으로 그 범주가 제한되고 있었으니 그것은 흔히 '형태적인 측면에서 인물들이 등장하고, 그 인물들이 사회 환경과 자연 환경 아래에서 서로 관계를 맺으며 행동하고, 행동이 서로 결합하여 사건을 만들고, 사건이 플롯을 통해 유기적으로 결합하여 이야기를 구성하고, 이야기는 작가에 의해 정교하게 고안된 화자나 작중 인물의 입을 빌려 독자에게 문자를 통해 전달되는 독서물'[2]로 정의되고 있다.

개화기에 전개된 노블과 전통소설의 경쟁은 노블의 승리로 일단락된다. 노블의 지구적 현존이라고 부를 정도로 노블의 영향력은 19세기 말부터 비서구 지역에서도 확대되었으니 우리나라라고 예외일 수 없었다. 그렇지만 노블의 승리는 노블의 일방적인 승리만은 아니었다. 노블의 승리는 비노블적인 타 서사장르들을 흡수하면서 전개된 승리였다. 흔히 최초의 근대소설로 거론되는 《무정》에도 비노블적인 속성이 잔존하고 있으며 근대소설을 표방한 기타 소설들에도 이런 속성들이 강하게 잔존하

---

1) 이재선, 《한국소설사》(민음사, 2000), p.57.
2) 김진곤 편역, 《이야기, 小說, novel》(예문선원, 2001), p.21.

고 있으니 노블의 승리는 비노블적인 장르들을 받아들이면서 성취된 것이라고 말하는 이유가 여기에 있다.

노블중심적인 관점에서 보자면, 개화기 소설은 한마디로 미달 수준의 예들일 수 있다. 그러나 문제는 이 소설들에 있는 게 아니라 노블중심적인 관점에 있다. 노블중심적인 관점이 문제가 될 수밖에 없는 이유는 비노블적인 서사를 소멸되어야 할 운명에 놓인 불완전한 서사로 파악할 뿐만 아니라 비노블적인 서사의 소멸을 당연한 현상으로 인정하기 때문이다. 노블중심적인 소설관으로 보자면 노블의 형식과 내용과 거리가 먼 개화기 소설들은 미달된 소설로 보일 수밖에 없는데, 사실 이러한 견해는 보편타당한 진실을 지닌 견해라고는 말하기 어렵다. 그러므로 개화기 소설을 읽고자 하는 이들은 이 시기의 소설들이 미달된 소설이 아닐까 하는 혐의에 자신을 구속시킬 필요가 없다.

2. 허명 개화와 식민화를 비판하는 소설:〈소경과 앉은뱅이 문답〉〈거부오해〉

잘 알려진 게로, 현대문학은 자율성의 지위를 강력하게 확보하면서 자기 생명력과 정체성을 유지하고 있다. 장르론적인 측면만이 아니라 제도론적인 측면에서도 현대문학은 자율성의 지위를 확정하면서 존재하고 있다.

그러나 개화기의 문학은 이와 같은 자율성의 지위를 전적으로 확보할 수 없었던 문학이었다. 이렇게 얘기할 수 있는 단적인 이유를 제공하는 것은 소설의 발표 매체다.

개화기 소설들의 대부분은 당시 창간된 신문에 주로 발표되었다. 현재 알려진 바로는 1894년에 창간된 《한성순보》에 〈신진사문답기〉(1896년), 〈기문전〉(1897년) 등 17편의 소설이, 《대한일보》에 6편, 《대한매일신보》에 7편, 《제국신문》에 12편, 《대한민보》에 11편의 소설이 실려 있는 등 개화기 신문들은 사회비판적이며 계몽적인 소설들을 적지 않게

발표했다.[3]

　이런 예에서 확인되듯, 오로지 문학작품만을 게재한 문예지의 창간은 1920년대에 와서야 비로소 가능한 일이었으며 개화기에는 신문이 소설의 발표를 가능하게 한 중심 매체로 작용했다. 이런 까닭에 개화기 신문에 실린 소설은 기본적으로 정치계몽적이고 사회비판적인 성격을 띨 수밖에 없었다. 당대의 개화기 신문이 지향하는 정치 계몽적 사상이 소설에 압도적인 영향을 미치게 되었으니 신문은 소설의 의미형성을 정치 계몽적이고 사회비판적인 방향으로 나가게 하는 문학담론의 형성 장소로 작용하게 된다. 이런 점을 염두에 놓고 볼 때, 독자들이 특히 주목해야 하는 신문은 《대한매일신보》다.[4]

　1904년 2월에 일어난 러일전쟁을 취재하기 위해 한국에 왔던 영국인 배설(裵說, Ernest Thomas Bethell)이 양기탁 등 민족진영 인사들의 도움을 받아 7월 18일에 창간한 《대한매일신보》는 1910년 6월 조선총독부의 기관지로 전락하기까지 식민통치의 부당성과 개화사상의 타당성을 독자들에게 널리 알린 신문으로 유명하다. 이 신문은 논설란을 빌려 애국계몽운동의 정신을 적극적으로 고양시키는 전략을 취했는데, 문제는 이러한 전략이 독자들을 정서적으로 감화시키기 어렵다는 데 있었다. 논설은 기본적으로 추상적인 논리의 세계에 머물고 있는 장르인 까닭에 독자들을 정서적으로 감화시킨다는 것이 용이하지 않았던 것이다.

　이와 같은 문제를 해결하기 위해 제시된 대안이 잡보란에 실린 소설들이다. 잡보란의 소설들은 형식과 내용 면에서 완결된 미학을 강조하는 서구적 근대소설과는 거리가 멀다. "도입부의 상황묘사와 결말부분의 노

3) 조남현, 〈한국 근대소설 형성과정과 작가의 초상〉, 《한국현대문학사상연구》(문학동네, 2001), p.15.
4) '구한말, 좀더 정확히 표현한다면 1904년에서 1910년까지 7,8개의 한국어 신문이 서울에서 간행되었다. 《황성신문》《제국신문》《대한매일신보》《만세보》《대한민보》《경향신문》《국민신보》 등이 그것이었다. 이 중에서 당시의 한국민으로부터 가장 열렬한 지지를 받았고, 또 언론창달에 크나큰 공헌을 하였던 신문은 두 말할 것도 없이 《대한매일신보》였다.' —이광린, 〈《대한매일신보》 간행에 대한 일고찰〉, 이광린·유재천·김학동, 《대한매일신보연구》(서강대학교 인문과학연구소, 1986), p.1.

래체를 빼면 이 작품의 구성은 순수한 문답체로 되어"[5]있다고 말해도 좋을 정도로 잡보란의 소설들은 대화로만 전개되고 있다. 신소설의 대표적인 예인 이인직의 〈혈의 루〉가 보여주던 장르적 형식과 거리가 먼 순수한 문답체로만 구성된 소설이었으니 서사성보다는 대화성이 강한 소설이었다.

이런 작품들에서 주목해야 할 점은 대화의 내용이다. 잡보란의 소설들은 구체적인 일상 세계에서 일어나는 문제들, 특히 사회적인 쟁점들을 날카롭게 비판하는 특징을 예외 없이 보여준다. 당대 독자들이 피부로 체감하는 사회 쟁점들을 실감실정의 어법으로 잡보란의 소설들은 전하고 있다는 것이다. 그렇기에 잡보란의 소설들은 논설이 독자들에게 전달해줄 수 없는 현실의 구체성을 감각적으로 전달해주는 미덕을 지닌다.

〈소경과 앉은뱅이 문답〉〈거부오해〉 등은 《대한매일신보》에 수록된 소설들 중에서 대표적인 예이다. 아쉽게도 이 두 작품의 작가는 현재까지 전혀 알려져 있지 않고 있다. 개화기 문학은 작가의 독립적 지위를 확보하기 이전 시기의 문학이어서 이 작품들의 지은이를 우리가 알기는 아주 어려운 일인데, 아마도 신문사의 편집진 중에 누군가가 이 두 작품을 쓰지 않았을까 미루어 짐작할 따름이다.

독자들은 이 두 소설을 소경과 앉은뱅이, 거부와 같은 사회 약자들의 불만과 농담의 기록으로 읽어서는 안 된다. 이 두 소설의 진의는 당대 사회의 핵심 모순에 대한 폭로와 비판에 놓여 있다. 소경, 앉은뱅이, 거부 등의 대화는 처음에는 농담처럼 전개되지만 종국에 가서는 당대 사회의 핵심 모순인 식민화의 문제에 닿고 있다.

이런 까닭에 〈소경과 앉은뱅이 문답〉이나 〈거부오해〉는 허명 개화와 1905년 전후 한반도에 전개된 식민 통치의 부조리한 실상의 모순을 날

---

5) 김윤식·정호웅, 《한국소설사》(예하, 1993), p.20.

카롭게 비판하는 정치소설의 면모를 지니고 있다는 문학사적 의의를 성취하고 있다. 이 점을 간과하고 작품을 읽는다면 작품의 진의를 놓치기 십상이기에 식민화라는 시대성의 문제에 이 작품들이 어떻게 접근하는가를 고찰할 필요가 있다.

〈소경과 앉은뱅이 문답〉의 두 주인공은 급속하게 전개되는 개화기에서 소외된 인물들처럼 여겨진다. 단지 신체적인 불구자가 아니라 개화기의 뒤처진 인물로 해석될 수 있다는 것이다. 소경의 직업은 점을 치는 일이고 앉은뱅이의 직업은 망건을 만드는 일로 이 두 일 모두 개화기에서는 수요가 없는 것이기에 이들의 빈궁한 처지는 충분히 짐작되고도 남음이 있다.

이런 점을 고려해서 보자면 〈소경과 앉은뱅이 문답〉은 개화의 미명 아래 소외된 희생자의 처지에서 개화의 본질을 비판하는 소설로도 읽힐 수 있다. 이들이 주고받는 대화 속에서 당시의 개화는 형식을 중시하는 허명 개화라는 문제점이 비판되고 있으며 진정으로 중요한 것은 실질적인 개화라는 점이 부각된다. 신구 화폐교환으로 인한 전황사태의 발생, 조정의 무능, 허명 개화세력들의 허위성에 관해 대화하던 소경과 앉은뱅이는 이 시대의 본질적인 문제인 식민화의 문제까지 접근한다.

그 말 말게. 이 근래 각부 대신네들 출입시에 보겠으면 기구도 굉장하데. 순검 병정 옹위하고 일 헌병 일 순사가 좌우로 보호하여 추종이 벌떼 같으니 그 영광이 어떠하며 그 위엄 어떠한가. 사람마다 못 하리라.

이 사람 명담이로다. 그네들의 부귀 영총을 의논하면 수모 수모 당세의 제일이라. 그 악명 그 신세는 우리만도 못하도다. 화당금옥의 금의옥식은 만민의 고혈이요, 거마복중의 영광 위엄은 나라의 난신이라.

자주권리 반점 없이 외국인을 외뢰하여 전국 이익 주워가며 황실이권 빼앗다 외국으로 돌려 보내어 강토는 점점 줄어가고 황권은 날로 미약하여

만민은 도탄이요, 도적은 봉기하니 국세의 위급함은 조석이 난보로다
— 〈소경과 앉은뱅이 문답〉에서

'일 헌병 일 순사'의 보호를 받는 위정자들, '자주권리 반점 없이 외국 인'에게 의뢰하면서 '부귀 영총'을 누리는 위정자들이 한둘이 아니라는 소경과 앉은뱅이의 대화에는 일본 식민지로 전락하는 대한제국의 초라한 위상과 이런 정세에 영합하는 부패 관료들에 대한 날카로운 비판이 반영되어 있다.

이처럼 〈소경과 앉은뱅이 문답〉은 허명 개화의 실상을 폭로하면서 실질적인 개화의 필요성을 촉구하고 나아가 식민화의 문제를 날카롭게 폭로하고 비판하는 정치소설의 가능성을 보여주고 있다. 〈거부오해〉 역시 날카로운 정치적 비판을 함축하는 소설로 언어 유희적 기법으로 무능한 정부를 비판하고 식민통치의 전위기구인 통감부의 조선 진출의 부당성을 풍자하면서 당대의 민감한 사회적 쟁점을 제기한다.

〈거부오해〉의 거부는 외견상 영락없는 바보처럼 보인다. 그런데 그렇지가 않다. 바보는 바보이되 똑똑한 바보, 풍자할 줄 아는 바보가 바로 거부인 것이다. 〈거부오해〉의 작가는 풍자의 극적인 효과를 거두기 위해서 거부와 같은 바보형 인물을 설정하고 있는데, 이는 성공적인 결과를 낳고 있다. 거부는 정부조직을 정부조짚으로, 시정개선의 시정을 종로의 장사꾼으로, 통감부의 통감統監을 경서 통감通鑑이 아니냐고 능청스럽게 비꼬아 웃음을 유발하지만 이 웃음 뒤에는 친일세력들이 포진한 정부와 식민화의 문제를 비꼬는 풍자가 놓여 있다. 요컨대 〈거부오해〉에서의 거부는 언어의 의미를 반전시키는 언어 유희적 방식으로 친일적 정부와 조선의 식민화 현상을 비판하고 있다.

러일전쟁 직후 일본의 조선 진출은 노골적으로 전개되는데, 이에 따라 우리 관료들 중에는 친일단체 일진회에 가입하거나 친일 내각에 참여하

는 훼절을 서슴치 않는 이들이 적지 않았다. 정부조직이 정부조짚이 아니냐는 거부의 말 속에는 친일내각 위주의 정부 조직에 대한 야유와 조소가 반영되어 있다. 그리고 우리나라에도 통감이 있는데 왜 굳이 일본에서 통감을 들여오느냐는 거부의 힐난에는 사실 조선의 식민화 현상이 부당하다는 날카로운 풍자가 반영되어 있다.

이처럼 순전히 대화체로만 구성된 〈소경과 앉은뱅이 문답〉과 〈거부오해〉는 노블의 관점으로 보자면 전혀 소설처럼 보이지 않지만 1905년을 전후로 본격적으로 전개된 친일적 정부의 등장과 식민화의 문제를 비판하고 풍자하는 개화기의 독특한 서사의 한 사례로 기억되기에 충분한 자질을 감추고 있음을 부인할 수 없다.

3. 전망을 상실한 개화 지식인과 기독교의 만남 : 〈몽조〉〈다정다한〉

〈몽조〉의 작가로 추정되는 반아 석진형의 구체적인 행적은 최종고, 최원식 교수에 의해 오늘날 많은 부분이 밝혀지고 있다.[6] 여기서는 두 교수의 연구를 참고해 반아의 신원과 행적을 간단하게 정리하기로 하겠다.

반아의 본래 이름은 석진형으로 고종 14년, 서기 1877년 경기도 광주 남한산성 아래의 조그만 마을에서 태어난다. 본관은 충주이며 그의 가정은 가난했다. 후손의 구전에 따르면 '조대감댁' 아들을 2년 동안 가르치다가 그 댁의 배려로 두 사람이 함께 일본으로 유학을 떠날 수 있었다. 이 때의 나이 22세였다.

1902년 일본 호오세이대를 졸업한 석진형은 귀국 후 2년간 할 일 없이 지내다가 러일전쟁이 발발하는 1904년 11월 20일에서 이듬해 1월까지 군부 주사로 취직하게 되었다. 1905년 4월에 개교한 보성전문학교 강사로 초빙되어 1912년 12월까지 이 학교에 출강한다. 같은 해 7월 25일부

---

6) 최종고, 〈반아 석진형〉, 《사법행정》, 1984년 5월호.
   최원식, 〈반아 석진형의 '몽조'〉, 《한국계몽주의 문학사론》(소명출판, 2002).

터 이듬해 6월까지 법부의 법률기초위원으로 활동하고 12월 13일에 법관양성소 교관으로 임명되어 채권법, 국제공법 등을 강의했다.

《소년한반도》《대한자강회월보》 등에 논설을 기고하던 반아는 1907년 8월 12일부터 9월 17일까지 《황성신문》에 소설 〈몽조〉를 연재한다. 1924년에는 충청남도 지사로 임명되었고 1926년에는 전라남도 지사로 임명된다. 1946년 2월 24일 향년 69세로 서거한다.

일본 호오세이대를 졸업한 이후 1946년 서거에 이르기까지 석진형의 삶은 친일파의 삶을 연상시킨다. 적지 않은 개화주의자들이 개화의 이상과 식민화의 현실 사이에서 방황하다가 친일의 길을 걸어간 것처럼 석진형도 친일의 길을 걷게 된다. 그렇다고 해서 〈몽조〉가 적극적으로 친일을 옹호한 소설이라는 말은 아니다. 〈몽조〉가 비중 있게 다루는 문제는 친일이나 개화가 아니라 전혀 다른 지점에 있다. 그 전혀 다른 지점이 어디일까? 이를 알아보는 게 〈몽조〉의 올바른 독법일 수 있다.

'문학사상으로 보아 신소설시대의 작품이며, 주제적 내용은 사회와 정치의 개혁과 국권의식의 고양을 좌절시키는 당대의 인간성과 사회성의 병리를 비판하는 의도에 입각하는 작품',[7] '구소설적 면보다 신소설적 면이 단연 두드러지는 소설'로 '사실적 묘사, 평민의식, 개화사상, 기독교 사상을 반영하는 특징을 지닌 주목할 만한 작품',[8] '이인직의 〈단편〉(1906)과 진학문의 〈요조오한〉(1909)이 꽁뜨적이라면 《몽조》는 꽁뜨를 넘어서 단편소설에 더욱 가깝다'[9]는 평가를 받고 있다.

이와 같은 연구자들의 평가에 걸맞게 〈몽조〉는 개화기 소설 중에 단연 돋보이는 사례에 속한다. 이렇게 얘기할 수 있는 결정적인 근거는 소설의 시작 단계에서부터 나타난다.

7) 이재선, 《한국가화기소설연구》(일지사, 1972), p.56.
8) 송민호, 《한국가화기소설의 사적연구》(일지사, 1975), pp.124~125.
9) 최원식, 앞의 책 p.302.

으르렁 뚜루루 하루 열두 시간 한시 육십분 일분 육십초간에 시시때때로
구르고 헤어지고 뭉치고 퍼지어 간신히 진정코자 하나, 내 마음이라도 마음
대로 진정치 못하고 이따금 조는 것과 같이 깜박하여 알지 못하는 동안에
떨어진 바늘과 자를 다시 거두어 들고 다시 앉았다가 벌떡 일어서서 안방도
열어 보고 또다시 마당을 향하여 내다보다가 가만히 몸을 돌리어 봉창 앞으
로 가까이 앉으면서 땅이 꺼지는 듯이 한숨을 지고 내어다보니

　　　　　　　　　　　　　　　　　　　　　　　　　　　— 〈몽조〉에서

　'어느 어느 대왕'이라는 클리쉐로 장식되는 구소설의 면모를 완전히
일신한 〈몽조〉의 시작 단계에서 독자들이 특히 주목해 볼 대목은 '하루
열두 시간 한시 육십분 일분 육십초'와 같은 서양의 시간관념을 빌려 작
중 인물의 초조한 심리를 그려내는 방식이다. 서양의 시간관념이 이 소
설의 서사 진행을 결정적으로 관여하는 단계로까지 영향력을 발휘하고
있지는 않지만 서양의 시간관념으로 소설의 시작을 열어가는 방식 자체
는 대단히 인상적인 것이다. 〈몽조〉가 그 수많은 개화기 소설 중에서도
돋보이는 사례에 속한다는 말은 이렇게 시작단계에서부터 확인되고 있
다. 요컨대 〈몽조〉는 소설의 시작단계에서부터 현실성의 감각을 인상적
으로 드러냄으로써 전통소설들과는 다른 분위기를 연출하고 있다.
　그런데 〈몽조〉의 현실성은 소설이 본격적으로 전개되어가는 과정에서
더욱 명료하게 드러나고 있다. 위 예문에서 하루 종일 '땅이 꺼지는 듯이
한숨을' 내쉬는 작중 인물은 일본유학을 다녀왔으나 사형을 당해 죽은
개화 지식인 한대흥의 아내이다. 한대흥은 우리나라가 국제사회의 한 일
원으로 참여해야 하는데 그렇게 하기 위해서는 아시아에서 먼저 개화한
일본과 손을 잡아야 한다는 정치적 발상을 품었던 개화 지식인으로 일면
친일적 면모를 드러내기도 하지만 '당시 동아시아의 지식인들 심지어 중
국에서조차도 메이지유신을 모델로 나라의 개혁을 도모한'[10] 사정에 비

춰보면 한일합방을 당연하게 여긴 노골적인 친일주의자는 아닌 듯 하다.

소설의 시작단계부터 작가는 개화 지식인 한대흥을 사형당해 죽은 인물로 설정하고 있는데, 이와 같은 설정은 개화의 고난과 승리로 귀결되는 당시 개화기 소설의 전형화된 문법과는 다르다. 작가는 개화 지식인 한대흥을 처음부터 죽은 인물로 설정함으로써 개화가 무조건적으로 승리한다는 개화의 낭만적 이상주의를 거부한다. 작가가 이 소설에서 그려내려는 것은 개화의 이상이 아니라 개화의 비극적 현실이며 이 현실을 극복하는 방법이다. 이 점을 부각시키기 위해 작가는 다음의 두 가지의 문제를 중요하게 서술한다. 하나는 개화 지식인 한대흥의 죽음으로 인해 받게 되는 가족들의 고통이며 다른 또 하나는 기독교의 영향력 증대이다.

한대흥의 아내 정씨부인은 어린 아들과 딸 그리고 하인 하나와 함께 힘겨운 살림을 살고 있다. 가장이 없는 까닭에 경제적으로 궁핍한데다가 어린 아들 증남이의 철없는 행동 때문에 마음의 상심도 보통 큰 게 아니다. 한가위가 되어도 집안은 적막하여 정씨부인의 괴로움은 깊어 가는데 증남이는 정씨부인의 마음을 헤아리지 못하고 철부지 장난만 거듭하고 있다. 마치 정씨부인은 고난 받는 여인의 전형처럼 보일 정도로 경제적으로, 정신적으로 곤궁하기 이를 데 없다.

흥미로운 점은 한대흥의 친구 박주사가 정씨부인을 알게 모르게 돕는 후원자 역할을 한다는 데 있다. 박주사는 '주인공이 위기에 빠질 때마다 나타나는 신신령 같은 구원자의 계통에' 속하는 '구소설적 인물설정'[11]이어서 이런 인물의 설정 자체가 합리성을 띤다고 볼 수 없겠으나 직접 친구의 부인을 만나지 않고 증남이를 통해 서신을 전달하는 태도나 앞서 걸으며 정씨 부인에게 한대흥의 묘지를 안내하는 장면 등은 대단히 현실적인 성격을 띤다고 할 수 있다. 요컨대 박주사의 설정 자체는 비합리적

---

10) 최원식, 앞의 책, p.305.
11) 최원식, 앞의 책, p.307.

이지만 박주사의 존재 양상은 현실성을 띤다고 할 수 있다.[12]

그런데 작가는 이 소설의 결말을 논란이 될 만한 방식으로 처리한다. 박주사는 소설 결말부에서 돌연 자취를 감춘다. 그 대신 작가는 기독교를 전파하는 정동 교회 소속의 여성 전도사를 갑작스럽게 등장시켜 한대흥의 아내로 하여금 기독교로 귀의하게 한다. 한대흥의 죽음, 가족들의 고난, 박주사의 협조 등으로 전개되던 소설이 갑작스럽게 여성 전도사를 등장시키는 결말로 나가고 있는데, 이는 서사 전개의 개연성 부족이란 문제를 낳을 수밖에 없다. 그렇지만 이를 개연성의 부족으로만 얘기해서는 결말의 의미가 확인될 수 없다. 이 결말의 의미를 〈다정다한〉에서 다시 확인해 보기로 하자.

〈다정다한〉의 작가 장응진은 1880년 3월 15일 황해도 장진에서 태어나 16세까지는 고향에서 한문을 배웠다. 선친 장응택의 영향으로 신학문을 배우게 된 장응진은 1897년 서울로 유학을 와 관립영어학교에 입학한다. 이 기간에 장응진은 영어학교의 대표로 독립협회가 주관한 만민공동회에 참여했다가 당국의 탄압을 받게 되자 1898년 그의 나이 19세에 일본 유학을 가게 된다.

일본 고등학교 수리과에 입학한 후 태극학회의 회원으로 참여하게 된 장응진은 본격적으로 문필 활동을 전개한다. 1906년 9월 태극학회 초대 회장으로 선출된 장응진은 《태극학보》의 편집 및 발행인으로 있으면서 이 잡지에 〈다정다한〉을 발표한다. 삼성 김정식의 행적을 소설화한 작품으로 알려진 〈다정다한〉은 실제 사건이었던 개혁당 사건 혹은 조선협회 사건을 직접적으로 반영하고 있다.[13] 이런 점에서 〈다정다한〉은 소설이면서 동시에 개화기의 사회적 실상을 파악케 하는 사회사적 참고자료로서

---

12) 박주사만이 아니라 중남이, 검둥 어미 모두 현실적 성격을 선취한 작중인물들로 나타나고 있다.
13) 장응진의 행적과 〈다정다한〉이 삼성 김정식의 행적을 소설화한 사례라는 것은 김윤재의 논문을 참고. 김윤재, 〈백악춘사 장응진 연구〉, 《민족문학사연구》 12호, 1988년 상반기, p.192.

도 손색이 없다.

　삼성 선생은 '원래 품성이 탁월하고 지기가 활달한' 사람으로 '불세의 대사업을 성하여 일세의 이목을 경동하며 천추의 웅명을 유전' 하려는 의욕을 지니고 있었다. 외국으로 나가 신지식을 배우고 '건양 원년에 귀국한 삼성 선생은 경무국장의 영직을' 받게 된다. 어느 날 당국에서는 경무국장에게 '민회를 도륙하는' 명령을 하달한다. 민회를 도륙하라는 명령의 배경은 이렇다. 만민공동회를 주관한 독립협회는 당국의 사주를 받은 보부상들에게 테러를 당하는 일대 참극을 겪게 되는데, 이 과정에서 '각 학교 학도는 일시에 동맹휴학하며 각 상점은 철전맹기하여 만국일창으로 민회에 가세' 하는 일이 일어나게 된다. 이에 당국은 민회를 없애버리기 위해 경무국장에게 민회를 도륙하는 명령을 하달하게 되지만 경무국장은 이 명령을 거부한다.

　당국은 명령을 거부한 삼성 선생을 목포 경무관으로 이직시킨다. 목포 경무관으로 부임한 삼성 선생은 두 가지 악습을 고치는 개혁을 단행한다. 하나는 합법적인 근거 없이 자행되는 민간인 태형을 없애는 일이고 다른 또 하나는 사당 철폐이다. 그런데 '구습을 일소청신하고 인민보호의 실을 익거' 하려던 삼성 선생의 개혁은 오히려 면직이라는 결과를 낳는다. 우리는 연이어 전개되는 삼성 선생의 이직과 면직의 고행을 보면서 시대의 정치적 악습과 일상의 구습을 일신하는 작업이 생각처럼 쉽지 않다는 점을 깨닫게 된다. 삼성 선생의 고행은 이른바 개혁의 아이러니를 독자들에게 흥미롭게 보여준다.

　상경한 삼성 선생은 아동교육에 헌신하고자 소학교를 신축설립하려고 하지만 당국은 이를 불허하고 삼성 선생을 투옥시킨다. 삼성 선생을 '일본협회사건' 의 공범으로 본 정부 내의 수구세력들은 삼성 선생만이 아니라 '평양인으로 미국 갔다온' 젊은 개화 지식인들을 대대적으로 검거하는 만행을 자행하게 되는데, 이는 실제 이 시기에 일어난 사건이기도 했다. 그런데 이 소설의 결말은 흥미롭다. 왜냐하면 〈몽조〉의 결말처럼 〈다 정다한〉의 결말도 기독교로의 귀의로 마무리되기 때문이다. 다른 점이 있다면 〈다정다한〉의 삼성 선생은 몽조의 정씨부인보다 더욱 적극적으 로 기독교로 귀의한다는 것이다.

'옥중생활 일 년을 지낸 후에', '옥관의 후의로 오륙 인'이 '일실에 회 합하고 신체를 자유로 운동'하면서 지내게 되는데, 이 오륙 인은 '단좌 하여 고담 소화와 신문 등으로 무료의 세월을 보내며 혹은 자미로 책자 를 구하면' 서로 돌리며 볼 수 있는 기회를 점차로 갖게 된다. 그러던 어 느 날 이 오륙 인중의 한 사람이었던 삼성 선생은 천로역정 한 권을 구독 하게 되고 이를 계기로 예수를 믿는 신자로 변모하게 된다. 요컨대 〈다정 다한〉은 개화의 승리보다는 개화 지식인의 고난과 기독교로의 귀의를 강 조함으로써 독자들에게 개화기에서의 기독교의 의미를 숙고하게 하는 문제작이라고 할 수 있다.

공교롭게도 〈몽조〉와 〈다정다한〉의 결말은 기독교와의 만남으로 처리 되고 있다. 이런 까닭에 〈몽조〉와 〈다정다한〉을 기독교를 옹호하는 종교 소설의 한 사례로 여기려는 독자들도 있을 수 있다. 그러나 독자들이 이 두 소설을 읽으면서 더 중요하게 고려해야 하는 논점은 거기에만 있지는 않다. 외래종교로서의 기독교는 그 당시에 사회적 전망을 상실한 개화 지식인이나 그 가족들에게 새로운 전망을 보여주는 '또 하나의 신문명' 일 수 있다. 이에 대해서는 약간의 설명이 필요하다.

일본과 강화도 조약을 체결한 이후 조선에서는 두 가지 운동이 대립적 으로 전개된다. 하나는 유생들에 의해 주도되는 위정척사운동이었으며 다른 하나는 젊은 개화 지식인들에 의해 전개된 개화 운동이었다. 당시 의 젊은 개화 지식인들은 아시아에서 가장 먼저 근대화한 일본과 연대하 여 개화 운동을 추진하려 했는데, 그 대표적인 예가 갑신정변이다. 그러 나 갑신정변은 청나라의 개입으로 실패로 돌아가고 갑신정변의 주역들은 일본으로 집단 망명을 하기에 이른다. 김옥균과 함께 갑신정변의 주역이었던 서재필은 1895년 미국에서 귀국해 《독립신문》을 창간하고 독립협회를 결성해 정부 내의 수구세력 비판에 앞장을 섰다. 그러나 1898년 수구 세력은 독립협회를 해산시키고 이승만, 이상재, 이원긍, 유성준, 홍재기, 안국선, 김정식, 이준 등을 체포하기에 이른다. 이들이 옥에 갇히자 아펜젤러, 언더우드, 게일, 헐버트 등 선교사들은 이들의 석방 운동을 펼치면서 이들이 투옥된 감옥 안으로 신앙 서적을 넣어주게 되었으니, 이들의 대부분이 기독교 신자로 개종하는 일이 일어난다. 〈몽조〉와 〈다정다한〉은 이처럼 19세기말부터 나타난 격동의 근대사를 반영하고 있다. 위정척사 운동을 펼친 유생들과는 달리 일본과 연대하여 개화 운동을 주도하다가 수구 세력에 의해 처참하게 사형당하거나 핍박당하는 젊은 개화주의자들. 그들은 기독교에 의탁해 종래와는 다른 사유와 삶의 태도로 그들에게 주어진 삶을 걸어갈 준비를 하고 있었던 것이다.

4. 토론과 연설의 소설화 : 〈경세종〉

아시아에서 우리나라처럼 기독교가 빠른 시일 내에 전파되고 다양한 계층의 광범위한 지지를 받은 나라도 드물다. 우리나라는 일본과 강화도 조약을 체결한 이후 유럽과 미국 등과도 문호를 개방하는 조약을 체결하게 되었고 이에 따라 유럽과 미국에서 파견된 선교사들의 조선 입국이 가능하게 되었다. 유림세력의 견제가 있었지만 1895년에 정동교회가 착공되고 1903년에는 YMCA의 전신인 황성기독교청년회가 결성되는 등 기독교는 신속하게 우리나라에 뿌리를 내린다. 뿐만 아니라 우리나라에 파견된 선교사들은 본국 정부와 교회의 지원을 받으며 한글판 성경을 제작하거나 민간학교를 개교하면서 빠른 속도로 교세를 넓혀가기 시작한다. 수구세력의 잔존, 젊은 개혁 지식인들의 저항, 일본의 대조선 영향력 증대 등이 두엉킨 시대적 격변기에서 기독교는 때로는 개혁의 계기로,

때로는 신문명의 계기로 당시의 많은 젊은 개화 지식인들에게 수용된다. 〈경세종〉은 바로 이와 같은 지점에서 탄생한 소설이다.

경세종의 지은이 김필수는 1872년 생으로 일찍이 신자가 되어 남장로교 선교사 레이놀즈 목사의 어학선생으로 전주지방에 있다가, 레이놀즈 목사를 따라 1902년부터 서울에 와 있었다. 상경 후 김필수는 우리나라 기독교단의 지도자로 떠오른다. 1903년 YMCA 창립 총회에서 이사로 선출되었으며 1905년 YMCA 이사직에서 물러난 후 1907년에는 제7회 기독교 세계기독학생연맹 세계대회에 7인의 한국대표로 참석하고 1918년 YMCA 회관에서 장로교와 감리교의 두 교파 지도자가 모여 결성한 조선예수교장감연합협의회에서 초대회장으로 초대되었다.

〈경세종〉은 한국 기독교사에서 큰 비중을 차지하는 김필수의 작품이기에 독자들은 이 작품에 적지 않은 기독교적 요소가 반영되리라는 것을 짐작할 수밖에 없다. 그런데 우리가 이 작품을 주목해야 하는 이유가 기독교적 요소의 반영에만 있는 것은 아니다. 〈경세종〉은 〈금수회의록〉에 비해 독자들에게 상대적으로 덜 알려진 작품이지만 토론과 연설의 소설화의 한 예로 기억할 만한 작품으로 이해해야 한다.

개화기의 익숙한 풍경 중의 하나는 토론과 연설회의 개최였다. 사회적 발언 형식으로서의 토론과 연설은 개화기의 수많은 대중들에게 열렬한 환영을 받았다. 개화기는 달리 말하자면, 토론과 연설의 시대였다고 할 수 있다. 이에 대한 흥미로운 예를 안자산의 《조선문학사》에서 확인할 수 있다.

동시에 연설하고 토론하는 기풍이 도처에 일어나니 열 살짜리 어린아이라도 능히 만인 가운데 우뚝 서서 열변을 토한다. 당시 소학교에서 나와 동창하던 장용남, 태억석 두 아이는 독립협회에 나가 웅변으로써 만민을 곡하게 한 일이 기억나며, 나와 열 살 아이로 또한 토론과 연설을 하여 선생의

칭찬을 받은 일이 생각나도다.[14]

열 살 어린아이들 사이에서도 연설하고 토론하는 기풍이 일어났다고 하니 토론과 연설이 이 시기에 당시 민중들로부터 얼마나 큰 호응을 받았는가를 짐작할 만하다. 《금수회의록》의 저자인 안국선은 《연설법방》이란 책을 저술하기도 했는데, 이 책은 제목 그대로 연설하는 방법 ― 웅변가의 최초, 웅변가 되는 법방, 연설자의 태도, 연설가의 박식, 연설과 감정, 뿔르타스의 연설, 안토니의 연설, 연설의 숙습, 연설의 종결 등 ― 에 대한 자세한 설명을 하고 있다.

각종 협회와 학회에서도 연설과 토론회를 적극 개회하기도 하였다. 한 예로 서재필의 지도 하에 학생들이 중심이 되어 조직한 협성회는 총 50회의 토론을 개최하기도 하였다. 사회적으로 토론과 연설을 고취하는 분위기가 크게 고양되어 나간 것이다. 이처럼 〈경세종〉은 토론과 연설의 유용성이 그 어느 시대보다도 긍정적으로 평가받은 개화기의 산물이다. 〈경세종〉은 김필수의 창작이기도 하지만 토론과 연설의 사회적 유용성이 고조된 개화기의 문학적 성과라는 것이다.

이 소설은 개화기의 대표적인 우화소설의 하나로 열네 마리의 동물을 등장시켜 인간의 교만과 타락을 비판하고 있다. 열네 마리의 동물 중에서 회장을 맡은 양이 연회의 취지를 설명하면서 인종의 시조인 아담이 하나님의 명령을 거역하는 죄를 지어 타락하게 되었으니 인간은 하나님께 반성해야 한다고 목소리를 높인다. 연회의 취지를 설명하는 양 회장의 연설은 마치 기독교 교회의 찬양 예배를 연상케 하지만 다행스럽게도 양 회장의 연설 이후에 전개되는 동물들의 연설이 기독교 복음주의에만 함몰되지 않는다는 데 있다.

---

14) 안자산 저, 최원식 역, 《조선문학사》(을유문화사, 1984), p.193.

연회에 참석한 동물들의 연설은 하나같이 일관된 방식으로 진행되는데, 자기 종족에 대한 인간들의 상투적 관념의 부당성을 거론하고 뒤이어 인간에 대한 비판으로 나간다. 예컨대 이런 식이다.

> 박쥐가 하는 말이 나는 금수 사이에 중보자 올시다. 다 세상 사람들이 흔히 하는 말이 간사한 자는 박쥐라하니 우리의 본성을 알지 못하고 하는 말이 올시다. 짐승 총중에 가면 짐승 노릇하고 새 총중에 가면 새 노릇하는 것은 새와 짐승 두 사이에 중립당이 되자는 목덕이올세다.…(중략)…우리는 짐승편에 가던지 새편에 가던지 서로 화합하기를 위주하느라고 짐승도 되고 새도 되어 일신양역하여 화복하것마는 저 인류들은 이편에 오면 저편을 이간하고 저편으로 가면 이편을 참소하여 양편에 다 화의만 끊어 놓을 뿐만 아니라 나중에는 제 몸까지 화를 면치 못하게 되오니 이것이 자작얼이 아니오니까
>
> ―〈경세종〉에서

박쥐는 인간들이 자기 종족을 간사하다고 하지만 이는 박쥐의 본성이 아니라고 항변한다. 박쥐는 짐승도 되고 새도 되면서 두 종족 사이에 화목을 도모하지만 인류들은 이편저편 다니면서 이간하고 참소하여 더 큰 문제만을 만들어 놓는다고 비판한다. 박쥐만이 아니라 다른 동물들도 이런 방식으로 연설을 전개한다. 자기들의 본성을 오해하는 인간을 비판하고 뒤이어 인간이 더 문제라고 연회에 참석한 동물들은 말하고 있다. 요컨대 〈경세종〉의 동물들은 자기 종족의 본성을 왜곡하는 인간 중심적인 관점과 윤리 부재와 도덕 결여의 인간세태를 비판하는 이중 비판의 방식으로 연설을 진행하고 있다. 〈경세종〉은 기독교적 우화소설이기는 하되 기독교를 맹신하는 복음주의에 함몰되지 않으면서 조선 사회의 낙후성을 비판하는 면모를 보여주고 있는 까닭에 주목할 소설이 되고 있다.

이 세계를 비교하여 보면 몇백 년 전에 유로바나 아메리카나 다 캄캄한 밤과 같이 문명치 못하고 그때에 아세아는 낮과 같이 문명한 빛이더니 지금은 유로바와 아메리카는 광명한 낮이 되고 먼저 문명하던 아세아는 도로혀 광명한 빛이 있으나 보지도 못하고…(중략)…백인종들이 종교의 힘으로 교육하여 저렇듯 강성한 것이올세다마는 문명의 열매되는 각종 기계와 물건은 취하여 가지나 문명된 그 종교는 알아볼 생각도 없는고로 눈이 있어도 마땅히 볼 것을 보지 못하게 되였으니 일향 저 모양으로 지내면 백인종의 노예되기는 우리가 눈 깜짝할 동안 된 것인 줄 확실히 아나이다.

—〈경세종〉에서

아시아와 유럽 아메리카와의 문명 역전 현상의 이면에는 교육과 종교의 힘이 있는데, 우리는 아직도 이를 모르고 있으니 문제라고 올빼미가 개탄하고 있다. 우리가 하는 교육이란 칠세에 겨우 입학하여 천지현황을 외우는 건데 이런 교육으로는 역전된 문명을 되돌릴 수 없고 아예 백인종의 노예가 될 수 있다고 경고하고 있다. 올빼미의 이런 경고가 문제가 없다고는 말할 수 없겠으나 대한제국이 서양의 물질만이 아니라 서양의 정신을 체득해야 위기를 극복할 수 있다는 주장, 달리 말해 서도서기를 추구해야 한다는 주장은 그 자체로 논쟁적인 의미를 지닌다고 할 수 있다.

양 회장의 연회 개최 설명에 이어 사슴, 원숭이, 까마귀, 제비, 올빼미, 고슴도치, 박쥐, 공작, 나비, 개미, 자벌레, 나귀, 캥거루, 호랑이 등이 등장해 일장 연설을 하고 곧이어 친목 연회를 기념하는 사진을 찍음으로써 소설은 마무리되는데, 흥미로운 점은 이들의 친목 연회를 몰래 경청하는 존재를 어리석은 호화자제나 이들에게 빌붙은 풍수들로 설정하고 있다는 데 있다. 소설의 교훈적 효과를 극대화하기 위해 작가는 인간과 동물의 관계를 '어리석은' 인간과 '지혜로운' 동물로 역전시키면서 인간의 전면적 반성을 촉구하고 있다. 그리고 인간의 반성은 하나님의 율법을 온전하게 준수할 수 있을 때 진정한 의미를 지니게 된다고 더불어 충고하고 있다.

〈경세종〉에는 기독교를 복음주의적 차원에서 옹호하는 대목들이 적지 않게 나온다. 그렇지만 앞서 얘기했듯, 〈경세종〉은 기독교 복음주의를 맹신하는 소설은 아니다. 〈경세종〉의 대목 대목들에는 당대 한국 사회의 병리적 현상, 외세의 개입에 관한 비판이 적지 않게 노출되어 있으니 우리는 이를 주목할 필요가 있다.

5. 개화기 지식인들의 우울과 절망: 〈요조오한〉

현재 〈요조오한〉의 작가에 관한 정확한 신원 확인은 밝혀지지 않고 있다. 현재로서는 주종연 교수에 의해 제기된 추정[15]— 몽몽의 작가가 진학문이라는 — 이 대단히 신빙성 있게 받아들여지고 있는데, 이런 추정은 별 다른 반론 없이 학계에서 인정되고 있으므로 독자들은 〈요조오한〉의 작가를 진학문으로 알아도 그리 문제 될 것이 없을 듯 하다.

1894년에 태어난 진학문은 열세 살이 되던 1907년 일본에 건너가 게이오의숙 보통부에 입학한다. 그러나 학비조달이 여의치 않아 귀국해 보성고보를 다니고 졸업하게 된다. 1913년에는 다시 일본으로 건너가 와세다 대학 영문과에 입학한다. 그러나 곧 중퇴하여 1916년에 도쿄 외국어대학교 러시아어과에 입학한다. 이른 나이에 시작한 일본 유학생활에서 진학문은 최남선, 최두선, 신익희, 장덕수, 최승만 등 여러 젊은 사람들과 교류하게 되고 《학지광》 창간 멤버로 활약하기도 한다. 1922년에는

---

15) 주종연 교수에 따르면 "몽몽이 순성 진학문의 초기 필명일 수 있는데 그 이유로는 첫째, 몽몽은 《학지광》 3,4,5,6호에 몽몽이란 필명으로 문예물을 발표하고 있다. 그런데 당국에 의해 발매금지를 당한 7,8,9 이후에 몽몽이란 필명은 자취를 감추고 그 대신 제10호부터 순성이란 필명이 등장하여 체홉의 단편을 번역하고 있다. 순성이 몽몽의 역할을 이어가고 있는 것이다. 둘째, 몽몽이란 필명으로 발표된 〈요조오한〉과 순성이란 필명으로 발표된 〈부르지짐〉은 작품의 배경과 시점이 너무도 유사하다. 셋째, 《학지광》에서 다양한 문필활동을 펼친 진학문은 당시 동경 외국어학교 노문학과에 재적하였고 특히 러시아 문학에 누구보다 조예가 깊어 이의 소개에 앞장 섰던 바 몽몽과 순성은 동일 인물이란 증언 등이다."
주종연, 《한국소설의 형성》(집문당, 1987), p.175.

《동명》이란 잡지의 편집인 겸 발행인으로 활동하기도 한다.

〈요조오한〉에서의 요조오한은 두 평 정도의 일본식 다다미방을 일컫는다. 구체적으로 말하자면, 일본 동경으로 유학을 온 함영호의 하숙방이다. 소설은 함영호의 하숙방 정경을 묘사하면서 시작하는데 이 정경이자못 흥미롭다.

　이층 위 낭향한 요조오한이 함영호의 침방, 객실, 식당, 서재를 겸한 방이
라. 장방형 책상 위에는 산술교과서와 수신교과서와 중등외국지지 등 중학
교에 쓰는 일과책을 꽂은 책가가 있는데, 그 옆으로는 동떨어진 대륙문사의
소설이나 시집 등의 역본이 면적 좁은 게 한이라고 늘어 쌓였고, 신구천의
순문예잡지도 두 세 종 놓였으며, 학교에 매고 다니는 책보자는 열십자로
매인 채 그 밑에 바랐으며 벽에는 노역복을 입은 고리키와 바른손으로 볼을
버틴 투르기네프의 소조가 걸렸더라.　　　　　　　　 ─ 〈요조오한〉에서

유학생 함영호가 기거하는 하숙방 정경을 묘사하는 이 대목에서 눈에띄는 것은 신구간의 순문예잡지와 고리키와 투르게네프와 같은 러시아작가들의 작은 초상화가 걸려 있다는 서술이다. 일본에 유학한 학생들이외국문학, 그 중에서도 러시아 문학에 크게 경도되었다는 점을 독자들은이 대목에서 추측할 수 있다. 나라의 운명이 일본의 식민지로 전락되어가는 우울한 상황에서 정신적 방황을 거듭할 수밖에 없었던 유학생들이러시아 문학이 그려내는 사상의 번민에 크게 매료되었다는 것을 짐작할수 있다.

이 소설은 함영호의 방을 묘사한 이후 함영호를 방문한 친구 채군과의대화로 전개된다. 물론 이 두 사람의 대화가 이루어지는 공간은 함영호의 하숙방이다. 마치 이 하숙방은 역동적으로 변화하는 세계와는 거리를둔 격리의 공간처럼 보이며 사회적 전망을 상실해가는 조선의 젊은 지식

인들의 답답한 심리가 투영된 자폐적 공간처럼 보이기도 한다.

　이런 방에서 전개되는 두 사람의 대화는 소통 단절의 이미지를 떠올리게 한다. 이들의 대화가 의미를 생성하는 대화가 아니라는 것이다. 〈소경과 앉은뱅이 문답〉 〈거부오해〉 등에서 확인할 수 있었던 사회적 쟁점에 관한 신랄한 비판과 풍자도 두 사람의 대화에서 나타나지 않는다. 그들의 대화는 대화이기는 하되 소통하는 대화가 아니라 단절되는 대화이다. 본국의 형편을 묻는 함영호의 물음에 채는 딱히 할 말이 없노라고 답변을 회피한다. '개성의 발휘는 지금 나의 희망욕구'라는 함영호의 말에 채는 '시대의 희생'을 여러 번 되뇌인다. 이처럼 이들의 대화는 서로 겉도는 무의미한 중얼거림처럼 들리기도 한다.

　그러나 함영호와 채군 사이에 나타나는 대화의 난맥상을 화법 차원의 문제로 돌려서는 안 된다. 더 중요하게 파악해야 할 문제는 이 젊은 유학생의 관계를 소통 단절의 관계로 변질시키는 '적자포복입정'[16]의 사회 분위기, 곧 식민화의 현실화이다. 식민화 현상이 초래하는 뼈아픈 문제 중의 하나가 피식민지인들의 대화 단절에 있다는 점을 감안하자면 우리는 이 두 젊은 유학생들에게서 식민화의 심리적 징후를 발견할 수 있는 것이다.

　〈요조오한〉은 〈몽조〉 〈다정다한〉에 비해 서술이 대단히 짧아서 소품에 머문다는 인상을 준다. 시점 처리의 미숙성도 여러 대목에서 나타나는 등 문제점이 한 둘이 아니다. 그러나 함영호도 그렇거니와 채군은 식민화가 현실적으로 대두되는 절망적 상황 앞에서 무력한 고뇌를 저작하기만 하는 지식인의 표상처럼 그려지고 있고 이런 점에서 〈요조오한〉은 1920년대에 접어들어 본격적으로 전개된 지식인 소설의 전사적 성격을 띤다는 평가를 받을 만하다. '적자포복입정'으로 표현되는 시대적 전환

---

16) 어린 아이가 우물가로 기어간다는 의미.

기 속에서 즈선의 젊은 지식인들이 어떤 고뇌에 빠졌는가를 이해케 하는 문제성을 〈요조오한〉은 압축적으로 드러내고 있는 것이다. 예컨대 아래와 같은 대목을 보라.

> 불 끄고 누운 뒤에도 두 사람의 이야기는 끊이지 아니하는데 본국형편에 관하여는 여러 번 물으나 채의 대답은 오직 적자포복입정의 한마디뿐이요, 그대로 "그저 견인하여, 견인하여야 하오. 우리는 천생이 연애와 사상과 사위의 자유공원을 박탈 당하였습네다. 그 중 사상으로 말하면 겉으로 드러나지 아니하니깐 얼만큼 자유가 있을까!"하더라.
> 때때, 야순하는 경목 소리가 감감한 속으로서 들린다. ─〈요조오한〉에서

나라의 형편을 묻는 함군의 물음에 채는 어린아이가 우물에 들어가는 형국이라는 비유로 상황의 위급성을 얘기해주고 곧이어 우리는 연애와 사상과 사위의 자유공권을 박탈당한 자유가 없는 처지와 다름없다고 자조하고 있다. '불 끄고 드러 누운 뒤에도' 두 젊은이의 대화는 끊어지지 않고 이어지지만 그 대화는 무력하며 우울하다. 적자포복입정으로 비유되는 식민화 현실이 대두하는 상황 앞에서 무력하기만 조선 젊은이들의 괴로운 자의식을 독자들은 〈요조오한〉에서 확인할 수 있다.

6. 오락으로서의 소설과 눈부신 미완의 소설 :
김교제의 〈목단화〉와 육정수의 〈송뢰금〉

개화기 신소설의 '대표적인 작가'로 이인직, 이해조, 안국선 등을 거론하는 관행이 있지만 이런 관행이 신소설의 전체적인 실상을 이해하는데 유익한 도움을 준다고는 볼 수 없다. 일단 이런 관행이 오래갈수록 거론되지 않은 나머지 작가들의 작품은 마치 하찮은 신소설처럼 여겨지는 또다른 관행이 생길 수 있으니 이제는 개선되어야 할 문제이다.

김교제의 《목단화》, 육정수의 《송뢰금》도 이런 사례에 속하는 신소설 작품이다. 역설적인 말이지만 이 두 작품은 당대 독자들에게는 흥미롭게 읽힌 작품이었으나 이인직, 이해조, 안국선 중심의 개화기 문학 연구가 관행화되면서 그 존재를 서서히 감추고 말았다. 이인직, 이해조, 안국선 중심의 개화기 신소설 연구의 관행을 고쳐 김교제, 육정수 만이 아니라 알려지지 않은 신소설 작가와 작품의 실상과 면모를 회복하는 출판 및 문학연구 작업은 이제 더 이상 미룰 수 없는 과제이다.

　1911년 광학서포에서 간행된 김교제의 《목단화》는 구소설적 성격이 혼재된 신소설이다. 이 두 성격의 혼재가 《목단화》에만 나타나는 현상은 아니어서 이를 두고 굳이 《목단화》의 문학적 특징이라고 강조할 필요는 없다. 왜냐하면 전통의 습속과 근대의 새로움이 교착된 개화기의 시대적 성격을 반영이라도 하듯 구소설적 성격을 노출한 신소설이 한 두 편이 아니기 때문이다.

　주목해야 하는 것은 이런 작품일수록 개화와 완고라는 두 대립적 가치를 지향하는 인물들을 배치해 놓고 작품의 의미를 형성해 나간다는 데 있다. 구체적으로 말하자면 개화의 가치를 지향하는 이참판, 이참판의 외동딸 정숙 등을 긍정적인 인물로 완고의 가치를 지향하는 후취부인 서씨, 섬월이 등을 부정적인 인물로 설정하는 대립적인 인물의 이항 배치를 통해 서사를 전개한다는 것이다. 흥미로운 점은 김교제가 이 두 대립적 가치를 구소설적인 플롯 방식 ─권선징악을 연상시키는─ 으로 처리함으로써 좀더 대중들의 취향에 부합하는 대중문학 작가의 면모를 보여주고 있는 것이다. 이를 더 설명하면 이렇다.

　이참판이 수구파에 몰려 제주도로 유배를 가게 됨에 따라 정숙은 서씨부인과 서씨부인의 몸종인 섬월로부터 지속적인 모함과 압박을 받는다. 작가는 정숙을 수난의 현장으로 내모는 서씨부인을 악인형 계모의 전형처럼 묘사할 뿐만 아니라 전통의 습속에 길들여진 우둔한 여성으로 묘사한다. 반면에 작가는 정숙을 수많은 구소설에서 볼 수 있었던 수난 당하는 여성 주인공의 후예처럼 묘사하면서 이 소설의 서사를 전개한다. 여기서 주목해야 하는 것은 서씨부인으로 상징되는 완고와 정숙으로 상징되는 개화의 코드를 이인직이나 이해조처럼 정치성의 문제로 작가가 전유하지 않는다는 데 있다. 김교제는 이 두 코드를 독자들의 흥미와 재미를 촉발하는 대중소설의 코드로 활용하고 있으며, 이런 점에서 김교제는 개화기의 대중소설 작가라는 지위를 인정받을 수 있다.

의주 황동지에 구조된 정숙이가 의주 일대에서 여성계몽운동을 펼치면서 마치 시대의 선각자처럼 활약하기는 하지만 새로운 세계를 탐색하기 위해 길을 떠난 〈혈의 루〉의 옥련과는 달리 집으로 복귀하여 아버지 세계에 안주해 버리고 있는 모습에서 작가가 개화와 완고를 이인직과 이해조와는 다른 차원에서 사유하고 있다는 점을 확인할 수 있다. 그러나 이를 굳이 문제로만 볼 필요는 없다. 왜냐하면 《목단화》는 개화기 신소설의 대중소설적 양상을 확인케 해주는 좋은 사례가 되기 때문이다.

한반도를 둘러싼 제국주의 전쟁인 러일전쟁을 주된 배경으로 깔고 있는 《송뢰금》은 두 개의 이야기로 구성되어 있다. 하나는 김주사 가족의 이산 이야기이며 다른 또 하나는 근암을 중심으로 한 사업 이야기이다. 그런데 이 소설은 미완으로 마무리되는 까닭에 이 별도의 두 이야기가 어떻게 유기화되면서 하나의 이야기로 정리되는가를 살펴볼 수는 없다.

그렇지만 《송뢰금》은 미완의 소설이기는 하되 러일전쟁이 국내에 미친 영향, 사기 행각에 가까운 한국인들의 미국 이민 문제, 토착자본 형성의 가능성과 한계 등을 그려내고 있다는 점에서 대단히 주목할 만한 소설이다. 또한 작품 해석에 긴요한 한시를 소설의 여러 대목에 배치하는 구성 방식도 예사롭지 않은 소설이다.

김주사는 가족을 국내에 두고 하와이로 노동이민을 간, 오늘날로 말하자면 하위직 공무원으로 가족들을 하와이로 불러들인다. 주사의 신분에서 하와이 노동자로 이민갈 수밖에 없었던 궁핍한 경제적 상황에 관한 묘사와 이런 사태를 촉발시킨 러일전쟁의 설정 등에서 우리는 국제적 차원에서 사태를 분별하는 작가의 너른 안목을 확인할 수 있으며 이는 《송뢰금》이 비록 미완성 소설이기는 하지만 만만치 않은 문학사적 위상을 지닌 작품이 되는 이유이기도 하다.

하와이로 먼저 노동이민을 떠난 김주사와 합류하려는 가족들의 계획은 생각처럼 쉽지 않았으니 김주사의 딸 계옥이가 여러 차례 안질 검사에서 탈락된 까닭이다. 미국인 의사가 미국으로 노동이민을 떠나려는 한국인들을 줄 세워 놓고 안질 여부를 검사해 출입을 허락하는 장면은 근대국가로의 편입은 육체관리의 근대적 기준을 통과해야 가능하다는 것을 암시하는데 이는 여타의 신소설에서는 발견할 수 없는 국가 간 이동에 관한 구체적인 묘사이다.

노동이민을 허락받은 김주사의 처와 어린 아들은 계옥이만을 일본에 남겨두고 미국으로 이민가게 되는데, 홀로 남겨진 계옥의 모습은 수많은 신소설에서 볼 수 있었던 지혜로운 개화 여성과 별 다른 차이가 없어 보인다. 계옥에게는 과년한 까닭에 가족을 따라 미국으로 이민가기보다는 결혼이나 하라는 외할아버지의 요청을 받아들이지 않고 자기 미래를 스스로 결정하려는 주체적 여성으로서의 당당함이나 괴로운 심사를 자주 토로하는 어머니를 오히려 위로하는 현명함이 있지만 아쉽게도 소설이 미완인 까닭에 계옥이가 어떤 성취를 얻는가를 확실히 알기는 어렵다.

이 소설의 또 하나의 이야기를 이끌어가는 중심인물은 근암 이충국이다. 이충국은 사농공상의 위계화된 질서를 재편하려는 중인으로 상업을 일으켜 국가를 부강케 하는데 진력하려고 한다. 주목해야 하는 것은 이충국이 상업에 매진하게 된 동기다. 이충국은 사리사욕의 동기로 상업행위에 몰두하지는 않는다. 국가부강이라는 원대한 목표를 성취하기 위해 이충국은 상업을 중시하고 있다.

고루한 인습에 빠져 주색잡기를 즐기는 지방관리를 질책하는 장면이나 다른 나라와의 무역을 도모하려는 장면 등에서 우리는 어쩌면 이충국이야말로 근대의 운용 방식이 자본에 있음을 간파한 시대의 선각자가 아닐까하는 생각을 갖게 된다. 그러나 이충국의 목표는 좀처럼 성취되지 않는다. 이충국과 뜻을 같이한 한봉기는 사업비용을 횡령해 일본으로 도망가 버리고 동지였던 우초는 주색에 빠지면서 이충국의 원대한 목표는 지속적으로 지연되어 간다. 급기야 한봉기를 만나려고 일본으로 온 이충국은 육혈포 테러를 당하게 되었으니 이충국은 더 아픈 좌절을 겪게 된다. 그러나 소설은 바로 이 대목에서 미완의 상태로 끝나버리고 있으며 이런 까닭어 《송뢰금》이 그려낸 러일전쟁 직후의 한반도 정세와 노동이민의 실상어 관한 구체적인 묘사와 사농공상의 전통적 관념을 극복하려는 그 진지한 문제성은 영원한 답보의 상태에 머물게 되었다.

권영민,《서사양식과 담론의 근대성》, 서울대출판부, 1999.

_____,《한국현대문학사》, 민음사, 2002.

김영민,《한국근대소설사》, 솔, 1997.

김윤규,《개화기 단형서사문학의 이해》, 국학자료원, 2000.

김윤식·정호웅,《한국소설사》, 예하, 1993.

김윤재·〈백악춘사 장웅진 연구〉,《민족문학사연구》12호, 1998년 상반기.

소재영·김경완,《개화기소설》, 숭실대출판부, 1999.

송민호,《한국개화기소설의 사적연구》, 일지사, 1975.

양진오,《한국소설의 형성》, 국학자료원, 1998.

이길연,《한국근현대기독교문학 연구》, 국학자료원, 2001.

이용남 외,《한국개화기소설 연구》, 태학사, 2000.

이재선,《한국개화기소설 연구》, 일지사, 1972.

_____,《한국현대소설사》, 홍성사, 1979.

정선태,《개화기 신문 논설의 서사 수용 양상 연구》, 소명출판, 1999.

주종연,《한국소설의 형성》, 집문당, 1987.

최원식,《한국계몽주의문학사론》, 소명출판, 2002.

_____,《한국근대소설사론》, 창작사, 1986.

한원영,《한국개화기신문연재소설 연구》, 일지사, 1990.

홍일식,《한국개화기의 문학사상 연구》, 열화당, 1980.

책임편집 양진오

1965년 제주 출생.
서강대학교 국문학과 졸업.
같은 학교에서 석사, 박사 학위 취득.
1993년 《비평의 시대》에 평론 〈새로운 연대의 노동소설 읽기〉로 등단,
1997년 대산문화재단의 문학인 창작지원금을 받음.
현재 경주대학교 문예창작학과 교수.
저서로 《한국 소설의 논리》 《임철우의 봄날을 읽는다》
《전망의 발견》 등이 있으며,
계간 《실천문학》 편집위원으로 활동.

범우비평판 한국문학·2-❶

송뢰금(외)

초판 1쇄 인쇄 2004년 7월 26일
초판 1쇄 발행 2004년 8월 2일

지은이   육정수·김교제(외)
책임편집   양진오
펴낸이   윤형두
펴낸데   종합출판 범우(주)
기획·편집 임헌영 오창은 장현규
디자인   왕지현
등 록   2004. 1. 6. 제105-86-62585
주 소   413-832 경기도 파주시 교하읍 문발리 535-10 출판문화정보산업단지
전 화   (031) 955-6900~4
팩 스   (031) 955-6905
홈페이지   http://www.bumwoosa.co.kr
이메일   bumwoosa@chol.com
ISBN   89-954861-2-0 04810
          89-954861-0-4 (세트)

값 10,000원

* 잘못된 책은 바꾸어 드립니다.

당신의 서가에 세계 고전문학을…

범우비평판 세계문학선

❶ 토마스 불핀치
- 1-1 그리스·로마 신화 최혁순 값 10,000원
- 1-2 원탁의 기사 한영환 값 10,000원
- 1-3 샤를마뉴 황제의 전설 이성규 값 8,000원

❷ 도스토예프스키
- 2-1,2 죄와 벌(상)(하) 이철(외대 교수) 각권 9,000원
- 2-3,4,5 카라마조프의 형제(상)(중)(하)
  김학수(전 고려대 교수) 각권 9,000원
- 2-6,7,8 백치(상)(중)(하) 박형규 각권 7,000원
- 2-9,10 ,11 악령(상)(중)(하) 이철 각권 9,000원

❸ W. 셰익스피어
- 3-1 셰익스피어 4대 비극
  이태주(단국대 교수) 값 10,000원
- 3-2 셰익스피어 4대 희극 이태주 값 10,000원
- 3-3 셰익스피어 4대 사극 이태주 값 12,000원
- 3-4 셰익스피어 명언집 이태주 값 10,000원

❹ 토마스 하디
- 4-1 테스 김회진(서울시립대 교수) 값 10,000원

❺ 호메로스
- 5-1 일리아스 유영(연세대 명예교수) 값 9,000원
- 5-2 오디세이아 유영 값 9,000원

❻ 밀 턴
- 6-1 실낙원 이창배(동국대 교수) 값 10,000원

❼ L. 톨스토이
- 7-1,2 부활(상)(하) 이철(외대 교수) 값 7,000원
- 7-3,4 안나 카레니나(상)(하) 이철 각권 12,000원
- 7-5,6,7,8 전쟁과 평화 1,2,3,4
  박형규 각권 10,000원

❽ 토마스 만
- 8-1 마의 산(상) 홍경호(한양대 교수) 값 9,000원
- 8-2 마의 산(하) 홍경호 값 10,000원

❾ 제임스 조이스
- 9-1 더블린 사람들·비평문 김종건(고려대 교수) 값 10,000원
- 9-2,3,4,5 율리시즈 1,2,3,4 김종건 각권 10,000원
- 9-6 젊은 예술가의 초상 김종건 값 10,000원
- 9-7 피네간의 경야(抄)·詩·에피파니
  김종건 값 10,000원
- 9-8 영웅 스티븐·망명자들 김종건 값 12,000원

❿ 생 텍쥐페리
- 10-1 전시 조종사(외) 조규철 값 8,000원
- 10-2 젊은이의 편지(외) 조규철·이정림 값 7,000원
- 10-3 인생의 의미(외) 조규철(외대 교수) 값 7,000원
- 10-4,5 성채(상)(하) 염기용 값 8,000원~10,000원
- 10-6 야간비행(외) 전채린·신경자 값 8,000원

⓫ 단테
- 11-1,2 신곡(상)(하) 최현 값 9,000원

⓬ J. W. 괴테
- 12-1,2 파우스트(상)(하) 박환덕 값 7,000원~8,000원

⓭ J. 오스틴
- 13-1 오만과 편견 오화섭(전 연세대 교수) 값 9,000원
- 13-2,3 맨스필드 파크(상)(하) 이옥용 값 10,00원

⓮ V. 위 고
- 14-1,2,3,4,5 레 미제라블 1~5 방곤 각권 8,000원

⓯ 임어당
- 15-1 생활의 발견 김병철 값 12,000원

⓰ 루이제 린저
- 16-1 생의 한가운데
  강두식(전 서울대 교수) 값 7,000원

⓱ 게르만 서사시
- 17 니벨룽겐의 노래
  허창운(서울대 교수) 값 13,000원

⓲ E. 헤밍웨이
- 18-1 누구를 위하여 종은 울리나
  김병철(중앙대 교수) 값 10,000원
- 18-2 무기여 잘 있거라(외) 김병철 값 12,000원

⓳ F. 카프카
- 19-1 성(城) 박환덕(서울대 교수) 값 10,000원
- 19-2 변신 박환덕 값 10,000원
- 19-3 심판 박환덕 값 8,000원
- 19-4 실종자 박환덕 값 9,000원
- 19-5 어느 투쟁의 기록(외) 박환덕 값 12,000원
- 19-6 밀레나에게 보내는 편지 박환덕 값 12,000원

⓴ 에밀리 브론테
- 20-1 폭풍의 언덕 안동민 값 8,000원

㉑ 마가렛 미첼
- 21-1,2,3 바람과 함께 사라지다(상)(중)(하)
  송관식·이병규 각권 10,000원

㉒ 스탕달
- 22-1 적과 흑 김붕구 값 10,000원

㉓ B. 파스테르나크
- 23-1 닥터 지바고 오재국(전 육사교수) 값 10,000원

㉔ 마크 트웨인
- 24-1 톰 소여의 모험 김병철 값 7,000원
- 24-2 허클베리 핀의 모험 김병철 값 9,000원
- 24-3,4 마크 트웨인 여행기(상)(하) 박미선 각권 10,000원

작가별 작품론— 출판 38년이 일궈낸 세계문학의 보고!

대학입시생에게 논리적 사고를 길러주고 대학생에게는 사회진출의 길을 열어주며,
일반 독자에게는 생활의 지혜를 듬뿍 심어주는 문학시리즈로서
범우비평판은 이제 독자여러분의 서가에서 오랜 친구로 늘 함께 할 것입니다.

㉕ 조지 오웰　25-1 동물농장·1984년 김희진 값 10,000원

㉖ 존 스타인벡　26-1,2 분노의 포도(상)(하) 전형기 각권 7,000원

　　　　　26-3,4 에덴의 동쪽(상)(하)

　　　　　　이호철(한양대 교수) 각권 9,000~10,000원

㉗ 우나무노　27-1 안개 김현창(서울대 교수) 값 7,000원

㉘ C. 브론테　28-1,2 제인 에어(상)(하) 배영원 각권 8,000원

㉙ 헤르만 헤세　29-1 知와 사랑·싯다르타 홍경호 값 9,000원

　　　　　29-2 데미안·크눌프·로스할데 홍경호 값 9,000원

　　　　　29-3 페터 카멘친트·게르트루트

　　　　　　박환덕(서울대 교수) 값 9,000원

　　　　　29-4 유리알 유희 박환덕 값 12,000원

㉚ 알베르 카뮈　30-1 페스트·이방인 방 권경희수 값 9,000원

㉛ 올더스 헉슬리　31-1 멋진 신세계(외) 이성규·허정애 값 10,000원

㉜ 기 드 모파상　32-1 여자의 일생·단편선 이정림 값 10,000원

㉝ 투르게네프　33-1 아버지와 아들 이정림 값 9,000원

　　　　　33-2 처녀지·루딘 김학수 값 10,000원

㉞ 이미륵　34-1 압록강은 흐른다(외)

　　　　　　정규화(성신여대 교수) 값 10,000원

㉟ T. 드라이저　35-1 시스터 캐리 전형개(한양대 교수) 값 12,000원

　　　　　35-2,3 미국의 비극(상)(하) 김병철 각권 9,000원

㊱ 세르반떼스　36-1 돈 끼호떼 김현창(서울대 교수) 값 12,000원

　　　　　36-2 (속)돈 끼호떼 김현창(서울대 교수) 값 13,000원

㊲ 나쓰메 소세키　37-1 마음·그 후 서석연 값 12,000원

㊳ 플루타르코스　38-1~3 플루타르크 영웅전 1~8

　　　　　　김병철 각권 8,000원~9,000원

㊴ 안네 프랑크　39-1 안네의 일기(외)

　　　　　　김남석·서석연(전 동국대 교수) 값 9,000원

㊵ 강용흘　40-1 초당 장문평(문학평론가) 값 10,000원

　　　　　40-2 동양선비 서양에 가시다

　　　　　　유영(연세대 교수) 값 12,000원

㊶ 나관중　41-1~5 원본 三國志 1~5

　　　　　　황병국(중국문학가) 값 10,000원

㊷ 귄터 그라스　42-1 양철북 박환덕(서울대 교수) 값 10,000원

㊸ 아쿠타가와류노스케　43-1 아쿠타가와 작품선

　　　　　　진웅기·김진욱(번역문학가) 값 10,000원

㊹ F. 모리악　44-1 테레즈 데께루·밤의 종말(외)

　　　　　　전채린(충북대 교수) 값 8,000원

㊺ 에리히 M. 레마르크　45-1 개선문 홍경호(한양대 교수·문학박사) 값 12,000원

　　　　　45-2 그늘진 낙원

　　　　　　홍경호·박상배(한양대 교수) 값 8,000원

　　　　　45-3 서부전선 이상없다(외)

　　　　　　박환덕(서울대 교수) 값 12,000원

㊻ 앙드레 말로　46-1 희망 이가형(국민대 대우교수) 값 9,000원

㊼ A. J. 크로닌　47-1 성채 공문혜(번역문학가) 값 9,000원

㊽ 하인리히 뵐　48-1 아담 너는 어디 있었느냐(외)

　　　　　　홍경호(한양대 교수) 값 8,000원

㊾ 시몬느 드 보봐르　49-1 타인의 피 전채린(충북대 교수) 값 8,000원

㊿ 보카치오　50-1,2 데카메론(상)(하)

　　　　　　한형곤(외국어대 교수) 각권 11,000원

51 R. 타고르　51-1, 고라 유영(연세대 명예교수) 값 13,000원

52 R. 롤랑　52-1~5, 장 크리스토프

　　　　　　김창석(번역문학가) 값 12,000원

53 노발리스　53-1 푸른 꽃(외) 이유영(전 서강대 교수) 값 9,000원

54 한스 카로사　54-1 아름다운 유혹의 시절 홍경호 값 10,000원

55 막심 고리키　55-1 어머니 김현택 값 10,000원

56 미우라 아야코　56-1 빙점 최현 값 13,000원

　　　　　56-2 (속)빙점 최현 값 13,000원

(全冊 새로운 편집·장정 / 크라운변형판)
계속 발간됩니다.

범우사　www.bumwoosa.co.kr TEL 02)717-2121

현대사회를 보다 새로운 시각으로 종합진단하여
그 처방을 제시해주는

범우사상신서

1   자유에서의 도피   E. 프롬/이상두
2   젊은이여 오늘을 이야기하자   렉스프레스誌/방곤·최혁순
3   소유냐 존재냐   E. 프롬/최혁순
4   불확실성의 시대   J. 갈브레이드/박현채·전철환
5   마르쿠제의 행복론   L. 마르쿠제/황문수
6   너희도 神처럼 되리라   E. 프롬/최혁순
7   의혹과 행동   E. 프롬/최혁순
8   토인비와의 대화   A. 토인비/최혁순
9   역사란 무엇인가   E. 카/김승일
10   시지프의 신화   A. 카위/이정림
11   프로이트 심리학 입문   C.S. 홀/안귀여루
12   근대국가에 있어서의 자유   H. 라스키/이상두
13   비극론·인간론(外)   K. 야스퍼스/황문수
14   엔트로피   J. 리프킨/최현
15   러셀의 철학노트   B. 페인버그·카스릴스(편)/최혁순
16   나는 믿는다   B. 러셀(외)/최혁순·박상규
17   자유민주주의에 희망은 있는가   C. 맥퍼슨/이상두·
18   지식인의 양심   A. 토인비(외)/임현영
19   아웃사이더   C. 윌슨/이성규
20   미학과 문화   H. 마르쿠제/최현·이근영
21   한일합병사   야마베 겐타로/안병무
22   이데올로기의 종언   D. 벨/이상두
23   자기로부터의 혁명 ①   J. 크리슈나무르티/권동수
24   자기로부터의 혁명 ②   J. 크리슈나무르티/권동수
25   자기로부터의 혁명 ③   J. 크리슈나무르티/권동수
26   잠에서 깨어나라   B. 라즈니시/길연
27   역사학 입문   E. 베른하임/박광순
28   법화경 이야기   박혜경
29   융 심리학 입문   C.S. 홀(외)/최현
30   우연과 필연   J. 모노/김진욱
31   역사의 교훈   W. 듀란트(외)/천희상

32   방관자의 시대   P. 드러커/이상두·최혁순
33   건전한 사회   E. 프롬/김병익
34   미래의 충격   A. 토플러/장을병
35   작은 것이 아름답다   E. 슈마허/김진욱
36   관심의 불꽃   J. 크리슈나무르티/강옥구
37   종교는 필요한가   B. 러셀/이재황
38   불복종에 관하여   E. 프롬/문국주
39   인물로 본 한국민족주의   장을병
40   수탈된 대지   E. 갈레아노/박광순
41   대장정—작은 거인 등소평   H. 솔즈베리/정성호
42   초월의 길 완성의 길   마하리시/이병기
43   정신분석학 입문   S. 프로이트/서석연
44   철학적 인간 종교적 인간   황필호
45   권리를 위한 투쟁(외)   R. 예링/심윤종·이주향
46   창조와 용기   R. 메이/안병무
47-1   꿈의 해석 ⑧   S. 프로이트/서석연
47-2   꿈의 해석 ⑧   S. 프로이트/서석연
48   제3의 물결   A. 토플러/김진욱
49   역사의 연구 ①   D. 서머벨 엮음/박광순
50   역사의 연구 ②   D. 서머벨 엮음/박광순
51   건건록   무쓰 쿠네미쓰/김승일
52   가난이야기   가와카미 하지메/서석연
53   새로운 세계사   마르크 페로/박광순
54   근대 한국과 일본   나카스카 아키라/김승일
55   일본 자본주의의 정신   야마모토 시치헤이/김승일·이근원
56   정신분석과 듣기 예술   E. 프롬/호연심리센터

▶ 계속 펴냅니다

범우사   서울시 마포구 구수동 21-1호 전화 717-2121, FAX 717-0429
http://www.bumwoosa.co.kr (천리안·하이텔 ID) BUMWOOSA